## Zu diesem Buch

Nach den vielgelesenen Ostpreußen-Romanen »Jokehnen« und »Polninken« schließt Arno Surminski die Trilogie mit »Grunowen« ab. »In schlichter gradliniger Sprache läßt er die masurische Landschaft und ihre Menschen wiedererstehen, so wie es einst war ... Als Leser fühlt man sich von ihm an die Hand genommen und behutsam von Station zu Station eines nun nicht mehr existierenden Lebens geführt. Und es ist ein Abschied ohne falsche Gefühlsduselei, jedoch nicht ohne echte Gefühle, in dem Menschen, Orte und die Schönheiten der masurischen Natur noch einmal lebendig werden, um dann endgültig ›Geschichte‹ zu werden.« (»Main-Echo«)

Arno Surminski, geboren am 20. August 1934 in Jäglack (Ostpreußen) als Sohn eines Stellmachers, blieb nach der Deportation seiner Eltern 1945 allein zurück. Nach Aufenthalten in Lagern wurde er 1947 in Schleswig-Holstein von einer Familie mit sechs Kindern aufgenommen. Im Anschluß an eine Lehre in einem Rechtsanwaltsbüro und zweijährige Arbeit in kanadischen Holzfällercamps ist er seit 1962 in Hamburg ansässig. Zehn Jahre lang war er in der Rechtsabteilung eines Versicherungsunternehmens tätig. Seither arbeitet er freiberuflich als Fachjournalist für Wirtschafts- und Versicherungsfragen. Nach einigen Erzählungen hatte er große Erfolge mit seinen ebenfalls in der Reihe der rororo-Taschenbücher erschienenen Romanen und Erzählungen, von denen mehrere für das Fernsehen verfilmt wurden: »Jokehnen oder Wie lange fährt man von Ostpreußen nach Deutschland?« (Nr. 1985), »Aus dem Nest gefallen« (Nr. 4246), »Kudenow oder An fremden Wassern weinen« (Nr. 4669), »Fremdes Land oder Als die Freiheit noch zu haben war« (Nr. 5259), »Wie Königsberg im Winter« (Nr. 5472), »Polninken oder Eine deutsche Liebe« (Nr. 5869), »Gewitter im Januar« (Nr. 12228), »Am dunklen Ende des Regenbogens« (Nr. 12605) und »Malojawind« (Nr. 12620).

Arno Surminski

# Grunowen
## oder
## Das vergangene Leben

Roman

rororo

Rowohlt

Der Ort der Handlung
sowie die vorkommenden Personen
sind frei erfunden.

31.–42. Tausend Januar 1993

Veröffentlicht im Rowohlt Taschenbuch Verlag GmbH,
Reinbek bei Hamburg, Juli 1992

Umschlagfoto Fernando Bueno / The Image Bank
Gesamtherstellung Clausen & Bosse, Leck
Printed in Germany
1290-ISBN 3 499 12851 9

Es begann an einem Sonntag in der Vorweihnachtszeit, als der Schnee von den Hängen in die Stadt fiel und unter mir das Häusermeer seine Farbe wechselte. Es war mir zur Gewohnheit geworden, beim ersten Läuten nicht zu reagieren. Im Büro hatte sich die Grewe des Telefons angenommen, zu Hause war Hannelore immer gern und schnell an den Apparat gelaufen. Nun, da sie mir fehlte, blieb es bei der Gewohnheit, ließ ich es viermal läuten, bevor ich in die dunkle Ecke des Zimmers ging.

Eine Frauenstimme fragte: Sind Sie Herr Tolksdorf?

Im Hintergrund Musik und Lachen, ein Spielautomat schüttete Kleingeld aus.

Ich bin das Mariechen, fuhr sie nach einer Pause fort, schwieg dann, schien auf ein Zeichen des Erkennens zu warten.

Eigentlich wollte ich nur wissen, ob Sie es wirklich sind, Herr Werner Tolksdorf aus Grunowen.

Als ich bejahte, sagte sie, daß sie schreiben werde in den nächsten Tagen. Aber es habe keine Eile. Morgen werde sie schreiben oder übermorgen. Bis April sei noch lange Zeit.

Wieder Schweigen in der Leitung. Die Hintergrundgeräusche verstummten, als hätte jemand eine Tür zugeschlagen. Ich hörte ihren Atem.

Nun muß ich aber aufhören, sonst wird es zu teuer. Auf Wiedersehen, Herr Tolksdorf.

Es knackte, Fetzen eines fremden Gesprächs, ein fernes Rauschen.
Ich blickte aus dem Fenster über die Stadt, die zu leuchten begonnen hatte.
Wer war Mariechen?
Das Thermometer zeigte zwei Grad unter Null, aber unten wird der Schnee schnell zu Matsch, da sorgen die Ausdünstungen der Stadt für Schnupfen und nasse Füße. Ich lebe zweihundert Meter über dem Tauwetter, die Forsythien blühen in meinem Garten fünf Tage später als in den Grünanlagen des Hohen Hauses. Ich gehöre zu den wenigen Arbeitnehmern Deutschlands, gehörte, muß ich sagen, die morgens, wenn sie die Vorhänge im Schlafzimmer zur Seite ziehen, in ihr Büro sehen können. Der ständige Blickkontakt war keineswegs geplant, er ergab sich, als die Hauptverwaltung ins Stadtzentrum gebaut wurde, direkt unter mein Haus am Hang. Nach und nach entstand ein Gefühl von Nähe, auch von Überlegenheit wegen der zweihundert Meter Höhenunterschied.
Wer war Mariechen? Ich kannte keine Person dieses Namens. Goldmarie, Pechmarie, Mariechen saß weinend im Grase... Ein Funkenmariechen hatte mich im Vorübergehen geküßt anläßlich einer Rechtsausschußsitzung in der Stadt Köln, mitten in den tollen Tagen, aber das lag ein Jahrzehnt zurück. Nun rufen die Funkenmariechen schon bei dir zu Hause an, hätte Hannelore gesagt, wenn sie noch dagewesen und ans Telefon gegangen wäre.
Das fünfte Fenster von links in der zweiten Reihe. Bei der Grewe brannte Licht, Bäumler war wieder auf Reisen. Ja, die Juristen des Hohen Hauses sind viel unterwegs. Sie wühlen nicht in Fundheften und Loseblattsammlungen, nein, sie reisen dem Recht hinterher, stellen es auf Tagungen und Kongressen, kreisen es in langwierigen Verhandlungen ein und diskutieren, bis Justitia erschöpft die Binde von den Augen reißt.
Ich bin das Mariechen! Ein Neutrum. Wie sie es sagte, klang

es norddeutsch. Den Nachnamen hatte sie verschwiegen, und wie vertraut sie tat!
Seit drei Monaten ging mich das Hohe Haus nichts mehr an. Dort herrscht ein strenges Gesetz, wonach jeder, der das bestimmte Alter erreicht, gnadenlos in den Ruhestand geschickt wird. Es trifft alle, sogar den General, es wird hoffentlich auch jene treffen, die das Gesetz erfunden haben. Mich traf es im Oktober 1986. Weil Hannelore fehlte, kam mir der Ruhestand ungelegen. Früher hatte ich ihn oft herbeigewünscht, um mit ihr an Orte zu reisen, an denen nicht gerade Rechtsausschüsse oder Hauptversammlungen tagten, zum Beispiel nach Grönland, im Sommer. Das Gesetz des Hohen Hauses traf mich unvorbereitet, es sperrte mich ein in mein Haus am Hang, zu den Büchern und Erinnerungen. Hannelore, sechs Jahre jünger als ich, starb fünf Monate vor meiner Pensionierung. Meine Mutter starb auch vor dem Vater, schon im Jahre 1940. In allen statistischen Büchern steht, daß Frauen die Männer überleben, aber nicht die Frauen der Tolksdorfs. Die verlassen ihre Männer vor der Zeit. Und die Männer, was machen die Männer, wenn sie allein sind? Ich schreibe Rechtsgutachten für das Hohe Haus: »Die Auswirkungen der Europäischen Dienstleistungsfreiheit auf die Vertriebsstruktur.« Was tat mein Vater nach 1940? Ich weiß es nicht.
Vielleicht ruft diese Person noch einmal an, um zu sagen, wer sie ist und was sie will. Sie wird schreiben. Morgen und übermorgen soll es mehr Schnee geben, außerdem will sie schreiben, morgen oder übermorgen.
In den nächsten Tagen fiel der angekündigte Schnee, aber nur am Hang. In den Grünanlagen des Hohen Hauses geriet er zu Wasser. Er fiel so heftig, daß er die Umgebung ertränkte und mir die Illusion verschaffte, allein zu sein in einer weißen Ebene, unterbrochen nur von einem schwarzen Krater unter mir, dem warmen Herzen der Stadt. Wie 1943 am Donezbogen, dachte ich. Grunowen hatte sie gesagt. Der Name stand in meinem Paß: Grunowen, Kreis Sensburg. Schneeverwehungen wie in Grunowen, dachte ich. Wenn die weißen Wälle

die Straße verbarrikadierten und die Chausseebäume bis zum Astwerk im Schnee ertranken. Ein Kunstwerk in Weiß. Überhänge wie Meereswellen, die im Brechen erstarrt sind. Schien die Sonne vom Horizont her rot gegen den Wall, warfen die weißen Hügel schwarze Schatten, geriet der Pulverschnee auf der einen Seite ins Funkeln, während die andere Seite kalt und tot blieb wie die Rückseite des Mondes. Der Milchwagen kam nicht durch, Doktor und Wachtmeister auch nicht. Nur die Krähen blieben schwarz in dieser weißen Welt, segelten krahend über die endlosen Flächen. Zum Wald hin schaufelten die Gutsarbeiter einen Hohlweg in den Schnee, damit die Arbeit im Holz weitergehen konnte. Die Schule fiel aus.

Tage später, wenn die weiße Last sich gesetzt hatte, wurden die Schneewehen begehbar und lieferten das Baumaterial für die kleinen Baumeister des Winters. Ein Turm aus Schnee, ein roter Schal als Fahne, eine Burg mit Schießscharten. Erinnere ich mich recht, daß die Schießscharten schon damals immer nach Osten zeigten?

In allen Fenstern des Hohen Hauses brannte Licht. Mein Nachfolger war wieder da und diktierte Aktenvermerke. Er wird Mühe gehabt haben, mit dem Auto in die Stadt zu kommen. Oben die Schneewehen, auf den abwärts führenden Straßen die Glätte. Eigentlich müßte ich ihn besuchen. Der Europäischen Dienstleistungsfreiheit wegen, die 1992 kommen wird, fuhr ich regelmäßig in die Bibliothek des Hohen Hauses, ließ mir Materialien aus Brüssel und Luxemburg schicken. Übermorgen hatte ich in Straßburg zu sein, um eine Synopse der europäischen Rechtssysteme zu erstellen. Aber nun der Schnee. Er fesselte mich ans Haus, malte mir Bilder aus einem vergangenen Leben.

Einmal konnte ich des Schneetreibens wegen nicht von der Bahn abgeholt werden. Wie hieß die Station, auf der ich ankam? Jedenfalls war die Kutsche, die gewöhnlich auf dem Bahnhofsplatz wartete, nicht da. Der Bahnhofsvorsteher erlaubte mir, im Wartesaal zu nächtigen. Als er erkannte, wer ich war, bat er mich in seine Wohnung. Die Frau briet eine

Pfanne Rühreier und richtete einen Schlafplatz her auf der Chaiselongue in der guten Stube. Vater schickte später den Kutscher mit einer Flasche Schnaps zum Bahnhof.
Konnte es sein, daß Mariechen aus dem Land der Schneewehen kam? Wie wenig ich davon wußte. Die meisten Menschen erinnern sich an die Begebenheiten ihrer Jugend überdeutlich, tragen Namen und Daten von damals im Kopf, während die jüngeren Ereignisse nicht haften wollen. Aber mir war das Vergangene entglitten, unter einer Schneewehe begraben. Grunowen hieß das Nest, der Name stand in meinem Personalausweis. Ich kannte kein Mariechen und keine anderen Namen aus Grunowen, nur Schneewehen türmten sich in der Erinnerung.
Wegen des Schneefalls kam der Briefträger am nächsten Tag erst nach dem Mittagessen. Er brachte einen Brief mit dem Poststempel Winnermühlen, Lüneburger Heide. Absender war eine Marie Holzhausen, geborene Malotka. Der Umschlag enthielt ein hektographiertes Schreiben, dessen Kopf eine Elchschaufel zierte. Am 19. April 1987 wird ein gewisser Felix Malotka achtzig Jahre alt. Seine Kinder wollen ihm ein Fest geben und laden alle ein, die mit ihm in Grunowen gelebt haben. Gefeiert wird im Heidegasthof »Zum Schießstand« in Winnermühlen. Beginn 16 Uhr. Unterschrieben hatten:

*Ewald Malotka, Kapuskasing/Kanada*
*Ursula Schilling geb. Malotka, Ravensburg*
*Marie Holzhausen geb. Malotka, Winnermühlen*

Um Antwort wird gebeten. Eine Telefonnummer war angegeben.
Unten ein handschriftlicher Zusatz:
*Lieber Herr Tolksdorf, unserem Vater wäre es eine große Freude, wenn gerade Sie zu seinem Ehrentage kämen.*
*In heimatlicher Verbundenheit und mit ostpreußischen Grüßen*

*Ihr Mariechen*

Für den Rest des Tages beschäftigte ich mich mit Atlanten. Grunowen war auf alten Ostpreußenkarten nicht zu finden,

ebensowenig dieses Winnermühlen in der Norddeutschen Tiefebene, beide Flecken waren zu unbedeutend für die Kartographen.
Felix Malotka, ein Name der schönen Vokale. Er wird einer der Gutsarbeiter gewesen sein, die in den Insthäusern am See lebten, die Leute mit den vielen Kindern. Dieses Grunowen lag an einem langgestreckten See, der von zwei Seiten mit Wald umgeben war. Am Seeufer wie die Glieder einer Kette die dunkelroten Ziegelhäuser der Gutsarbeiter. Geflügel auf den Höfen, ein kläffender Spitz, barfuß laufende Kinder, alte Frauen mit schwarzen Schürzen um den Leib und grauen Tüchern um den Kopf hängten im Garten Wäsche auf, trugen Brennholz ins Haus, saßen auf selbstgezimmerten Bänken und schaukelten Kinderwagen. Rauch fiel aus den Schornsteinen auf dampfende Abfallhaufen. Eine Pumpe kreischte, ein Säugling schrie, aus offenen Türen roch es nach Abwasch.
Sonderbar, da besitze ich ein Haus mit sieben Zimmern oberhalb der großen Stadt, habe Platz für Bilder aus der Toskana, für afghanische Teppiche, eine juristische Bibliothek und Hannelores schöngeistige Bücher, aber kein Stück Erinnerung an Grunowen läßt sich finden. Kein Bild des Königsberger Schlosses, kein Gemälde der kurischen Wanderdünen. Zwanzig Jahre meines Lebens habe ich in jener Gegend zugebracht, aber nichts mitgenommen, nichts für aufhebenswert befunden. Nur ein Foto meiner Mutter, aufgenommen im Jahre 1938, als sie noch gesund aussah. Ich nahm das Bild mit, als ich Soldat wurde. Es begleitete mich in den russischen Schnee, ich trug es bei mir im September 1944 in dem Dorf im Apennin, durfte es mit nach Texas nehmen zu den Melonenfeldern, brachte es von dort nach München. 1950 ließ ich das arg vergilbte und zerknitterte Bild vergrößern, auch ein bißchen retuschieren. Seitdem lag es in meiner Schreibtischschublade: Gertrude Tolksdorf geborene... Da fehlte es wieder, ich wußte nicht einmal Mutters Mädchennamen. Als hätte sich etwas zwischen mich und diese Zeit gelegt, ein Erdrutsch, eine Lawine oder eine Schneewehe. Ich wußte diese Naturkata-

strophe auch ziemlich genau zu datieren, sie begann im Sommer 1944 und zog sich hin bis in den Herbst 1946, danach beruhigte sich die Erde und ließ Gras wachsen über die Geschichte.

Wie war das mit meinem Vater? Bei Kriegsende umgekommen. Diese Nachricht erreichte mich, als ich aus Texas heimkehrte. Ich nahm sie hin, weil sie die übliche Auskunft war, die damals gegeben wurde. Nichts Bestimmtes, er war nur nicht mehr da. An Vater erinnerte nichts, kein Bild, kein vergilbter Feldpostbrief, kein Buch, in das er seinen Namen geschrieben hatte. Oh, er besaß viele Bücher. Im Grunower Herrenhaus gab es einen Raum nur für Bücher. Zwei Wandseiten hoch standen sie bis unter die Decke, die großen Philosophen und Dichter. Zahllose Bände zur Agrarökonomie, behaftet mit penetrantem Rauchgeruch, der sommers und winters aus dem Kamin in Vaters Bibliothek wehte. Immerhin das hatten wir gemeinsam: Bücher.

Als ich ihm zuletzt begegnete, war ich zwanzig Jahre alt. Ich in Uniform, er in Breecheshose und Reitstiefeln, die er noch trug, als er kein Rittmeister mehr war und nicht mehr zu Pferde über die Gutsfelder reiten konnte.

Bei Kriegsende umgekommen. Für einen Vater war das verdammt nichtssagend. Nun, da ich mich selbst dem Alter näherte, in dem das Kriegsende meinen Vater umkommen ließ, wünschte ich deutlichere Aussagen. Am Schreibtisch sitzend, vor mir die hektographierte Einladung zu einem 80. Geburtstag, eine alte Karte der Provinz Ostpreußen und eine neuere Karte der Norddeutschen Tiefebene, spielte ich die Möglichkeiten des Umkommens durch. An Artilleriebeschuß wäre zu denken, an einen Bombenvolltreffer, eine Maschinenpistole ganz aus der Nähe, Typhus, Fleckfieber und Ruhr fielen mir ein oder einfach nur Hunger. Die Ostsee, das Haff und seine Eislöcher wären nicht auszuschließen. In einem Güterwagen gestorben auf der Fahrt in den Westen oder verschleppt nach Osten, wer weiß? In den Rücken geschossen beim Weglaufen, an einen Baum gehängt wegen Feigheit vor dem Feind...

Nein, dieses Ende wäre auszuschließen. Vater war zu alt für Heldentaten. Im Jahre 1881 geboren, kam er für Volkssturm und allerletztes Aufgebot zu spät. Es zog sich geographisch gewaltig in die Länge, jenes Kriegsende; es reichte über den Ural hinaus und bis nach Texas. Letzteres war mein Kriegsende.
Während des Studiums in München war er mir nicht mehr begegnet, noch weniger in den Jahren, in denen ich für das Hohe Haus arbeitete. Ich plante, entwarf und bedachte vieles, aber niemals das unbestimmte Ende meines Vaters. Erst wenn wir älter werden, nähern wir uns wieder unseren Toten. In der geschäftigen Zeit, den sogenannten besten Jahren, kommen sie uns abhanden, aber jeder Tag, der uns näher an die Grenze bringt, läßt uns die Toten vertrauter werden.
An Mutters Tod erinnere ich mich deutlicher. Er vollzog sich in geregelten Verhältnissen nach einer schweren Lungenentzündung. Ein regnerischer Morgen, große Pause nach der Physikstunde, auf dem Schulhof erscheint der Pedell, um den Schüler Tolksdorf ins Rektorat zu holen. Im Vorzimmer blickt keiner auf, die Tür zum Büro steht offen, trotzdem klopfe ich an. Rektor Lenz sieht gedankenverloren aus dem Fenster, kehrt mir den Rücken zu. Als er sich umdreht, funkeln die Brillengläser. Aus seiner Westentasche baumelt eine silberne Uhrkette. In der Hand hält er das Telegramm.
Nach der Geschichtsstunde bist du vom Unterricht befreit ... Ein deutscher Junge weint nicht!
Der Schüler Tolksdorf ging nicht zurück auf den Schulhof, sondern gleich in den Klassenraum, vertiefte sich, ohne zu lesen, in das Geschichtsbuch. Attila auf den Katalaunischen Feldern, Theoderich in Ravenna, Alarich im Busento. Alle mußten sterben.
Der Zug fuhr über Preußisch-Eylau und Bartenstein nach Korschen. Dort stieg ich um. Bischofstein, Rothfließ, Bischofsburg. In Sorquitten wartete die Gutskutsche. Die Pferde trugen Trauerflor, der Kutscher zog die Mütze und sagte mit belegter Stimme: Junger Herr, ich spreche Ihnen mein Beileid aus.

Schweigend trug er das Gepäck in den Landauer, öffnete den Verschlag, aber ich wollte nicht in der weichen Polsterung, sondern neben ihm im frischen Wind auf dem Kutschbock sitzen.
Ich will es Ihnen nur sagen, junger Herr, im ganzen Dorf herrscht große Trauer.
Danach schwieg er für den Rest des Weges. Der Trauer wegen fuhr er in verhaltenem Trab, vermied es, Staubkringel aufzuwirbeln, vermied auch Peitschengeknalle und jedes überlaute Rasseln der Räder. Als wir unsere Felder erreichten, ließ er die Pferde in Schritt fallen. Die Arbeiter holten gerade die berühmten Grunower Kartoffeln aus der Erde, als meine Mutter in die Erde kam. Die Frauen, die hinter der Haspel sammelten, richteten sich auf und blickten der Kutsche nach. Kinder liefen barfuß über den Kartoffelacker, im Vorbeifahren sah ich ihre sandigen Knie, die runden, verschmierten Gesichter. Männer hoben Säcke auf die Wagen. Als die Kutsche vorüberfuhr, zogen sie ihre Mützen. Der Kämmerer – wie hieß er noch? – sprengte auf seinem Rappen hinterher, hielt sich neben der Kutsche, grüßte mit ausgestrecktem rechtem Arm und sprach das Übliche. Auf dem Gutshof schlug die Vesperbimmel.
Wo aber war Vater? In der Bibliothek fand ich ihn nicht. Die Mamsell ahnte nicht, wohin er gegangen war. Sie war es, die mir Mutters Tod erklärte. Seitdem wußte ich, was doppelseitige Lungenentzündung bedeutete.
Am nächsten Morgen der Trauerzug. Die Leute standen am Weg, die Männer hielten ihre Mützen vor die Brust, die Frauen die Hände gefaltet. Die Kinder hatten schulfrei und brannten auf den Äckern Kartoffelfeuer ab, als wäre nichts geschehen. Ein gewaltiger Krähenschwarm erhob sich aus den Ulmen des Parks, als der Trauerzug einbog. Hunderte schwarzer Vögel ließen sich auf dem Kartoffelacker nieder, wo die Kinder räucherten.
Mutter war eine große, schlanke Frau, die mit 47 Jahren an doppelseitiger Lungenentzündung sterben mußte. Das Bild,

das ich von ihr besaß, zeigte schwarzes Haar und ein straffes Gesicht ohne Krähenfüße, keine Schönheit, aber eine stattliche Person. An jenem Herbsttag stand ich ganz vorn. Wer war der Mann neben mir, dessen gewichste Stiefel im hellen Sand scharrten? War Vater überhaupt dabei, oder saß er in der Bibliothek und ertränkte seine Trauer in Türkenblut? Deutlich sah ich die weißen Rauchsäulen, wunderte mich, daß es Menschen gab, die an einem Tag wie diesem Kartoffeln rösten und fröhlich übers Feuer springen konnten. Einer ritt auf das Feld – es war wohl der Kämmerer – und jagte die ausgelassenen Kinder fort, denn es hatte Trauer zu herrschen auf den Ländereien des Gutes Grunowen. Mit einem Flintenschuß vertrieb er auch die Krähen. Sie erhoben sich wie eine schwarze Wolke und flogen dem Grunower Forst zu. Danach brannten einsam die Kartoffelfeuer nieder, der Rauch kroch am Seeufer entlang und vernebelte das Dorf.
Mutter hatte noch eine geordnete Beerdigung mit beträchtlichem Gefolge. An die zwanzig Kutschen standen auf dem Gutshof. Automobile waren aus Sensburg, Ortelsburg und Bischofsburg gekommen. Berge weißen Sandes zu meinen Füßen. Bunte Ahornblätter taumelten in die offene Grube. Wo aber war Vater? Ich erinnere mich nur der weißen Rauchsäulen und der bunten Blätter, deren harte Stiele hörbar aufs Holz schlugen. Später drückte ein Granitblock, auf den Gutsfeldern geborgen und sechsspännig in den Park geschleift, auf Mutters Grab. Der Gutsschmied meißelte Namen und Jahreszahlen in den Stein. Ich erinnere mich an das Bild in vielen Farben. In den Kartoffelferien, wenn der Stein in rotbunten Blättern ertrank, um Weihnachten, wenn der Pulverschnee die Schrift unleserlich werden ließ, im Frühling, wenn die Schneeglöckchen neben ihm aus der Erde drängten, und in den Sommerferien, wenn ein blaues Ritterspornmeer um den Felsbrocken wucherte. Es gab einmal ein Foto: Werner Tolksdorf in feldgrauer Uniform neben dem Stein.
Schon am Nachmittag fuhr ich zurück. Wieder war Vater nicht da. Die Kartoffelfeuer längst erloschen, statt des

Rauches hingen Staubwolken hinter der Haspel, denn am Nachmittag des Beerdigungstages ernteten sie wieder, sammelten sie die gelben Knollen in Drahtkörbe, füllten die Säcke, die wie Türme eines Schachspiels auf dem sandigen Feld standen. Ein warmer Herbsttag, durchzogen von den Fäden des Altweibersommers. Jede Trauer war verflogen. Der Kämmerer begleitete die Kutsche bis zur Gemarkungsgrenze, sprach von den ausgezeichneten Kartoffeln des Jahres 1940. Sie seien so trocken, man könne sie ungereinigt, wie sie aus der Erde fielen, nach Berlin verladen. Ja, die berühmten Grunower Kartoffeln, die gelbe »Ackersegen« für die feinsten Berliner Häuser. Es treffe sich gut, meinte der Kämmerer, daß im zweiten Kriegsjahr ein reichlicher Kartoffelsegen anfalle. So werde der Krieg auch an der Heimatfront gewonnen.
Noch einmal ins Büro des Rektors.
Sieh mal, Tolksdorf, es sterben so viele junge Menschen fürs Vaterland und für die deutsche Sache. In dieser Größe geht der persönliche Schmerz unter, den wir beim Verlust eines nahen Angehörigen empfinden. Auch mußt du bei jedem Toten, der dir begegnet, immer eines bedenken: Wir trauern nur um den Zeitpunkt. Der Gegensatz zu Sterben heißt nicht Ewiges Leben, sondern immer nur ein bißchen später sterben.
Malotka also. Drei Kinder besaß der Mann, der am 19. April 1987 achtzig Jahre alt werden wollte. Vermutlich hatte er mehr gehabt, aber drei waren geblieben; die in den Insthäusern hatten doch viele Kinder. Wenn alle aus Grunowen kämen, gäbe es ein Fest mit zweihundert Gästen. Aber auch von denen werden einige bei Kriegsende umgekommen sein, andere leben in der DDR und dürfen nicht reisen, ein paar sind nach Australien oder Kanada ausgewandert, wie dieser Ewald Malotka. Niemand wäre auf die Idee gekommen, alle Einwohner eines Dorfes zu einem 80. Geburtstag einzuladen, hätte es nicht diesen Einschnitt von 1945 gegeben. Nur weil sie das Dorf verloren haben, gilt es ihnen als etwas Besonderes, sie besitzen eine gemeinsame Erinnerung. Und die wollen sie feiern.

Im Keller fand ich die Akte aus den 50er Jahren. Immerhin, Gut Grunowen hatte mein Studium finanziert. Als Vaters Erbe erhielt ich Geld vom Lastenausgleich. Für das Haus am Hang gab es eine Hypothek zu billigen zwei Prozent auf fünfzig Jahre. Vorher mußte ich Vater für tot erklären lassen.
Mein Vater soll bei Kriegsende umgekommen sein, sagte ich dem Rechtspfleger des Amtsgerichts München, der nur einen Arm und anderthalb Beine besaß, beinahe selbst umgekommen wäre und größtes Verständnis aufbrachte für derart unbestimmte Auskünfte.
Ob es Zeugen gebe?
Nein, ich weiß es nur vom Hörensagen.
Wann haben Sie Ihren Vater zum letztenmal gesehen?
Im Sommer 1944.
Nach Ablauf der üblichen Fristen wurde sein Tod festgestellt. Ich erbte ein östliches Gut, von dem ich wußte, daß es ausgedehnte Kartoffelfelder besaß, einen See, einen Wald mit rotleuchtenden Kiefernstämmen, einen Park, in dem die schwarzen Krähen hausten.
Königsberg bedeutete mir mehr als Grunowen. Von 1934 bis 1942 lebte ich in Königsberg, unterbrochen nur von den Schulferien und zwei Tagen Beerdigungsurlaub im Herbst 1940. Aber Königsberg lag ja noch ferner. Vor zehn Jahren verhandelte das Hohe Haus mit der Schwarzmeer-und-Ostsee-Gesellschaft wegen der Beteiligung an den Röhrenlieferungen in die Sowjetunion. Ich als Jurist dabei. Nach Unterzeichnung des Vertrages speisten wir in der »Solitude«. Der Repräsentant der Schwarzmeer-und-Ostsee-Gesellschaft, ein gewisser Brogilew, leerte sein Wodkaglas, stand auf und lud die Herren des Hohen Hauses zu einem Besuch der Sowjetunion ein. Er empfahl die liebliche Krim, eine Dampferfahrt auf der Wolga, einen Ausflug nach Asien zum Baikalsee und nach Samarkand. Da hob Schill, der Leiter unseres Außendienstes, sein Glas, stieß mit Brogilew an und fragte, ob er Kaliningrad besuchen dürfe. Er habe in Königsberg studiert und wisse dort noch eine Jugendliebe namens Paula.

Brogilew trank hastig aus. Dann schüttelte er den Kopf. Diesen Wunsch kann niemand erfüllen, sagte er leise, nicht einmal der Zar.

Bis Soltau Autobahn, danach eine einsame Straße durch Fichten- und Kiefernwälder. Gesperrte Waldwege, Panzerspuren, lädierte Bäume. In schwarzsandigen Löchern stand Wasser, darauf schwammen bunte Ölflecken. Zwischen Soltau und Bergen Kanonendonner, zum erstenmal seit September 1944 hörte ich wieder den Krieg. Dreiundvierzig Jahre ohne Artillerie, eine beachtliche Leistung. Wann ist das in der deutschen Geschichte schon mal vorgekommen? Eine ganze Generation hört keinen Kanonendonner!

In einer Kurve lagen Soldaten am Straßenrand, welkes Heidekraut an die Helme gesteckt, Ruß im Gesicht. Einer schwenkte eine rote Fahne.

Bitte langsam fahren!

Britische Centurions kreuzten die Straße. Mit zum Himmel gerichteter Kanone kamen sie den Hang herauf, fielen in die Waagerechte, warfen schmutziges Wasser auf und versanken hinter der Böschung. Im Abwärtsfallen zermalmten sie junge Birken, die gerade aufbrechen wollten. Hinter den Hügeln, die die Panzer nahmen, wummerte die Artillerie. Die Autoscheiben zitterten, es stank penetrant nach Dieselöl.

Fünf Kilometer bis Winnermühlen. In der Lüneburger Heide kam der Frühling zehn Tage später. Während in meinem Garten längst die Forsythien blühten, zeigte hier nur der grüne Austrieb der Birken, daß der Winter ausgespielt hatte.

Es gab auch mal eine Johannisburger Heide, die lag südlich von Grunowen auf Polen zu, auch sie übrigens ein beliebtes Manövergebiet. Im August '39 sammelten sich in der Johannisburger Heide die Divisionen, und im Juni '41 wieder.

Winnermühlen erschien mir nicht größer als das ferne Grunowen. Am Ortseingang ein Sägewerk, vor dem sich Langholz türmte, ein Stapel geschält, zwei noch unter der Borke. Gelbleuchtende Bretterhalden und ein Geruch von Harz und frischgeschnittenem Kiefernholz. Der Schornstein des Sägewerks war das höchste Bauwerk des Dorfes. Dahinter eine Häuserreihe, jedes Gebäude von gleichem Zuschnitt, aus roten Ziegeln gemauert, mit roten Pfannen gedeckt, vorn Blumengärten, hinten Obst und Gemüse. So sahen die Flüchtlingssiedlungen aus, die in den Nachkriegsjahren in den norddeutschen Dörfern entstanden. Hinter den Gärten Wacholderbüsche wie Wachsoldaten in schwarzen Pelerinen, das Weiß der Birkenstämme leuchtete vor dem dunklen Wacholder. Im Sommer liefen hier Heidschnucken durchs blühende Kraut, im April sah die vom Schnee befreite Heide grau aus, wie gestorben.

Hier also wollte ein gewisser Felix Malotka seinen 80. Geburtstag mit den Überlebenden eines tausend Kilometer entfernten Dorfes feiern. Langsam fuhr ich die Straße hinauf, fragte nach dem Heidegasthof »Zum Schießstand«, fand ihn in einem Hain alter Eichen. Aus den Fenstern fiel Licht in die blätterlosen Bäume. In den Fliederbüschen neben der Haustür hing eine Kette bunter Glühbirnen, um die Eingangstür drapiert eine Girlande aus Fichtengrün: Herzlich willkommen!

Vor dem »Schießstand« parkten zwei Militärjeeps mit britischen Kennzeichen, daneben Autos aus Westfalen, Schleswig-Holstein und Bayern. Ein Schifferklavier spielte »Rosamunde«, eine Frauenstimme lachte schrill, aus halb geöffneten Fenstern entwich rauchige Luft.

Warum zögerte ich? Plötzlich kam mir der Gedanke, hinter den erleuchteten Fenstern könnte ich Vater treffen und mit ihm die vergangene Zeit, die längst untergegangene, die es aber gab, wie es die Eisberge gibt, die unterhalb der Meeresoberfläche schwimmen, wie es die Sonne gibt, auch wenn Wolken, Nebel und Dunkelheit sie verhüllen.

Sie hatte mich längst erkannt, die Frau unter der Girlande, eine Frau mittleren Alters. Als ich ausstieg, winkte sie mir zu.

Ich bin das Mariechen! rief sie.

Mir war die Person fremd, aber sie behauptete, mich gleich

erkannt zu haben, ich sähe dem Herrn Rittmeister ähnlich, nur etwas größer sei ich gewachsen.
Wie vertraut sie tat, sie machte Anstalten, mich zu umarmen, aber ich kannte sie nicht.
Ach, der Papa wird sich freuen! Er weiß nicht, daß Sie kommen, es soll eine Überraschung für ihn sein.
Von einer beheizten Garage sprach sie, in die ich mein Auto stellen könnte. Ein ruhiges Zimmer mit fließend Wasser und Aussicht auf den Wacholderwald habe sie reserviert. Ob ich ausruhen möchte? Oder gleich etwas essen?
Sie trug meine Tasche die Treppe hinauf in den ersten Stock, erzählte dabei, wie sie ihren Vater überreden mußte, dieses Fest zu feiern.
Wann willst du feiern, wenn nicht den Achtzigsten, hatte sie zu ihm gesagt.
Also gut, er wollte feiern, aber es sollte so sein wie früher, er wünschte sich heimische Gerichte und Getränke, dazu die heimischen Menschen.
Das ließ sich arrangieren.
Als wir das Zimmer betraten, zitterten die Scheiben.
Sonntags schießen die sonst nie, klagte Mariechen und schloß rasch das Fenster. Auch nachts sei Schießverbot, das hätten die Bürger der Gemeinden um den Schießplatz durchgesetzt. Sie können ruhig schlafen, Herr Tolksdorf.
Ich sollte mich ausruhen, danach in den Saal kommen an die gedeckte Tafel. Ich sei der Überraschungsgast.
Papa wird sich riesig freuen, er hat so oft von Ihnen und Ihrem Vater erzählt.
Nachdem sie gegangen war, trat ich ans Fenster und sah in die düster werdende Landschaft. Mündungsfeuer erhellte den Waldrand. Als die Artillerie verstummte, hörte ich unten ein Schifferklavier, aber das Lied, das sie sangen, kannte ich nicht.
Du wirst in eine Welt fallen, die es nicht mehr gibt. Und keiner ist da, der dich zurückholen kann. Ob ich ihre Sprache überhaupt noch verstehe? Während meiner Tätigkeit für das

Hohe Haus hatte ich unzählige Menschen getroffen, Verhandlungen geführt, Vorträge gehalten, auf Empfängen Smalltalk geübt, aber diese Menschen hier waren anders. Alle kannten mich, ich kannte niemanden. Ich war der junge Herr, der stellvertretend für den alten Herrn zu ihnen kam. Würde ich hundert Jahre alt, ich bliebe der junge Herr. Sie erwarteten, daß ich ihre Namen kannte, auch die Berufe. Den Stellmacher, den Gutsschmied, die Melker und Gespannführer sollte ich benennen können, mich ihnen zugehörig fühlen und mit ihnen sprechen, als gebe es noch die alte Gemeinschaft zwischen dem Gutsherrn und seinen Leuten.
Da sitzen sie nun und tuscheln miteinander. Ob er noch kommt, der junge Herr Tolksdorf? Ach, er hat einen weiten Weg vom Schwabenland bis in die Lüneburger Heide. Da unten soll er ein hohes Tier sein in einer großen Firma, ein juristischer Doktor, ja, unsere Herren fallen immer auf die Füße, was aber kein Wunder ist, denn er ging in Königsberg zur Hohen Schule. In Amerika soll er auch gewesen sein.
Im Flur spielten Kinder, versteckten sich hinter aufgespannten Regenschirmen. Ob mein Kindermädchen auch dabei ist? Ja, ich hatte ein Kindermädchen, eine kleine Schwarze, deren Name mir entfallen ist. Auf ihrem Schoß saß ich, den Kopf zwischen die Brüste gelegt, umgeben von ihrem langen Haar, das wie ein Schleier wehte, wie die Vorhänge der Wiege, wie das Kleid meiner Mutter an festlichen Abenden. Später entzog ich mich ihrer Zärtlichkeit. Ein Junge läßt sich nicht von einem Kindermädchen küssen. Ich trank nicht mehr aus der Tasse, aus der sie getrunken hatte. Ich warf den Löffel fort, mit dem sie gegessen hatte, erlaubte nicht mehr, daß sie in mein Bett kroch, um mich zu wärmen. Als ich in die Schule kam, verließ sie unser Haus. Sie wird geheiratet haben, wie alle Kindermädchen, um selbst Kinder zu bekommen. Und nun sitzt sie da, alt geworden, sitzt an der Kaffeetafel und erzählt den Leuten, was der kleine Tolksdorf berissen hat, damals in Grunowen.
Eine Frau trug Kaffeegeschirr aus dem Saal. Feuchter Zigar-

renrauch schlug mir entgegen. Flackernde Kerzen auf einer weißgedeckten Tafel, dahinter eine Reihe alter Gesichter. An die vierzig Personen saßen im Saal und feierten einen Achtzigjährigen. Die Männer in schwarzen Anzügen, die Frauen in dunklen Kleidern, grauhaarig und wie von gestern.
Die Frau, die sich Mariechen nannte, kam mir entgegen.
Kommen Sie, kommen Sie, Herr Tolksdorf.
Sie führte mich zum Kopfende der Tafel. Auf ihren Wink hin verstummte die Musik.
Sieh mal, Papa, wer zu deinem Geburtstag gekommen ist! Das ist der junge Herr Tolksdorf.
Da saß er, der achtzigjährige Felix Malotka, auf einem Sessel, dessen Lehne mit Tannengrün umflochten war. Über ihm hing eine Elchschaufel, eines jener Exemplare, die gelegentlich ans Ufer des Kurischen Haffs gespült werden, denn die Sage erzählt von großen Elchen, die es vorziehen, im Haff zu sterben, bevor sie sich erschießen lassen. Ein breiter Schädel. Auf der Oberlippe trug er ein Bärtchen, wie es zu Führers Zeiten gern getragen wurde. Mächtige Haarwülste hingen über seinen Augen, das Gesicht war glatt ohne die Falten des Alters. Am Revers trug er eine rote Nelke.
Das Schifferklavier spielte einen Tusch.
Na, freust du dich gar nicht, Papa?
Der alte Mann wischte verstört über die Augen, drückte umständlich die Zigarre aus, fuhr mit beiden Händen durchs Haar, erhob sich geräuschvoll, schob den Sessel zur Seite. In diesem Augenblick erkannte ich ihn. An der Art, wie er ging, wie er mit den Armen ruderte, wie er das linke Bein nachzog. So hatte ich ihn oft über den Gutshof gehen sehen, so holte er die Pferde, so kam er über die Terrasse ins Herrenhaus, um zu sagen: Die Kutsche ist vorgefahren.
Er breitete die Arme aus.
Daß ich das noch erleben darf! rief er und umarmte mich, zog mich zum Ehrenplatz an die Tafel. Mariechen schob schnell einen weiteren Sessel unter die Elchschaufel. Eine Frau deckte Kaffeegeschirr für den neuen Gast.

Das ist meine Ulla, stellte Malotka sie vor. Die wohnt nicht weit von Ihnen am Schwäbischen Meer.
Sie schenkte Kaffee ein und legte Kuchen vor, behauptete, mich zuletzt in Uniform in Grunowen gesehen zu haben. Schneidig habe er ausgesehen, der junge Leutnant Tolksdorf.
Schade, daß mein Ewald nicht gekommen ist, fuhr der Alte fort. Der kennt Sie noch besser, der ist mit Ihnen in die Grunower Dorfschule gegangen, bevor Sie auf die Hohe Schule nach Königsberg kamen.
Das Schifferklavier begann wieder zu spielen.
Mariechen, bring die Flasche! rief er. Wir beide müssen ostpreußisch trinken, mit achtzig braucht der Mensch ab und zu einen Schnaps zur Konservierung, sonst verliert er die Fasson.
Mariechen brachte zwei Gläser mit klarem Schnaps, am Rande eines jeden Glases klebte eine Scheibe Majoranleberwurst.
Vor zweiundvierzig Jahren hab' ich zuletzt mit einem Tolksdorf angestoßen, sagte Malotka, schob die Wurst in den Mund und goß den Klaren hinterher.
Nach dieser Begrüßung trank ich Kaffee, den Malotka als Plurksch bezeichnete, aß Kuchen, den er Mohnstriezel nannte, und mußte, von Mariechen bedrängt, Glumstorte probieren. Malotka rechnete mir vor, wo die Jahre geblieben waren. Zum letztenmal hatten wir uns im Sommer '44 gesehen, als das Attentat – gar nicht weit von Grunowen entfernt – passierte und sie auf dem Gut anfingen, die Sommergerste einzufahren.
An der Tafel sangen sie, vom Schifferklavier begleitet,

Gold und Silber lieb' ich sehr,
kann's auch gut gebrauchen ...

Malotka winkte ab. Ich brauch' nuscht mehr, wenn du achtzig bist, hast du von allem genug gehabt. Er wünschte sich ein bißchen Ruhe für die letzten Tage, das Essen möge schmecken und die Hosen sollten passen. Mehr nicht.

Er stellte seine Familie vor. Die Ulla, die da hinten mit der Kaffeekanne, hat drei Kinder, genauso viele wie Malotka selbst. Das Mariechen nur zwei, was aber reicht, weil sie viel mit dem »Schießstand« beschäftigt ist, in den sie eingeheiratet hat vor zwanzig Jahren. Der Ewald in Kanada hat bisher auch nur zwei Kinder, was noch zu verbessern wäre.
Malotka winkte die Töchter heran und gab Anweisung, demnächst die Jugend vorzustellen. Die feierte nebenan in der Gaststube, weil sie die Alten mit ihren Liedern nicht mehr verstand und lieber die Musicbox dudeln ließ oder am Flipper spielte.
Im großen und ganzen sei er zufrieden mit seinem Nachwuchs. Sieben Enkelkinder, das sei doch ganz ordentlich.
Heutzutage mußt' ja froh sein, wenn du überhaupt noch Großvater wirst. Es ist wie verhext, Herr, die Menschen wollen keine Kinder mehr, sie haben genug mit sich selbst zu tun. Früher fragtest du in der Nachbarschaft: Wie geht es den Kindern? Heute mußt du fragen: Wie geht es dem Hund? Frauen haben wir genug, aber an Müttern mangelt es. Die Männer taugen auch nichts, die wollen keine Väter mehr sein, sondern nur noch ihr Vergnügen haben. In der Schrift steht: Ein Mann wird Vater und Mutter verlassen, um einem Weibe anzuhangen. Aber heute geht das anders: Ein Mann wird Frau und Kinder verlassen, um einem anderen Weibe anzuhangen.
So redete er und redete, während ich Kuchen aß und vor mir flüssiges Wachs auf die Tischdecke tropfte.
Ja, es geht vieles durcheinander, Herr. Unsere Pastoren lassen sich scheiden, die Nonnen verlieren ihre Unschuld, und der Teufel spendet für den guten Zweck.
Er fragte nach meinen Kindern.
Zwei Söhne, sagte ich.
Na, dann ist der Name Tolksdorf ja gerettet. Immerhin doppelt soviel Nachkommenschaft wie der alte Herr.
Daß er mal die Achtzig schaffen werde, habe er nie und nimmer gedacht. Der alte Herr sei mit 63 Jahren gestorben, eigentlich viel zu jung. Der hätte noch ein paar Jahre leben kön-

nen, wäre das Kriegsende nicht dazwischengekommen. Aber nun wisse er nichts Rechtes mehr anzufangen, nur Blumengießen und auf den Tod warten. Wenn man alt wird, hat man nur noch Spaß daran zu erleben, wie die gleichen Fehler mehrere Male gemacht werden.

Sie hatten den Saal des »Schießstand« in ein Ostpreußenmuseum verwandelt. An den Wänden hingen Kurenwimpel und Stadtwappen, vergrößerte Postkarten zeigten die Ostseewellen, wie sie kurz und heftig gegen die Samlandküste schlugen. Auf einem Riesengemälde pustete der Wind weiße Wanderdünen auf. Ein Jahrhunderthirsch aus der Rominter Heide röhrte zum Fenster hinaus in die Lüneburger Heide. Auf einem Bild des Kaisers Jagdschloß, das sich später der dicke Reichsjägermeister aneignete. Ein Foto zeigte den Adebar, versonnen auf einem Strohdach stehend. Er hatte Malotka vier Kinder ins Kutscherhaus gebracht, alle in Grunowen geboren, wo die Klapperstörche leichtes Spiel haben. Eines holte der schwarzweiße Bruder vor der Zeit zurück in den großen Sumpf, und das kam von der Diphterie.

Malotka lobte Mariechen, die die alten Sachen zusammengetragen und im Saal des »Schießstand« ausgestellt hatte. Sie war seine Jüngste, aber sehr für die alte Heimat. Davon hatte sie auch ihr Gutes, denn die Sensburger und Neidenburger hatten schon ihre Kreistreffen in Mariechens Saal veranstaltet. In der Lüneburger Heide ist sonst ja nicht viel los, ab und zu kommen ein paar Soldaten vom Truppenübungsplatz, um ein Glas Bier zu trinken, da hilft es schon, wenn die Ostpreußen in Mariechens Saal feiern.

Gab es auch eine Frau Malotka?

O ja, die stand am Herd und besorgte das Abendbrot.

Malotka schickte Ulla in die Küche, um die Frau zu holen.

Meine Ilse ist nicht aus Grunowen, erklärte er, die ist im Heidesand gewachsen. Ich hab' sie genommen, weil meine erste Frau, die Anna, bei Kriegsende umgekommen ist. Die wär' nun auch schon 78 gewesen, und in zwei Jahren hätten wir eiserne Hochzeit feiern können.

In der Tür erschien eine Frau, groß und schlank, beinahe dürr, bedeutend jünger als Malotka, aber ein wenig leidend aussehend. Sie band die Schürze ab und hängte sie über eine Stuhllehne. Malotka stieß mich an.
Das ist meine Ilse. Aus Schabernack nenn' ich sie manchmal Ilske, was auf Ostpreußisch Iltis heißt, aber von den Heidjern keiner versteht.
Sie reichte mir linkisch die Hand, versuchte zu lächeln. Das ist der junge Herr Tolksdorf, von dem ich dir soviel erzählt habe, erklärte Malotka. Unterhalt dich ein bißchen mit ihm, ich werd' mal den Musikanten besuchen.
Verlegen stand sie da. Eigentlich müsse sie wieder zurück in die Küche, damit nichts anbrenne. Ihrem Mann zuliebe habe sie ostpreußische Küche gelernt und verstehe sich auch auf masurische Fischsuppe.
Das Schifferklavier spielte:

Am Abend auf der Heide,
da küßten wir uns beide.

Malotka sagte, er habe das Lied für seine Frau bestellt, die eine echte Heideblume sei. Eigentlich müsse er nun mit ihr zum Ehrentanz aufs Parkett, wegen des verkürzten Beines liege ihm Tanzen aber nicht so. Er bat mich, ihm diese Pflicht abzunehmen.
Der Musikant kam in die Mitte des Saals, die Gäste erhoben sich und klatschten. Eine halbe Stunde war ich unter den fremden Menschen, und schon tanzte ich mit Malotkas Heideblume den Ehrentanz.
Drei Gläser ließ er füllen, das eine rot und süß, die anderen mit klarem Wasser und Leberwurstbelag. Ilse Malotka trank hastig und entschuldigte sich, sie müsse dringend in die Küche zu den ostpreußischen Gerichten. Malotka sah ihr nach und lachte.
Manchmal zargen sie sich ein bißchen, die Heidjer und die Ostpreußen. Dann nennt sie mich Glumskopp, und ich sag':

Sei du bloß still, Ilske, ihr Heidjer wäret längst vertrocknet, hätt' es kein frisches Blut aus dem Osten gegeben. Aber ihre größte Traurigkeit ist, daß wir keine Kinder zustande gebracht haben. Dafür ist sie wohl zu trocken, und Klapperstörche kommen in dieser Gegend auch nicht vor.
Er zündete eine Zigarre an und erklärte mir, warum er 1945 in die Lüneburger Heide gekommen sei: Weil das auch ein schönes Stück von Gottes Erde ist, Herr, und weil die Wälder wachsen wie in der Johannisburger Heide. Bloß Wasser kommt hier weniger vor als in den masurischen Seen. Wir werden im Alter nicht klüger, sondern dümmer, Herr, denn es begegnen uns immer mehr Dinge, von denen wir nichts verstehen. Das verkündete er laut und lachte.
Du bist schon ein sonderbarer Kauz, Malotka, du hast meinen Vater spazierengefahren über die Grunower Kartoffelfelder, zur Jagd in den Hochwald, zur Eisenbahn nach Sorquitten, in die Kreisstadt Sensburg, zu den Märkten und Festen der Umgebung. Bis das Kriegsende meinen Vater sterben ließ und Felix Malotka in die Lüneburger Heide verschlug.
Ich fragte ihn, wann er Kutscher bei meinem Vater wurde.
In dem Jahr, als das Wernerchen auf die Welt kam. Der alte Kutscher Fröhlich wurde etwas schwach auf der Brust, da nahm der alte Herr mich als Aushilfskutscher und behielt mich, bis der Krieg alle Kutschfahrten zu Ende brachte. O ja, wir haben alle Städte Ostpreußens mit der Kutsche abgeklappert, nur Memel und Tilsit nicht, weil die ein bißchen weit lagen, aber Königsberg war erreichbar, auch Elbing und Insterburg.
Malotka hielt es für nötig, mich zum Händeschütteln um den Tisch zu führen.
Alle, die hier sitzen, haben mit Grunowen zu tun. Entweder sind sie in Grunowen geboren, oder ihre Eltern kommen von dort, oder sie haben einen Grunower geheiratet.
Das ist der Sohn des Stellmachers Stumbröse. Sieht er nicht aus wie sein Vater? Frau Rauschning ist die Witwe des ersten Gespannführers, der zwei Tage vor Kriegsende in der Tsche-

chei fiel, wie das Unglück so will. Seine Frau schlug sich bis Bayern durch, da lebt sie noch. Wenn ein Grunower aus dem Norden nach Österreich in Urlaub fährt, macht er Station bei der Frau Rauschning an der Autobahn Nürnberg-Tennenlohe, da kostet die Übernachtung für die Leute aus unserem Dorf kein Geld.
Wissen Sie noch, wie mein Mann Sie huckepack zum Schwanennest getragen hat? fragte die Frau Rauschning. Ihm stand das Wasser schon bis zum Bauch, aber das Wernerchen wollte immer weiter, wollte so gern im Schwanennest sitzen.
Nein, daran erinnere ich mich nicht.
Von einer zarten Person berichtete Malotka, sie sei die Tochter des Gutsgärtners Masow, habe einen gewissen Klimke aus Schlesien geheiratet, was aber nuscht mache, auch die Schlesier seien gute Menschen.
Ihren Bruder, den Gerhard Masow, müßten Sie gut kennen. Der war der Oberpimpf in Grunowen. Mein Ewald ist mit ihm oft zum Exerzieren marschiert, oder sie haben hinter dem See Krieg gespielt und Lieder auf den Führer gesungen, daß das Schilf zitterte. Dieser Gerhard Masow ist vor einem Jahr, obwohl er gar nicht so alt war, an Herzinfarkt gestorben, wie das Leben so spielt.
Es erhob sich eine uralte Frau und griff nach meinen Händen.
An Ihren Vater kann ich mich erinnern, er war ein guter Mensch, sang sie mit weinerlicher Stimme. Wenn er auf die Felder ritt, kam er an meiner Schaluppe vorbei und fragte: Na, legen die Hühner auch gut, Frau Schutta? Ihr Vater sorgte dafür, daß ich jeden Winter eine Fuhre Brennholz bekam. Eigentlich stand mir nichts zu, weil ich nicht zum Gut gehörte, aber Ihr Herr Vater sagte: Wir können die arme Frau Schutta nicht erfrieren lassen. Ja, der alte Herr war nicht so.
Malotka erklärte mir, daß die Frau schon im ersten Krieg Witwe geworden sei. Sie lebte in der Lehmhütte hinter der Mühle und verbrachte noch viele Jahre unter den Polen, bis der Brandt nach Warschau reiste und die Verträge unterschrieb. Da kam sie raus.

Ich kannte weder die Tochter des Gärtners Masow noch ihren Bruder, den HJ-Führer, auch nicht die uralte Frau Schutta, der sie schon im ersten Krieg den Mann totgeschossen hatten, weder die Frau Rauschning, die zwei Tage vor dem Ende Witwe wurde, noch den Gespannführer Rauschning, der mich durch den See zum Schwanennest getragen hatte. Aber sie kannten mich und erzählten ihre Geschichten aus dem vergangenen Leben.

Wissen Sie noch, wie Sie mit dem Postbus von Mensguth nach Sensburg um die Wette geritten sind? An den Haltestellen preschten Sie am Bus vorbei, aber auf der Chaussee holte der Bus Sie wieder ein. So ging es von Dorf zu Dorf, bis Bus und Reiter gleichzeitig in Sensburg eintrafen.

Ja, die Pferde! Wie habe ich an Pferden gehangen! Auf Gut Grunowen wurde eigens ein Reitpferd für mich gehalten. Wenn Malotka mich mit der Kutsche von der Bahn abholte, brachte er das gesattelte Pferd mit. Raus aus dem stickigen Abteil! Fort von den Sätzen des Pythagoras und Cäsars gallischem Krieg! In verhaltenem Trab am Sorquitter Schloß vorbei. Wenn der rote Ziegelturm hinter mir im Wald untertauchte, jagte ich in gestrecktem Galopp die zehn Kilometer bis Grunowen. Wie im Rausch. Den sandigen Birkenweg hinauf, hinunter zum See, am Ufer entlang, über den Dorfanger, auf der Pflasterstraße schlugen die Hufe Funken, schweißgebadet hielten Pferd und Reiter vor der Terrasse des Herrenhauses. Da bin ich. Mutter erschien am Fenster. Eine Viertelstunde später zuckelte Malotka mit Kutsche und Gepäck auf den Hof.

Nach dem Krieg nur noch Intercity, Autofahrten und Fliegen. Keine Ausritte im schwäbischen Aichwald, nicht einmal Pferdesportveranstaltungen interessierten mich sonderlich. Was ist dazwischengekommen? Was hat mir die Pferde so verleidet?

Wissen Sie noch, wie Sie einmal zu Pfingsten, schön herausgeputzt im Matrosenanzug, in den Grunower See marschiert sind? Immer weiter, bis die Matrosenmütze mit den Bändern auf dem Wasser schwamm. Fischer Witki sprang aus seinem Kahn und rettete das schiffbrüchige Wernerchen. Der schöne Pfingstanzug war hin, bekleckert mit Modder und Entenkraut. Der Fischer nahm das Kind auf den Arm und trug es ins Schloß, nur die Matrosenmütze blieb auf dem Wasser, trieb ins Schilf und ward nicht mehr gesehen. Der alte Herr aber spendierte dem Witki eine Buddel, ja, er war nicht so, der alte Herr, der verstand zu leben und ließ auch andere leben.

Tuta Jablonski, verheiratete Kern, war aus der DDR zu Malotkas Ehrentag gekommen. Sie gehörte zur Familie des masurischen Bauern Jablonski, der auf dem Abbau hinter dem See sein Anwesen hatte. Jetzt lebte sie in einem Feierabendheim bei Karl-Marx-Stadt.

In der DDR läßt sich auch gut leben, sagte sie und lachte mich an. Mein Sohn hat gute Arbeit im Kombinat. Nur um die Enkel mache sie sich Sorgen. Die seien in einem Alter, in dem sie dumme Fragen stellten. Zum Beispiel diese: Wann wirst du Rentner, Papa, damit du Kaugummi aus dem Westen mitbringen kannst wie die Oma?

Malotka zog mich weiter.

Die Tuta hat es nicht leicht, sagte er, die muß auf ihre alten Tage das Lügen lernen. Weil sie Angst hat, die Enkelkinder könnten unzufrieden werden und weglaufen, erzählt sie ihnen traurige Geschichten aus dem Westen. Von den vielen Arbeitslosen und Bettlern und daß die Menschen im Winter die Heizung abstellen müssen, weil das Geld für die Feuerung fehlt.

Es meldete sich die Tochter des Korbflechters und Besenbinders Kämerling, die damals Roswitha hieß, jetzt aber auf den Namen Terwiel hörte. Sie behauptete, mit mir in die Grunower Volksschule gegangen zu sein, wußte auch, daß ich in der Bank am Fenster, sie gegenüber dem Kachelofen gesessen hatte. Als der junge Lehrer Sahrkau seine erste Stelle in Grunowen antrat, fing er gleich neue Moden an. Die Grunower Kinder sollten ein reineres Deutsch sprechen. Er verbot ihnen das *Chen*, das die Ostpreußen gern den Namen der Tiere mitgeben, damit sie lieblicher klingen. Schudelchen und Katzchen hörten sich schöner an. Nennst du einen Menschen ein Schwein, darf er sich beleidigt fühlen, sagst du aber Schweinchen, ist nichts dabei. Dem Lehrer Sahrkau waren diese Endungen undeutsch, also ließ er die Kinder die Tiernamen richtig aufsagen und zu Hause ins Heft schreiben. Da meldete sich der achtjährige Werner Tolksdorf: Aber Herr Lehrer, was machen wir denn mit den Kaninchen?

Auf dem Geschenktisch lag Ostpreußen, aus hartem Eschenholz geschnitzt, einen halben Meter hoch, einen Viertelmeter breit, zwei Daumen dick. Die Provinz wog an die fünfundzwanzig Pfund, besaß zwischen Tilsit und Memel einen Haken, um sie an die Wand zu hängen. Unten, wo der masurische Bauch sich weitete, stand schwarz ins helle Holz geritzt der Name Grunowen. Das Kunstwerk hatte der Sohn des Krugwirts Manthey, der in Oberhausen arbeitslos war, an langen Winterabenden geschnitzt und zu Malotkas Ehrentag mitgebracht. Es wird wohl in Mariechens Museum an der Wand enden neben den Dünen und dem Jahrhunderthirsch aus der Rominter Heide, denn Malotka hatte keinen Platz mehr für so ein schweres Wandgehänge.

Mehrere Schnapsbuddeln standen auf dem Geschenktisch, auch Zigarrenkisten. Von einem Blumentopf sagte Malotka, daß er bepflanzt sei mit gewöhnlichem Heidekraut, aber gefüllt mit Heimaterde. Vor drei Jahren hatte einer Grunowen besucht und den Polen zehn Pfund schwarze Erde gestohlen.

Warum dürfen wir nicht nach Königsberg? fragte einer. Ich bin in Königsberg geboren, meine Frau stammt aus Grunowen. Sie kann ihr Zuhause besuchen, ich nicht.

Was sollte ich darauf antworten? Bin ich der Zar?

Malotka nahm eine honiggelbe Bernsteinkette vom Gabentisch und ließ die Steine durch die Finger gleiten. Die Kette hatte jemand für deutsches Geld in Ostpreußen schwarz gekauft und Malotkas Frau geschenkt, damit sie auch etwas vom 80. Geburtstag ihres Mannes hat.

Eine Ehrenurkunde der Gemeinde Winnermühlen nebst einer Kiste Havanna vom Herrn Bürgermeister. Der Herr Pfarrer hatte nur Gottes Segen geschickt, den aber schriftlich. Frühmorgens hatte die Feuerwehrkapelle vor Malotkas Haus geblasen, obwohl er kein Mitglied ist, auch nicht zu den Einheimischen gehört, aber sie blasen für jeden, der 80 Jahre alt wird, egal, woher er kommt.
Schade, daß mein Ewald fehlt. Vielleicht kommt er später, wenn Kanada eisfrei ist. Der lebt in Kapuskasing, wo immer das liegen mag, mitten unter den Indianern. Er arbeitet mit Holz, hat einen Wasserflieger und ein Motorboot für die kanadischen Seen, im Winter fährt er mit dem Motorschlitten. Schon als junger Mensch wollte er Förster werden. Nach dem Krieg reiste er nach Kanada, um die Forstwirtschaft auf kanadisch zu lernen, weil masurisch nicht mehr ging. Am frühen Morgen, noch vor der Feuerwehrkapelle, klingelte das Telefon. Ewald aus Kanada gratulierte. Malotkas Kalender zeigte schon den 19. April, beim Ewald in Kapuskasing war es noch der 18., so wunderlich geht es mit der Zeit zu.
Eine Frau hielt mir ein vergilbtes Bild hin.
Den müßten Sie eigentlich kennen, Herr Tolksdorf. Mein Sohn Erich war zweiter Schweizer bei Ihrem Herrn Vater, später fiel er in Kurland.
Ich kannte ihn nicht.
Eine Frau hieß schlicht Neumann, aber in Grunowen rief man sie Rachullrigkeit, weil sie den Hals nicht vollkriegen konnte, wie Malotka mir zuflüsterte. Sie gehörte zu der Sorte von Menschen, die noch auf dem Sterbebett um den Preis des Sarges feilschen.
Der Musikant spielte Reiterlieder, die Malotka bestellt hatte, die Amboßpolka und »Leichte Kavallerie« von Franz von Suppé.
Ja, er kannte sich aus mit den Pferden. Bis Kriegsende hatte Malotka mehr mit Pferden als mit Menschen zu tun gehabt, nach '45 aber gab's nur noch Heide und Holz, Pferde nur im Fernsehen.

Mariechen folgte uns auf dem Rundgang um die Tafel, in der Rechten eine Flasche selbstgezogenen Johannisbeerwein – der ist aus Papas Garten, sagte sie, wenn sie einschenkte –, in der Linken klaren Schnaps.
Woher wußten Sie meine Adresse? fragte ich sie.
Ach, die steht doch in den Listen, Herr Tolksdorf. Wissen Sie nicht, daß die Ostpreußen über ihre Dörfer Listen führen? Da sind alle früheren Bewohner eingetragen mit ihren neuen Adressen im Westen.
Die Listen brauchen wir wegen der rechtmäßigen Ansprüche, mischte sich ein jüngerer Mann in das Gespräch. Wir müssen alles aufschreiben und festhalten. Auch Sie, Herr Tolksdorf, dürfen Ihr Erbe nicht aufgeben, Ihr schönes Gut Grunowen, es steht Ihnen nach Recht und Gesetz zu, niemand kann es Ihnen nehmen. Und wenn später, vielleicht in hundert Jahren, Ostpreußen wieder deutsch wird, brauchen wir Dokumente.
Der Mann zog ein Stück Papier aus der Tasche und reichte es mir.
*Testament über meinen Grundbesitz in Ostpreußen*
*Hiermit erkläre ich gemäß § 2247 BGB, daß im Falle meines Todes mein Grundstück in Grunowen, Kreis Sensburg, eingetragen im Grundbuch von Grunowen (Band und Blatt unbekannt) in Größe von ca. 3 Hektar, bebaut mit einem Wohnhaus, einem Stallgebäude und einer Tischlerwerkstatt, mein Sohn Fritz erben soll. Falls er wegen der bestehenden politischen Verhältnisse sein Erbe in Ostpreußen nicht antreten kann, ist er gehalten, wieder seinerseits einen Erben testamentarisch zu bestimmen, um dadurch eine klare Erbfolge zu gewährleisten und eine Zersplitterung des Eigentums bis zur Wiedererlangung des Besitzes zu vermeiden.*
*Northeim, den 1. Januar 1980* *Gustav Neumann*
Das hat mein Vater geschrieben, bevor er starb, sagte er. Ich werde auch ein Testament aufsetzen zugunsten meines Sohnes, der jetzt drei Jahre alt ist. Die Kette soll nicht reißen, sie soll weitergereicht werden von Generation zu Generation. Wir geben nicht auf.

Er blickte mich groß an, erwartete Zustimmung, aber ich faltete nur das Papier zusammen und gab es ihm zurück.
Sie sind doch gar nicht in Grunowen geboren, sagte ich.
Aber meine Eltern kommen aus Grunowen, erwiderte er. Ich fühle mich dort zu Hause, nur dort.
Malotka griff meinen Arm und zog mich weiter.
Mein Gott, dachte ich, wenn ich diesen Menschen sage, daß mich Grunowen nichts angeht, daß mir die unverzichtbaren Ansprüche nichts bedeuten, mein Haus über der Stadt wichtiger ist als mein Gut in Masuren, sie werden es nicht begreifen.
Möchten die wirklich alle zurück? fragte ich Malotka.
Der schüttelte den Kopf und lachte. Wenn es ernst wird, geht keiner. Die meisten haben im Westen Häuser gebaut und verleben hier ihre Rente.
Gib mir ein Pferd, ich reit' gleich los! rief ein verhutzeltes Männlein vom Ende des Tisches.
Das ist der Schlorrenmacher Kiwitt, sagte Malotka. Er hat sein Lebtag auf keinem Pferd gesessen, aber als alter Mann will er gen Ostland reiten.
Ich fühlte mich fremd in diesem Saal, der nicht nur von den ausgestellten Gegenständen her einem ostpreußischem Museum glich. Eine Welt wie unter der Käseglocke, abgeschirmt gegen das Rumoren draußen, ein schöner Schein mit Bildern einer vergangenen Zeit. Während wir nach Europa aufbrechen, ich meine Gutachten über die Angleichung des europäischen Rechts schreibe, wollen die nach Deutschland zurück, ja noch weiter, sie wollen heim nach Preußen.
Vor zwanzig Jahren, sagte Malotka, sprachen wir bei solchen Treffen nur über das Nachhausekommen. Ob es sein wird und wann es sein wird, morgen oder übermorgen oder in einem Jahr. Heute wissen alle, daß sie in ihrem Leben nicht mehr heimkehren werden.
Was ist schon Erde? dachte ich. Ein Gut, Kartoffelfelder, ein Wald, ein See. Mich gingen die Menschen an, der tote Vater bewegte mich, nicht die tote Grunower Erde, die man in Plastiktüten über die Grenze tragen kann, um damit Heidetöpfe

zu füllen. Was war mit Vater geschehen? Es saßen so viele hier, die ihn kannten, die mit ihm gelebt hatten. Was wußten sie von meinem Vater?

Die Frauen räumten das Kaffeegeschirr ab, die Männer zündeten Zigarren an und verdüsterten den Saal.

Sie saßen in kleinen Gruppen zusammen und sprachen über die Wirtschaft, wie sie es nannten, nicht die große Wirtschaft, die in Bonn gemacht wird, sondern das Gedeihen von Enten und Karnickeln, die Legefreudigkeit der Hennen und die Frage, ob man die Frühkartoffeln schon jetzt in die Erde pflanzen oder die »Kalte Sophie« abwarten sollte.

Die Küche des »Schießstand« befand sich fest in ostpreußischer Hand. Neben Ilse Malotka wirkte darin eine Frau, die sich auskannte in den östlichen Gerichten, die mit Majoran zu würzen wußte, die Schmandschinken abschmeckte, der die Fischsuppe masurisch geriet und die sich vor Königsberger Fleck nicht graulte. Das Mariechen hatte sie besorgt, denn es sollte so sein wie früher, darum hatte Malotka gebeten. Ilse briet ihm schon zum Frühstück, noch bevor die Feuerwehrkapelle trompetete, drei Plötze, denn Fisch am Morgen ist guter masurischer Brauch. Zu Mittag kamen Flinsen auf den Tisch, mit einer Suppe von Blaubeeren, die aber nicht im Grunower Forst gesammelt waren. Macht nuscht, in der Lüneburger Heide sind sie auch blau. Mariechen und Ulla verstanden sich aufs Backen von Bienenstich, Mohnstriezel und Raderkuchen, die Glumstorte kam von jener Frau, die sich auskannte. Die hatte auch eingelegte Kruschken und süßen Kürbis besorgt, Gurken auf polnische und deutsche Art sowie den Kringel Majoranleberwurst, der dem scharfen Pillkaller die Milde gab. Die getrockneten Pfifferlinge waren original masurisch, die hatte einer gesammelt, der im letzten Sommer die Wälder von Ortelsburg bis Johannisburg durchstreifte. Bärenfang tropfte süß und schwer, Danziger Goldwasser machte den Frauen rosige Backen, Johannisbeerwein gab rote Flecken auf weißen Blusen und Tischtüchern.

In einer Ecke saßen sie zusammen und besahen Bilder. So

sieht das Schloß heute aus, so war es damals ... Das ist der See im Jahre 1984, kaum ein Unterschied zu 1944 ... Hier der Steinhaufen, auf dem die Mühle gestanden hat ... Als die Russen kamen, brannte sie nieder. An der Dorfstraße fehlten ein paar Linden. Na, die werden die Polen in kalten Wintern verheizt haben.

Der Musikant spielte ein Lied, das sie alle kannten, das im letzten Kriegsjahr oft gesungen wurde. Die Soldaten hatten es auf dem Rückzug mitgebracht, die Verwundeten sangen es in den Lazaretten, wenn sie überhaupt noch sangen. In den Wunschkonzerten des Großdeutschen Rundfunks kam es häufig vor, und der junge Leutnant Tolksdorf pfiff es, als Malotka ihn von der Bahn abholte, zum letztenmal im letzten Sommer. Es geht alles vorüber, es geht alles vorbei, nach jedem Dezember folgt wieder ein Mai... Niemals hat ein Schlager so in die Zeit gepaßt. Einen solchen Text im Januar '45 ins Schneetreiben gesungen, gegen den Oststurm angesungen. Und so ein schöner Refrain, der für jede Jahreszeit paßt: Nur zwei, die sich lieben, die bleiben sich treu... Sommer '44, Januar '45, Mai '45, es ging alles vorüber, aber wie?

Jemand kam rein und sagte, es regne Bindfäden.

Kartenspielen wurde nicht zugelassen, dafür sorgten Malotkas Töchter. Essen und Trinken sollte jeder, soviel er wollte, aber nicht in der Ecke sitzen und in den Karten versinken, und das noch dazu um Geld.

Der junge Mann mit dem Testament und den unverzichtbaren Ansprüchen fragte mich, ob ich nicht ein paar Worte an die Leute richten wolle. Ich sei doch der Herr von Grunowen, von mir erwarteten sie, etwas über zu Hause zu erfahren.

Ich schüttelte den Kopf. Sollte ich sagen, daß ich im Sommer 1944 zuletzt in Grunowen war und danach kaum noch an den fernen Flecken in Masuren gedacht habe? Von Moskau könnte ich erzählen, Leningrad habe ich besucht, Prag und Warschau, die schöne Aussicht vom Victoria Peak und dem Tafelberg wäre erwähnenswert und jene letzte Reise mit Hannelore, die quer durch Sri Lanka führte, als die Insel noch friedlich war. In mei-

nem Haus am Hang hing ein Wandschränkchen voller Dias von den schönsten Flecken der Erde, Grunowen kam da nicht vor.
Nein, ich hatte ihnen nichts zu sagen und entschuldigte mich mit Arbeitsüberlastung. Dreißig Jahre in leitender Position eines großen Unternehmens, viel unterwegs, wie gesagt Moskau, Leningrad, Prag und Warschau, aber keine Zeit für Grunowen.
Das ist die neue Krankheit! rief die Frau Rauschning über den Tisch. Wir werden unsere Heimat vergessen und verlieren, weil wir keine Zeit für sie haben. In der Welt kennen wir uns aus, aber nicht im eigenen Deutschland!
Ich sah das einfache alte Gesicht dieser Frau und konnte nicht mehr fragen, ob Grunowen noch Deutschland sei. Sie würde es nicht verstehen. Warum ihnen ein Gefühl nehmen, an dem sie hängen? Warum sie heimatlos machen vor der Zeit? Sie tun nichts Böses, sie legen keine Bomben, sie schießen nicht, sie schreien nicht, sie wollen niemanden vertreiben. Also lassen wir sie in Ruhe sterben mit ihrem Gefühl für Heimat und Deutschland.
Malotka nahm mich beiseite.
Ich will da auch nicht mehr hin, sagte er leise. Felix Malotka hat immer nach dem Motto gelebt: Gar nicht erst wünschen, was du doch nicht erreichen kannst! Was soll ich alter Mann in der Weltgeschichte herumkarjuckeln? Mir geht es gut in der Lüneburger Heide, meine Kinder sind gesund und alles zusammengenommen habe ich schöne achtzig Jahre gelebt, bin mit meinem verkürzten Bein gut durchs Leben gehumpelt. Schade nur, daß meine Anna diesen Geburtstag nicht mehr erleben kann.
Plötzlich stehe ich auf, schlage ans Glas, warte, bis es still wird, wundere mich über mich selbst, höre mich sagen, daß mich eine Frage bewegt, die ich nun stellen will, an alle gerichtet. Sie kommen doch aus Grunowen, sage ich. Die meisten haben das Kriegsende in Ostpreußen erlebt. Wer weiß eigentlich, wie es meinem Vater ergangen ist?

Der Saal schwieg. Deutlich hörte ich den Regen draußen. In der Küche klapperte Geschirr. Die Kinder lärmten. Ich sah, wie sich alle umdrehten und zu dem einen blickten, der unter der Elchschaufel saß.

Da müssen Sie den Felix fragen! rief der Schlorrenmacher Kiwitt.

Malotka kaute auf der Zigarre.

Ach Herr, sagte er und fuhr sich mit der Hand durchs Haar. Damals ging doch die Welt aus den Fugen.

Mariechen meldete sich mit schriller Stimme: Nun wollen wir endlich singen! Sie stimmte das Lied von den fünf wilden Schwänen an, das den Frauen so gern das Wasser in die Augen treibt, weil doch jeder weiß: Die wilden, weißen Vögel sind in Wahrheit schöne, junge Mädchen.

Während sie sangen, beobachtete ich den Mann auf dem Ehrenplatz, wie er Lüneburger Bier trank und Zigarrenrauch über den Tisch pustete.

Stimmt es, daß Sie 1945 als letzter mit meinem Vater in Grunowen waren? fragte ich.

Malotka schüttelte den Kopf.

Die letzten waren die drei masurischen Bauern hinter dem See, die sind gar nicht geflüchtet. Sie dachten, sich mit der Roten Armee in masurischer Sprache zu unterhalten, die hörte aber gar nicht zu. Die Tuta Jablonski wollte es vorhin nicht erzählen, aber ich weiß, wie es Ihrem Vater ergangen ist. Zu dem kamen ein Offizier und fünf Mann und verlangten, daß ihnen die Tafel gedeckt werde. So geschah es. Die Frau trug gutes Geschirr auf, schnitt Brot und Rauchwurst, holte ein Weckglas mit Klopsen aus dem Keller und legte den fremden Soldaten vor. Der Offizier saß am Kopfende der Tafel, seine schwere Armeepistole lag auf dem Tisch. Einen Teller warf er hoch und schoß, wie man Tontauben schießt. Eine Tasse warf er hinter sich. Die Frau sammelte die Scherben auf, brachte neue Teller mit Goldrand, auch eine Tasse für den Offizier. Auch dieses Geschirr gefiel ihm nicht, denn er warf es gegen die Tür. Nun schenkte der Jablonski ihm Wodka ein.

Der Offizier prostete ihm zu und brachte ihm bei, daß in Rußland bei solchen Anlässen Nasdrowje gesagt wird. Als die Flasche leer war, verlangte der Offizier drei Liter Schnaps, die er mitnehmen wollte für sich und seine Soldaten. Wenn der Schnaps nicht augenblicklich herbeigeschafft werde, müsse er den Jablonski mit seiner Armeepistole erschießen, geradeso wie den Teller in der Luft. Noch nie hatte der Jablonski drei Liter Schnaps im Haus gehabt, dafür trank er selbst zu gern. Also fiel er vor dem fremden Offizier auf die Knie, auch die Frau begann zu beten, und Tuta, das Kind, weinte. Ein Soldat schoß durchs Fenster und ließ kalte Schneeluft in die Stube. Der Offizier hatte es nun einmal gesagt und mußte es halten vor seinen Leuten. Also nahm er den Jablonski nach draußen, ging durchs Schneegestöber hinter die Scheune und schoß ihm dreimal mit der Armeepistole ins Genick.

Malotka kippte einen Schnaps hinunter.

Das erlebte die Tuta, als sie elf Jahre alt war. Jetzt wohnt sie in Karl-Marx-Stadt, hat selbst große Kinder, die in der Partei sind und in der FDJ. Wenn die nach ihrem Großvater fragen, weiß sie nur zu erzählen, daß er bei Kriegsende umgekommen ist.

Die Frauen sorgten dafür, daß das Kaffeetrinken gleich ins Abendessen überging. Denn Essen und Trinken hält Leib und Seele zusammen, die meisten Menschen ernähren sich davon, wußte Malotka. Schüsseln mit Kartoffelsalat, Teller mit Wurstscheiben, Bratenfleisch, geräuchertem Schinken, gebratenem Fisch und fettigen Klopsen wurden aufgetragen. Auch kamen neue Kerzen in die Leuchter.

Der Jahrhunderthirsch warf seinen schweren Schatten auf die Tafel. Das Schifferklavier spielte das »Polenmädchen«.

Malotka erzählte, wie es in der braunen Zeit vorkam, daß er seinen unbedeutenden Geburtstag in den großen Geburtstag hineinfeierte. Um Mitternacht sprangen immer einige auf, hoben den rechten Arm, sangen die Freiheit an und das Vaterland oder ließen die Fahne hochleben. Was danach getrunken wurde, bezahlte der Adolf.

Ilse Malotka kam im langen, dunkelblauen Kleid ohne Schürze und setzte sich still neben ihren Mann. Vier Kinder erschienen im verräucherten Saal, jedes eine Flöte in der Hand. Vor dem Ehrenplatz stellten sie sich auf. Mariechen knipste das Licht aus, die Kerzen flackerten.

Es dunkelt schon in der Heide,
nach Hause laßt uns gehn . . .

spielten die Kinder.
Anfangs hörten alle still zu. Auf einmal begannen sie am unteren Ende der Tafel mitzusummen. Sie wurden immer lauter, es schwoll an wie das Summen eines näherkommenden Bienenschwarms. Endlich übertönte es das Flötenspiel der Kinder. Das Kerzenlicht spiegelte sich in blanken Augen. Ja, so sind sie, diese Menschen aus dem Osten. Bei bestimmten Liedern weinen sie, und niemand kann ihre Tränen aufhalten.
Und wann gehen wir nach Hause? fragte einer, als die Flötenspieler geendet hatten.
Ich geh' nicht mehr, antwortete Malotka. Ich bleib' in der Lüneburger Heide, bis ich sterbe.
Es erschien ein Junge, keine zehn Jahre alt, der ein Gedicht in ostpreußischer Mundart aufsagte, betitelt: »Fritzchens Weihnachtswünsche«. Das paßte nicht in die Osterzeit, aber Hauptsache, es klang heimatlich und reimte sich.
Malotka schenkte dem Jungen eine Handvoll Kleingeld.
Plötzlich helles Licht im Saal. Die Tür sprang auf. Die vier Kinder, deren Flötenspiel eben noch zu Tränen gerührt hatte, trugen in feierlicher Prozession ein Holzgestell in den Saal, von dem Malotka sagte, es gleiche jener Sänfte, auf der sich der weise König Salomon in biblischer Zeit habe tragen lassen. Unter einem weißen Laken verbarg sich ein schwerer Gegenstand, vielleicht ein Schaukelstuhl oder ein Ohrensessel, der einem achtzigjährigen Opa wohl anstehen würde. Die Kinder setzten die Last mitten im Saal ab, Mariechen trat vor, stellte sich neben das weiße Laken und sagte:

*Lieber Papa, deine drei Kinder, Ewald, Ulla und ich, haben uns gedacht, daß du noch einen Wunsch im Leben frei hast. Du sprichst zwar nie darüber, aber wir wissen, wie es tief in deinem Herzen rumort. Dieser Wunsch soll dir in Erfüllung gehen.*

Es folgte eine Denkmalsenthüllung. Mariechen riß das Tuch zur Seite. Ein Scheinwerfer beleuchtete ein braunes Stück Pappe, das mit schwarzem Filzstift beschriftet war: FAHRKARTE stand oben ganz groß. Darunter: Deutsche Reichsbahn. Es folgten die Namen: Von Soltau über Hannover, Berlin, Posen, Thorn, Deutsch/Eylau, Osterode, Allenstein, Rothfließ, Bischofsburg, Sorquitten nach Grunowen.

Neben der Pappe lag ein Umschlag mit blauen Scheinen, Malotkas Reise- und Zehrgeld. Eine Landkarte der alten Provinz Ostpreußen gehörte zur Reiseausstattung, ebenso eine neue Karte der Województwa Olsztyńskie/Elbląskie.

Malotka erhob sich, nahm das Stück Pappe in die Hand, sehr vorsichtig tat er das. Er wendete die Fahrkarte hin und her, schien unschlüssig, nein, dieses Geschenk erfreute ihn nicht.

Laut las er die Namen vor, stockte bei Sorquitten.

Da wartet aber keine Kutsche am Bahnhof, sagte er leise.

Nun griff er in den Umschlag.

So viel Geld, murmelte er, dabei will ich gar nicht fahren.

Aber du bist noch rüstig, Papa, meinte Mariechen. Heutzutage fahren doch alle, die tausend Kilometer schaffst du leicht.

Er schüttelte den Kopf.

Laß die anderen fahren, ich hab' da nuscht mehr zu suchen!

Fahrig wischte er sich über die Augen. Seine Frau kam und legte ihren Arm um seine Schulter.

Wenn du willst, fahr' ich mit dir, sagte sie.

Nun lachte er.

Aber Ilske, in eine so wüste Gegend willst du mit mir fahren! Weit am Ende der Kultur wohnt sich der Masur! Wo die Welt mit Brettern vernagelt ist und die Menschen in der Kohlenkiste schlafen und sich mit Zeitungspapier zudecken, dahin willst du mit mir fahren? Nein, nein, da reisen wir beide doch lieber nach Bad Harzburg.

Der Musikant begann Lustiges zu spielen, aber Malotka gab ihm ein Zeichen aufzuhören.
Wie wäre es, wenn *wir* fahren? sagte ich.
Das verschlug ihm die Sprache.
Ich lade Sie ein, fuhr ich fort. Wir beide reisen in meinem Auto nach Masuren, irgendwann in diesem Sommer.
Na, siehst du! rief Mariechen. Du brauchst nicht mal die Deutsche Reichsbahn zu bemühen, der Herr Tolksdorf bringt dich in seinem Mercedes nach Grunowen.
Er winkte ab. Ihn störte der weite Weg durch Pommern und Mecklenburg. Den habe er schon einmal abgefahren, das reiche. Außerdem wolle er nicht durch die DDR, die DDR rege ihn immer so auf.
Dann reisen wir übers Wasser, schlug ich vor. Von Travemünde gehen Fähren nach Danzig, von dort sind es nur ein paar Autostunden bis Masuren.
Malotka musterte das Relief, das auf dem Geschenktisch lag, die Provinz in Eschenholz, mittendrin dieses Grunowen.
Mein Gott, wollen wir diese alte Geschichte wirklich noch einmal aufrühren, Herr? fragte er leise. Da steckt so vieles drin, sie liegt abgeschlossen und verwahrt wie in einer Gruft, aber wenn wir hinfahren, wird die Tür aufgehen, und wir werden sie noch einmal erleben.
Er stand auf und sagte, daß sein Kopf schmerze. Das komme gewiß vom vielen Essen. Auch sei es schon halb zwölf. Für einen Achtzigjährigen habe er genug gefeiert. Die Gäste sollten sich nicht stören lassen, aber er möchte, bevor der 20. April anbricht, mit seiner Ilse nach Hause. Die Geschenke sollten sie morgen anliefern, auch die Fahrkarte. Er werde darüber nachdenken.
Malotka nahm seine Frau in den Arm und drängte zum Ausgang. Laut und heftig setzte das Schifferklavier ein, spielte »Auf Wiedersehen«, aber Malotka schaute sich nicht um.
Ich folgte ihm vor die Tür.
Fahren diese Art Schiffe auch an Kap Arkona vorbei? fragte er plötzlich.

Bei gutem Wetter soll man die Kreidefelsen von Rügen sehen können, antwortete ich.
Regen trommelte auf die Dächer der parkenden Autos.
Sie kommen doch, bevor Sie abreisen, noch einmal zu uns, sagte Ilse Malotka.
Morgen zu Kleinmittag müssen Sie kommen, schlug Malotka vor. Dann können wir über alles reden.
Auch über meinen Vater?
Er holte ein quadratisches Schnupftuch aus der Hosentasche und schneuzte sich heftig.
Herr, sagte er, so etwas Schlimmes fragen Sie nachts um halb zwölf?

Am Morgen weckten mich die Haubitzen des Schießplatzes Bergen-Hohne. Die hellen, klaren Abschüsse fielen in einen heiteren Frühlingstag, im Frühstückszimmer klirrte das Kaffeegeschirr, und Mariechen, die mir einschenkte, entschuldigte sich für den ungebührlichen Lärm. Es sei ungewöhnlich, daß sie am Montagmorgen schon zum Kaffeetrinken schießen.
Sie begleitete mich zum Auto und beschrieb den Weg zur Siedlung. Den Papa sollte ich recht schön grüßen. Er wird wohl auf Tour sein. Wenn die Kanonen schießen, geht er immer gern zum Waldrand.
Im Schrittempo fuhr ich die Tilsiter Straße hinauf zur Nummer 9. Ein schwarz gestrichener Jägerzaun rahmte das Haus ein, hinter der Gartenpforte blühten Krokusse. Das Ziegelhaus verdeckte einen Stall, mehrere Schuppen und die Aussicht über freies Feld zu jenem Wald, in dem die Haubitzen Sperrfeuer schossen. Der Garten war frisch gegraben, die Beete gezirkelt und geharkt. Noch im Auto sitzend, sah ich seinen Namen am Briefkasten in schwarzer Schrift auf grünem Blech: Felix Malotka.
Ich erwartete Hundegebell, aber mich begrüßten nur braune Hühner, die zwischen Gartengeräten, Eimern und leeren Blumentöpfen spazierten und sich in der Morgensonne plusterten. Wie in Grunowen. Um die Mittagszeit, wenn es still

wurde im Dorf, wenn die Hitze über den Linden brütete und der Staub auf den Wegen zur Ruhe fand, gackerte einsam hinter dem Scharwerkerhaus ein Huhn. Eine Oma kam aus dem Haus, schlurfte zum Stall, um das Ei zu suchen, denn die Grunower Hühner verlegten gern ihre Eier, trugen sie in Scheunen und auf Dachböden, versteckten sie unter Johannisbeerbüschen, wo der Iltis sie holte oder das Wiesel. Der Sommer roch nach Lindenblüten, die Hitze flimmerte über der Dorfstraße, der Rauch der Mittagsfeuer stieg aus den Schornsteinen und verflüchtigte sich zum See hin. Fast ein halbes Jahrhundert war dieses Bild in Vergessenheit geraten, bis ich vor Malotkas Haustür in der Tilsiter Straße stand und seinen Hühnern zuschaute.
Erst bewegte sich die Gardine, dann erschien die Frau am Fenster.
Wie schön, daß Sie kommen! rief sie und beeilte sich, die Tür zu öffnen.
Mein Mann ist zum Schießplatz gegangen, sagte sie. Da geht er immer hin, wenn er was zu bedenken hat. Am liebsten im Winter, wenn Schnee auf dem Heidekraut liegt und Rauhreif in den Bäumen hängt. Das erinnert ihn an die letzten Tage in Ostpreußen, der viele Schnee und der Kanonendonner.
Ich betrat das Haus, dessen kleine Räume vollgestopft waren mit dem Mobiliar der fünfziger Jahre. Auf einer plüschigen Couch nahm ich Platz, vor mir ein spiegelblanker Tisch mit Fransendecke, neben mir ein altes Radio, auf dem Radio ein neueres Fernsehgerät. Vor dem Fenster eine Blumenbank mit rotblühendem Hibiskus.
Felix wird bald kommen, sagte sie und trug Tassen und Teller auf, fragte nach Kaffee oder Tee. Gegenüber an der Wand hing eine Heidelandschaft und ein abfotografiertes Paar.
Das sind wir auf dem Standesamt, erklärte die Frau. Der Felix hat früh wieder geheiratet, weil er allein wirtschaften mußte mit den drei Kindern. Das war im November '47.
Dann haben Sie die drei Malotka-Kinder großgezogen? fragte ich.

Ach, da war nicht viel großzuziehen, sagte sie. Die waren selbständig genug, Krieg und Notzeit waren ihnen eine gute Schule gewesen.
Sie stand am Fenster und hielt Ausschau, erzählte von den ersten Jahren, in denen sie in einer ausgedienten Militärbaracke in Bergen gehaust hatten. Sie war einziges Kind und verließ ihr Elternhaus, um einen Flüchtling mit drei Kindern zu heiraten. Als Felix Malotka hörte, daß in Winnermühlen eine Flüchtlingssiedlung gebaut werde, bewarb er sich um einen Bauplatz und um Arbeit im Sägewerk. Das war 1950. Seitdem besaßen sie eine Nebenerwerbssiedlung mit Land genug, um davon leben zu können. Damals war es wichtig, viel Land zu haben, heute war ihnen der große Garten eher eine Last.
Auf einem Tischchen lagen die Geburtstagsgeschenke, die die Töchter nachts im Auto gebracht hatten. Die Fahrkarte fehlte, also wird er nicht fahren wollen.
Er hat die ganze Nacht gewühlt, aber ich weiß nicht, wie es ausgegangen ist, sagte die Frau. Er erzählt viel von früher, aber nun auch schon immer dasselbe und meistens aus seiner Jugendzeit. Vom Krieg erzählt er wenig, von der Flucht überhaupt nichts.
Vom Waldrand löste sich eine dunkle Gestalt, marschierte über den Sturzacker. Ein grüner Lodenmantel schlug ums Knie, auf dem Kopf saß ein brauner Filzhut. Die linke Hand fuchtelte mit einem Krückstock, Zigarrenrauch stieg in die Luft. Ein Schäferhund begleitete Malotka. Ab und zu warf er einen Stecken in die Feldmark, das Tier schoß in gewaltigen Sätzen hinterher und apportierte das Holz.
Das ist unsere Kora, sagte die Frau. Er hat ihr den Namen Kora gegeben, weil der Jagdhund zu Hause auch so hieß.
Ich erinnerte mich an ein schlankes Tier mit langen Läufen und weißen Flecken auf braunem Fell. Kora lag auf dem Fußboden, im Kamin brannte Feuer, und am Schreibtisch neben der Bücherwand saß er, der Mann, der mein Vater war.
Als Malotka die Grenze seines Anwesens erreicht hatte, setzte der Hund über den Staketenzaun, rannte zur Straße und bellte

das fremde Auto an. Malotka winkte mit erhobener Krücke. Er drängte durch die mannshohen Fichten, Filzhut und Krücke schwebten über dem Nadelholz.
Weil er nichts mehr anzubauen weiß, hat er Tannenbäume gepflanzt, so viele, daß wir noch hundertmal Weihnachten feiern können, sagte die Frau.
Bevor Malotka ins Haus kam, sperrte er den Hund in den Stall. Auf den Gehwegplatten trat er die Gummistiefel ab. Im Flur zog er den Mantel aus, warf den Hut auf die Ablage, hängte den Krückstock an die Knarre.
Felix Malotka vom Kriegsschauplatz zurück! meldete er sich. Heute sind die Unseren dran, deutsche Haubitzen schießen auf Panzerattrappen. Gestern schossen die Engländer. Ich sage Ihnen, Herr Tolksdorf, ganz Europa kommt zum Schießen in die Lüneburger Heide. Holländer waren schon da, auch Belgier und Dänen, vor einem Jahr die Kanadier und die Amerikaner. Als ich 1945 ankam, war die Lüneburger Heide so still wie die Johannisburger Heide im Winter. Kein Mensch glaubte, daß wieder mal Kanonen donnern würden. Auch als wir das Haus bauten, war es ruhig. Der Schießplatz kam fünf Jahre später, als sie die Deutschen zum Soldatspielen brauchten. Am liebsten wär' ich weggezogen, aber unser Haus stand schon, wir hatten gepflanzt und gesät und konnten nicht alles wieder aufgeben, nur weil es ein bißchen donnerte.
An diesem Morgen des 20. April 1987 sah er so alt aus, wie er war. Ich entdeckte braune Flecken in seinem Gesicht, die mir gestern nicht aufgefallen waren.
Du hast dich gar nicht rasiert, sagte die Frau vorwurfsvoll.
Malotka öffnete die Türen und erklärte sein Haus: Das ist die Küche. Oben sind die Kinderzimmer, werden aber nur noch gebraucht, wenn Besuch kommt. Hier unsere Schlafstube.
Ich sah Ehebetten aus Eichenholz, darüber das vergrößerte Bild einer jungen Frau. Das dunkle Haar straff zurückgesteckt, das Kleid am Hals besetzt mit einer weißen Borte.
Die müssen Sie kennen, sagte Malotka und zeigte auf das Bild. Das ist Annke, meine erste Frau.

Hinter mir hörte ich Ilse Malotka: Weil die immer dabei war, konnte ich keine Kinder kriegen.
Als kleiner Junge sind Sie oft zu Anna gekommen, um Schnittkesuppe zu essen, erzählte Malotka. Nach dem Essen marschierten Sie rot beschmiert vom Kinn bis zum Haarpusch zurück ins Schloß, wo die Mädchen die Hände überm Kopf zusammenschlugen. Der Malotka hat wieder Schabernack getrieben und das Wernerchen mit Schnittke gefüttert!
Er bestand darauf, mir sein Grundstück zu zeigen. Das sei alter Brauch. Wenn in Grunowen Besuch kam, wurde er auch durch Stall und Garten geführt, um Kühe, Schweine und Geflügel zu besehen. Viel habe er nicht zu bieten, nur Karnickel, Hühner und den Hund, im Garten zwei selbstgepflanzte Eierpflaumenbäume, zwei frühe Kirschen, an denen die Blüte das schönste sei, weil das Ernten die Stare und Drosseln besorgten. So gehe es auch mit den roten Johannisbeeren. Wenn er keine Netze auswerfe, machten sich die Drosseln einen guten Tag. Ja, Herr, wir teilen mit denen, die nicht säen und ernten und die der himmlische Vater in seiner Güte auf unsere Kosten miternährt.
Malotka fand, daß die Liebe zum Garten auch eine Art des Herrschens sei. Man hat *seine* Bäume und *seine* Rosen, die man hegt und über die man gebietet, die man versetzt, ausreißt, abhackt, wässert oder verbrennt, ganz wie der Herr des Gartens es wünscht.
Da steht ein Gravensteiner, 1952 gepflanzt, als das Mariechen eingesegnet wurde. Drüben ein Boskop, der wird länger leben als wir alle.
Wissen Sie noch, wie im Winter '29 in Grunowen die Obstbäume erfroren? Der Schlorrenmacher Kiwitt, der die Äpfel hütete, hatte mehrere Jahre keine Arbeit, bis neue Bäume nachgewachsen waren. Nur der wilde Kruschkenbaum an der Chaussee nach Sensburg hat den schlimmen Winter überlebt und weiter getragen. Zum Glück kommen solche Winter in der Lüneburger Heide nicht vor, wir liegen am milden Meer, aber Grunowen lag nahe dem eisigen Rußland.

In selbstgebauten Ställen hielt Malotka an die vierzig Karnikkel, die genaue Zahl wußte er nicht, denn jede Woche wurde geschlachtet und neu geboren. Karnickelbraten war ihm ein schmackhaftes Überbleibsel aus der schlechten Zeit.
Meine Kinder sind von Kartoffeln und Kaninchenfleisch groß gewachsen, sagte er.
Das Futter sammelte er auf seinen Spaziergängen zum Schießplatz. Heu für den Winter machte er am Straßengraben und fuhr es mit dem Handwagen auf den Stallboden. Gelegentlich half Malotka seiner Tochter mit Karnickelfleisch aus, wenn sie im »Schießstand« Hasenbraten servieren mußte. Unterschiede im Geschmack gab es keine, sondern nur im Fell, und das war auf dem Bratenteller nicht zu sehen.
Aus Kaninchenfellen fertigte Malotka Wuschen an, vor allem für Ilse, die über kalte Füße klagte. Sogar ins eisige Kanada hat er seine Kaninchenfellhausschuhe geschickt.
Da war ein Baum, den Malotka gestern gepflanzt hatte, eine amerikanische Eiche, das Geschenk seines Sohnes aus Kapuskasing, das nicht auf den Gabentisch paßte, sondern gleich in die Lüneburger Heideerde kam.
Junge Eichen pflanzen ist wie Kinder zeugen, Herr. Damit schlagen wir Wurzeln fürs nächste und übernächste Leben. Meine Enkel werden unter dem Baum hucken und sagen: Den hat Opa gepflanzt, als er 80 Jahre alt wurde.
Fühlen Sie sich hier zu Hause? fragte ich.
Er gab keine Antwort, ging zu einem der Apfelbäume, umfaßte mit beiden Händen den Stamm.
Holsteiner Cox, sagte er. Hab' ich gepflanzt, als Mariechen Hochzeit machte. Jetzt kommen Mariechens Kinder und holen sich von ihrem Baum die Äpfel. Herr, wir sind da zu Hause, wo wir Wurzeln haben, wo uns die Bäume gehören und die Steine, die ich mit eigenen Händen aufs Haus getragen habe. Wo euer Schatz ist, wird auch euer Herz sein, sagt das Evangelium.
Und weil Sie hier zu Hause sind, wollen Sie nicht nach Grunowen reisen?

Aber ich will ja reisen, Herr! Mit Ihnen zum letzten Mal nach Grunowen, vielleicht im Juli, wenn schönes Wetter ist und die Ernte anfängt.
Er reichte mir die Hand, um es zu besiegeln, bat sich nur eines aus: Wir sollten übers Meer fahren, an Kap Arkona vorbei.

Ich habe keine Reise so gründlich vorbereitet wie diese. Ich vergaß die Synopse der europäischen Rechtssysteme, ich vernachlässigte die juristischen Bücher und suchte in den Bibliotheken nach Schriften über den deutschen Osten. Die Tolksdorfs gehörten nicht zu den adligen Gutsherren, die mit Königen und russischen Großfürsten auf der Durchreise zu speisen pflegten. Vater war Domänenpächter gewesen, später kaufte er ein eigenes Kartoffelgut in Masuren. In »Parey's Handbuch des Grundbesitzes im Deutschen Reiche« stand das Gut Grunowen, Besitzer Karl Tolksdorf, mit 800 Hektar eingetragen, davon 157 Hektar Wasserfläche des Grunower Sees und 138 Hektar Grunower Forst. Der Grundsteuermeßbetrag des Jahres 1929 betrug 4400 Reichsmark. Ein Fernsprecher war vorhanden, die Post kam aus Sorquitten, die nächste Bahnstation war Dombrowken oder Sorquitten, je nachdem, ob du von Sensburg oder Bischofsburg mit der Bahn anreistest. Zur Kirche fuhr der Gutsbesitzer Tolksdorf nach Ribben, wenn er überhaupt fuhr. Es wollten sich keine Bilder von ihm einstellen. Von Texas war mir jede Baracke des Gefangenenlagers gegenwärtig, in Königsberg kannte ich jedes Haus auf dem Weg zur Schule, aber wie in Nebel getaucht verschwamm mir Grunowen. Auch gab es eine Zeitlücke in meinem Kopf, jene Spanne, in der in Texas die Melonen reiften. Keine Ahnung, was damals in Deutschland vor sich gegangen war, schon gar nicht in Ostdeutschland. Danach studierte ich Jura und nicht das Ende des Zweiten Weltkriegs.
Nun aber, da ich mit Malotka nach Osten reisen wollte, empfand ich die Lücke. Im Lesesaal blätterte ich in Zeitungen, die mich damals nicht mehr erreicht hatten. Wehrmachtsberichte der Endzeit. Heldenhafter Widerstand, Wunderwaffen,

schwere Verluste. Grunowen kam in den letzten Nachrichten aus dem Führerhauptquartier nicht vor, dafür die Stadt Lötzen. Sie fiel am 26. Januar. Gab es nicht nahe Lötzen die uneinnehmbare Festung Boyen? Als Kind hatte mir Mutter von der heldenhaften Verteidigung der Feste Boyen beim Russeneinfall 1914 erzählt. Damals war das Bollwerk in aller Munde, im Januar '45 ging es kampflos unter. Am 25. Januar befand sich der Kreis Johannisburg mit der waldreichen Johannisburger Heide – durch sie bin ich in den Schulferien geritten – in sowjetischer Hand. Truppen der 3. Weißrussischen Front stürmten in der Nacht vom 25. zum 26. Januar Nikolaiken. Kam nicht mein Kindermädchen aus Nikolaiken? Eine dunkelhaarige, hübsche Person, die zu den großen christlichen Feiertagen mit dem Fahrrad nach Sorquitten radelte, dort den Zug bestieg, um ihren Vater, der ein masurischer Fischer war, zu besuchen. Grunowen wird einen Tag nach Nikolaiken in den Zweiten Weltkrieg geraten sein. War der 27. Januar Vaters Todestag?

Von der Stadt meiner Jugend erfuhr ich, daß sie in den späten Sommertagen 1944 von alliierten Bombern umgebracht wurde. Als ich von meinem letzten Urlaub zurück an die Front fuhr, stand sie noch unversehrt, ich ließ mir Zeit für einen Kinobesuch, bevor mich der D-Zug von dort an die italienische Front brachte, und dann Texas. Vater wird den Untergang Königsbergs in einem Brief beschrieben haben, der den Adressaten besonderer Umstände wegen nicht mehr erreichte. Mein Gymnasium ausgebrannt, es gab Ferien für alle Zeiten. Wie stand der Wind in jenen Augusttagen? Zog der Rauch des brennenden Königsberg südostwärts bis Grunowen?

Als die 3. Weißrussische Front Nikolaiken besetzte, war mein Vater 63 Jahre alt. Ein paar Jahre hätte er noch leben können, wäre nicht dieses Kriegsende dazwischengekommen. Von Texas heimgekehrt, schrieb ich ans Rote Kreuz. Dort hatten sie alle Hände voll zu tun mit vermißten und toten Soldaten, auch mit verwaisten Kindern. Einen Gutsbesitzer Tolksdorf führten sie nicht in den Listen. Ich hielt das Schweigen des Roten Kreuzes auch für eine Antwort: Bei Kriegsende umgekommen.

Wie war mein Vater? Wie hatte er gelebt? Wie waren Vater und Mutter zusammengekommen? War es eine Vernunftehe, wie sie oft auf den Gütern und Bauernhöfen im Osten geschlossen wurde? Warum bekam ich keine Geschwister? Mutter war um vieles jünger als Vater und starb doch früher. Welche Vorlieben besaß der Mann, der mein Vater war? Wie hielt er es mit der Religion und mit der Musik? Es stand doch ein Flügel in dem großen Raum, den sie Saal nannten. Wagner ist, soweit ich mich erinnere, im Herrenhaus von Grunowen nie gespielt worden; die Götterdämmerung fand nicht am Flügel statt, sondern auf den Schneefeldern südlich des Dorfes, wo die Johannisburger Heide anfing, einsam zu werden. Hat Vater viel gelesen, oder standen die in Leder gebundenen Bände nur zur Zierde in seiner Bibliothek?

Als ich Malotka den Visumsantrag mit der Bitte um Unterzeichnung schickte, marschierte er zu seiner Tochter, um von dort nach 18 Uhr, weil es billiger ist, bei mir anzurufen. Gruniewo möchte ich eigentlich nicht unterschreiben, sprach er stockend ins Telefon. Mein Geburtsort heißt Grunowen, junger Herr.

Wir müssen die polnischen Namen eintragen, sonst gibt es kein Visum.

Er schnaubte geräuschvoll die Nase.

Nach Gruniewo oder wie das heißt möchte ich gar nicht fahren! rief er.

Das ist doch nur Formsache, erwiderte ich. Wir vergeben uns nichts, wenn wir die polnischen Namen ins Formular schreiben. Es kostet nichts, es tut nicht weh.

Malotka überlegte eine Weile, ich hörte seinen Atem.

Na gut, sagte er, wenn Sie das so meinen, junger Herr, dann werde ich unterschreiben.

Später erfuhr ich, daß auch Grunowen gereicht hätte. Ins Formular ist der amtliche Ortsname zur Zeit der Geburt einzutragen. Als Malotka 1907 auf die Welt kam, hieß die Ansammlung flacher Häuser am Ufer eines masurisches Sees Grunowen. Als Werner Tolksdorf geboren wurde, besaß der Flecken immer noch diesen Namen. Nein, wir werden nicht nach Gruniewo fahren, sondern nach Grunowen in das vergangene Leben.

Ich stellte mir vor, wie sie im Konsulat die Namenslisten durchgingen. Ach, der Sohn eines Gutsbesitzers will seine masurischen Ländereien in Augenschein nehmen! Seht nur, die Herren kommen wieder. Sie kommen mit schweren Automobilen, mit D-Mark und Dollarscheinen. Einen Felix Malotka führten sie nicht in den Listen; das war nur ein unbedeutender Gutsarbeiter, der im Osten nichts verloren hatte außer seinen Jugenderinnerungen.

Mariechen wollte wissen, wieviel Opa auf die Reise mitnehmen darf. Oder anders gefragt: Was vermag der Mercedes des Herrn Tolksdorf zu tragen?

Schlafanzug, Zahnbürste und Brieftasche genügen, sagte ich. Alles andere ist in Polen für westliches Geld zu haben.

Die Frau lachte. Aber überall auf der Welt gibt es Dinge, die nicht mit Geld zu bezahlen sind!

Das mag überall in der Welt so sein, erwiderte ich, aber in Polen gelten andere Gesetze.

Die Reise ließ sich nicht mehr aufhalten, nur höhere Gewalt, starker Eisgang auf der Ostsee oder Kanonendonner aus der Johannisburger Heide, wenn sie die Schlacht von Tannenberg nach 73 Jahren noch einmal schlagen, konnte sie noch verhindern.

Malotka saß vor seinem Haus, gestiefelt und gespornt, wie er es nannte. Ein Koffer und prall gefüllte Plastiktüten standen auf der Treppe, neben ihm der Hund, auf den er einredete: Du mußt nun zehn Tage allein bei Ilse bleiben und auf die Hühner aufpassen!

Es war ein Sonntagnachmittag, und die Lüneburger Heide ertrank im Sommerregen. Ein Sonntag ohne Kanonendonner.

Aus dem Schornstein des Sägewerks kräuselte eine dünne Rauchfahne, Malotkas Hühner plusterten sich im Schuppen und warteten auf besseres Wetter, die Kaninchen schnupperten am Drahtgeflecht, Ilse stand mit vor dem Leib gefalteten Händen in der Haustür.

Die Stiefel sind gewienert, Herr! rief er.

Die Frau fragte, ob noch Zeit sei für eine Zwischenmahlzeit.

Nein, die Heimat ruft! erwiderte Malotka.

Aber schlechtes Wetter habt ihr euch ausgesucht, sagte sie und brachte eine weitere Tüte mit geschmierten Broten.

Wer mit dem Schiff fahren will, braucht auch Wasser, gab er lachend zur Antwort.

Ja, es war ein nasser Sommer, als ich mit Malotka in die Vergangenheit fuhr. Rhein und Neckar traten über die Ufer, die Heideflüsse führten Hochwasser und nahmen auf ihrer Reise zum Meer Heuhaufen mit, die sie unter den Felsen von Helgoland ertränkten.

Immerhin, wir fuhren der Sonne entgegen. Davon war Malotka überzeugt. Im Osten gibt es mehr Sonnenschein als in der Lüneburger Heide, die Flüchtlinge hatten eben von allem mehr, auch von der Sonne. Seiner Frau versprach er, schönes Wetter mitzubringen.

Er wollte wissen, ob es erlaubt sei, eine Kiste Zigarren nach Polen einzuführen. Nicht daß er im Auto die Luft verpesten wollte, aber auf seinen Spaziergängen durch Grunowen dachte er, Zigarren zu rauchen, denn der alte Herr ist auch immer unter Dampf zum Entenschießen an den See gegangen und über die Felder gefahren.

Wie mag es um Schnaps bestellt sein im heutigen Polen? Er wollte vorsichtshalber ein paar Buddeln mitnehmen.

Eher geht in Polen das Licht aus als der Wodka, sagte ich.

Das müsse an der masurischen Erde liegen, meinte er. In Grunowen sei es nicht anders gewesen, es durfte an allem mangeln, nur nicht an Schnaps.

Als er ins Auto stieg, begann der Hund zu jaulen. Malotka redete auf das Tier ein, erzählte, daß in dem Dorf, zu dem er fahre, auch einmal eine Kora gelebt habe, die aber das Zeitliche segnete, als die Russen kamen. Nun liegt sie im Park unter den Ahornbäumen.

Er blickte abwesend zum Waldrand, als sehe er dort eine Erscheinung, aber es kamen nur Regenschwaden, die sich zwischen Dorf und Heide legten und den Wald mit einem Schleier zuhängten.

Mußt auf Ilse aufpassen, damit sie sich nicht bangt, sagte er zu dem Hund.

Vergiß nicht, die Pillen zu nehmen, jeden Tag zwei! mahnte die Frau.

Er lachte. So ist das, Herr, früher reisten wir mit Gottes Segen, heute nehmen wir die Medizin mit.

Und ertrinkt nicht in der Ostsee! sagte sie und trat ans Autofenster.

Ach, Ilske, vor zweiundvierzig Jahren sind viele ins Wasser gefallen, aber heute geht keiner mehr in der Ostsee unter.

Zum Abschied zog er der Frau linkisch am Ohrläppchen. Sie hielt den Hund fest, bat sich Post aus, wenigstens eine Ansichtskarte der Stadt Danzig, die so schön wiederaufgebaut sein soll. Malotka zwängte sich auf den Beifahrersitz, legte die Krücke zwischen die Beine, den Gurt wollte er nicht anlegen. Das sei Freiheitsberaubung. Der alte Herr wäre mit dem Auto bis Berlin gefahren und wieder zurück, aber niemals hätte er so einen Riemen umgeschnallt.

Er kurbelte das Fenster runter.

Halt die Stube warm, Ilske!

Der Hund riß sich los, rannte kläffend hinterher.

Die Kora hängt ein bißchen an mir, sagte er leise. Wie die Kora in Grunowen am Herrn Rittmeister gehangen hat.

Hinter dem Sägewerk mußten wir halten, weil Militärkolonnen die Straße kreuzten. Regen trommelte aufs Autodach. Vom Waldrand kroch früh die Dämmerung ins Dorf.

Während wir warteten, erklärte Malotka mir den Truppenübungsplatz, zeigte die Anhöhe, auf der er oft stand, das Fernglas um den Hals wie der alte Hindenburg über dem Tannenberger Schlachtfeld. Früher sei ihm der Schießplatz ein Ärgernis gewesen, jetzt gehe er gern an den Waldrand, besonders im Winter. Dann sei es da wie an den letzten Tagen zu Hause, als die Panzer, von Ribben kommend, Grunowen einnahmen. Er beschrieb den Standort der Geschütze, die auf unsichtbare Ziele hinter dem Berg schossen. Weil sie oft zu kurz trafen, fehlte dem Berg jeder Bewuchs.

Die Engländer schießen zu kurz, die Deutschen zu lang, behauptete Malotka. Ja, mit der Artillerie ist es nicht weit her, die ballert dicke Löcher in die Luft und trifft nur per Zufall.

War mein Vater im Ersten Weltkrieg auch bei der Artillerie?

Nein, der Herr Rittmeister ist mit der Kavallerie Attacke geritten.

Wir fuhren die alte Salzstraße nach Norden. Bei Lauenburg zeigte er mir die Stelle, an der er mit der Kutsche über den Elbestrom gekommen war. Das geschah zur Nachtzeit wegen der englischen Tiefflieger. Mölln erinnerte ihn an Nikolaiken. Auch Ratzeburg kam ihm bekannt vor, sah aus wie die von Seen umgebene Stadt Lötzen, aber ohne Festung. Wenn es mehr Klapperstörche gäbe, könnte man glauben, in Masuren zu sein. Ab Lübeck studierte er die Landkarte, fand die Ostsee in ihrer ganzen Breite, maß sie mit dem Zeigefinger aus, rechnete die Fingerlänge in Kilometer um, verweilte auf der Insel Bornholm und entdeckte auf halbem Wege zwischen Travemünde und Danzig die weit ins Meer ragenden Kreideklippen von Stubbenkammer. Eine halbe Fingerlänge davor Kap Arkona. Wie lange fährt man denn von Deutschland nach Ostpreußen? fragte Malotka.

Mit dem Schiff zwanzig Stunden, mit dem Auto ein paar Stunden weniger, wenn es gutgeht an den vielen Grenzen.

Ach ja, die Grenzen, sagte er und schloß die Augen.

Wie so oft in dem Land zwischen den Meeren brach am Abend die Regenwand auf, die untergehende Sonne verabschiedete sich mit orangem Licht, ließ die mecklenburgischen Getreidefelder und die Fassaden des Travemünder Hafens

leuchten. Auch die bunten Strandkörbe am Priwall bekamen Farbe, nur den düsteren Türmen, die das östliche Ufer bewachten, vermochte die Abendsonne nichts anzuhaben. Sonnenuntergang über der Lübecker Bucht. Eine schwarze, an den Rändern violett leuchtende Regenfront zog ostwärts ab.
Das Schiff hieß »Silesia«. Was der Name bedeutete, konnte Malotka sich denken, aber Kołobrzeg vermochte er nicht auszusprechen.
Das ist der Heimathafen, das frühere Kolberg, sagte ich.
Ach, Kolberg, da bin ich auch durchgekommen.
Malotka staunte, was alles in so einem Schiff Platz fand. Da ließe sich das Getreide des Gutes Grunowen mit Leiterwagen einfahren, für Kartoffeln und Rüben wäre auch noch Raum. Busse, Wohnwagen und Lkws mit Anhängern verschwanden wie Jonas in biblischer Zeit im finsteren Bauch des Walfisches. Solche Schiffe hätten sie '45 haben müssen, dann wären mehr rausgekommen, meinte er.
Als ein Dröhnen durchs Schiff lief, die Maschinen den Stahl zittern ließen, gingen wir hinauf, um dabeizusein, wenn Travemünde in der Abenddämmerung versinkt. Hunderte standen in gelben Regenjacken an Deck.
So viele Menschen wollen nach Hause, wunderte sich Malotka. Wer im Osten geboren ist, muß wieder in den Osten fahren. Da werden die Schiffe noch viel Arbeit bekommen, denn es gibt Millionen, Herr, die aus dem Osten kommen.
Kurz vor dem Ablegen kamen sie, an die zwanzig Fahrräder, darunter zwei Tandems. Jungs in blauen Uniformen, orangefarbene Tücher um den Hals, fuhren klingelnd über die Rampe in das Schiff. Sie waren durchnäßt, an den nackten Beinen klebte der Dreck der Straße.
Pimpfe, sagte Malotka und lachte. Bloß andere Uniformen, aber die gleichen Gesichter wie Pimpfe.
Die Schiffsschraube begann, das braune Wasser aufzuwühlen. Leinen klatschten in die Tiefe, der eiserne Kasten setzte sich zitternd in Bewegung. Malotka hielt sich an einem Eisenstück fest.

Was kommt, das kommt, sagte er. Aber soviel ist gewiß, Herr, eine Spazierfahrt wie Cuxhaven–Helgoland und zurück wird es nicht werden. Auch fahren wir nicht nur zur sonnigen Vergangenheit, uns wird auch viel Trauriges, das wir längst vergessen hatten, wieder begegnen. Eine sonderbare Reise, und wenn wir wiederkommen, sind wir andere Menschen.
Er holte eine Zigarre aus der Brusttasche, ging in den Windschatten des Schornsteins und zündete sie an. Der Fahrtwind riß den Rauch fort, quirrlte ihn in die Gischt des Kielwassers. Zigarre im Mund, Kragen hochgeschlagen, beide Hände am Geländer, so sah er Travemünde vorüberziehen.
Der Kaiser ist auch hier gewesen, bemerkte er und zeigte zur erleuchteten Fassade des Hotels »Deutscher Kaiser«. Ostpreußen hat er auch besucht. Als die letzten Russen verjagt waren, kam der Kaiser 1915 ins zerstörte Goldap, um den Ostpreußen Mut zuzusprechen.
Von der Promenade her winkten Spaziergänger. Angler saßen auf der Mole. Niemand badete. Wie schnell es doch dunkel wird auf den Schiffen, die nach Osten fahren. Ostwärts geht es in die tiefe Nacht, aber die Finsternis ist auch schnell vorüber, früh erscheint der Tag, von Osten kommt das Licht.
Das muß Mecklenburg sein, sagte Malotka und zeigte zu den Lichtern an der Küste. Durch Mecklenburg bin ich auch gefahren.
Ich wollte ihn zum Essen einladen, aber er wollte lieber an Deck bleiben, um zu sehen, wie das Land verschwindet. Sie brauchen sich nicht um mich zu kümmern, Herr. Wenn Sie essen wollen, gehen Sie essen, wenn Sie schlafen wollen, gehen Sie schlafen. Felix Malotka findet sich schon zurecht.
Es rumorte in ihm.
Hoffentlich keine Seekrankheit!
Nein, nein, der Bauch ist in Ordnung, nur im Kopf geht es drunter und drüber.
Ich spazierte durchs Schiff, fand die Diskothek mit ihren schrillen Geräuschen, die Country-Bar, in der ein Tonband Westliches spielte, das Restaurant mit Tischmusik. Unter der

Kommandobrücke der Raum mit den Liegesitzen, in dem sich die Radfahrer ausgebreitet hatten. Ihr Anführer, ein bärtiger Mensch mittleren Alters, den sie Alfred nannten, verteilte Decken für die Nacht. Ich sprach einen der Jungen an und erfuhr, daß sie »Blaumeisen« heißen und Pfadfinder sind. Mittags waren sie in Hamburg losgefahren und in diesen säuischen Regen geraten. Fast hätten sie das Schiff verpaßt.
Ich fragte, wohin sie fahren.
Eine Rundreise durch Masuren. Vorher besuchen sie das Konzentrationslager Stutthof. Lieber wäre ihnen Auschwitz, aber das liege im südlichen Polen und sei für Radfahrer zu weit.
Der Bärtige hörte auf, Decken zu verteilen.
Und wohin fahren Sie? fragte er.
In das Dorf, in dem ich geboren bin.
Und kein Konzentrationslager?
Nein, kein Konzentrationslager.
Konzentrationslager gehen Sie nichts an, was? Er wandte sich an die Pfadfinder. So ist das mit den alten Leuten, sagte er. Die besuchen ihre Höfe in Pommern, Schlesien und Ostpreußen, die fahren zum Führerhauptquartier, zum Schlachtfeld von Tannenberg, zum Annaberg, sie besichtigen die größte Burg des Deutschen Ordens, aber niemand fährt in ein Konzentrationslager.
Ich verließ leise den Raum, wanderte durch die Gänge, in denen, in Schlafsäcke und Decken gewickelt, unkenntliche Leute lagen. An der Treppe rasselten einarmige Banditen, im Restaurant spielte ein Schifferklavier, und jemand sang wie Hans Albers. Wurde eine Außentür geöffnet, fiel das Kreischen der Möwen ein, die dem erleuchteten Fährschiff auf seiner Reise in die Nacht folgten.
In der Cafeteria traf ich sie wieder, die »Blaumeisen«. Sie standen vor der Essenausgabe, einer der Jungen spielte Mundharmonika, Alfred sprach mit dem Steward polnisch. In der Fernsehecke tönte ein Schwarzweißgerät auf dänisch.
Ich ließ mir ein Bier zapfen und setzte mich an einen der leeren Tische. Die »Blaumeisen« stellten hinter mir die weißen

Stühle zu einem Kreis zusammen. Einige mischten Karten, der Bärtige verzehrte eine Hähnchenkeule, noch immer spielte die Mundharmonika. Einer kam mir bekannt vor. Strohblondes Haar, Sommersprossen im Gesicht. Irgendwo, irgendwann hatte ich diesen Jungen schon mal gesehen.

Wo steckte Malotka? Ich fand ihn auf einer der weißen Kisten sitzen, in denen die Rettungsringe der »Silesia« lagen. Da sprach er mit sich und den Möwen, die Zigarre war ihm ausgegangen.

Drüben das helle Licht wird wohl Rostock sein, sagte ich.

In Rostock bin ich auch gewesen, Herr.

Hinter uns eine Menschengruppe, die Schnaps aus der Flasche trank und östlich redete.

Die fahren auch in die alte Heimat, erklärte Malotka, aber wenn sie so weitermachen, wird man sie vom Schiff tragen müssen.

Wir hatten eine Kabine gebucht, aber Malotka wollte nicht ins Bett gehen. Er werde nicht schlafen, sagte er. Das Meer wolle er besehen, denn es sei seine erste Schiffsreise. Meistens sei er mit Pferd und Wagen unterwegs gewesen, auch Eisenbahnen kannte er gut, die ostpreußischen besser als die in der Lüneburger Heide. Automobile lagen ihm weniger, Flugzeuge hatte er nur von unten gesehen, wenn die dicken Silberzigarren über die Lüneburger Heide brummten, um in Hamburg oder Hannover zu landen. Seine Kinder kannten das alles viel besser, die hatten Flug- und Seereisen in jede Himmelsrichtung erlebt, der Ewald war sogar zehn Tage auf dem Ozean, bevor der Dampfer in Montreal festmachte. Nicht zu vergessen die Reise mit dem Kohlenfrachter, die die Kinder im Jahre '45 unternahmen, von Danzig nach Travemünde. Als der Kohlenfrachter in Travemünde anlegte, war keiner da, die Kinder abzuholen. Sie gaben sie in ein Lager, dessen Namen Malotka nicht kannte, jedenfalls ein überlaufener Ort in Ostholstein. Malotka war nur einmal dort, um die Kinder abzuholen.

Er warf den erkalteten Zigarrenstummel über Bord, eine

Möwe griff ihn, bevor er im Wasser aufschlug. Malotka zog die Uhr aus der Westentasche.
Ist ja bald Mitternacht, sagte er.
Ich wollte einen Schnaps mit ihm trinken, aber er schüttelte den Kopf. In die Cafeteria kam er mit, um ein wenig aufzuwärmen.
Wenn Sie auch nicht schlafen können, Herr, dann setzen wir uns ans Fenster und sehen dem Meer zu, und ich erzähle Ihnen von Grunowen und seinen Menschen.
Er steuerte an den Pfadfindern vorbei, die im Kreis saßen und sangen, zu einem Fensterplatz an jener Seite, an der Mecklenburg liegen mußte mit seinen Leuchttürmen. In den Morgenstunden wird Kap Arkona aus dem Meer auftauchen.
Malotka bestellte Sprudel, ich trank Bier. Er legte seine Taschenuhr neben das Limonadenglas, als wolle er die Zeit nehmen. Mit gefalteten Händen saß er da, wir blickten in die schwarze Nacht, hinter uns sangen die Pfadfinder, und einer übte Mundharmonika. Aus der Versenkung tauchte die Vergangenheit auf, kam hinter der Erdkrümmung zum Vorschein wie die Aufbauten eines untergegangenen Schiffes. Wir fuhren hinein, wir fielen hinein, es ließ sich nicht mehr aufhalten.
So wie die sind viele durch Ostpreußen gefahren, meinte er und zeigte zu den Jungs.
Sie kamen mit den Seebäderschiffen in Pillau an, strampelten durchs Samland nach Königsberg, von dort nordwärts zum Memelfluß, an der russischen Grenze entlang über Tilsit und Gumbinnen zu den Trakehner Pferden und zu Kaisers Jagdschloß. Dann abwärts ins Masurische über die Schlachtfelder von '14/'15 in die Johannisburger Heide, Tannenberg lag auf ihrem Weg, die Marienburg mußte besucht werden, dem alten Kopernikus sagten sie guten Tag und ließen sich von Frauenburg zur Nehrung übersetzen, um wieder Pillau zu erreichen und ihr Schiff. Vier Wochen brauchten sie, um Ostpreußen per Fahrrad zu bereisen. Sie schliefen in Jugendherbergen, in Feldscheunen oder leeren Ställen, manchmal auch in Zelten am See. Wenn sie von der Jugendherberge Nikolaiken zur Ju-

gendherberge Passenheim unterwegs waren, kamen sie an Grunowen vorbei. Gegen Abend bog der Pulk Radfahrer von der Chaussee auf die Dorfstraße. Vor der Gutsauffahrt hielten sie. Ihr Anführer, so einer wie der da mit dem Jesusbart, den sie Alfred nennen, kam ins Schloß und fragte, ob sie in der Scheune übernachten dürften. Das wurde erlaubt. Der alte Herr fragte nicht, welche Gesinnung auf Rädern angefahren kam, ob christliche Jugend, Hitlerjugend oder sozialistische Jugend in der Scheune schlafen wollte. Alle durften bleiben. Sie stellten die Fahrräder im Karree zwischen Kuhstall und Scheune auf, an warmen Tagen liefen sie zum Baden in den Grunower See. Danach saßen sie im Apfelgarten, rösteten Kartoffeln am offenen Feuer und tranken Milch, die ihnen der Schweizer geschickt hatte. Die Mamsell gab ihnen frisch gebackenes Brot. Nach dem Essen spielten sie Völkerball, bis das Tageslicht zur Neige ging. In der Dunkelheit saßen sie und sangen den Mond an, sangen wie die da, spielten auch auf der Mundharmonika oder der Klampfe. Im Schloß öffneten die Mädchen die Fenster und lauschten. Manchmal stimmte die Oma Kösling, die so schön singen konnte, vom anderen Ende des Dorfes mit ein. Herr, es ist ein halbes Jahrhundert her, aber sie singen noch dieselben Lieder, sie singen von fahrenden Gesellen, von Heimweh und Wiederkehr, von Landsknechten und Sonnenuntergängen.
Morgens, wenn die Knechte zur Arbeit kamen, fanden sie die Radfahrer schon unter der Pumpe. Einer pumpte, die anderen hielten den Kopf unter das Rohr. Oder sie nahmen einen Mund voll Wasser und ließen es zum Abspülen über die Hände laufen. Auch putzten sie unter der Pumpe ihre Zähne, eine bis dahin unbekannte Verrichtung in Grunowen. Die Hitlerjungen hielten Appell, standen stramm vor dem Kuhstall, ihr Anführer ließ abzählen. Die Christlichen beteten vor dem Frühstück, und die sozialistische Jugend wußte ein Lied zu singen auf den Sonnenaufgang über dem Grunower See. Bevor die Gespanne aufs Feld fuhren, radelten sie los, meistens in Richtung Passenheim zu den Kriegsgräbern. Die To-

ten eines schweren Gefechts lagen dort in einem Waldstück begraben, rechts die Deutschen, links die Russen. Wenn jugendliche Radfahrer durch Masuren kamen, pflückten sie Blumen und legten sie auf die Gräber zu beiden Seiten, denn wir sind alle Brüder, Herr, spätestens im Tod sind wir alle Brüder. Nach '33, als nur noch die Hitlerjugend unterwegs war, verkrauteten die russischen Gräber, Blumen fanden sich nur unter deutschen Kreuzen.
Woher kannte ich den Blonden mit den Sommersprossen? Kann es sein, daß uns die gleichen Gesichter zweimal begegnen, in jungen Jahren und im Alter wieder? Dieses habe ich vor fünfzig Jahren gesehen.
Malotka erzählte, wie zu Kaisers Zeiten, als er noch Kind war, Radler mit Velozipeden aufs Land kamen. Das waren gewaltige Kullerräder, bei deren Anblick die Pferde scheuten. Vor allem die Sozialdemokraten verstanden sich aufs Radfahren. Vor Reichstagswahlen unternahmen sie Agitationstouren, am ersten Rad flatterte eine rote Fahne, hinten fuhr ein bärtiger Mensch, der dem alten Bebel glich. Bei gutem Wetter lagerten sie auf dem Dorfanger, verteilten Handzettel und riefen die Gutsarbeiter zur Versammlung unter freiem Himmel. War die Witterung ungünstig, trafen sie sich im Mantheyschen Krug, tranken alles Bier aus und ließen das Proletariat hochleben. Einer sprach über den Deutschen Reichstag zu Berlin und die am Horizont schimmernde Morgenröte. Manchmal schickten die Gutsherrn Provokateure in die Versammlung. Die sprangen auf, wenn der Redner im größten Eifer war, und riefen: Es lebe der Kaiser! Alle Sozialdemokraten mußten dann aufstehen und den Kaiser hochleben lassen, Sitzenbleiben wäre Majestätsbeleidigung gewesen. Wird aber die Majestät auf einer politischen Versammlung beleidigt, darf die Veranstaltung polizeilich geschlossen werden.
Gab es überhaupt Sozialdemokraten in Grunowen?
Zur Kaiserzeit drei, nach dem ersten Krieg sieben und unter dem Hitler keinen, antwortete Malotka.
Die Pfadfinder sangen das Lied von den Wildgänsen.

Mein Gott, dieses Lied lebt noch! Mir fielen Nachtmärsche im Samland ein, lodernde Feuer, Funken, die in den Himmel stoben zu den nordwärts ziehenden Wildgänsen.
Einer kam und fragte, ob uns der Gesang störe.
Nein, überhaupt nicht. Laßt nur weiter die Wildgänse nach Norden rauschen und die blauen Dragoner reiten und den kalten Wind durch den Westerwald pfeifen.
Ich bin auch mit dem Fahrrad unterwegs gewesen, sagte ich zu Malotka. Von Königsberg durchs Samland zu den Jugendherbergen in Fischhausen, Rauschen und Rossitten.
Na, sieh mal an, wunderte er sich. Ich hätte schwören können, daß Sie zu jener Zeit nur zu Pferde geritten sind.
Ein Leuchtfeuer warf seine Zeichen über das Wasser.
Das kann noch nicht Kap Arkona sein, sagte Malotka.
Was hatte er mit Kap Arkona zu tun? Das klang mehr nach einem Schiffsnamen als nach einer geographischen Bezeichnung. Kap Horn war mir vertrauter, am Kap der guten Hoffnung habe ich zwei Ozeane gesehen. Plötzlich fiel mir Brüsterort ein. Es gab ein Leuchtfeuer von Brüsterort. Wo lag Brüsterort?
Ein Uhr früh, bald kommt das Licht, murmelte Malotka.
Zwanzig Stunden fahren wir von Travemünde nach Danzig. Meine Kinder sind eine Woche unterwegs gewesen, aber die fuhren auch mit einem lahmen Kohlenfrachter.
Das mit der ersten Schiffsreise stimmt übrigens nicht, berichtigte er sich. Ich war schon einmal mit dem Schiff unterwegs auf dem Löwentinsee von Nikolaiken nach Lötzen. Eine Art Hochzeitsreise, als der Sommer zu Ende ging und die Ufer rotgelb ausschlugen. Hohe Herrschaften reisten zu solchen Anlässen nach Venedig, aber uns genügten zwei Stunden Dampferfahrt auf den masurischen Seen. Vor dem Zug, der uns nach Nikolaiken brachte, fürchtete die Anna sich sehr, aber auf dem Schiff verflog jede Angst, denn sie war die Tochter eines masurischen Fischers und kannte sich aus in den Gewässern, ja, das masurische Meer war ihr vertraut, nur das baltische Meer blieb ihr fremd.

Die Anna müßten Sie eigentlich kennen. Die hat fünf Jahre im Schloß gedient, bevor ich sie nahm. Meistens kamen die Mädchen gleich nach der Einsegnung ins Schloß, aber die Anna war schon sechzehn. Sie führte ihrem Vater zwei Jahre den Haushalt, bis der sie nach Grunowen gab als Kindermädchen ins Schloß. Die jüngste Tochter des Fischers Maruhn, zugleich die schönste, kam nach Grunowen, als das Wernerchen drei Wochen alt war. Wie man weiß, nimmt jeder nur hübsche Kindermädchen, keine Schielaugen, auch nicht bucklige mit schiefen Zähnen oder krummen Nasen. Denn Häßlichkeit steckt an und überträgt sich auf die Kinder.
Ja, Sie müssen sie gut gekannt haben, die Anna mit dem dunklen Haar und der dunklen Haut, was von den Tataren kommen soll, die vor langer Zeit ihr dunkles Blut in Masuren gelassen haben.
Malotka verstummte, schien sich der dunklen Schönheit zu erinnern, die fünf Jahre als Kindermädchen gedient hatte, bevor er sie nahm und selbst mit ihr Kinder zeugte. Die dunkle Person mit dem tatarischen Blut hat dem jungen Herrn die Windeln gewickelt, rubbelte ihn, wenn er vollgedreckt war, im Holzzuber sauber, puscheite ihn, wenn er weinte, und trug ihn nachts durchs Schloß, als die Zähne durchbrachen und er in Krämpfen schrie. Sie fütterte ihn – am liebsten aß er Grießbrei mit Blaubeeren –, lehrte ihn den aufrechten Gang und setzte den Zweijährigen, als Malotka mit der Kutsche vorgefahren kam, auf den warmen Leib eines Pferdes. Sie gab ihm den Namen Roofke und nahm ihn zu sich ins Bett, wenn es gewitterte, erzählte ihm von feurigen Blitzen, die in den Beldahnsee fuhren, wenn der Fischer Maruhn nachts seine Reusen abstakte und hinter ihm am Seeufer das Elmsfeuer leuchtete.
Mir war sie nur eine verschwommene Erinnerung. Langes Haar sah ich, das wie ein Schleier vor meinem Kindergesicht hing. Eine kleine dunkle Frau, die es geschehen ließ, daß ich mich an sie schmiegte und mich geborgen fühlte. Warum bin ich nie zu meiner Mutter gelaufen, sondern immer zu dieser

Anna? Mutter war mir eine entfernte, immer angezogene, hochgeschlossene Person, würdevoll lächelnd und erhaben, wie auf einem Podest stehend. Niemals habe ich sie nackt gesehen, ich erinnere mich nicht daran, daß sie Brüste hatte. Aber diese Anna besaß warme Haut und einen nassen Mund, unter den Armen roch sie manchmal nach Schweiß. Warum habe ich sie vergessen?

Meine Anna könnte viel erzählen, wenn sie nur lebte, erklärte Malotka. Wie sie den kleinen Roofke über den Gutshof getragen hat, zu den Perdkes und Schwienkes. Sie zeigte ihm, wo die flinken Schwalben Nester bauen, die lieben Hühner Eier legen und der gute Adebar sich die Poggen holt. Ging sie an den Ställen vorbei, pfiffen ihr die Knechte nach, denn sie war schön. Unter Linden und Ahorn im Gutspark schob sie den Kinderwagen, der riesige Kullerräder hatte. Die Anna ging im blauen Kleid, bestickt mit weißen Blumen. Sie suchte die abseitigen Wege, damit es dem Kind nicht so staubte, wenn die Fuhrwerke vorbeiklapperten. Gern fuhr sie zur Mühle, um dem Roofke zu zeigen, wo der Wolf sich die Pfote weiß machen ließ. Am See hat man sie oft gesehen. Sie pflückte Gänseblumen und flocht daraus Kränze, die sie an den Kinderwagen bommelte oder dem Wernerchen auf den Kopf setzte. Sie erklärte ihm Entkes und Fischkes, die grünen Poggen und die schwarzen Kaulquappen mit dem langen Zagel, die Strandläufer und Bleßhühner, den Grunower Schwan nicht zu vergessen, der so weiß leuchtete wie frische Milch. Sie erzählte vom Topilec, der nach dem Glauben der Masuren in jedem See lebt, ein Ungeheuer, halb Fisch, halb Mensch, das ihrem Vater, dem Fischer Maruhn, begegnet war, vorzugsweise in Vollmondnächten, wenn der Topilec mit den Fischweibern im Schilf tanzte. Abends, wenn das Wernerchen schlief, spazierte die Anna allein durchs Dorf. So mancher sah ihr nach und dachte wohl, wie er sie haben könnte, aber sie war keine von der Art, über die der weise Salomon zu sagen wußte: Ein schön Weib ohne Zucht ist wie eine Sau mit einem goldenen Halsband. Nur einer hat sie bekommen, das war Felix Malotka.

Der bärtige Pfadfinder erhob sich und sagte, es sei nun Zeit, schlafen zu gehen. Sie müßten morgen dreißig Kilometer radeln, um irgendwo anzukommen.
Die wollen ein Konzentrationslager besuchen, sagte ich zu Malotka.
Wo gab es denn in Ostpreußen Konzentrationslager? wunderte er sich. Solche Schweinereien kamen bei uns nicht vor.
Stimmt, Stutthof lag in Westpreußen, die ostpreußische Erde wurde freigehalten von dieser schauerlichen Attraktion, dafür hatten wir die polnischen Konzentrationslager ganz in unserer Nähe.
Als sie gingen, fiel mir der Name ein. Walter Balzereit hieß der Blonde mit den Sommersprossen. Jedenfalls hieß er damals so. Er wäre heute, hätte er den Krieg überlebt, was bei den Jahrgängen vor 1930 fraglich ist, schon über 60 Jahre alt, wohl auch nicht mehr blond. Ich bin mit ihm durchs Samland gefahren, per Fahrrad wie diese, auch in kurzen Hosen, aber in braunem Hemd, an den Rädern flatterten Hakenkreuzwimpel. Als wir bei Palmnicken das Meer erreichten, sangen wir »Fern bei Sedan«. Da gab es auch Brüsterort, die nordwestliche Spitze des Samlandes. Es muß Sommer '39 gewesen sein, kurz vor Kriegsausbruch. Oder doch noch im Friedensjahr '38? Walter Balzereit kam aus Ragnit. Wir gingen in dieselbe Schule und schliefen in derselben Pension in Maraunenhof. Als er 18 wurde, meldete er sich freiwillig zur Waffen-SS und war stolz darauf, daß sie ihn nahmen. Später verloren wir uns aus den Augen. Man weiß ja nie, was aus diesen Jahrgängen geworden ist.
Der blonde Junge ging vorüber, lächelte und wünschte gute Nacht. Vielleicht ist er ein Sohn oder ein Enkel jenes Jungen, mit dem ich gefahren bin. Mein Gott, wie lag das weit zurück. Diese Kinder, vor zwanzig Jahren geboren, hatten keine Ahnung von Kap Arkona und Brüsterort. Dafür kannten sie sich aus in den Konzentrationslagern, Neuengamme hatten sie besucht und Bergen-Belsen, morgen werden sie nahe Stutthof ihre Zelte aufschlagen. Nach Kraina Wielkich Jezior werden

sie radeln, was zu deutsch »Land der großen Seen« heißt. Sie werden nie verstehen, daß wir so begeistert mit der Hitlerjugend unterwegs waren wie sie mit den Pfadfindern, ja, daß Jugend immer unterwegs ist mit Wimpeln und Liedern, daß nur die Inhalte sich ändern. Wer aber ist verantwortlich für die Inhalte? Männer wie dieser Alfred, die sagen, wann es Zeit ist, schlafen zu gehen und daß morgen ein Konzentrationslager besucht wird?

Nun sind wir ganz allein, sagte Malotka.

Draußen standen einige mit hochgeschlagenen Kragen und hielten sich an der Reling fest, alte Leute, die nicht schlafen konnten. Sie schauten südwärts, wo sie die Küste vermuteten, jeder mit einem bestimmten Namen im Kopf, mit einem Bild, das es in der Realität nicht mehr gab, das nur in den Köpfen spukte und eines Tages erlöschen wird, wie ein Kinofilm, wenn das Zelluloid reißt. Aus und vorbei. Mit den Menschen enden auch die bewegten Bilder ihres Lebensfilms. Jedes Sterben ist das Ende eines Films. Und nichts kommt in die Archive.

Zwei fanden sich umschlungen auf einer Treppe, zu einer Gestalt zusammengewachsen.

Das geht immer, sagte Malotka und zeigte auf das versunkene Paar. Das ging im Krieg, auf der Flucht und im Luftschutzkeller, das wird gehen, solange die Welt besteht.

Er erhob sich.

Wir müsen ab und zu in die Kälte gehen, um zu erfahren, was Wärme bedeutet, sagte er und steuerte auf die Tür zu.

Ich hörte die Krücke, die aufs Schiffsblech schlug, und spürte den Windzug, der von draußen hereinwehte.

Ein sonderbarer Mensch, dieser Malotka, eine jener grauen Eichen, die aus der Vorzeit in die Gegenwart gewachsen sind. Auch sie sind vom Waldsterben bedroht, neue Riesen wachsen nicht nach, du findest nur noch schnellwüchsiges, biegsames Gehölz, das mit dem Wind geht.

Wie war das damals mit meinem Vater? werde ich ihn eines Tages fragen, irgendwann auf dieser Reise.

Ich sah ihn draußen stehen, beide Fäuste umklammerten das Geländer, der Wind riß an seinen Haaren. Auch Malotka blickte nach Süden. Er zog ein Schnupftuch aus der Tasche, putzte umständlich die Nase und spuckte in die Tiefe.
Nach einer Viertelstunde kam er mit geröteten Augen.
Das war wohl Kap Arkona, sagte er.
Immer noch nicht müde? fragte ich.
Er gab zu verstehen, daß er hier bleiben und auf die Morgensonne warten wolle.
Hinter dem Horizont muß Stettin liegen, sagte er. Ich habe es brennen sehen, als ich mit der Gutskutsche unterwegs war.
Niemand mehr an Deck. Das Liebespaar hatte sich in seine Koje verzogen, die alten Leute mit den hochgeschlagenen Kragen träumten ihre alten Träume, und die Pfadfinder radelten durchs unbekannte Samland. Unter uns stampfte das Schiff. Behutsam stieg das Licht aus dem Meer, wie ein leuchtender Vorhang hob es sich, wölbte sich, öffnete sich. Zum Vorschein kam, was untergegangen schien, es kam immer näher, es wuchs aus dem Meer wie Vineta. Ein weiter Schleier, eine riesige Leinwand, aufgehängt an der pommerschen Küste und in Brüsterort, dahinter flatternde Bänder, die bis zu den masurischen Seen wehten.
Malotka hob, wie um den Tag zu begrüßen, beide Arme. Danach erzählte er von meiner Mutter.

Sie war noch ein junges Ding, als sie nach Grunowen kam. In Königsberg feierten sie Hochzeit, danach brachte der Herr Rittmeister sie aufs Gut, an einem Frühlingstag, als die Kartoffeln in die Erde kamen. Zur Vesperstunde zeigte sie sich den Leuten, die junge Frau Tolksdorf. Ein bißchen dünn geraten, sagten die alten Weiber, aber das wird sich geben. Endlich hat der Herr eine Frau gefunden, nun wird auch etwas Kleines kommen.
Doch erst kam der Krieg. Vier Jahre stand er im Feld, und noch kein Ende. Sie bewirtschaftete das Gut, jeden Tag fuhr sie im Einspänner auf die Felder, besprach sich mit dem Kämme-

rer und den Vorarbeitern. Auch in die Ställe ging sie, war dabei, wenn die Stuten fohlten und die Kühe kalbten, stand auf der Tenne, wenn gedroschen wurde und der pelzige Getreidestaub sich auf die Lippen legte. Lieber Gott, sie war ein junges Ding von gerade einundzwanzig Jahren und so zart, aber nun wird sie ein richtiges Mannsbild werden. Nein, sie blieb eine Frau, eine große, schlanke Person, die sich Respekt zu verschaffen wußte. Oft saß sie, weiß gekleidet, auf der Terrasse unter den Sonnenschirmen und las Bücher. Ja, die gnädige Frau liebte die Bücher. Man sagte, sie habe den Herrn auch deshalb geheiratet, weil er eine der bedeutendsten Bibliotheken in der Provinz besaß, die durchzulesen ein Menschenleben nicht ausgereicht hätte. Im ersten Krieg hat sie viele Nächte durchgelesen, wie jeder sehen konnte, der abends am Schloß vorüberging. In der Bibliothek brannten bis weit nach Mitternacht die Petroleumlampen.

Sie sucht Trost in der Heiligen Schrift, sagten die alten Weiber, wenn sie das Licht sahen. Doch sie las nicht die Bibel, sie reiste in ihren Büchern um die Welt, fuhr ins sonnige Italien, besuchte Amerika und das ferne Indien, las auch Französisch, obwohl es die Sprache des Erbfeindes war. Im August '14 kam ein russischer Offizier in Begleitung eines Adjutanten zum Schloß geritten, um der gnädigen Frau seine Aufwartung zu machen. Sie saßen auf der Terrasse, tranken italienischen Wein und sprachen französisch, wie das Stubenmädchen später zu erzählen wußte. Vergewaltigungen sind damals nicht vorgekommen, Herr, denn die Armee des Zaren war eine christliche Armee, ihre Offiziere waren gebildet und sprachen französisch. Jener Offizier der Narew-Armee hat sich bei der gnädigen Frau ein Buch ausgeliehen, das ihm die Zeit vertreiben sollte beim Vormarsch auf Berlin. Widrige Umstände hinderten ihn, das Buch zurückzubringen. Vielleicht ist er gefallen, und man hat ihm das Buch ins Grab gegeben an einem der masurischen Seen, wo so viele russische Soldaten begraben liegen. Jedenfalls ist ein Offizier des Zaren ein Buch in französischer Sprache schuldig geblieben.

Malotka war noch ein Kind, zu klein für Heldentaten, aber alt genug, um den Krieg wahrzunehmen, wie er sich Grunowen näherte, alt genug, dem Gendarm nachzulaufen, der ins Dorf kam, um die Kriegsanleihen zu kassieren, der von Haus zu Haus ging und das Geld holte für den Kaiser. Auch liefen die Kinder mit dem Eilbriefträger um die Wette, der die Nachricht vom Heldentod nach Grunowen brachte. Frühmorgens, wenn sie zur Schule gingen, radelte die Eilpost ins Dorf. Dumm, wie Kinder sind, fragten sie ihn, wohin er fährt. Aber der Briefträger antwortete nicht, klingelte nur laut, um Hühner und Gänse vom Weg zu scheuchen. Die Kinder liefen ihm nach, bis er anhielt, das Fahrrad am Gartenzaun abstellte, seiner Ledertasche die bewußte Depesche entnahm, schon auf der Straße die Mütze zog, feierlichen Schrittes zur Tür ging, dreimal gegen das Holz pochte. Es gab Menschen, die sich weigerten, ihm zu öffnen. Einige flohen zur Hintertür hinaus und versteckten sich in den Gärten. Manchmal kamen Kinder an die Tür oder schwangere Frauen, und immer sprach die Eilpost diesen Vers:
Unser Kaiser hat einen tapferen Krieger verloren.
Bis eine Frau die passende Antwort fand:
Ach, den Krieger möcht' ich schon gern verlieren, sagte sie, aber den Sohn soll mir der Kaiser wiedergeben.
Über dieses Wort einer Mutter ist in Grunowen noch lange gesprochen worden, denn schon im ersten Krieg wurde offenbar, daß der Krieg der Vater aller Dinge ist, die Mütter aber ihn auszubaden hatten, während die Herren sich mit dem Heldentod ins Höhere verabschiedeten. Für Kriegerwitwen gab es keine Rente, also mußten sie im Gut arbeiten, um nicht zu verhungern. Wohin aber mit den Kindern, wenn die Mutter auf dem Feld arbeitete? Sie schlossen die sieben Geislein in die Häuser ein, oft hörte man sie weinen, wenn das Kleinste im Uhrenkasten saß. Im Jahre '15 ließ die gnädige Frau einen Raum im Herrenhaus für die Kriegswaisen herrichten. Morgens, bevor die Mütter aufs Feld gingen, brachten sie ihre Kinder ins Schloß. Ein Mädchen kümmerte sich um die Klei-

nen, auch bekamen sie zu essen. Ach, sie war noch ein junges Ding, die gnädige Frau, und wußte nichts vom Heldentod. Trotzdem mußte sie, wenn die Eilpost kam, ihre Trauerbesuche machen. So verlangte es der Brauch. Die Gutsherrin kam, wenn ein Kind geboren wurde, sie erschien bei schwerer Krankheit, sie fuhr zum Trösten, wenn ein Kind starb, auch der Heldentod verlangte ihr Erscheinen. Der alte Fröhlich, der vor Malotkas Zeit Gutskutscher war, hat es später erzählt, wie die gnädige Frau, bevor sie ins Trauerhaus fuhr, in ihre Schlafstube ging, um sich auszuweinen. Danach zog sie ihr schönstes Kleid an, nahm einen Korb mit Eingemachtem, im Herbst auch Früchte aus dem Gutsgarten. Im Trauerhaus drückte sie jedem die Hand, sprach aber kein Wort, weil sie ein junges Ding war und nichts vom Heldentod verstand.

Als die Kosaken kamen, ging Malotka schon in die Schule zum Lehrer Pachnio, der in jenem Sommer doppelten Unterricht gab. Vormittags unterrichtete er die großen Kinder, nachmittags die kleinen. Eigentlich hatten die hohen Herrschaften gedacht, daß der Weltkrieg in den Sommerferien stattfinden und zum Schulbeginn im Herbst beendet sein sollte. Aber er zog sich in die Länge. Pachnio wünschte, die Kinder vom Krieg und der Straße fernzuhalten. Als der Kaiser die Männer zu den Waffen rief, mußten die Kinder mitten in der Ferienzeit in die Schule.

An einem Donnerstag um halb vier, die Kleinen spielten in der Vesperpause auf dem Schulhof, kamen sie. Von Ortelsburg her ritten sie ins Dorf, an die fünfzig Reiter, deren Lanzen im Sonnenlicht blinkten. An der Mühle fiel ein einsamer Schuß. Er galt dem Müller, der sich im Dachgebälk versteckt hielt und den die Kosaken für einen feindlichen Späher hielten. Die Jugend hing am Staketenzaun, sah dem Einzug der fremden Krieger zu. Vor der Schule machten sie halt. Einer feuerte in den blauen Himmel, was die Mädchen so erschreckte, daß sie in den Klassenraum liefen, den Lehrer Pachnio zu holen. Der faltete die »Hartungsche Zeitung« zusammen, knöpfte die schwarze Weste über das weiße Hemd, legte die goldgeränderte Brille aufs Pult, griff den Rohrstock, der es, was die Länge angeht, mit jeder Kosakenlanze aufnehmen konnte, und betrat, so bewaffnet, die Treppe des Schulhauses. Es standen sich gegenüber die russischen Narew-Armee und der deutsche Lehrer Pachnio mit weiter nichts als einem zwei Meter langen Rohrstock. Zwischen ihnen im Niemandsland hingen am Staketenzaun die Grunower Jungs, die Mädchen lugten verängstigt aus der Tür des Schulhauses. Es war zu erwarten, daß die Kosaken den Lehrer Pachnio totschießen würden. Doch rettete ihn sein Bart, der ein Kaiserbart war, wenn auch kein Wilhelm-Bart. Da Pachnio ein großer, schlanker Mensch war wie der russische Herrscher, fiel den Kosaken ein, er könne ein entfernter Verwandter Ihrer Majestät sein, den zu töten Unannehmlichkeiten bereiten würde. Ein Reiter sprengte auf den Schulhof, fuchtelte mit dem Säbel in der heißen Luft und bedeutete dem Pachnio, mitzukommen. Aufrecht schritt er dem feindlichen Heer entgegen. Als er die Dorfstraße erreichte, wurde ihm der Rohrstock aus der Hand geschlagen, ein Kosakensäbel hieb das furchtbarste Handwerkszeug deutscher Schulmeister in mehrere Stücke. Danach zwangen sie den Pachnio, ein Kosakenpferd zu besteigen. Der großgewachsene Pachnio, der sich in der Tierwelt nur auf Hühner, Bienen und die lieben Singvögel verstand, saß auf einem struppigen Kosakengaul. Die Füße berührten fast das Pflaster, doch drückte er das Kreuz durch und hielt den Kopf aufrecht wie ein Offizier. Als ein Kosak die Fesseln des Pferdes mit der Lanze kitzelte, keilte das Tier aus, Pachnio fiel vornüber und klammerte sich an den Hals des Tieres. Die Kosaken ließen ihn vorausreiten. Sollten deutsche Soldaten im Dorf sein, so dachten sie, werden ihre Schüsse als erstes den Lehrer Pachnio niederstrecken. Als sie Grunowen von der Mühle bis zum Seeufer durchritten hatten und gewiß waren, keinem deutschen Soldaten zu begegnen, ließen sie den Lehrer Pachnio laufen. Er kam zu Fuß in die Schule mit offener Weste – zu guter Letzt hatte ein Kosakensäbel sämtliche Westenknöpfe abgerissen –, nahm Platz hinter dem Lehrerpult, setzte die goldumrandete Brille auf und ließ Gedichte hersagen. Eine Dreiviertelstunde hatte die Narew-Armee den Schulunterricht unterbrochen, verloren gingen der gewaltige Rohrstock und Pachnios Westenknöpfe.

Abends bezogen die Kosaken Biwak am See. Die großen Jungs mußten Holz zusammentragen, auch verlangten die Kosaken nach frischen Kartoffeln. Vom Bauern Jablonski requirierten sie ein Schock Eier, fünf braune Hühner und einen weißen Hahn. Die Eier tranken sie roh, dem Hühnervolk schlugen sie die Köpfe ab, spießten die Vögel auf die Lanzen und hielten sie über das Feuer, um die Federn abzubrennen. Dann holten zwei Mann mit gezogenem Säbel die fromme Frau Hesekiel, die damals noch jung war und gar nicht fromm. Sie zwangen sie, die Hühner auszunehmen und über dem Feuer zu braten. Das allein sättigte sie nicht, also jagten sie ein Dreizentnerschwein aus dem Gutsstall, trieben es über die Wiesen am See, ritten hinterher und spickten es mit ihren Lanzen, bis es an der Böschung des Birkenweges tot umfiel. Sie banden Stricke an die Hinterbeine und schleiften, eine Blutspur durchs Gras ziehend, das Schwein zur Feuerstelle. Zum Verhängnis wurde den Kosaken, daß sie im Gutsgarten einen Pflaumenbaum fanden, dessen Früchte blau leuchteten, aber noch unreif waren. Sie sägten den Baum ab und fuhren ihn mit einem Leiterwagen zum Biwak, wo sie vom Ast ernteten, Schweinebraten mit Grunower Pflaumen verzehrten und nicht ahnen konnten, daß die Narew-Armee die Scheißerei bekommen und darüber die Schlacht von Tannenberg verlieren würde.

Am Tage darauf erschien jener Offizier, der mit der gnädigen Frau französisch zu sprechen verstand, um sich zu entschuldigen. Für das gestohlene Schwein stellte er einen Schuldschein aus, der bei persönlicher Vorlage von der Kriegskasse des Zaren eingelöst werden sollte – zu beliebiger Zeit. Doch ist der Zar diese Rechnung schuldig geblieben, wie auch der Offizier das geliehene Buch – es sollen recht frivole Geschichten eines gewissen Maupassant gewesen sein – nicht zurückbringen konnte.

Zweimal zogen die Kosaken durch Grunowen. Beim erstenmal fanden sie Zeit, den Lehrer Pachnio aufs Pferd zu setzen, ein Schwein zu braten und sich mit Pflaumen zu bedienen. Zwei Wochen später waren sie in großer Eile, jagten schon bei Sonnenaufgang durchs Dorf, verfolgt von preußischen Landwehrmännern. An jenem Morgen sah der siebenjährige Felix zum erstenmal ein Flugzeug, eine einmotorige Militärtaube auf Erkundungsflug über den masurischen Seen. Die Maschine kam von Bischofsburg, streifte den Grunower Forst, zog eine Schleife über dem See, umkreiste die Mühle und verfolgte die in Richtung Johannisburg fliehenden Kosaken.
Lange hielt sich das Gerücht, die Narew-Armee habe auf ihrer Flucht Lanzen und Gewehre in den Grunower See geworfen. Aber so tief die Jungs auch tauchten, es fand sich keinerlei Erinnerung an die Kosakenzeit. Schließlich brachte der alte Herr einen Kosakensäbel von der galizischen Front mit, den er in der Bibliothek über den Kamin hängte, wo er blieb, bis die Russen ihn 1945 holten. Aber das ist eine andere Geschichte.
Drei Dörfer weiter erschossen die Kosaken einen Förster und seinen Hund. Die Waldleute waren ihnen verdächtig, weil sie Uniform trugen und mit Jagdflinten umzugehen wußten, auch die geheimen Wege in Masurens Wäldern kannten. So ein Förster sieht allerlei, wenn er durch das Revier streift, der kennt die Bewegungen der Artillerie und das Lager der Reiter.
Nicht besser erging es den masurischen Windmühlen. Wegen der schönen Aussicht von oben schoß man sie gern in Brand, denn in ihrem Gebälk saßen die Späher, um die Züge der Fähnlein und Regimenter zu beobachten. Die Grunower Mühle überstand auf wunderbare Weise die Kosaken, ging erst '45 in Flammen auf. Aber das ist eine andere Geschichte.
Ja, der erste Krieg war noch ein richtiger Krieg, in dem es sogar etwas zu lachen gab. Der sonderbare Ritt des Lehrers Pachnio hat die Grunower lange bewegt. Machte einer eine schlechte Figur zu Pferde, hieß es gleich: Der sitzt wie Pachnio auf dem Kosakengaul. Wurde zu Palmarum gelesen, wie

der Herr auf dem Esel in die Heilige Stadt reitet, dachte jeder an den Lehrer Pachnio. Als er zehn Jahre nach dem Krieg starb, hielt der Vorsitzende des Kriegervereins eine Rede, in der er auf die Russenzeit zu sprechen kam und das Beispiel deutscher Würde, das Pachnio gegeben hatte. So feierlich er auch sprach, den Zuhörern kam es lustig vor, weil jeder den Toten auf dem struppigen Pferd sitzen sah. Das aber ist das Schönste, Herr, was ein Mensch bewirken kann: Noch im Tode andere zum Lachen bringen.

Beinahe hätten die Grunower Kinder den Hindenburg gesehen, der sein Quartier nahe Wartenburg aufgeschlagen hatte, dreißig Kilometer Luftlinie entfernt. In einem Krug saß er und lenkte die Schlacht von Tannenberg. Im Winter '15 eilten die Schulkinder nach Bischofsburg, weil es hieß, der Retter Ostpreußens werde in einer Schule erscheinen und einige Worte an die Schüler richten. Doch verspätete er sich, kam erst nachmittags, als die Grunower schon auf dem Heimweg waren.

Beim Pachnio lernten sie damals patriotische Lieder und Gedichte:

> Das war der General Hindenburg,
> Der hat es längst gesehen,
> Daß man an den Masurenseen
> nicht überall kann gehen.

Die Schulen erhielten neue Namen, jedes Städtchen wollte eine Hindenburgschule haben. Noch zu Adolfs Zeiten gab es in Ostpreußen mehr Hindenburgschulen als Hitlerschulen. Die Grunower Dorfschule aber war zu klein für derart große Namen, sie blieb bis zum Ende eine namenlose einklassige Dorfschule.

Von der gnädigen Frau ist zu sagen, daß sie nicht nur mit russischen Offizieren parlierte, sie fuhr auch nach der Masurischen Winterschlacht, als die Weltgeschichte in Ostpreußen hofhielt, ins Hauptquartier nach Lötzen, wo Hindenburg

Admiräle, Fürsten, Herzöge, Politiker und Zeitungsmenschen empfing. Wenn er nicht an seinem Schlachtenschreibtisch saß und dachte, was er die meiste Zeit tat, sahen ihn die Lötzener auf der Angerburger Chaussee spazierengehen. Nach dem Krieg wollte der alte Herr den Hindenburg-Schreibtisch kaufen, um ihn in seine Bibliothek zu stellen. Es war ein gewöhnliches Möbelstück aus der Wohnung eines Lötzener Bürgers, aber weil an ihm die Masurische Winterschlacht und die Schlachten von Kowno und Kowel ausgedacht worden waren, bekam das Holz einen höheren Wert, ließ sich für das Aufsetzen von Mahnungen und Liebesbriefen nicht mehr verwenden und mußte ins Kriegsmuseum nach Berlin.

Die gnädige Frau fuhr nicht nach Lötzen, um dem hohen Retter Ostpreußens die Hand zu drücken, sondern einem Bücherschreiber aus Schweden, der ins Hauptquartier gekommen war. Mit dem aß sie zu Mittag, sprach über seine Reisen durch die Welt und ließ ihn in eines seiner Bücher schreiben:

Der verehrten Gertrude Tolksdorf
in geistiger Verbundenheit.
Ihr sehr ergebener
Sven Hedin

Das Buch bekam einen Ehrenplatz in der Bibliothek, doch wird es am Ende der Teufel geholt haben, wie alles, was in Grunowen einen Ehrenplatz besaß. Aber das ist eine andere Geschichte.

Ach, sie hat viel gelesen, denn sie war eine gebildete Person, die nicht nur französisch sprach, sondern auch den Pfarrer in Ribben verstand, wenn er lateinisch wurde.

Ja, der erste Krieg war noch ein gesitteter Krieg, in dem die russischen Offiziere mit den Damen französisch sprachen, Schuldscheine für erstochene Schweine ausstellten und sich Bücher ausliehen zur Unterhaltung für den Feldzug nach Berlin. In Passenheim hielt die Narew-Armee im August '14 so

überraschend Einzug, daß die Geschäfte am Markt zu schließen vergaßen. Die Soldaten gingen in die Bäckereien und Fleischerläden, kauften Brötchen und Ringelwurst, bezahlten mit Rubel und Kopeken. Dreißig Jahre später werden sie den Bäcker totschießen, sich Brötchen nehmen ohne Bezahlung und Frau und Tochter noch dazu. Aber das ist eine andere Geschichte.
Daran sieht man, daß die Menschheit sich nicht aufwärts, sondern abwärts bewegt, daß mit den neumodischen Ideen das Gute verkümmert und die schlichte Menschlichkeit sich in die Bücher verzogen hat, wo über sie erzählt wird wie aus fernen Zeiten.
Malotka stand auf, um das Licht zu begrüßen. Es kam mit den Wellen, flutete dem Schiff entgegen, traf seine Aufbauten und spiegelte sich in den Bullaugen. Die »Silesia« warf Schatten aufs Meer. Kein Land in Sicht, nicht einmal ein Leuchtfeuer, nur Möwen, die auf das Frühstück warteten. Ein Fährschiff kreuzte unseren Kurs, kam von Norden, wohl aus Trelleborg, fuhr nach Süden, vielleicht nach Saßnitz.
Wissen Sie eigentlich, daß wir über einen riesigen Friedhof fahren? sagte Malotka plötzlich, als Gischt gegen die Scheiben spritzte. Wer übers baltische Meer fährt, sollte Kränze mitnehmen.
Zwei Frauen betraten die Cafeteria, die eine mit einem Besen, die andere mit Eimer und Wischlappen ausgerüstet. Sie tuschelten miteinander. Ach, die alten Männer! Sie können keine Ruhe finden. Sind sie von gestern übriggeblieben oder heute beim ersten Morgenrot aus den Kojen gekrochen?
Nun lohnt es sich nicht mehr, schlafen zu gehen, sagte Malotka und nahm wieder Platz. Er begann, von der Oma Kösling zu erzählen, die so schön singen konnte und die im Jahre '15 nach den Kosaken in Grunowen heimisch wurde. In ihrer Jugend lebte sie nahe Goldap an der Grenze, von dort mußte sie 1914 mit ihren Kindern vor dem General Rennenkampf flüchten. Die Eisenbahn brachte sie über Weichsel und Oder durchs große deutsche Reich an die Nordsee. Ja, schon im

ersten Krieg gab es ostpreußische Flüchtlinge in Holstein. Am Bußtag des Jahres '14 hielt ein Güterzug mit Flüchtlingen auf dem Bahnhof Krempe. Ein paar hundert Familien verließen den Zug und wurden ins Marschland verteilt. Bauern warteten mit Pferdewagen vor dem Bahnhof, um ihre Flüchtlinge abzuholen. Im Rübenwagen ist die Frau Kösling durch die windige Krempermarsch zur guten Frau Martens gefahren, auf deren Hof sie einen Winter lang lebte und die holsteinischen Sitten und Gebräuche lernte. Ihre Kinder gingen in die Kremper Schule, hatten Mühe mit dem sonderbaren Platt, das in jener Gegend gesprochen wurde und das beinahe englisch klang. Von der holsteinischen Sprache hat sie Wunderliches erzählt. Sie sagten Stube und nicht Schtube und hielten das für richtiges Deutsch. Auch gingen die Uhren im Holsteinischen anders. Wenn die Frau Kösling Viertel sechs sagte, verstand das kein Mensch, sprachen die Holsteiner von Viertel nach fünf, wußte die Frau Kösling nicht, was die Uhr geschlagen hatte.

Bis April '15 lebte sie in der Krempermarsch, arbeitete in der Landwirtschaft und wartete auf gute Nachrichten der Obersten Heeresleitung. Nach der Masurischen Winterschlacht durften die Flüchtlinge heimkehren zur Frühjahrsbestellung. Für die Reise bekamen sie einen Sonderausweis, denn noch lange nach der Befreiung blieb die Provinz für gewöhnliche Reisende gesperrt. Um die Osterzeit fuhr sie im Sonderzug von Krempe nach Hause, wohlversorgt mit vierzig Butterbroten, die die gute Frau Martens gestrichen hatte. Bepackt mit einem Viertelzentner Gerstenflocken, acht Mettwürsten, einer Speckseite und drei Kilo Salz. Doch das schönste Mitbringsel aus Holstein waren drei rotbraune Hühner und ein goldgelber Gockelhahn. Damit fing die Frau Kösling eine neue Hühnerzucht an, weil es ihrem Federvieh so ergangen war wie Jablonskis Hühnern beim Kosakenbiwak am Grunower See. Drei Tage und zwei Nächte fuhr der Zug von Holstein nach Ostpreußen, stand viel auf freiem Feld, weil zu jener Zeit die Feldgrauen Vorfahrt hatten. Aber immerhin, es

gab eine Heimkehr. Nach '45 haben sich viele daran geklammert und gedacht, es wird wieder ein Sonderzug nach Hause fahren wie 1915. Aber das ist eine andere Geschichte.
Nach Grunowen kam die Frau Kösling, weil der General Rennenkampf ihr Anwesen nahe Goldap niedergebrannt hatte. Sie bekam eine Wohnung im Scharwerkerhaus für sich, die Kinder und die neue Hühnerzucht, die sich rotbraun und goldgelb über das Dorf verbreitete. Doch mangelte es damals nicht nur an Hühnern, auch die Schweine waren von Freund und Feind gebraten worden oder hatten sich in der masurischen Wildnis verlaufen. Da besann sich die Frau Kösling der Schweinezucht in der Krempermarsch. Sie bestellte bei der guten Frau Martens ein Dutzend Zuchtferkel für sich und das Gut, die im Sommer '15 per Eisenbahn ankamen und prächtig gediehen. So vermischten sich Holstein und Ostpreußen schon im ersten Krieg, wenn auch nur mit Hühnern und Schweinen. Die Menschen, aber das wußte damals noch keiner, gerieten erst nach dem zweiten Krieg durcheinander.
Noch lange schrieb sich die Frau Kösling mit der guten Frau Martens. Als der zweite Krieg ausbrach, wollte sie wieder in die Krempermarsch fahren, doch am Bahnhof Dombrowken war der Polenfeldzug schon siegreich beendet. Zwei Jahre später, als es mit Rußland anfing, packte die Oma Kösling wieder. Aber nach einer Woche wurde es still an der Grenze, die Deutschen fingen an zu siegen, und niemand brauchte nach Krempe zu fahren. Erst im Herbst '44, als die Rote Armee Goldap einnahm, schrieb die Oma Kösling wieder an die Frau Martens, ob sie kommen dürfe, wenn eine neue Russenzeit ausbräche. Der Brief kam zurück, die Frau Martens war längst gestorben. Also blieb die Oma Kösling in Grunowen und ging den Weg, den alle gegangen sind. Aber das ist eine andere Geschichte.
Ein Küstenstreifen im Süden und eine einsame Rauchsäule.
Das könnte Köslin sein, sagte Malotka. In Köslin bin ich auch gewesen, da war es schon Februar.
Er blickte über das graue Meer, sah alles deutlich vor Augen,

schaute vom Kujelbarg über das Dorf Grunowen und den See.
Wissen Sie, warum unsere höchste Erhebung den Namen Kujelbarg trug? Das kam von einem wilden Eber, den der alte Herr waidwund geschossen hatte und der es vorzog, auf der Anhöhe mit der schönen Aussicht zu sterben. Während der Masurischen Winterschlacht soll der Ludendorff eine halbe Stunde zwischen den Krüppelkiefern gestanden und den Russen beim Schanzen zugesehen haben. Deshalb wollte Kämmerer Kallies die Gegend Ludendorffhöhe benennen, aber der alte Herr hielt mehr von dem verstorbenen Eber. Es wäre auch nicht gutgegangen. Anfangs verstanden sich Hitler und Ludendorff recht gut, später zerstritten sie sich, so daß die Grunower den Berg im Jahre '33 hätten umbenennen müssen. So ein Kujel aber ist politisch ohne Bedeutung und kann einem Berg für alle Ewigkeit einen Namen geben.
Einer der Pfadfinder schlich am Fenster vorbei und fotografierte den aufkommenden Tag.
Die Kinder können auch nicht schlafen, meinte Malotka und führte mich auf den Berg mit der schönen Aussicht, beschrieb die Grunower Felder, die in Wellen auf und ab gingen und nichts von der sprichwörtlichen ostpreußischen Weite besaßen. Stand der Wagen in der Senke, sahst du vom Heufuder aus nicht einmal die Dächer des Dorfes, fuhr er den Hügel hinauf, reichte der Blick bis zur Kirche von Ribben und dem Bismarckturm in Sensburg. Wegen des leichten Bodens ließ der alte Herr hauptsächlich Kartoffeln anbauen, die auf dem Schischkesand am besten gediehen. Weizen wollte nicht wachsen, auch Zuckerrüben trug der Boden nicht, aber Kartoffeln gab es, die waren gelb wie Eidotter. Sie schmeckten, wenn noch gar nichts angemacht war. Am liebsten Pellkartoffeln. Die braune Haut platzt, der Dampf steigt in die Nase, es riecht nach sandiger Erde, wenn die garen Kartoffeln auf den Tisch rollen. Jeder nimmt sich, soviel er will, pellt mit dem Löffelstiel ab, stippt die Kartoffel in Salz, beißt vom sauren Hering ab, zu trinken gibt es Buttermilch.

Vor Himmelfahrt mußten die Grunower Kartoffeln in die Erde, zwei Dutzend Frauen gingen hinter dem Pflug und steckten Saatkartoffeln. Später kaufte der alte Herr eine Lochmaschine, die den Rücken der Frauen schonte. Nun warfen sie von oben die Saatkartoffeln ins Loch und trampelten es mit den Füßen zu. Im Juni fuhren die Häufler durch die Kartoffelreihen, vor den Sommerferien schwärmten die Kinder aus, um Unkraut zu ziehen. Im Herbst aber, wenn der junge Herr in die Kartoffelferien kam, klapperten die Haspeln, standen die gefüllten Säcke wie Soldaten auf dem Acker, und der Rauch der Kartoffelfeuer zog über den See.
Ja, daran erinnere ich mich. Mitten in der Kartoffelernte starb meine Mutter.
Malotka blickte an mir vorbei. Das Begräbnis meiner Mutter hatte ihn aus dem Konzept gebracht. Er schwieg eine Weile, dann begab er sich zu unserem See, der nach dem Lampaschsee als schönstes Gewässer Masurens galt. Ein sonderbarer See ohne Zugang und Abfluß, umgeben von Schilfbuchten, in denen du die Zeit verschlafen konntest. Auch besaß er eine Insel, kaum größer als ein Gemüsegarten, auf der nur Erlen wuchsen. Im Süden reichten Wiesen und Felder an den Schilfgürtel, westlich lag wie versteckt das Dorf, dessen Pflasterstraße im Bogen um den See führte und in einem Sandweg vor den Feldern auslief. Im Osten ging der See in eine Moorlandschaft über, im Norden begann der Grunower Forst, ein Mischwald aus Laub und Nadeln. Herr, in ihm sind Kiefern gewachsen, damit konnten sie Kirchen bauen.
Wann ist mein Vater aus dem Krieg gekommen?
Im November '18. Am Sonntag nach der Abdankung des Kaisers fuhr er zur Kirche. Er machte sich nicht viel aus Religion, aber an jenem Sonntag saß er unter der Kanzel und hörte den Pfarrer Habakuk vom Kommen und Gehen irdischer Reiche sprechen. Es ergab sich, daß nicht nur der Pfarrer, auch der alte Herr über den Niedergang Deutschlands weinte. Davon redeten sie noch lange im Kirchspiel, von den Tränen zweier Männer im November '18.

Was soll ich von einem solchen Vater halten? Ein Rittmeister der kaiserlichen Kavallerie sitzt in der Kirche und weint. Wie tief muß es ihn getroffen haben, als seine Welt zusammenbrach. Sonderbarerweise habe ich die Rittmeisteruniform nie zu Gesicht bekommen. Ob er sie versteckt hielt? Nein, er wird sie verbrannt haben an jenem Sonntag nach der Abdankung des Kaisers.
Nun wird der Klapperstorch leichtes Spiel haben, dachten die Grunower, als der alte Herr aus dem Krieg zurückkehrte. Aber es zeigte sich nichts, die Natur ist in diesen Dingen wählerisch, einer Frau schlägt es sofort an, bei der anderen dauert es Jahre, und einige gebären überhaupt nicht.
Fünf Jahre mußten vergehen, die große Inflation erreichte gerade Grunowen, da traf die gnädige Frau die Kaschubsche unten am Wasser, an einem Freitag. Diese Person, die in alten Zeiten als Hexe verbrannt worden wäre, durfte in Grunowen ruhig in einer Schaluppe aus Lehm, Erde und Kuhmist leben, mit einer Ziege und zwei Dutzend Hühnern. Sie sammelte Heilkräuter im Grunower Forst und ließ sich vom Fischer Witki Hechtaugen ausstechen. Die starren, toten Hechtaugen, gekocht mit Jesuwundenkraut und Gekröse vom Hahn, gaben ihr Kraft, über den Horizont zu sehen und in menschliche Bäuche. Als die gnädige Frau die Kutsche halten ließ und nach dem Wetter fragte, gab die Kaschubsche keine Antwort, starrte nur mit glubschen Augen, wußte schon mehr als die anderen, sah es am Haar, das einen matten Glanz hat, wenn eine Frau ein Kind trägt. Eine Woche später ritt der alte Herr am Haus der Kaschubschen vorbei. Die Frau erschien vor der Tür und fuchtelte aufgeregt mit ihrer Krücke. Es kommt was! Es kommt was! schrie sie und zeigte hinüber zum Schloß, wo die gnädige Frau auf der Terrasse saß.
Sie fuhren bald darauf nach Königsberg. Kutscher Fröhlich, der sie zur Bahn brachte, erzählte, wie sie in den gepolsterten Sitzen des Gouverneßwagens saßen und sich Namen ausdachten. Isabella sollte ein Mädchen heißen und Joachim ein

Junge. Aber die gnädige Frau mochte Joachim nicht leiden, weil sie den Jungen später Jochen oder Jochim rufen würden. Auch verpflichtete dieser Name zu einer gewissen Wildheit; wer ihn trägt, muß jenem tollkühnen Husarengeneral nacheifern, der aus dem Busch zu kommen pflegte.
Von Königsberg schickten sie eine Depesche, in der sie den Fröhlich zum Neun-Uhr-Zug bestellten. Das Reitpferd sollte er mitbringen. Der alte Herr stand am Fenster des Erster-Klasse-Abteils. Als der Zug hielt, half er der gnädigen Frau beim Aussteigen und brachte sie zur Kutsche, wickelte ihre Füße in eine Decke, denn es war ein windiger Tag, als die beiden aus Königsberg kamen.
Fahr bloß vorsichtig! sagte er zum Kutscher Fröhlich. Da wußte der, daß die Kaschubsche die Wahrheit gesagt hatte. Der alte Herr selbst vergaß jede Vorsicht, schwang sich aufs Pferd und galoppierte wie jener Joachim Hans von Ziethen, dessen Name die gnädige Frau nicht leiden mochte, nach Grunowen.
Danach fuhr sie nicht mehr in der Kutsche, weil ein solches Gefährt auf den Pflasterstraßen mächtig stukerte, was dem Kind hätte schaden können. Man sah sie im Park spazierengehen und am See. Dort lief ihr die Kaschubsche eines Tages nach, um zu sagen, daß sie sich den Namen Isabella aus dem Kopf schlagen sollte.
Reithosen müssen Sie kaufen! schrie sie und zeigte ihre rostbraunen Zähne.
Noch vor der Zeit wollte der alte Herr ein Kindermädchen einstellen, aber das ließ die gnädige Frau nicht zu. Nachher hat man ein Kindermädchen, aber kein Kind.
Der Tag der Geburt war ein Tag mit englischem Wetter. Vom See her wehte Nebel ins Dorf, die Staketenzäune ertranken in der weißen Brühe. In der Morgendämmerung schickte der alte Herr nach dem Kutscher Fröhlich, der aber nicht aus dem Bett finden konnte, weil ihn der Hexenschuß quälte. Also griff er sich einen jungen Burschen, der gerade über den Gutshof lief, und befahl ihm, die Kutsche anzuspannen und nach Ribben zu fahren, um die Hebamme zu holen. Auf dem Hin-

weg solle er gestreckten Galopp, auf dem Rückweg etwas ruhiger fahren, damit die gute Frau nicht zu Schaden komme.
So habe auch ich dazu beigetragen, daß Werner Tolksdorf auf die Welt gekommen ist, sagte Malotka und lachte.
Als die Hebamme in Grunowen eintraf, war heller Tag, aber das Dorf lag wie ertrunken im Nebel. Im Schloß hörten sie das Klappern der Kutsche, als sie von der Sensburger Chaussee aufs Pflaster einbog. Der alte Herr wartete auf der Terrasse. Er führte die Frau ins Haus, den Kutscher ließ er im Nebel stehen.
Ich rieb die Pferde trocken, deckte sie ab, holte einen Arm voll Heu und Wasser. Ich hatte keine Ahnung, wie lange die Hebamme zu tun haben würde, denn Felix Malotka war gerade 17 Jahre alt, noch grün hinter den Ohren und wußte nichts vom Kinderkriegen.
Um halb elf kamen Sie auf die Welt, junger Herr. Die Mamsell rannte in die Bibliothek, wo der alte Herr die Wartezeit mit Türkenblut verkürzte. Danach rief sie die Küchen- und Stubenmädchen zusammen, schickte zur Rendantin ins Gutsbüro, rief die Beschließerin, die die Gewalt hatte über Wäscheschränke und Truhen.
Die gnädige Frau hat einen Sohn geboren, sagte sie feierlich, als alle versammelt standen.
Gut Grunowen besaß einen Erben. Nein, es blieb den Menschen nicht gleichgültig, wer ihre Herrschaft war. Sie wünschten, der Hof möge in der Familie bleiben, immer wieder sollten Kinder nachwachsen und den Namen forttragen. In jener Zeit wurden viele überschuldete Güter und Bauernhöfe im Osten versteigert. Es ging die Angst um, neue Herren könnten neue Leute bringen und die alten ziehen lassen.
Mittags lichtete sich der Nebel. Felix Malotka fuhr die Hebamme zurück nach Ribben, ganz ruhig fuhr er, denn es war nun alles geschehen, was geschehen mußte, und niemand hatte mehr Eile. Als er heimkehrte, rief ihn der alte Herr in die Bibliothek.
Da sah ich zum erstenmal das Allerheiligste. Diese Wände,

Herr. Drei Meter hoch gestapelt lagen alle klugen Gedanken, die jemals gedacht worden waren. Ich stand in der Tür und sah, daß er eine Flasche Rotwein leergetrunken hatte. Ja, er war in den Jahren, in denen es einem Mann nahegeht, Vater zu werden. Er ließ mich Platz nehmen. Er schenkte mir ein, zum erstenmal, daß er mich wahrnahm und mit mir sprach.
Wie heißt du? fragte er.
Felix, sagte ich.
Wenn du so heißt, mußt du ja glücklich sein.
Er schob mir ein Markstück über den Tisch.
Hast auch schon 'ne Braut?
Die Röte schoß ihm ins Gesicht. Nein, davon wußte der siebzehnjährige Felix Malotka noch nichts.
Das schönste aber an der Geburt des Werner Tolksdorf war, daß drei Wochen später ein Kindermädchen ins Gutshaus kam, eine gewisse Anna Maruhn aus Nikolaiken, die dort blieb, bis Malotka sie zur Frau nahm im Jahre '29.

Es wurde Zeit, den jungen Tag zu begrüßen.
Was soll man von einer Sonne sagen, die so klar und gereinigt über das Vorderdeck geklettert kam? Seit Bornholm war der Himmel wolkenlos, warf der Schornstein kürzer werdende Schatten.
Sagte ich's doch, im Osten ist schönes Wetter.
Auf dem Achterdeck trafen wir vier Pfadfinder. Sie saßen windgeschützt in der schon wärmenden Sonne und spielten Karten, der Blonde, den ich kannte, war dabei.
Habt ihr die ganze Nacht über gespielt? fragte ich.
Wir mußten flüchten, weil da unten ein paar Schnarchlappen liegen, antwortete der Blonde, ohne aufzusehen.
Malotka lehnte über dem Meer, sah seine Buchten, seine weiten Sandstrände und Steilküsten, auch die Wellen, die die Erinnerung einiger Jahrhunderte wälzten, Knochen anspülten und Bernstein. Es wird noch lange dauern, bis Menschen über das Baltische Meer fahren können wie zum Lago Maggiore. Luxuskreuzfahrten auf der Ostsee sind verboten, denn es ist

ein Meer der Toten, der Fliehenden, der brennenden Küsten. Das könnte Stolpmünde sein.
In Stolp bin ich auch gewesen, sagte er. Auf der Chaussee vor Stolp wollte eine Frau ein Kind gebären. Damit das nicht vor aller Augen geschah, ließ ich sie in die Gutskutsche. Ich hielt vorn die Pferde, sie brachte hinten ein gesundes Mädchen auf die Welt. Ich denke, sie sind durchgekommen, die Frau und das Mädchen. Sie sahen so aus, als würden sie durchkommen. Man müßte eine Anzeige in die Zeitung setzen: Gesucht wird eine zweiundvierzigjährige Frau, die auf der Chaussee vor Stolp in einer Kutsche geboren wurde.
War mein Vater dabei?
Malotka schüttelte den Kopf und blickte weit hinaus.
Wenn wieder Land in Sicht kommt, wird es Hela sein, sagte er. Das war der letzte Brückenkopf in der Danziger Bucht, auf Hela bin ich nicht gewesen, denn Hela war Sackgasse und Mausefalle.
Warum erzählst du nicht weiter, Malotka? Du weißt alles, und ich weiß nichts. Erzähl von meiner Mutter, die mit einem russischen Offizier vor der Schlacht von Tannenberg französisch parlierte, mit der Kutsche zu Trauerbesuchen ins Dorf fuhr, als der Erste Weltkrieg anfing, Menschen zu kosten, die im Winter '15 – so schwärmerisch sind einsame Frauen – das große Hauptquartier besuchte, um dort einen Schreiber namens Sven Hedin zu treffen und sich von ihm ein Buch signieren zu lassen. Oder sprechen wir von meinem Vater. Er ist mir abhanden gekommen. Und sonderbar, ich habe ihn niemals vermißt. In jungen Jahren sind wir nur wir selbst, lösen uns so weit von den Eltern, daß wir uns ihrer schämen. Erst später spüren wir, daß wir nichts sind außer einem kleinen Glied in einer langen Kette; plötzlich fragen wir nach den Gliedern vor uns.
Erzähl nur weiter Malotka, erzähl die Geschichte deines Lebens und des Dorfes Grunowen und die Geschichte meiner Eltern. Irgendwo treffen wir uns, dessen bin ich sicher, irgendwo finde ich in deiner Geschichte meinen Vater.

Er wollte in die Kabine, um sich den Bart abzunehmen. Feinmachen für den Landgang, nannte er das. Wer zu Besuch kommt, muß wenigstens rasiert sein, junger Herr. Er versuchte zu lächeln, aber es wollte ihm nicht gelingen. Dich quält etwas, Malotka. Ist es die Müdigkeit einer durcherzählten Nacht oder der Anblick des stillen Meeres, das dir mehr bedeutet als graues Wasser?
Das mit dem »jungen Herrn« sollten wir uns schenken. Erstens bin ich nicht jung und zweitens nicht mehr Herr als jeder andere.
Malotka blickte irritiert auf. Aber ich brauche den »jungen Herrn« zur besseren Unterscheidung vom »alten Herrn«.
Wir sollten einfach du sagen, schlug ich vor und reichte ihm die Hand.
Er zögerte.
Na ja, als du klein warst, hat der Kutscher Malotka auch du gesagt, fiel ihm ein.
Er holte die Flasche, die er für mancherlei Notfälle mitgenommen hatte, drehte den Verschluß ab und reichte sie mir.
Trink du zuerst.
Ich schluckte das klare Zeug, das auf Lippen und Zunge brannte und den Magen heiß werden ließ.
Wir sind ganz schön heruntergekommen, sagte ich. Vor dem Frühstück trinken doch nur Säufer.
Aber es muß sein, erklärte er, nahm einen herzhaften Zug und wischte mit dem Handrücken über die Lippen.
Wenn Anna wüßte, daß wir beide Brüderschaft trinken, na, die würde staunen!
Wir hatten für teures Geld eine Kabine genommen, aber Malotka brauchte sie nur, um sich zu rasieren. Er schäumte das Gesicht ein, wetzte das Rasiermesser an seinem Bauchriemen und legte Hand an die Stoppeln der Nacht.
Was war mein Vater für ein Mensch?
Malotka pustete Schaum gegen den Spiegel.
Was soll man da viel sagen? brummte er. Vor allem eines: Er war ein Herr. Obwohl klein von Statur, war er ein Herr, ei-

ner, der jeden Tag seinen Spaß machte und gern ein Schnäpschen trank.
Hat er viel getrunken?
Nur was nötig war und meistens erst nach Sonnenuntergang.
Während das Messer den Schaum von der Haut kratzte, erzählte Malotka, wie der Stellmacher Stumbröse ein Geheimfach in die Kutsche einbauen mußte. Darin lagen die Flaschen in Reserve. Auch im Februar '45, als Malotka in der Lüneburger Heide ankam, fand sich noch eine angebrochene Flasche. Aber das war eine andere Geschichte.

Der Wind schlief ein. Beim Einlaufen in die Danziger Bucht fuhr das Schiff wie durch vergossenes Öl. Grauer Dunst hing über dem Wasser, die Sonne verzog sich hinter milchigem Glas. Ein sonderbares Ankommen. An Deck drängten sich die Menschen, ich hörte ihre Gespräche.
Siehst du den Turm? rief einer und streckte den Arm aus. In dieser Kirche wurde ich getauft.
Drüben auf dem Hügel hat mein Vater eine Kiste vergraben. Ob sie noch da ist?
Malotka hatte sich eine Krawatte nach alter Art um den Hals gebunden, war gekleidet wie zum Kirchgang, stand ruhig neben mir und sah, wie uns das Land entgegenwuchs. Im Südwesten die bewaldeten Hänge um Gdingen, in Fahrtrichtung die ersten Türme Danzigs und an Backbord der schmale Streifen der Frischen Nehrung.
Auf der Frischen Nehrung kenne ich mich aus, sagte Malotka.
Neben uns der Pulk der Pfadfinder, in ihrer Mitte der bärtige Anführer mit einer Karte, auf der er Pfeile einzeichnete und den Ort Szczytno mit einem Kreuz markierte. Baden geht nicht, hörte ich seine Stimme. Die Danziger Bucht ist für Jahrhunderte tot. Der ganze Dreck Polens kommt ungefiltert mit der Weichsel in dieses Meer. In den masurischen Seen könnt ihr baden, die sind noch unberührt. Der Bärtige erklärte das Naturphänomen Nehrung. Hela an Steuerbord sei eine Nehrung, gegenüber liege die Frische Nehrung, unsicht-

bar im Norden die schönste aller Nehrungen, die Kurische mit ihren Wanderdünen. Sie sei nicht erreichbar, nicht einmal für Pfadfinder.

Damals war sie erreichbar, dachte ich. Wegen des ständig wehenden Sandes war sie kein ideales Radfahrgelände, aber wir fuhren hinauf bis nach Nidden. Um die Jugendherberge in Rauschen rauschten das Meer und die Kiefern. Der blonde Balzereit wollte nach Mitternacht baden, ja, damals war Baden noch erlaubt. Das ist fünfzig Jahre her, wir lagen in den Dünen, der Wind ließ den Strandhafer summen und die im Karree aufgestellten Räder versanden. Über uns die Keile der Wildgänse, die nordwärts flogen in die baltischen Länder. Nachtwanderungen, Lagerfeuer, Sonnenwendfeuer, Walter Flex immer dabei mit seinen Wildgänsen. Den letzten Vers haben wir gebetet:

Wir sind wie ihr ein graues Heer
und fahrn in Kaisers Namen.
Und fahrn wir ohne Wiederkehr,
rauscht uns im Herbst ein Amen.

Als wir die Kurische Nehrung bis Nidden hinaufradelten, war der Kaiser längst aus dem Lied verschwunden und an seine Stelle der Führer getreten. Es wiederholt sich, es kommt immer wieder, die Anbindung des Gefühls an bestimmte Bilder und Lieder. Die einen weinen, wenn sie »Brüder zur Sonne, zur Freiheit« singen, den anderen treibt das Deutschlandlied die Tränen in die Augen. Ich kannte einen, der sich zu jedem Geburtstag »Ich hatt' einen Kameraden« vorspielen ließ, was ihn bis ins Mark erschütterte. Wir können es nicht steuern, es überfällt uns. Ob uns der Kaiser prägt oder der Führer, der Herr Jesus oder die Internationale, es hängt von trivialen Zufälligkeiten ab, aber es verfolgt uns bis ans Ende der Tage. Ich flog mein Leben lang mit den Wildgänsen nach Norden.

Welcome to Poland, grüßte es von einem Bretterzaun. Port Gdansk, leuchtete es über den Abfertigungsgebäuden.

Kein Wort Deutsch, stellte Malotka fest. Als er mit der Gutskutsche in Danzig war, fuhr er noch durch eine deutsche Stadt, nur war sie total verdunkelt, eine Gespensterstadt. Später erzählten die Kinder, sie seien in derselben Nacht in Danzig gewesen und hätten in einer Hafenhalle auf den Kohlenfrachter gewartet.
Unser Schiff machte gegenüber dem Denkmal der Westerplatte fest. Dort begann der Zweite Weltkrieg. Ob die Pfadfinder das wissen? Der Bärtige wird es ihnen erklären.
Schwüle drückte auf das Wasser. Nun, da das Schiff am Kai lag, fehlte jede Kühlung.
Wo mag Neufahrwasser sein? fragte Malotka.
Hätte er es gewußt, er wäre mit der Kutsche vor die Halle gefahren, um Anna und die Kinder einzuladen und mit ihnen westwärts zu reisen, landwärts an Kap Arkona vorbei in die Lüneburger Heide.
Die Kinder erzählten später, daß die Nachbarhalle, in der auch ein paar tausend Menschen auf ihren Kohlenfrachter warteten, einen Bombenvolltreffer erhielt. Na, die brauchten keinen Dampfer mehr.
Als erste radelten die Pfadfinder aus dem Bauch des Schiffes, denn Jugend hat immer Vorfahrt. Der Bärtige an der Spitze, der Blonde, den ich zu kennen glaubte, bildete die Nachhut. Laut klingelnd fuhren sie zur Zollabfertigung. Jeweils fünf in einer Reihe stellten sich zur Paß- und Gepäckkontrolle auf.
Früher trugen die Polen andere Uniformen, meinte Malotka. Er kannte sich aus, er hatte die polnischen Kriegsgefangenen kommen sehen und davor die polnischen Erntearbeiter. Der alte Herr ließ sich oft mit der Kutsche ins Polnische fahren. In Lomza gab es einen Schneider, Makula mit Namen, der Reithosen zu nähen wußte wie kein anderer. Zu ihm fuhren wir durch die Johannisburger Heide, als sie wieder zu wachsen begann. Ja, Herr, das Waldsterben wurde in Masuren erfunden. In dem Jahr, als das Wernerchen zur Welt kam, vernichtete Raupenfraß die stattlichen Kiefern der Johannisburger Heide. Auf unseren Fahrten über Groß-Puppen, Adamsver-

druß und Friedrichshof zur Grenze sahen wir den neuen Wald wachsen. Auch Porst und Wollgras blühten in den masurischen Mooren, und die Nächte waren kurz und hell. Die Grenze war ein schmaler, unscheinbarer Graben, an dessen Seiten Waldpfade liefen, eine Grenze ohne Befestigungen, ohne Stacheldraht und Bunker. Gelegentlich patrouillierten polnische und deutsche Streifen.

Von Lomza holte der alte Herr sich die polnischen Erntearbeiter. Er ließ von jenem Schneider einen Anschlag in polnischer Sprache anbringen, der besagte, daß Arbeitswillige sich zu einer bestimmten Stunde im Krug in Lomza einfinden sollten. Dort musterte er die Leute und spendierte jedem, der gekommen war, einen Schnaps. Wen der alte Herr haben wollte, dem schrieb er einen Zettel, der es erlaubte, über die Grenze zu kommen. An die zwanzig Arbeiter, unter ihnen auch Frauen, wanderten Jahr für Jahr zur Roggenernte nach Grunowen. Zu Fuß kamen sie, vorn gingen die Männer, die Sicheln und Sensen umwickelt, hinter ihnen Frauen in langen Kleidern und weißen Kopftüchern. Einige zogen Handwagen, andere trugen ihr Bündel auf dem Rücken. Bogen sie von der Chaussee, liefen ihnen die Kinder entgegen und schrien: Die Polacken kommen! Die Polacken kommen! Sie wußten ihren Weg. An der Mauer des Pferdestalls lagerten sie, eine müde Herde, bedeckt mit dem Staub der masurischen Sommerwege. Ihr Ältester ging in die Schreibstube zum Fräulein von Bublitz, zog die Mütze, verbeugte sich tief und übergab die Zettel, die der alte Herr in Lomza ausgeschrieben hatte. Die Rendantin trug ihre Namen ins Arbeitsbuch und wies ihnen ihre Unterkünfte zu. Meistens lebten sie im weißgekalkten Kälberstall, dessen Bewohner in der warmen Jahreszeit im Apfelgarten grasten. Der Stall besaß geräumige Buchten, in denen jeder sein eigenes Lager aufschlagen und Männer und Frauen abgeteilt für sich wohnen konnten. Ihr Bettstroh holten sie aus der Scheune, gewaschen haben sie sich unter der Hofpumpe. Da der Kälberstall aus massivem Stein war, konnte er nicht brennen, so daß die Polen einen Herd aufstellen und kochen durften. Am Sonntag liefen sie zu Fuß nach Sensburg, um bei den Katholischen die Messe zu hören. Wenn einer krank wurde, gaben sie ihn nicht zum deutschen Doktor, sondern brachten ihn über die Grenze, denn sie glaubten, daß jeder nur zu Hause gesund werden könne.

Als der alte Herr zwei Flügelmaschinen kaufte, kamen die polnischen Schnitter nicht mehr, nur Binderinnen und Staker für die Erntefuhren und Strohberge wurden noch gebraucht. Dann wurde der Selbstbinder erfunden, und die Polen kamen nur noch zum Kartoffelsammeln über die Grenze. Bis der Hitler auch das verbot. Er sah es nicht gern, daß sie in Deutschland arbeiteten, denn er hatte selbst genug Arbeitslose im Reich, die er nach Ostpreußen zu schicken gedachte. Viele Jahre gab es keine polnischen Arbeiter, erst im November '39 kamen sie wieder. Jener November brachte auch den Schneider Makula nach Grunowen, eben jenen, der so kunstvoll Reithosen zu nähen wußte. Als nachts die Hunde anschlugen, ging Kämmerer Kallies mit der Schrotflinte auf den Hof und fand den erbärmlich frierenden Schneider neben der Speichertreppe sitzen. Kallies ließ ihn in den Kuhstall, der nicht nur Wärme gab, sondern auch Milch und Rüben, denn dem Schneider war vom weiten Laufen so elend, daß er das Sprechen verlernt hatte. Am nächsten Morgen führte er den zugelaufenen Schneider zum alten Herrn. Nun erfuhren sie, was den Makula von Lomza nach Grunowen getrieben hatte. Er fürchtete, die Deutschen könnten ihn aus seiner Schneiderstube holen, um ihn ins Oberschlesische unter die Erde zu schicken. Das wäre sein Ende gewesen. Weil er so schwächlich war und die Luft unter der Erde nicht gut vertragen konnte, lief er über die Grenze und bat den alten Herrn, ihm zu erlauben, Hosen zu nähen. Bis an sein Lebensende wollte er Hosen nähen, für weiter nichts als Essen, Trinken und eine warme Stube.

Da der alte Herr gerade viel zu nähen hatte, steckte er den polnischen Schneider in die Turmkammer und ließ ihn arbeiten. Die Küchenmädchen brachten ihm die Mahlzeiten aufs

Zimmer, denn zu jener Zeit war es schon verboten, polnische und deutsche Menschen gemeinsam an einem Tisch zu bewirten, auch im Gesindezimmer durfte der Schneider nicht Platz nehmen. So arbeitete, aß und schlief er in der Turmkammer, spazierte nur nachts, wenn ihn keiner sah, heimlich durch den Park. Kamen die Kinder aus der Schule, blieben sie unter dem Turmfenster stehen und sangen das Lied vom Schneider, der eine Maus fing und ihr das Fell abzog, was den Makula nicht sonderlich kränkte, weil es ein deutsches Lied war, dessen Text er nicht verstand.
Wir können den polnischen Schneider nicht einfach verschwinden lassen, sagte Kallies nach ein paar Wochen. Wenigstens anmelden müssen wir ihn, so verlangt es die Vorschrift.
Laß ihn in Ruhe nähen, antwortete der alte Herr. Der Makula ist ein harmloser Mensch, der nicht einmal sieben Fliegen auf einen Streich trifft, und gute Hosen versteht er auch zu schneidern.
Makula nähte und nähte, bis der Stoff ausging und es Frühling wurde. Kallies aber ließ keine Ruhe. Ordnung mußte sein, Ordnung war ihm das wichtigste. Er meldete in Sensburg, daß dem Gut Grunowen ein herrenloser Schneider zugelaufen sei. Als zwei Gendarmen erschienen, um den Schneider zu fangen, war der Vogel ausgeflogen. Keiner weiß, was aus ihm geworden ist. Er mag zurückgelaufen sein nach Lomza oder weiter hinein nach Ostpreußen. Vielleicht haben sie ihn doch gefangen und zur Arbeit unter der Erde gegeben, was ein Jammer wäre, weil der Makula ein viel besserer Schneider als Unter-der-Erde-Arbeiter war. Der hätte auch für die deutschen Offiziere wunderbare Reithosen nähen können, denn der Makula war ein Künstler von einem Schneider.

Der Grenzpolizist hielt uns für Vater und Sohn, bis er die Pässe sah.
Malotka klang polnisch.
Ob er die polnische Sprache verstehe? fragte er.
Nein, ich habe mein Leben lang Deutsch gesprochen.

Ich öffnete den Kofferraum.
Haben Sie Waffen? fragte der Uniformierte.
Wir kommen nicht zur Jagd, wir wollen nur ein altes Dorf besuchen.
Er lachte. Alte Leute wollen immer alte Dörfer besuchen.
Als wir durch Danzig fuhren, kamen Malotka Zweifel, ob wir den Weg finden würden. Es gab keine deutschen Wegweiser. Auf der polnischen Landkarte markierte ich die Strecke, die wir fahren mußten: Elbląg–Olstyn–Biskupiec–Mrągowo.
Sag das Ganze mal auf deutsch, Wernerchen, damit ich mich zu Hause fühle.
Elbing–Allenstein–Bischofsburg–Sensburg.
Ja, das war ihm vertraut. Aber drei Stunden wird es noch dauern, Grunowen ist bei Tageslicht nicht mehr zu erreichen.
Hat es zweiundvierzig Jahre gedauert, werden wir es auch einen Tag länger aushalten, entschied Malotka.
Er weigerte sich wieder, den Gurt anzulegen. Mit Gurt wäre es ihm, als käme er in Handschellen nach Hause.
In der Vorstadt überholten wir die Pfadfinder. Als sie die deutsche Autonummer sahen, klingelten sie und winkten.
Vielleicht kommen die auch an Grunowen vorbei, meinte Malotka. Sie könnten in der Gutsscheune schlafen oder im Kälberstall, wie früher die polnischen Erntearbeiter. Essen und Trinken wird es wohl noch geben in unserem Dorf.
Mit der Sonne im Rücken in den Danziger Werder, in jenes Zweistromland, das flach ist und fruchtbar, in dessen Schmelzwasser sich der Krieg '45 ein paar Wochen festlief, was der Grunower Kutsche Gelegenheit gab, unversehrt die Stadt Danzig zu erreichen und von dort aus ins Pommersche zu fahren. Zu beiden Seiten Wiesenland mit schwarzbunten Herden. In silbergrauen Pappeln spiegelte sich das Abendlicht. Voraus ein Strom, der träge dem Meer zufloß.
Damals trug die Weichsel Eisschollen, erinnerte sich Malotka. Durch Elbing ist die Gutskutsche nicht gefahren, weil die Stadt schon früh in russische Hände fiel. Dafür bekamen die Pferde das liebliche Braunsberg zu sehen und das Seebad

Kahlberg im Schnee. Weißt du noch, wie unsere Pferde hießen? Erlkönig und Schneewittchen. In Erlkönig steckte Kosakenblut. Zwei Jahre nach dem ersten Krieg lief dem Gut Grunowen ein Kosakenpferd zu, das bei der Schlacht von Warschau ausgerissen war. Auf der Flucht vor den Polen jagten die Kosaken ihre Tiere über die ostpreußische Grenze und ergaben sich den Deutschen. So mancher Bauer kam unverhofft zu einem kleinen Pferdchen. Doch eigneten sich die Tiere nicht für die Landwirtschaft, weil sie aus der Steppe kamen, keinen Pflug kannten und sich nur mit Mühe zum Milchwagenziehen abrichten ließen. Morgens graste eine schwarze Stute mit den Gutspferden im Roßgarten. Als die Knechte sie fangen wollten, keilte sie aus. Da ließ man sie gewähren, bis sie sich beruhigt hatte. Der alte Herr behielt sie, gab ihr den Namen Katharina, du weißt schon, nach der großen Zarin. Zur Arbeit war das Kosakenpferd nicht zu gebrauchen, doch warf es Jahr für Jahr ein Fohlen, das letzte erhielt den Namen Erlkönig, nach jener bekannten Ballade, du weißt schon. Erlkönig und Schneewittchen paßten zusammen wie gute Eheleute. Seine kosakische Wildheit glich Schneewittchen mit sanfter Ruhe aus. Wenn der Kuckuck rief, spitzte er die Ohren, sah er den Rauch einer Lokomotive, ging er wild ins Geschirr. Das Brummen einer Hummel regte ihn auf, und nachts, wenn der Kauz rief, wieherte er ängstlich. Schneewittchen aber war eine treue Seele. Seine Mutter kaufte der alte Herr vom Pferdejuden zu einer Zeit, als die Juden noch Handel trieben. '35 kam das Fohlen auf die Welt und du, Wernerchen, hast es auf den Namen Schneewittchen getauft, obwohl das Tier schwarz aussah wie die Nacht. Schneewittchen hat niemals gescheut. Wollte Erlkönig durchgehen, hielt sie ihn zurück, wollte er in den Graben springen, zog sie ihn auf die Straße, lief der Zug von Bischofsburg ein, sah sie gar nicht hin. Auch Panzer vermochten sie nicht zu erschrecken, Kanonendonner machte ihr nichts aus, und nach den Tieffliegern drehte sie sich nicht einmal um. Schneewittchen ist mit mir übers Haff gelaufen an

den Eislöchern vorbei, wir sind durch Pommern und Mecklenburg gezogen, und wenn Erlkönig sterben wollte, ist sie immer weiter gegangen. Aber das ist eine andere Geschichte.
In der Nähe von Elbing bat Malotka anzuhalten.
Hier fängt Ostpreußen an, sagte er.
Wir standen auf der einsamen Chaussee, Malotka spazierte ein Stück über den Asphalt, befühlte die Eichen, blickte in den Graben, als hätte er dort etwas verloren, schneuzte sich, spuckte aus. In den Gräben leuchteten blaue Lupinen, von den Böschungen blickten mit runden Augen weiße Margeriten, auf den Feldern stand roter Mohn. Rot und Weiß, die Farben des Sommeranfangs und die Farben Polens.
Der Roggen riecht wie früher, sagte er. Weißt noch, wenn zur Blütezeit die Staubwolken über den Roggenschlägen hingen?
Das erste Storchennest hinter Elbing. Na, wenigstens die Störche haben noch ein Zuhause. Kennst du die Geschichte von Klein-Heiner im Storchennest? Sie stand in der Fibel und wurde am Storchentag vorgelesen, bevor die Kinder schulfrei bekamen. Zu unserer Zeit sangen die Kinder:

Storch, Storch, Guter,
bring mir einen Bruder!

oder

Storch, Storch, Bester,
bring mir eine Schwester!

Damals hat Singen geholfen, Herr, heute glaubt keiner mehr an den Klapperstorch, deshalb kommt er auch nicht.
Malotka zählte Storchennester. Ein Storchenpaar nistete auf einem Telegrafenmast. Sieh mal an, der Adebar kann sogar telefonieren.
Vor dem Zweiten Weltkrieg besaß Ostpreußen sechzehntausend bewohnte Storchennester, in denen Jahr für Jahr an die dreißigtausend Jungstörche aufgezogen wurden. Das sagten die statistischen Handbücher, die in der Stuttgarter Bibliothek

auslagen. Zu den Pflichten der Dorfschulmeister gehörte es, Berichte über den Storchenbestand an die Vogelwarte Rossitten zu schicken.
'45 werden nicht viele übriggeblieben sein, meinte Malotka. Auch fehlte es wohl an Dorfschulmeistern, sie zu zählen. Grunowen besaß nur drei Horste, einen auf dem Schloß, einen auf dem Stall des Mantheyschen Krugs und den dritten auf der Scheune des masurischen Bauern Jablonski.
Wir fuhren durch Dörfer, in denen sich die Zeit verlaufen hatte. Frauen hüteten Kühe am Straßenrand, Männer standen pfeiferauchend unter den Linden und blickten dem fremden Auto nach, ein schmutziger Spitz lief kläffend hinterher, eine Gänseschar watschelte heimwärts. In den Vorgärten blühten Lilien, weiß, blau und gelb. Ein Pferdewagen klapperte uns entgegen, der Kutscher hob grüßend die Peitsche.
Es ist so, wie es war. Nur die unaussprechlichen Namen irritierten Malotka und der Gedanke, daß die Menschen, an denen wir vorüberfuhren, eine andere Sprache redeten.
Großer Gott, die ostpreußischen Alleen wollen sterben! Eichen und Linden stehen noch gut im Laub, aber Eschen und Pappeln tragen trockenes Holz. Was haben sie euch getan? Habt ihr das Alter, in dem Bäume sterben müssen, oder bringt euch der Kohlenrauch um, der aus den Städten und Industrierevieren bis nach Masuren bläst? Nur die Erinnerung riecht noch nach Lindenblüten und blühendem Roggen, die Gegenwart stinkt nach verbrannter Kohle.
Auch in den Gärten vertrocknete Obstbäume. War der Winter '87 wie der Winter '29, als im Gutsgarten die Apfelbäume erfroren und der alte Herr für teures Geld neue Bäume aus dem Reich kommen ließ? Kaum waren sie groß und fingen an zu tragen, war es vorbei mit der Apfelernte.
Vor Allenstein ging die Sonne unter. Sie fiel goldgelb ins Blätterdach, tauchte nach einer Viertelstunde rotglühend auf, hing für kurze Zeit zwischen den Stämmen der Alleebäume, bevor sie endgültig versank.
Also werden wir nachts ankommen, sagte Malotka.

Eigentlich hatte er sich das Nachhausekommen um die Mittagszeit vorgestellt. Die Mutter bringt eine Schüssel Keilchen auf den Tisch, gibt gebratenen Speck dazu und einen Stippel Buttermilch, bittet, Platz zu nehmen. Aber wir werden ankommen und nur Fremde treffen.
Na, wenigstens die Masuren werden zu Hause sein. Mit den masurischen Bauern Jablonski, Tuchel und Grogonz, die auf dem Abbau hinter dem See lebten, rechnete er fest, denn sie waren nicht geflüchtet. Sie sprachen unter sich masurisch und versuchten es mit Deutsch nur, wenn sie auf die Ämter gingen. Sie brannten eigenen Schnaps und tranken ihn allein. Im Trinken hielten sie es mit der masurischen Spruchweisheit: Lieber mal mehr und dann reichlich. Jede Woche fuhren sie zum Markt, um mit Eiern, Butter und Kartoffeln zu handeln, um Menschen zu sehen und Neuigkeiten mitzubringen. Auch kauften sie Heringe fürs ganze Dorf, Berger Heringe, Englische Heringe oder Fettheringe, dazu Tabak für die vielen Pfeifen.
Mensch, Jablonski, warum fährst du deine Kartoffeln pfundweise zum Markt und verlädst sie nicht auf einmal mit der Eisenbahn?
Aber Mannke, unser Jahr hat zweiundfünfzig Wochen und zweiundfünfzig Markttage. Womit soll ich fahren, wenn ich alle Kartoffeln auf einmal verkaufe?
Die masurischen Kinder hatten es schwer. Zu Hause sprachen sie masurisch, der deutsche Lehrer aber bestand auf reinem Hochdeutsch.
Was ist das für ein Buchstabe, Lewise?
Een Staketetuhnke, Herr Lehrer.
Nein, Lewise, das ist ein deutsches X.
Na mienetwegen, Herr Lehrer.
Die Arbeit überließen die masurischen Bauern gern ihren Frauen. Die bestellten die Felder, versorgten das Vieh und sangen nach Feierabend traurige Lieder. Dafür schrieben die Masuren ihnen schöne Worte auf die Grabsteine:

Du warst des Gatten Wonne
und deiner Kinder Sonne.

Die Männer hatten alle Hände voll mit der Brennerei zu tun. Gern ruderten sie zum Fischen auf den See und jagten, wo immer sich etwas zum Jagen fand, auch im Gutsforst, denn sie hatten den sonderbaren Glauben, der liebe Gott habe die Natur, die Fische, Hasen und Rehböcke, für alle Menschen geschaffen und jedem das Recht gegeben, sich nach Belieben zu bedienen. Wegen dieses Glaubens lebte der alte Herr mit den masurischen Bauern auf Kriegsfuß und telefonierte öfter mit Wachtmeister Reschke. Der aber fand auf den masurischen Höfen weder Hasen noch Rehböcke, nicht einmal die Schnapsbrennerei.

In den Kurven trugen die Chausseebäume weiße Bauchbinden, die das Scheinwerferlicht reflektierten. Die Autouhr zeigte acht Uhr fünfundzwanzig. Ich überholte ein unbeleuchtetes Pferdefuhrwerk. Rechter Hand ein Dorf mit elektrischen Straßenlaternen. Katzenaugen, ja richtige Katzenaugen leuchteten aus der Dämmerung. Neben mir hörte ich Malotkas Stimme.

Weißt du noch, wie in der Johannisnacht die Teertonnen brannten und dem Wasser Farbe gaben, wie vom Moor her das Elmsfeuer leuchtete, der Unk im Schilf rief und das Käuzchen aus dem Park antwortete?

Ich hörte nur das monotone Brummen des Motors und zählte die Kilometer bis Mrągowo. Hinter mir ein schönes Abendrot und neben mir wie aus einer fernen Welt Malotkas Stimme.

Die Gutswiesen standen voller Pusteblumen, der Hahnenfuß blühte sonnengelb. Unsere Schwarzbunten grasten zwischen Dorfstraße und Seeufer, neben den Kühen spazierten die Störche und suchten ihr Mittags- oder Abendbrot. Einmal kam der Grunower Mühle im Sturm ein Flügel abhanden, das geschah im November. Weißt du noch, wie die Gutsknechte den dicken Viehhändler Briese betrunken machten und in der hohlen Weide versenkten? Als die Schulkinder morgens den

Weidenweg gingen, war es ihnen, als riefe ein Geist aus der finsteren Erde:

Aus tiefer Not fleh ich zu dir,
o Herr, erhör mein Rufen!

Allenstein kannte ich nicht wieder. Als Soldat bin ich in Allenstein gewesen und vorher als Königsberger Untersekundaner.
In dieser Gegend ist Tannenberg gewesen, die Schlacht, die den Hindenburg berühmt machte, sagte Malotka. Hunderttausend Russen nahm er gefangen!
Bei der Kesselschlacht von Kiew gab es 665 000 gefangene Russen.
Warst du dabei, Wernerchen?
Nein, als Kiew fiel, ging ich noch zur Schule. Ich kam erst zu den Soldaten, als das Siegen schwerer fiel.
Malotka wollte das Tannenbergdenkmal besuchen, nicht heute, aber an einem der nächsten Tage. Es soll nicht leicht zu finden sein. Der Sohn der Frau Neumann aus Grunowen – du weißt doch, der mit dem Testament für die nächsten hundert Jahre – war kürzlich in Tannenberg. Er brachte einen Stein mit, den er in eine Glasvitrine legte und in seinem Haus bei Detmold ausstellte. Gäste, die das Haus betreten, führt er an die Vitrine, um mit feierlicher Stimme zu sagen: Das ist ein Stück deutscher Geschichte.
Du bist auch in Tannenberg gewesen, erklärte Malotka. Dreieinhalb Jahre warst du alt und trugst einen Matrosenanzug. Du wolltest vorne sitzen, aber die gnädige Frau fürchtete, das Kind könnte beim Traben auf dem Stukerpflaster vom Wagen fallen. Also mußtest du hinten bei deinem Vater Platz nehmen. Wir fuhren, bevor die Sonne aufging. Anna, die damals noch Maruhn hieß, trug dich in die Kutsche, ein Küchenmädchen brachte einen Korb mit Brot, Kuchen und Saft. Die gnädige Frau stand oben am Fenster und winkte »ihren Männern« nach, die auf große Reise gingen. Bis Passenheim hast du ge-

heult, weil du bei deinem Vater unter dem Verdeck sitzen mußtest. Dein Vater erzählte dir, wo der schlaue Fuchs zu Hause ist, der Osterhase im masurischen Wald seine Werkstatt hat und hungrige Wölfe zur Winterzeit dem Wanderer auflauern. Aber du hast nur geheult.

An jenem Morgen läuteten die Glocken, denn es war Sonntag. Mit uns fuhren viele in Kutschen, auf Leiterwagen und in fahnengeschmückten Lastautos. Fahrradkolonnen und Reitertrupps waren unterwegs zu den Höhen, auf denen im August '14 die deutsche Artillerie gestanden hatte.

Vor Hohenstein herrschte Gedränge, denn es waren Hunderttausende mit Sonderzügen aus dem Reich gekommen, auch per Schiff über die Ostsee. Du aber lagst zusammengerollt auf dem Rücksitz und nuckeltest am Daumen. Als kurz nach elf Uhr der Hindenburg erschien, schliefst du schon. Im offenen Auto fuhr er, neben sich eine Reitereskorte. Er kam als Reichspräsident, aber Tannenberg besuchte er in der Uniform eines Generalfeldmarschalls. Die Menschen schrien Hoch! und Heil!, aber du hast fest geschlafen. Acht Kolonnen, gestaffelt zu acht Gliedern, den acht Türmen zugeordnet, bedeckten das herbstliche Feld. In ihrer Mitte der Bau aus rotem Backstein. Tribünen für die Ehrengäste. Eine Ehrenkompanie trug die Fahnen der Tannenbergkämpfer. Kriegervereine und Schützenvereine waren mit bunten Tüchern angetreten. Es kamen die hohen Herren, die mit Hindenburg die Schlacht von Tannenberg geschlagen hatten, der Ludendorff und der Mackensen, auch ein Reichskanzler war da, dessen Namen heute keiner mehr kennt. Nur Samsonow von der Narew-Armee kam nicht, der hatte sich nach der unglücklichen Schlacht vom Leben zum Tode befördert. Als die Salutbatterie feuerte, wachtest du auf und fingst gleich wieder an zu weinen. Aber dann kamen die Flieger, die mochtest du. Sie umkreisten den Heldenplatz, verschwanden knatternd in den Wolken und stürzten mit geneigten Flügeln der Erde zu.

Einen Feldgottesdienst feierten sie auf dem Schlachtfeld von Tannenberg, sangen das Niederländische Dankgebet und

senkten feierlich die Fahnen. Ein Junge und ein Mädchen trugen auf einem Kissen den Schlüssel. Der alte Hindenburg schloß eigenhändig die Tür zum Nationaldenkmal auf, legte einen Kranz nieder und hielt eine Rede gegen die Kriegsschuldlüge. Beifall umbrandete ihn, denn diese Sache bewegte die Menschen zehn Jahre nach dem Krieg immer noch, es betraf ihr Nationalgefühl und ihre Ehre. Auf dem Heimweg fragte ich den alten Herrn, was es auf sich habe mit der Kriegsschuldlüge. Die Sieger, erklärte er, haben ein Papier aufgesetzt, in dem steht: Deutschland ist allein schuld am Krieg. Das mußten die Deutschen unterschreiben. Es war aber gegen unsere Ehre. Ein solcher Satz darf nicht für alle Ewigkeiten in den Geschichtsbüchern bleiben.
Wer war denn schuld?
Der alte Herr lachte. Ach, Felix, die Völker hat nach einer langen Zeit des Friedens der Hafer gestochen. Sie wollten ihre Säbel nicht rosten lassen, dachten wohl auch, Krieg wäre immer noch so wie 70/71 oder Königgrätz. Erst als sie bis zum Hals im Blut wateten, erschraken sie und suchten Schuldige. Und schuldig ist immer der Verlierer.
Als wir in Grunowen eintrafen, dunkelte es. Die gnädige Frau wartete auf der Terrasse, und eine gewisse Anna, die später Malotka hieß, trug das Wernerchen in die Waschküche, wo es tüchtig abgeschrubbt wurde, denn es hatte sich ergeben, daß das Kind nach der langen Reise zur Einweihung des Tannenbergdenkmals nicht mehr ganz sauber war.
Malotka blickte nachdenklich aus dem Fenster, als suche er nach den letzten Versprengten jenes feierlichen Menschenauflaufs, aber es stand nur düster der Wald am Horizont, und Nebel hing über den Wiesen. Was die Menschen damals gedacht, gesungen, gesprochen und geschrien hatten, war verweht und das Denkmal selbst vom Erdboden verschwunden.
Das war das erste und letzte Mal, daß wir den Hindenburg zu Gesicht bekamen, sagte Malotka. Sieben Jahre später war er tot.
Es hat sich viel zugetragen in dieser Gegend.

Der Ritterorden schlug die erste Tannenbergschlacht und der Hindenburg die zweite. Sogar die Franzosen haben in Masuren ihre Schlacht gehabt unter jenem Feldherrn, von dem die Schulkinder sangen:

Wie kommst du, großer Kaiser,
von Moskau nach Paris?
Du bist ja noch ganz heiser
und frierst auch an die Füß.

Und den Zweiten Weltkrieg wollen wir nicht vergessen, sagte ich. Da saß der größte Feldherr aller Zeiten in unseren Wäldern und spielte Krieg in seiner Wolfshöhle.
Ich erinnerte mich nicht an die Einweihung des Tannenbergdenkmals, die ich als Dreieinhalbjähriger, im Matrosenanzug auf dem Kutschbock stehend, erlebt haben soll. Um so deutlicher ist mir ein Tannenbergerlebnis aus dem Jahre '39 vor Augen. Studienrat Schiewe, ein echter Tannenbergkämpfer, in dessen Schienbein ein russisches Schrapnell steckte, fuhr mit der Untersekunda zur 25-Jahr-Feier ins südliche Ostpreußen. Zwei Tage schulfrei zur besonderen Ehre Tannenbergs. Ein durch und durch deutscher Jahrgang stieg geschlossen in HJ-Kluft in den Sonderzug. In Allenstein erreichte uns die Nachricht von der Absage des Festes. Wegen bevorstehender kriegerischer Ereignisse fiel die Feier zum 25. Jahrestag der Schlacht aus, ein neues Tannenberg stand bevor. Umsonst geprobt, umsonst die Lieder gesungen, die Aufstellungen geübt, den Weihespruch von Karl Bröger auswendig gelernt, den die versammelte deutsche Jugend herunterbeten sollte:

Nichts kann uns rauben
Liebe und Glauben
zu unserem Land ...

Umsonst kamen zehntausend Tannenbergveteranen per Schiff aus dem Reich, umsonst bauten sie die Tribüne für die Ehren-

gäste, errichteten eine Zeltstadt, wie sie die masurische Landschaft noch nie gesehen hatte. Nicht umsonst zogen sie in großer Eile Stacheldraht um die Zeltstadt, nicht umsonst marschierten die Bataillone der Wehrmacht in den letzten Augusttagen zur polnischen Grenze. Heute wissen wir, warum der Zweite Weltkrieg am 1. September ausbrechen mußte. Weil ein paar Tage vorher der 25. Jahrestag von Tannenberg gefeiert werden sollte und sich mit der Vorbereitung des Festes der ungestörte Aufmarsch der Armeen vollziehen konnte. Ja, sie hatten Sinn für Gedenktage. Ein Vierteljahrhundert nach Tannenberg ließen sie ein neues Tannenberg beginnen. Seit dem 23. August wußte die hohe Führung, daß die größte Tannenbergfeier aller Zeiten ausfallen würde, doch sie ließ weiter üben, ließ Fahnen hissen, paradieren und die Sonderzüge rollen. Die Veteranen stiegen in Allenstein aus den Zügen und marschierten in Kolonnen südwärts. Die Schüler der Behringschule probten weiter ihr Heldenstück, das zum Gedenktag aufgeführt werden sollte. Im Tannenbergkrug stellten sie die Speisefolge für tausendzweihundert Ehrengäste zusammen, die längst wußten, daß sie nicht kommen konnten.
Auf der Rückreise nach Königsberg wurde der Sonderzug der Untersekunda in Preußisch-Eylau angehalten und geräumt, aus kriegswichtigen Gründen. Es folgte ein Fußmarsch bis Königsberg. Nur Lehrer Schiewe fuhr mit dem Gepäck auf einem Leiterwagen voraus, weil immer noch ein russisches Schrapnell aus der Tannenbergschlacht in seinem Schienbein steckte und ihm bei Wetterumschlägen und an frostigen Tagen zu schaffen machte. Warum aber wurden in der Nacht vom 27. zum 28. August die Handwerker der Umgebung zusammengerufen, um die Zeltstadt nahe Hohenstein mit Stacheldraht zu umzäunen? Ach ja, die weitsichtige Führung rechnete mit Kriegsgefangenen in großer Zahl. So ging der 25. Jahrestag der herrlichsten Schlacht des Ersten Weltkriegs unter im ersten Donnergrollen des Zweiten Weltkriegs. Danach gab es in Tannenberg keine größeren Festlichkeiten mehr, gefeiert wurde nur noch Grunwald. Als der 50. Jahrestag von Tannen-

berg zu begehen gewesen wäre, lag ich mit meiner Frau und unseren Söhnen am Strand der Sonneninsel Santorin. Wie schnell doch Geschichte verweht! Zum 75. Jahrestag werden die Schulkinder Tannenberg für einen Hügel halten, auf dem deutsche Nadelbäume an Schwefeldioxyd gestorben sind.
Ja, es hat sich viel zugetragen in dieser Gegend. Im Sommer '44, dreißig Jahre nach der denkwürdigen Schlacht, erwähnten sie Tannenberg in den Nachrichten. Ein am 20. Juli getöteter Generaloberst wurde in einem Staatsakt am Tannenbergdenkmal beigesetzt, die Herren Göring, Keitel und Dönitz gaben ihm die letzte Ehre. Ein paar Tage später legten sie einen Kranz zum zehnjährigen Todestag Hindenburgs nieder, danach versank Tannenberg im Dunkel der Geschichte. Nein, noch einmal tauchte es auf. Im Januar '45 lief die Meldung über den Großdeutschen Rundfunk, deutsche Soldaten hätten die Särge des Ehepaars Hindenburg auf ein Schiff nach Pillau gebracht. Das Tannenbergdenkmal sei gesprengt worden, um es nicht in die Hände der bolschewistischen Horden fallen zu lassen. Nach der Befreiung Ostpreußens werde es in aller Herrlichkeit neu erstehen.
An jenem Abend im Januar kam der alte Herr zu mir ins Kutscherhaus und sagte: Jetzt hat uns auch der Hindenburg verlassen.
Nur der Vollständigkeit halber sei noch erwähnt, daß unweit von Tannenberg zwischen Deutsch-Eylau und Hohenstein der Durchbruch der Roten Armee erfolgte, der Ostpreußen zur Insel machte, die Flüchtlinge aufs Eis trieb und auf die Schiffe. Aber das ist eine andere Geschichte.
Warum ist Vater 1934 nicht zur großen Beisetzungsfeier nach Tannenberg gefahren?
Malotka zuckte die Schultern. Ich denke, daß er nicht mit ihm zusammentreffen wollte. Dafür fuhr Kämmerer Kallies in SA-Uniform mit dem Motorrad nach Tannenberg und kam ganz berauscht wieder, er hatte Adolf Hitler gesehen.
Biskupiec. Früher hieß das Bischofsburg. Da bist du im Kino gewesen, abends hingeritten und nachts zurück. »Die goldene

Stadt« gab es. Jetzt fuhren wir durch eine graue Stadt. Vergeblich hielt Malotka Ausschau nach der Königsberger Straße, dem Bahnhofshotel und dem »Deutschen Haus«.
Wir nähern uns der Heimat, verkündete er.
Er konnte es riechen. Mit heruntergekurbelter Scheibe, eine Einladung für Mücken und Motten, fuhren wir durch die Nacht bis zur Gabelung der Eisenbahn. Geradeaus führten die Schienen nach Sensburg, rechts ging die Strecke nach Ortelsburg, mitten in der gedachten Gabelung, Richtung Südosten, an die zehn Kilometer von jedem Bahnhof entfernt, hatte man sich Grunowen vorzustellen, das um diese Zeit in den Sommerabend hineindämmerte.
In immer kürzeren Abständen blickte er zur Uhr. Wo war Dombrowken geblieben? Die Domäne Ribben und das Rittergut Rosoggen verluden am Bahnhof Dombrowken, die Grunower fuhren lieber nach Sorquitten.
Die Scheinwerfer tasteten die Chausseebäume ab und kletterten an roten Kiefernstämmen empor.
Hier fängt der Kreis Sensburg an, bestimmte Malotka. Ein Güterzug kam uns entgegen, Malotka schloß rasch das Fenster, denn die masurische Luft stank nach verbranntem Dieselöl.
Als Kind wollte ich Streckenläufer bei der Eisenbahn werden, am liebsten auf der Strecke Sensburg-Rudzanny, die durch tiefen Wald führte und zu den schönsten Masurens gerechnet wurde. Aber wegen meines zu kurz geratenen Beines taugte ich nicht für den Schienenstrang, mußte Kutscher werden beim alten Herrn, was auch ein schöner Beruf war.
Wie bist du zu dem kurzen Bein gekommen?
Es hat sich beim Dreschen ergeben. Als meine Mutter mit mir ging, arbeitete sie hinter dem Dreschkasten auf dem Strohberg. Das Stroh kam ins Rutschen, meine Mutter kullerte runter, holte sich ein paar Bruschen am Arm, weiter nichts, aber ich habe mir beim Runterfallen das Bein verstukt. Jedenfalls sagte die Hebamme nach dem ersten Schrei: Mir scheint, liebe Frau Malotka, das linke Bein ist ein bißchen kürzer, aber

es wird sich zurechtwachsen. Ja, gewachsen ist es, aber das rechte ist auch gewachsen, so hielten die beiden den gleichen Abstand. Lieber ein kurzes Bein als einen Wasserkopf, trösteten die alten Weiber. Er braucht ja kein Schnelläufer zu werden, und eine Braut kriegt er, auch wenn er nicht tanzen kann.
Ich sage dir, Wernerchen, auch mit einem kurzen Bein kommt man gut durchs Leben. Im Weglaufen war ich niemals der Schnellste. Wenn sie Walzer tanzten, blieb ich lieber auf der Bank. Spielten sie Völkerball oder Schlagball, nahmen sie mich als letzten, und Streckenläufer bei der Deutschen Reichsbahn konnte ich auch nicht werden. Aber wenn ich die achtzig Jahre im Stück überdenke, Felix Malotka ist immer rechtzeitig angekommen. Auch mit dem kurzen Bein habe ich mein Leben lang gearbeitet, erst in der Landwirtschaft, bis mich der alte Herr als Kutscher nahm, nach dem Krieg zwanzig Jahre im Sägewerk. Heutzutage bekommt ein Mensch für ein solches Bein ab Geburt Rente, aber damit tun sie den Lahmen keinen Gefallen. Nicht Rente, sondern Arbeit brauchen sie. Arbeit ist die billigste aller Beschäftigungen, die anderen gehen schwer ins Geld und ruinieren die Gesundheit.
Das lahme Bein ersparte Malotka den Heldentod. Alles gesund an dem Kerl, bloß marschieren kann er nicht! schrie der Stabsarzt bei der Musterung. Also war das Bein ein Glücksfall, ein kleiner Mangel nur, verglichen mit der großen Aussicht, fürs Vaterland zu sterben. Erst im Herbst '44, als der Volkssturm zu brausen begann, wollte er auch Malotka holen, denn der Volkssturm nahm Lahme und Krüppel, nur völlige Blindheit konnte vor ihm bewahren. Der alte Herr fuhr nach Sensburg, um seinen Kutscher zu reklamieren. Er gab zu Protokoll, der Malotka habe nicht nur ein lahmes Bein, sondern sei auch nicht richtig im Kopf, der richte mehr Schaden an, als er dem Führer helfen könne.
Nun mußt auch was Dammliches anstellen, Felix, sagte er, sonst denken die Herrn in Sensburg, ich habe sie belogen.
Was anstellen in einem Dorf wie Grunowen? Dammlich ge-

nug sollte es sein, um vom Volkssturm befreit zu werden, aber nicht so schlimm, daß sie Malotka in der Irrenanstalt verwahrten. Der alte Herr ließ von der Rendantin einen Brief aufsetzen, in dem er mitteilte, daß der Kutscher Malotka an bestimmten Tagen, vorzugsweise bei stürmischem Wetter, durchs Dorf marschiere und folgenden Text singe:

Ich bin der Herr von Hindenburg,
regier' die ganze Welt.
Und wer mir das nicht glauben will,
bekommt von mir kein Geld.

Das war dammlich genug.
Hier geht der Weg nach Rosoggen, sagte Malotka und zeigte in die Finsternis. In Rosoggen war der Viehhändler Briese zu Hause, ein Mensch, der so dick war wie reich, von dem die Leute sagten, daß er, wäre er nur arm gewesen, im Irrenhaus geendet hätte. Weil er aber reich war, galt seine Verrücktheit als Originalität.
Sorquitten war noch vorhanden. Malotka wünschte anzuhalten, um festzustellen, ob die Herrschaften zu Hause sind. Den Fregattenkapitän kannte er persönlich. Sein Gut hatte eine Größe, daß er sich dafür einen Administrator halten mußte, auch genügte ihm kein Förster, es mußte ein Oberförster sein. Der Sorquitter Obergärtner Gerlach stand in brieflicher Verbindung mit den Niederlanden, wo er Jahr für Jahr die guten Haarlemer Blumenzwiebeln bestellte. Drüben muß das Sorquitter Schloß liegen, wenn es nicht abgebrannt ist, wie im ersten Krieg.
Der Bahnhof wäre in Augenschein zu nehmen. Auf der Rampe stehen, von der aus »Böhms Mittelfrühe« und die Grunower »Ackersegen« ins Reich verladen wurden. Im Warteraum Platz nehmen, in dem Malotka Wochen seines Lebens abgesessen hatte, auf die Züge aus Allenstein oder Königsberg wartend, im heißen Sommer oder im verstiehmten Winter, in der Schneeschmelze und im kalten Herbstregen.

Vom Bahnhof keine Spur.
Kein Licht im Gasthof Hildebrand.
Malotka griff ins Gepäck, zog die Schnapsflasche heraus. Er nahm einen Schluck, reichte die Flasche an mich weiter, und der Volljurist Werner Tolksdorf, der sich auskannte in Straf- und Verkehrssachen, er trinkt wie selbstverständlich aus Malotkas Kornflasche.
Wir sind schon tüchtige Autofahrer, sagte ich.
In Masuren ist das erlaubt, meinte Malotka. Großen Schaden kannst du nicht anrichten. Der Viehhändler Briese ist auch im Suff gefahren und nicht zu Schaden gekommen. Das Auto nahmen sie ihm nicht des Trinkens wegen, sondern weil es für kriegswichtige Zwecke gebraucht wurde.
Da ging es nach Maradken, in das Dorf mit den vielen Wirtshäusern. Noch weiter, tief im Süden, wo die Dunkelheit noch dunkler wird, wäre Grunowen zu suchen.
Malotka bat um Erlaubnis, eine Zigarre zu rauchen. Den lästigen Rauch wollte er durchs geöffnete Fenster blasen. Als er das Streichholz anratschte, sah ich, wie seine Hände zitterten.
Du hast nicht genug geschlafen, mein Lieber.
Es ging auf halb elf zu, der helle Himmel vor uns mußte Sensburg sein.
Malotka gab jedem Gehöft einen Namen, sagte Kurven und Bahnübergänge voraus und bestimmte die Strecke, auf der ich mit dem Postbus um die Wette geritten sein soll. In der Vorstadt erfaßten die aufgeblendeten Scheinwerfer das Ortsschild Mrągowo. Malotka meinte, wir hätten die Auswahl zwischen dem Hotel »Masovia«, dem »Deutschen Haus« und dem »Preußenhof«, auch ins »Kurhaus Waldheim« im Stadtwald könnten wir fahren.
Aber unser Hotel hieß »Mrongovia«.
Malotka hatte Mühe, sich zurechtzufinden. Den Bahnhof im Süden fand er so vor, wie ihn die letzten Züge verlassen hatten, aber nicht den dazugehörigen Bismarckturm. Fremd war ihm ein schlanker Fernsehturm, dessen rote und gelbe Lichter wie die Feuer eines Leuchtturms durch die Nacht blinkten.

Der Dubas ist neu, sagte er.
Also Television war auch schon eingekehrt in Masuren.
Im Schrittempo über den Marktplatz, dann zum Wasser hinunter. Unverändert erschienen ihm die Seen, wenigstens die hatte niemand trockengelegt oder ausgetrunken. Sensburg war wie kaum eine andere Stadt mit Wasser gesegnet. Im Norden der langgestreckte Junosee, westlich der Siedlersee und im Osten der Schoßsee. Die Wasserflächen lagen wie abgedunkelte Spiegel am Rand der Stadt, hier und da fiel ein Lichtschein ins Glas. Bootsstege führten hinaus, wurden von der Dunkelheit aufgesogen. Von einer Freilichtbühne am Ufer wehte Gesang herüber.
Die singen polnisch, stellte Malotka fest.
Ein Kommen und Gehen an der Uferpromenade. Umschlungene Paare, hier und da flammten Streichhölzer auf, glimmten Zigaretten, ein Feuer brannte langsam nieder, in einem Boot, unsichtbar auf dem See, saß einer und spielte Gitarre.
Dein Vater ist oft in Sensburg gewesen.
Das Auto fuhr langsam eine Steigung hinauf. Die Straße nach Rhein. In Rhein gab es ein Weiberzuchthaus, in dem sie die Giftmischerinnen und Engelmacherinnen verwahrten und jene Mädchen, die heimlich gebaren und ihre Kinder beiseite schafften. Bleib anständig, Kind, sonst kommst du nach Rhein! war ein geflügeltes Wort, wenn Mütter mit ihren Töchtern sprachen.
Auf einer Anhöhe mit schöner Aussicht das Hotel »Mrongovia«. Nicht hoch hinaus, wie Hotels gern steigen, sondern flach eingebettet in die waldige Landschaft. Über dem Eingang ein leuchtendes Orbis-Schild.
Na, hoffentlich lassen die uns noch rein!
Langsam fuhren wir um das Rondell, die Scheinwerfer tasteten über blühende Rosensträucher, erfaßten einen Taxistand mit wartenden Autos. Eine Gruppe von Männern im Gespräch, Zigaretten glimmten. Mehrere Reisebusse mit westlichen Kennzeichen parkten vor dem Hotel. Diepholz kam vor, Moers im Rheinland und Oldenburg in Holstein.

Malotka stand als erster draußen und schaute sich um. Schwalben schossen aufgeregt durch den Abendhimmel, zwitschernd und pfeifend.
Daran kannst du erkennen, daß wir zu Hause sind, sagte er und zeigte mit der Krücke nach oben. Masuren ist nämlich ein Schwalbenland.
Hinter einem Drahtzaun Tennisplätze. Der Hund, der sie bewachte, schlug an. In einem Taxi spielte Radiomusik.
Vom Taxistand kam ein Mann und fragte, ob wir Geld tauschen wollten. Für 100 Mark gebe er 45 000 Zloty.
Erst müssen wir uns besinnen, dann werden wir tauschen, gab Malotka ihm Bescheid.
Ein Pförtner hielt die Tür auf, verneigte sich, als wir eintraten. Ja, höfliche Menschen sind sie, die Polen. Der Schneider Makula aus Lomza begrüßte die gnädige Frau immer mit Handkuß. Sogar die Kriegsgefangenen wußten sich zu benehmen, zogen vor den Damen ihre Mützen und hätten wohl gern die Hand geküßt. Aber wer reichte einem Kriegsgefangenen schon die Hand?
Eine geräumige Empfangshalle in gedämpftem Licht. In einer Sitzecke flimmerte ein Fernsehgerät, aber niemand sah hin. An der Rezeption ein adrett gekleidetes Mädchen.
Die Papiere bitte. Zimmer 228. Hier der Schlüssel. Im zweiten Gebäude. Drüben durch die Verbindungstür. Es sei empfehlenswert, das Auto auf den bewachten Parkplatz zu stellen. Brauchen Sie einen Gepäckträger?
Das bißchen, was wir haben, können wir selbst tragen.
In dem langen Gang stand die Wärme des Tages. Vor dem Schwimmbad blieb Malotka stehen und sah durchs Glasfenster ins unbewegte grüne Wasser.
Ich werd' nicht mehr schwimmen, hier nicht und im Grunower See auch nicht.
In einer Bar sangen sie. Kehr' ich einst zur Heimat wieder, früh am Morgen, wenn die Sonn' aufgeht ... Ein gemischter Chor, der nach Malotkas Urteil schon leicht beschichert war. Alles fest in deutscher Hand! Das polnische Bier, der russi-

sche Wodka und der rumänische Wein, alles fest in deutscher Hand.

So ein Hotel hatte er den Polen nicht zugetraut. Auch Nummer 228 gefiel ihm, der Raum war mindestens so groß wie Mariechens Fremdenzimmer im »Schießstand«. Der Wasserhahn tropfte nicht, die Handtücher sahen sauber aus, alle Lampen brannten, und die Fenstervorhänge zeigten keine Löcher. Sogar ein Fernsehgerät stand in Nummer 228.

Aber was sollen wir fernsehen? Wir können ja doch nichts verstehen.

Er öffnete die Balkontür, ließ Wärme entweichen, stand an der Brüstung und sah den Schwalben zu, die Formationsflug übten. Der letzte Streifen des Abendlichts fiel in den See, der Fernsehturm blinkte rot und gelb. In der Bar sangen die Sänger von Finsterwalde. Sie sangen mit wechselndem Refrain vom Wiedersehen am Weserstrand, Elbestrand, Oderstrand, Weichselstrand, Donaustrand, Pregelstrand, Memelstrand, nur der Vater Rhein wollte sich nicht reimen.

Ob die Polen wissen, daß die ihnen deutsche Soldatenlieder vorsingen? fragte Malotka vom Balkon her.

Die Alten werden es wissen, antwortete ich, die polnischen Kriegsgefangenen und die Ostarbeiter kennen die Lieder. Weißt du eigentlich, daß '39 fünftausend Deutsche auf polnischer Seite im Krieg gegen Deutschland gefallen sind? Der Vielvölkerstaat Polen besaß eine starke deutsche Minderheit, die loyal zu ihrem Staat hielt. Ihre Söhne dienten in der polnischen Armee und fielen gegen Deutschland. Danach fielen sie in Vergessenheit und zwischen alle Stühle, kamen weder in deutschen noch in polnischen Geschichtsbüchern vor und erhielten auch kein Denkmal.

Woher weißt du das?

Aus den Büchern. Vor dieser Reise bin ich in die Bibliothek gegangen und habe studiert.

Er blickte mich prüfend an.

Dann weißt du ja bestens Bescheid, sagte er, und ich brauch' dir nicht zu erzählen, was hier bei Kriegsende los war.

Wir verließen das Haus, um das Auto auf den bewachten Parkplatz zu bringen. Ein Mann führte uns zwei wilde Schäferhunde vor, die darauf achteten, daß Mercedessterne nicht gestohlen würden oder Räder nachts davonrollten. Denn in diesen Dingen war es in Polen nicht mehr geheuer, die Symbole westlicher Herrlichkeit verschwanden, sobald es dunkel wurde. Der Mann erbot sich, mein Auto gründlich zu waschen, denn es sei gewiß staubig von der langen Reise. Und wenn wir Geld tauschen wollten, sollten wir es bei ihm tun, er zahle den besten Kurs, nicht die Taxifahrer, die vor dem Hotel warten und jeden Westbesucher ansprechen.
Auf dem Rückweg ins Hotel meditierte Malotka über die Neigung der Völker zum Diebstahl. Den Polen, die doch so fromm sind, sagte man schon vor dem ersten Krieg nach, daß sie mehr stehlen, als das siebente Gebot vertragen kann. Was die Liebe zum Eigentum betraf, kamen sie gleich nach den Zigeunern. Aber wenn ich es recht bedenke, Herr, wie die Deutschen in der schlechten Zeit Kartoffeln, Rüben, Kohlen und Brennholz klauten, na, ich sage dir, da wußte auch keiner mehr, wie mein und dein geschrieben wird. Vielleicht stehlen die Völker nur, weil sie es nötig haben, und die Polen, so kam es ihm vor, hatten es in den vergangenen Jahrhunderten nötiger als die Deutschen.
Der vom Taxistand sagte, er zahle 500 Złoty für eine Mark.
Wir sind nicht gekommen, um mit Geld zu handeln, winkte Malotka ab.
Über meinen Vater habe ich nichts in den Büchern gefunden, sagte ich, als wir wieder Nummer 228 betraten. Ich will es dir ehrlich sagen, ich bin mit dir nach Ostpreußen gefahren, um ihn kennenzulernen, ich will mit meinem Vater ins reine kommen.
So einer bist du, brummte Malotka. Willst mich ausfragen.
Er wischte mit der Hand über die Augen.
Soviel kann ich dir sagen: Dein Vater wäre noch am Leben, wenn du aus Amerika geschrieben hättest!
Dann müßte er über hundert Jahre alt sein.

Na gut, heute würde er vielleicht nicht mehr leben, aber ein paar schöne Jahre hätte er noch in der Lüneburger Heide spazierenfahren können nach dem furchtbaren Krieg.
Ich habe geschrieben.
Aber zu spät, die Russen waren eher da als deine Briefe.
Wir schwiegen beide. Malotka flüchtete in die Kühle, steckte sich auf dem Balkon eine Zigarre an und bewunderte die Nacht.
Ich werde wieder nicht schlafen können! rief er.
Während er draußen ist, stehe ich im Bad vor dem Spiegel und sehe das Bild meines Vaters, sehe ihn in der Kutsche und hoch zu Roß, in Reithosen und Reitstiefeln, im grünen Lodenmantel mit umgehängter Schrotflinte. Dann verschwimmen die Konturen. Im Straßengraben, steifgefroren und notdürftig mit Schnee bedeckt. Im März setzt Tauwetter ein und danach die Verwesung. Jemand wirft ein paar Schaufeln Erde über den unbekannten Toten. So könnte es gewesen sein. Im-Straßengraben-Sterben war ein üblicher Tod in jener Zeit. Macht Platz! Weicht aus in die Gräben! Die Straße gehört den Siegern! Und das in dieser lieblichen Landschaft, die keinem etwas zuleide tun kann, die jeden mit ausgebreiteten Armen aufnimmt. Was müssen diese Alleen gesehen haben. Was ist in den Baumkronen vorgegangen, als unter ihnen die Wagen fuhren Tag und Nacht? Ist Vater überhaupt auf die Flucht gegangen, oder hat er sein Ende in Grunowen erwartet, auf seinem Gutshof, in seinem Schloß, in seiner Bibliothek? Und tausend Bücher waren Zeuge.

Am Morgen war er nicht da, das Bett neben mir kalt, auf dem Balkon fand ich Zigarrenasche von gestern. Ohne mich zu wecken, hatte er sich davongestohlen, als das erste Tageslicht die Vorhänge färbte. Na, die ostpreußischen Sommer sind auch nicht mehr das, was sie einmal waren. Malotka hatte mit schönem Wetter gerechnet, aber tief hingen die Wolken über dem See, Mrągowo war im Nieselregen untergegangen.
Wo mochte er sein? Spazierte er durch die leeren Gänge des

Hotels? Saß er vor dem Fernsehgerät im Empfangsraum und sah polnische Bilder? Ich entdeckte ein Taxi vor dem Eingang, der Fahrer schlief auf dem Beifahrersitz. Schäferhunde patrouillierten innen am Zaun des Parkplatzes. Mein Mercedesstern war noch da. Unsichtbar, kaum zu hören, die Stadt am jenseitigen Ufer. Beständig tropfte Regen von den Bäumen, fiel ins Wasser, formte Ringe, die ineinanderliefen und sich fortsetzten. Tief flogen die Schwalben. An der Böschung saßen Angler, unbeweglich wie Fischreiher.
Vielleicht ist er hinausgerudert.
Ein Überlandbus sprang an. Am Hoteleingang hörte ich Stimmen. Ach, die Sänger von gestern. Wohin werden sie fahren? Zur Wolfschanze oder zum Gestüt Liesken oder zur großen Seenfahrt nach Lötzen oder zur Mutter Gottes nach Heiligelinde?
Sechs Uhr dreißig. Wann gibt es Frühstück in Masuren? Nun, da Malotka fort war, sah ich die Landschaft draußen nüchtern und ohne Bewegung. Oder lag es an der Helligkeit? Was ihn bewegte, bedeutete mir wenig. Ich hatte hier nichts verloren, aber wenn er wieder da ist, flüchtet die Gegenwart in die Vergangenheit. Wenn er den Mund öffnet, wird alles lebendig, bekommt das Licht Farbe, sprechen die Bäume und Mauern, beginnt die Luft zu riechen und das Wasser zu schmecken. Es kommt von ihm, nur von ihm.
Endlich sah ich ihn. Nein, er wusch sich nicht, er saß nur in der Hocke und rührte mit beiden Händen im See. Wie weich ist das Wasser?
Er schlenderte weiter zur Freilichtbühne, die sie aus Fichtenstämmen ans Ufer gebaut hatten. Welches Stück spielten sie in diesem Sommer? Als er mich auf dem Balkon sah, zog er die Mütze und winkte.
Er wollte sich ums Frühstück kümmern, einen Platz mit schöner Aussicht im Restaurant reservieren, ich sollte nur schnell kommen. Rasieren brauchst nicht, in dieser Gegend nehmen sie sich nur zu den großen Feiertagen den Bart ab. Und den Schlips kannst auch im Schrank lassen.

Als ich kam, blickte er aus dem Fenster des Frühstücksraums vertieft ins Grün der Bäume, die die Aussicht verstellten. Ein Fahnenmast ohne Tuch stand vor dem Fenster, an feierlichen Tagen hing hier das Weiß-Rot Polens. Ein Reh mit Kitz, aus Stein gehauen, graste vor dem Restaurant.

Wenn du achtzig bist, brauchst nicht mehr viel Schlaf, erklärte Malotka sein frühes Aufstehen und führte mich an den reservierten Tisch.

Kannst alles haben, gekochte Eier und Käse, gebratene Wurst, Honig oder Himbeermarmelade, auf besondere Bestellung auch Milchsuppe. Es heißt immer, in Polen gibt es nichts zu essen, aber hier ist von allem genug.

Er erzählte, wie der Taxifahrer wieder nach Geld gefragt habe. Und die Sänger werden mit Rucksack und Krückstock durch Masuren marschieren. Der Reisebus aus dem Rheinland fährt hinterher, nimmt Fourage mit und sammelt die Fußkranken auf. Abends sitzen sie wieder in der Bar und gießen sich einen auf die Lampe.

Irgendwo in der Nähe des Hotels mußten Pferde sein. Malotka hatte sie wiehern hören, als er morgens zum See wanderte.

Weißt, was heute für ein Tag ist? fragte er geheimnisvoll. Ein Wetter wie damals, als der Pfarrer Habakuk nach Grunowen kam. Die gnädige Frau war in Sorge, eine Kutschfahrt zur Kirche in der regenfeuchten Luft könnte dem Kind schaden, also schickte sie die Kutsche aus, den Pfarrer zu holen. In der Bibliothek mußten die Mädchen einkacheln, daß die Bücher schwitzten. Im Kamin flackerte rotes Licht, fiel auf die Scheiben und die Gesichter. Auch Kerzen brannten. Habakuk brachte einen holzgeschnitzten Jesus mit, den er vor die heidnischen Bücher stellte. Da war der Raum heilig. Das Gesinde im Sonntagsstaat. Die gnädige Frau saß neben der Wiege, der alte Herr stand neben ihr, er in Schwarz, sie in dunklem Lila. Neben den Eltern posierten die Paten, Tante Malchen aus Königsberg, eine schwere, gutherzige Frau, und ein Regimentskamerad des alten Herrn aus dem ersten Krieg. Ein Bild ist geknipst worden von einem Fotografen, der eigens aus Sensburg angereist kam, aber es wird verlorengegangen sein wie so vieles aus jener Zeit.

Hinter den Herrschaften stand ein Mädchen mit gesenktem Kopf, das neu war in Grunowen. Es hatte schwarzes Haar, die Augen waren dunkel und leuchteten, zwei Zöpfe hingen über dem blauen Kleid, um den Hals trug es eine silberne Kette mit Kreuz. Felix Malotka sah das Kindermädchen zum erstenmal, wie ein Mann eine Frau sieht. Wie sie den Täufling aus den hellblauen Kissen hob und der gnädigen Frau zutrug, wie sie die Hände faltete und zu Boden blickte, wie sie die Lippen bewegte, als der Pfarrer betete. Die Eltern traten mit dem Kind und den Paten vor den Pfarrer, die Anna blieb allein neben dem Kamin, dessen rote Glut dem blassen Gesicht Farbe gab. Wie heißt es doch im Kirchenlied? »Ich sehe dich mit Freuden an und kann nicht satt mich sehen ...«

So ging es Felix Malotka an dem Tag, als Werner Tolksdorf getauft wurde. Du starrtest in die flackernden Kerzen, weintest aber nicht. Erst als sie sangen, als Habakuk seinen tiefen Baß dröhnen ließ, fingst du an zu schreien. Das kalte Wasser hattest du ertragen, aber der Gesang erschreckte dich. Du schriest lauter, als sie sangen, fingst auch an zu riechen, weil sich vom vielen Geschrei etwas gelöst hatte. Die gnädige Frau reichte der Anna das Kind, die legte es über ihre Schulter, drückte den Kopf an den Hals und pustete ins nasse Haar. Da wurdest du still, und Habakuk konnte sagen, was bei solchen Gelegenheiten gesagt werden mußte. Ich habe kein Wort verstanden, weil ich immer nur die schwarze Anna ansehen mußte.

Die Bedienung brachte die Milchsuppe.

Sie können alles haben, sagte die junge Frau, nur Käse ist ausgegangen.

Malotka rührte Zucker in die Suppe, rührte und rührte, war immer noch mit jenem Tag beschäftigt, der so regnerisch anfing wie dieser Morgen.

Mit der Anna dauerte es noch ein paar Jahre, erzählte er wei-

ter. Fast hätte der Jablonski sie bekommen. Der masurische Bauer Jablonski war der ärmste der Bauern hinter dem See, aber er besaß einen Bruder namens Eduard, der im ersten Krieg die Welt gesehen hatte und nach seiner Heimkehr sagte, es gebe in Masuren nicht genug Land, um frei leben zu können. Frei leben bedeutete ihm: satt werden, ohne als Knecht dienen zu müssen. In Westfalen hatte er mit eigenen Augen gesehen, wie sie die Erde doppelt nutzten, überirdisch und unterirdisch. Dort lohne es sich zu leben, sagte er, packte sein Bündel und ging zu Fuß nach Sorquitten, um mit der Eisenbahn ins Reich zu fahren. Lange Zeit hörte keiner etwas von Eduard Jablonski, bis Weihnachten ein Paket für die Mutter kam, in dem sich Strümpfe, Kopftücher, Röcke und ein goldenes Kreuz befanden. Da wußten die Grunower, daß der Eduard es gut getroffen hatte unter der Erde.
Deine Suppe wird kalt, Malotka!
Er hörte mich nicht, rührte und rührte.
Wie er redete, wie er sang. So erzählten sie früher ihre Märchen und Geschichten. Man müßte deine Art zu reden aufnehmen für die Archive, denn in zwanzig Jahren wird diese Sprache gestorben sein.
Im Sommer '20 kam Eduard Jablonski heim nach Masuren. Er erschien, um seine Stimme für Deutschland abzugeben. Du weißt doch, was damals hier los war, Wernerchen. Schon vor dem ersten Krieg gründeten sie im Masurischen einen »Ausschuß gegen die Polengefahr«, und eine Heimatzeitschrift »Grenzland« nahm sich dieser Gefahr an. Zwei Jahre nach dem Krieg kam es zum Schwur. Bis unter die westfälische Erde drang die Kunde, daß die Heimat in Not sei. Also bestieg der Eduard einen der vielen Sonderzüge, um seine Stimme nach Masuren zu tragen. Obwohl er Masure war und die masurische Sprache verstand, die dem Polnischen ähnelt, stimmte er für Deutschland, wie alle masurischen Bauern in Grunowen, was leicht zu beweisen war, denn es gab in Grunowen überhaupt keine Stimme für Polen. Im masurischen Kreis Sensburg stimmten 34 000 für Deutschland und 25 für Polen.

Malotka hatte ihn erlebt, den 11. Juli 1920, der ein strahlender Sommertag war, dazu ein Sonntag. Das Heu war eingefahren, die Roggenernte hatte noch nicht begonnen, Masuren besaß Zeit für die Abstimmung. Die Sensburger Straßen geschmückt mit Birkengrün, der Marktplatz umrahmt von Girlanden aus Tannenreisig, junge Mädchen verteilten Fähnchen mit den preußischen Farben, gemischte Chöre sangen zur Eröffnung der Abstimmungslokale Heimatliches, vor allem Deutsches. Kapellen zogen mit klingendem Spiel durch die Straßen. Schottische Soldaten in ihren wunderlichen Röcken bewachten die Abstimmungslokale. Am späten Nachmittag ritt der alte Herr in die Kreisstadt, um zu hören, wie es ausgegangen war. Auf dem Sensburger Markt eine Menschenmenge, beschwingt und heiter trotz des Schnapsverbots, das die Alliierte Hohe Kommission für diesen Tag verhängt hatte. Im Rathaus zählten sie, bis die Sonne unterging. Ab und zu trat ein feierlich gekleideter Herr auf die Kanzel, um Ergebnisse zu verlesen. Die große Stadt Sensburg hatte zwei Stimmen für Polen abgegeben, eine soll von einem Schneider, die andere von einem Arbeiter der Gaswerke gekommen sein, aber Genaues wußte niemand, denn es war eine geheime Abstimmung. Bis Mitternacht feierten sie. Die Ergebnisse wurden von Lichtapparaten auf eine Leinwand geworfen, die Zeitungen verteilten in den Abendstunden Extrablätter. Als das Deutschtum Masurens feststand, sang die Menge »Ich bin ein Preuße« und »Nun danket alle Gott«. Auf dem Heimweg, davon hat der alte Herr gern erzählt, brannten überall im Land die Abstimmungsfeuer. In ganz Masuren wurden Abstimmungssteine errichtet, die an den großen Tag im Sommer 1920 erinnerten. Ein Vierteljahrhundert später stimmten die russischen Panzer ab.

Nachdem Eduard Jablonski seine Heimat gerettet hatte, fuhr er zurück ins Westfälische. Von ihm hörte man erst wieder, als der Himmel Mißernten nach Masuren schickte. Ein Jahr geriet zu trocken, das nächste zu naß, die Grunower Kartoffeln faulten, das Heu schimmelte auf den Wiesen, die Schweine

krepierten an Rotlauf. Deutschland hatte den Krieg verloren, zur Strafe bekam es auch noch schlechtes Wetter und schlechte Ernten. Das kommt davon, weil sie den Kaiser verjagt haben, jammerten die alten Weiber. Die Polen aber, die bei der Abstimmung verloren hatten, hielten die Schwarze Madonna für die Urheberin des schlechten Wetters. Die hätte Masuren gern unter ihrer Krone gesehen, aber Leute wie Eduard Jablonski verhinderten es mit einem Stückchen Papier.
Der Bauer Jablonski schrieb an seinen Bruder in Westfalen und bat um Geld für Saatkartoffeln und junge Ferkel, was ihm bewilligt wurde. So kam es zu der Denkwürdigkeit, daß ein ausgewanderter Masure als westfälischer Bergmann die masurische Landwirtschaft ernähren mußte. Eduard Jablonski war in aller Munde. Sein Beispiel bewog manchen, den masurischen Staub von den Füßen zu schütteln und ins Deutsche Reich zu wandern, wo zwar auch gelegentlich die Kartoffeln faulten, es aber ersatzweise immer noch Brot unter der Erde gab.
Jahre später kam der Eduard noch einmal, um seine Mutter zu sehen, von der es hieß, daß sie bald sterben werde. In Wahrheit kam er, um eine Braut zu suchen. Sein Bruder holte ihn im Einspänner von der Bahn ab. Es sollen nie wieder so ungleiche Brüder gesehen worden sein wie der masurische Bauer Jablonski und sein westfälischer Bruder Eduard. Der eine saß im grauen Kittel mit Gummistiefeln auf dem Bock, der andere im blauen Anzug mit Weste, Lackschuhen und Strohhut, auch baumelte aus seiner Westentasche eine goldene Uhrkette. So ausstaffiert, spazierte der Eduard durchs Dorf und hielt Musterung. Er ging auf die Felder, sah den Mädchen bei der Arbeit zu, stand am See, wenn sie Bettlaken und Hemden rubbelten, die Tücher durchs Wasser zogen und wrangen. Schließlich kam er ins Gutshaus, in dem es ledige Mädchen genug gab, darunter eine Hübsche, Dunkle namens Anna, die dem Kutscher Malotka, wenn er vorfuhr, gelegentlich Schinkenbrot an die Tür brachte, was ihm gefiel, nicht nur das Brot, auch die Art, wie sie es servierte. Zu ihr ging der Eduard

und sprach davon, daß er in Westfalen ein Haus kaufen wolle und eine Frau suche, die das Haus beschicke, den Herd bekoche und nichts dagegen habe, den Namen Jablonski anzunehmen.

Vor Schreck soll die Anna Wasser verschüttet haben. Westfalen sei doch ziemlich weit, sagte sie, es komme ihr vor, als liege es nahe an Amerika. Schließlich erbat sie sich Bedenkzeit.

Tags darauf, als Malotka vorfuhr, kam die Mamsell zur Kutsche, um zu sagen, das Kindermädchen habe die Nacht über geweint und sei wohl krank geworden. Wenn er es aber wünsche, werde sie die Anna mit einem Schinkenbrot herausschicken wie üblich.

Sie hatte trockene Augen und sah nicht anders aus als sonst. Sie stellte den Brotteller auf den Kutschbock, blieb stehen und besah die Pferde, fragte nach ihren Namen. Malotka begann zu essen, doch würgte es ihn im Hals. Sie versprach, Trinken zu holen. Als sie zurückkehrte mit der Teekanne und einschenken wollte, sagte er: Wie wär's denn, Fräulein Anna, wenn wir in nächster Zeit nach Sensburg fahren, um das Aufgebot zu bestellen?

Sie griff nach ihrer Schürze, setzte die Kanne ab. Ja, das können wir mal versuchen, flüsterte sie, huschte die Stufen hinauf und verschwand, ohne sich umzublicken, im Haus.

Als Eduard Jablonski kam, um Bescheid abzuholen, sagte sie, daß sie nicht mitkommen werde nach Westfalen, weil sie anderweitig versprochen sei.

Na, wenn es so ist, will ich nicht weiter stören. Er fand noch am selben Tag im Nachbardorf eine Frau, die bereit war, mit ihm ins Westfälische zu reisen.

Malotka sprach von zweckmäßigem Schuhwerk. Grobe Stiefel müßten es wohl sein. In Grunowen sei mit Dreck zu rechnen. Im Frühjahr und Herbst reichte der Dreck bis zu den Knöcheln, im Sommer staubten die Wege, im Winter watete man im Schnee. Er erinnerte sich nur weniger Tage, an denen

Grunowen mit gewienerten Lackschuhen begehbar war, meistens im Spätherbst, wenn früher Frost die Erde festigte, der Schnee aber noch fehlte. Er bat die Bedienung, seine Thermoskanne mit Kaffee zu füllen.
Die junge Frau von der Rezeption brachte die Pässe, die wir gestern abgegeben hatten. Sie verglich die Fotos, gab jedem den richtigen Paß und huschte davon.
Malotka zog die Brieftasche, um seinen Reisepaß zu verwahren. Als er sie öffnete, fiel ihm das Foto entgegen, ein gelbstichiges Schwarzweißbild.
Kennst den? fragte er und schob es mir über den Tisch. Ich wollte es dir erst in Grunowen geben, wenn wir an der Stelle stehen, an der das Bild aufgenommen wurde. Aber du kannst es auch gleich haben.
Im Vordergrund ein Bretterzaun, dahinter eine Wiese mit Pferden. Herbstbild oder schon Frühling? Die Bäume am linken Bildrand waren jedenfalls kahl, noch kahl oder schon kahl? Vor dem Zaun ein Mann, dessen rechte Hand in der Joppentasche steckte, die Linke stützte sich auf einen Zaunpfahl. Ein steifer Hemdkragen, ein Vatermörder, noch Haare auf dem Kopf, aber schon lichte Stellen. Reitstiefel, Breecheshosen – ach ja, der polnische Schneider Makula nähte wundervolle Reithosen auf Vorrat –, auf der Oberlippe ein Bärtchen, wie es unter Adolf Hitler berühmt wurde.
Das Bild muß vor '33 geknipst sein, behauptete Malotka. Nach '33 ging der alte Herr glattrasiert.
Das also war der Gutsbesitzer Karl Tolksdorf, den ich zuletzt im Sommer '44 gesehen hatte, als ihm die Haare ausgegangen waren und er keine Reithosen mehr trug.
Wie kommst du zu dem Bild, Felix?
Die Kinder brachten es mit. Anna hatte unsere Papiere in einer Ledertasche verwahrt, auch die Fotografien. Als sie die Tasche nicht mehr tragen konnte, nahmen die Kinder sie an sich und brachten sie zu mir in die Lüneburger Heide.
Wie ein vergilbtes Bild plötzlich Leben gibt. Als wäre Licht in einen dunklen Raum gefallen. An den Wänden hängen die

Gemälde von Gertrude und Karl Tolksdorf, außerdem die bleiche Königin Luise und der Große Kurfürst nach der Schlacht von Fehrbellin. Vierzig Jahre fern, auf einmal ganz nahe. Ich glaubte, Sätze zu hören, die der Mann auf dem Bild gesprochen hatte, ich fühlte das stachelige Pieksen seines Bartes in meinem Gesicht zu einer Zeit, als er noch Bart trug.
Woher mag die Narbe kommen?
Ein Studentenschmiß kann es nicht sein, erklärte Malotka. Der alte Herr hat nicht studiert, soviel ich weiß. Er wird die Narbe aus dem ersten Krieg mitgebracht haben, der ein richtiger Krieg war, in dem die Männer noch mit Säbel aufeinanderschlugen.
Ich gab ihm das Bild zurück, aber Malotka verweigerte die Annahme.
Kannst behalten, ist ja dein Vater.
Also nahm ich das Bild an mich, verwahrte es im grünen Reisepaß unter dem deutschen Adler.
Malotka kamen Bedenken, mit dem Auto nach Grunowen zu fahren. Er wünschte eine feierliche Annäherung, ein vorsichtiges Umkreisen, nicht so lärmend hineinfahren mit dem tukkernden Diesel. Am liebsten zu Fuß gehen, das Dorf überraschen in der Mittagszeit, wenn es ausruht. Der lautlosen Möglichkeiten gab es genug. Mit dem Fahrrad ankommen wie die Pfadfinder, Paddeln oder Kahnchenfahren, durchs Schilf staken, mit der Kutsche oder mit dem Milchwagen ins Dorf klappern. Reiten durch Masuren könnten sie auch, wie jene bekannte Gräfin, na, du weißt schon, Wernerchen. Aber per Auto, das gehörte sich nicht. Autos fahren zu schnell, zu laut und zu flüchtig. In Grunowen wurden sie nie heimisch, sie kamen nur auf Zeit, der Doktor, der Tierarzt oder der Bäcker, der seine Rumschnittchen und Mohrenköpfe per Auto ausbimmelte. Begleitet von jubilierenden Lerchen, umgeben vom Geruch des reifenden Getreides und den Ausdünstungen schwitzender Pferde, langsam, sehr langsam wollte Malotka Einzug halten. Nachhausekommen mußt du hören, riechen, fühlen und sehen.

An der Rezeption fragte er nach Pferden.
Ja, ein Reitstall sei auf der anderen Straßenseite.
Nein, zum Reiten sind wir zu alt, hörte ich ihn sagen. Aber vielleicht läßt sich eine Kutschfahrt arrangieren zu einem Dorf, zehn Kilometer südlich von Sensburg.
Die Frau schüttelte den Kopf.
Das wäre ja eine Tagesreise. Dafür gäbe man Pferde und Kutsche nicht her, nur stundenweise.
Er kam zu mir und druckste verlegen.
Vielleicht sollten wir morgen fahren, für heute genügt es, wenn wir uns Sensburg ansehen.
Ich war sprachlos.
Was ist los mit dir, alter Mann? Während der ganzen Reise erzähltest du von Grunowen, gestern wolltest du im Dunkeln einen Abstecher machen, heute willst du nicht mehr fahren!
Wir standen unschlüssig auf dem Platz, auf dem die Überlandbusse warmliefen. So also geht es, du stehst in einem dunklen Gang und weißt, hinter der Tür erwartet dich gleißendes Licht, alle werden dich ansehen, die Scheinwerfer sind auf dich gerichtet. Nun zögerst du, bleibst im Dunkeln, wartest noch ein bißchen vor dem großen Auftritt. Oder hast du Angst, Grunowen könnte so verändert sein, daß du es nicht wiedererkennst? Wir fürchten immer, die Wirklichkeit könnte uns zeigen, wie falsch die Bilder sind, die wir im Kopf tragen.
Lieber morgen fahren, sagte er. Morgen ist Sonnenschein, und die Wege werden trocken sein.
Wir spazierten den Seeuferweg entlang zur Stadt. Malotka erklärte dieses und jenes, versah die Straßen und Häuser mit deutschen Namen. Plötzlich blieb er stehen.
Dies ist der Weg, den die Frau Hassenberg vor siebenundvierzig Jahren gegangen ist.
Ich kenne keine Frau Hassenberg.
Hat dir der alte Herr niemals vom Doktor Hassenberg und seiner Frau erzählt? Jedem, der nach Grunowen kam, erzählte er, wie es dem Doktor Hassenberg ergangen ist, der Kreistierarzt war und in Sensburg lebte mit seiner schönen Frau, die

ihn oft begleitete, wenn er in den Dörfern zu tun hatte. Während er sich mit Pferden und Kühen abgab, spazierte die Frau Hassenberg um den Grunower See, begleitet von einem weißen Pudel, der auf den Namen Bravo hörte. Sie pflückte Wiesenblumen, sammelte Kräuter und Glücksklee, manchmal hörten die Grunower sie auch singen. War er fertig mit der Arbeit, pfiff er nach dem Hund. Der Pudel kam um den See gerannt, und die Frau Hassenberg wußte, daß ihr Mann sie erwartete. Sie steuerte sein Auto, was sonderbar war in der damaligen Zeit. Frauen zu Pferde gab es hin und wieder, aber hinter das Lenkrad eines Automobils traute sich so leicht kein weibliches Wesen. Die Frau Hassenberg aber fuhr ihren Mann nicht nur im Kreis Sensburg, sie unternahmen auch Autofahrten nach Königsberg und Berlin.

Als die neuen Herren kamen, fingen sie an zu fragen, was jeder für ein Mensch sei. Dabei ergab sich, daß die schöne Frau Hassenberg jüdisches Blut besaß. Zu allen Zeiten hatte es Juden in Masuren gegeben. Der Pferdejude kam ins Dorf, der Tabakjude und der Kleiderjude; jeder, der Handel trieb, galt als Jude, auch wenn er nicht den mosaischen Glauben hatte. Vorher wußte niemand, daß die Frau Hassenberg jüdisch war, den Menschen in unserer Gegend bedeutete es wenig, aber die neuen Herren fanden es heraus und machten davon eine Sache.

Einmal besuchte der Doktor Hassenberg Grunowen eines Pferdes wegen, das an Kolik erkrankt war. Nach der Behandlung ging er zum alten Herrn in die Bibliothek. Sie saßen zusammen, tranken Rotwein und sprachen über den ersten Krieg, als der Doktor im Regiment des alten Herrn Veterinär gewesen war.

Stellen Sie sich vor, Tolksdorf, sagte Doktor Hassenberg, vor einer Woche bekam ich eine Vorladung zur Kreisleitung. Die Herren waren recht freundlich, schenkten mir einen Schnaps ein und verlangten weiter nichts, als daß ich mich von meiner Frau trenne. Die Scheidung sei eine Formalität, von einer Jüdin werde ein arischer Mensch sofort geschieden. Eigentlich bedürfe es gar keiner Scheidung, denn ein Gesetz habe die Ehen mit unreinem Blut bereits aufgelöst, nötig sei nur noch der physische Vollzug der Trennung. Nun weiß ich nicht, was ich tun soll. Es gibt keinen vernünftigen Grund, mich von ihr zu trennen, ich könnte sie auch nicht allein lassen.

An jenem Tag rief dein Vater die Kreisleitung an.

Mensch, ihr habt tausend Jahre Zeit! schrie er ins Telefon. Warum müßt ihr alles sofort auf den Kopf stellen? Laßt den Hassenberg und seine Frau ihr Leben zu Ende leben! Das sei nicht möglich, antwortete die Kreisleitung. Es liege ein Befehl von oben vor, sie könnten nichts daran ändern. So treiben sie es, Felix, sagte der alte Herr später. Unten reden sie sich auf Befehle von oben heraus, klopfst du oben an, hörst du, daß es unten die Übereifrigen zu weit getrieben haben. So schieben sie das Böse hin und her, aber es geschieht, es geschieht immer wieder, nur kannst du es nicht greifen.

Der Doktor Hassenberg dachte, sie würden ihn in Ruhe lassen, wenn er in die Partei einträte. Kaum trug er aber das Abzeichen mit dem Hakenkreuz, bedrängten sie ihn noch mehr. Es kam ihnen wie eine Besudelung der deutschen Ehre vor, daß ein Parteigenosse, Amtstierarzt sogar, mit einer Jüdin verheiratet bleiben wollte. Ein Vierteljahr später nahmen sie ihm die Stelle als Amtstierarzt. Dann kam ihm das Auto abhanden, das heißt, sie entzogen der Frau die Fahrerlaubnis, weil eine Jüdin am Steuer eines Autos eine Gefahr auf deutschen Straßen sei, vor allem für deutsche Kinder. Als Doktor Hassenberg selbst einen Führerschein beantragte, um in die Dörfer zu fahren, brach der Zweite Weltkrieg aus, was ihnen Gelegenheit gab, sein Auto einzuziehen. Das siegreiche Ende des Polenfeldzuges erlebte er noch, danach starb er plötzlich an einem Sonntagabend, ohne daß eine Krankheit an ihm gefunden wurde. Es hieß, er sei an gebrochenem Herzen gestorben.

Zur Beerdigung wurde er aufgebahrt, damit die Menschen Abschied nehmen konnten. Seiner Witwe teilte die Kreisleitung mit, ihre Anwesenheit bei der Trauerfeier sei nicht erwünscht.

In der Nacht vor der Beisetzung klopfte die Frau ans Fenster des Nachbarhauses. Als die Leute öffneten, reichte sie ihnen ein Bündel und bat, es mit ins Grab zu legen.
Es ist die Fahne, sagte sie, unter der wir so viele glückliche Jahre in Deutschland gelebt haben. Der Beerdigungsunternehmer legte die Fahne des Kaiserreichs heimlich in den Sarg, bevor er ihn schloß. So kam es, daß Doktor Hassenberg inwendig mit der Kaiserfahne begraben wurde, während auf dem Sarg die rote Hakenkreuzfahne leuchtete.
Ich habe den alten Herrn zu jener denkwürdigen Beerdigung nach Sensburg gefahren. Wir standen auf dem Friedhof, der mehr Menschen sah als Kreuze. Ein Mann in brauner Uniform hielt eine Rede auf den Parteigenossen Hassenberg. Am Schluß hob er die Hand zum Deutschen Gruß.
Wir nehmen Abschied von einem tapferen Kämpfer und guten Nationalsozialisten! rief er.
Da ertönte eine Stimme aus der Menge: Nun dreht er sich um! Ein Raunen folgte, einige lachten. Später stellten sie Nachforschungen an, um den Rufer auf dem Friedhof ausfindig zu machen, aber es blieb ein Geheimnis. Malotka blickte mich vielsagend an.
Mein Vater, ein Rufer in der Wüste. Warum hat er mir diese Geschichte nie erzählt? Er hätte sie mir vorhalten können in dem Sommer, als wir miteinander stritten. Oder er hat sie erzählt, aber ich habe sie vergessen, weil ich sie vergessen wollte.
Am Doktor Hassenberg und seiner Frau haben sie nicht gut getan, sprachen die Leute damals. Der alte Herr stellte den Kämmerer Kallies, der SA-Mann und alter Parteigenosse war, deswegen zur Rede.
Wenn das Adolf Hitler wüßte, antwortete Kallies. Unser Führer hätte das niemals zugelassen.
Was aber ist aus der schönen Frau Hassenberg geworden? Ach ja, Spaziergänger sahen sie in der Stunde, als der Mann zu Grabe getragen wurde, am Sensburger Schoßsee wandeln, auf ebendiesem Weg, den wir heute gehen. Niemand sprach

sie an, denn sie trug Trauer. Danach hat sie keiner mehr gesehen.
Es tropfte heftig aus dem Laub. Das Wasser schlug gegen die Stege. Eine Schaumkrone zitterte auf dem feuchten Ufersand. Das Haus, in dem die Hassenbergs gelebt hatten, fanden wir nicht, aber die Kreisleitung gab es und das Rathaus, von dem aus sie im Sommer 1920 verkündet hatten, daß Masuren ewig deutsch bleibe. Vom Markt schwenkten wir ab zur evangelischen Kirche, die mit Brettern vernagelt war. Eine verhutzelte Frau kam uns nachgelaufen. Als ich mich umdrehte, küßte sie mir die Hand und sang mit weinerlicher Stimme Unverständliches.
Es gab keinen Eingang, nur diesen Bretterzaun und dahinter einen roten Ziegelturm.
Polen ist kommunistisch oder katholisch, stellte Malotka fest. Für die Evangelischen haben sie keinen Platz mehr.
War es hier geschehen oder in der evangelischen Kirche zu Ribben, oder wußte Malotka es von seinem Schwiegervater, dem Fischer Maruhn, der es in der Kirche zu Nikolaiken erlebt hatte, oder kam es gar aus Marggrabowa? Jedenfalls fiel ihm beim Anblick der armseligen evangelischen Kirche ein, daß vor zwei Menschenleben ein gewisser Lukat in einer masurischen Kirche predigte, als unter ihm einem Bauern vom tiefen Gähnen die Kinnlade aushakte. Die Frau zerrte den stöhnenden Mann nach vorn. Lukat unterbrach den Gottesdienst, entledigte sich des Talars, führte den Leidenden in die Sakristei und befreite ihn mit einem kräftigen Handkantenschlag von seinem Leiden. Der Bauer bedankte sich für die rasche Heilung, erinnerte aber an Gottes Sohn, der seinerzeit durch Handauflegen zu heilen pflegte. Seit jener Zeit sei doch eine ziemliche Vergröberung des Christentums eingetreten. Darauf erwiederte Lukat, daß dem Herrn Jesus bei so grobschlächtigen Kerlen wie den Masuren auch nichts anderes übriggeblieben wäre, als mit der Faust dreinzuschlagen.
Vor dem ersten Krieg ging auf den Sensburger Straßen noch ein Nachtwächter mit Laterne und Hellebarde und sang die

Stunden aus. In einer hellen Johannisnacht überfiel ein Trupp vermummter Reiter die Stadt. Hufe trappelten, Pferde wieherten, Schrotflinten knallten, der Nachtwächter blies Not und Feuer, die Bürger sprangen auf die Straße, da jagten die Reiter davon, verschwanden in südlicher Richtung und nahmen als einzige Beute die Nachtwächterhellebarde mit. Am Morgen verfolgten die Sensburger die Spur, die sich im tiefen Masuren verlor. Es sollen Lützows Reiter gewesen sein, die in den Johannisnächten aus den Gräbern steigen, um einmal noch zu reiten. Nur die Grunower wußten es besser. Nach dem Husarenritt, der weiter keinen Schaden anrichtete, als daß dem Nachtwächter die Hellebarde abhanden kam und das Herz in die Hose fiel, feierte ein Dutzend Männer auf dem Grunower Schloßturm die Sommersonnenwende. Sie durchzechten die helle Nacht, während jenseits des Sees die Johannisfeuer niederbrannten.
Am Nachmittag, als der Himmel aufriß, fragte Malotka, ob wir nicht doch noch fahren könnten. Aber nicht nach Grunowen. Den Fischer Maruhn wollte er besuchen, der nicht weit entfernt am Beldahnsee lebte. Den Weg dorthin glaubte er zu kennen. Das Holzhaus am See dachte er sich bewohnt, natürlich nicht von seinem Schwiegervater, der dort im Januar '45 vermutlich umgekommen und nach der Eisschmelze zu den Fischen gegangen war, bewohnt von einem anderen Fischer, denn Fischer braucht es zu allen Zeiten.
Malotka bestimmte den Weg, führte mich am Bahnhof vorbei aus der Stadt zur schönsten Birkenallee Ostpreußens, wenn nicht ganz Deutschlands und Polens. Die hohen weißrindigen Bäume standen mit hängenden Zweigen neben der Straße, warfen kaum Schatten wie sonst die ostpreußischen Alleen, sondern ließen helles, schütteres Licht zu.
Eine Birkenstraße wie die von Baranowen nach Nikolaiken wünschte sich der alte Herr. Sie war ihm Vorbild, als er unseren Birkenweg bepflanzen ließ.
Wir überholten eine Kolonne Radfahrer, nicht die Pfadfinder vom Schiff, auch nicht die Samlandfahrer auf der Reise mit

den Wildgänsen, sondern Junge Pioniere, die uns nachpfiffen, als sie den Mercedesstern sahen. Einer spuckte gegen das silbergraue Blech. Für die waren wir die bösen Kreuzritter, die nach fünfhundert Jahren nicht mit Feuer und Schwert, sondern mit dem dreizackigen Stern wiederkehrten.

Malotka war diesen Weg mit der Kutsche gefahren, als er Brautschau hielt im Jahre '29, wenige Tage nach der Abreise des Eduard Jablonski ins Westfälische.

Spann die Kutsche an, Felix, und fahr mit der Anna zum Fischer Maruhn! sagte der alte Herr.

Und so geschah es. Wir sind mit der Gutskutsche von Grunowen zum Beldahnsee gefahren, die Anna und ich. Ein Bräutigam, der die Braut, um deren Hand er anhalten will, gleich mitbringt, so ist es eigentlich nicht Brauch in Masuren. Aber die Anna hatte ihrem Vater geschrieben, daß sie mitkommen werde, wenn ein gewisser Felix Malotka sich zum Beldahnsee aufmacht.

Herr, es war eine sonderbare Kutschfahrt. Sie führte durch den Sommer, als die Wälder grünten. Die Anna saß unter dem Verdeck, genierte sich ein bißchen, weil sie nur ein Kindermädchen war und es ihr nicht zustand, in den herrschaftlichen Polstern Platz zu nehmen wie die gnädige Frau. Im dunklen Kleid saß sie da, immer ein bißchen verhubbert und nicht wissend, wohin mit den Händen. Wenn der Kutscher sich umblickte, lachte sie. Er knallte mit der Peitsche, die Pferde zogen an, und die Kutsche jagte durch die Wälder, eine gewaltige Staubwolke hinter sich herziehend. Da kommt der Malotka, er fährt mit seiner Braut spazieren, seht nur, wie es staubt!

Aber niemand sah sie, denn die Johannisburger Heide war schon damals eine menschenleere Gegend, ein rechter Ort, um allein zu fahren mit seiner Braut. Die Anna war zwanzig und er ein Jahr älter und beide allein in dem warmen Sommer.

Als es der Anna zu wild wurde, griff sie seinen Arm.

Wir haben doch Zeit genug, Felix, flüsterte sie. Ein ganzes Leben haben wir Zeit.

Er ließ die Pferde in Schritt fallen. Sie setzte sich neben ihn. Er hielt mit einer Hand die Zügel, mit der anderen die Anna. Als er anhalten wollte in der Johannisburger Heide, die kaum Menschen kennt und deren sandige Erde sich weich anfühlt und warm atmet, sagte sie: Fahr du nur weiter, erst müssen wir den Vater fragen.
Um die Mittagszeit erreichten sie das Holzhaus am Beldahnsee, das Annas Elternhaus war, eigentlich nur ihr Vaterhaus, denn die Mutter war vor zwanzig Jahren nach der Geburt ihres jüngsten Kindes gestorben.
Weil die Anna dem Fischer einen Brief geschrieben hatte, fanden sie ihn nicht im Kahn auf dem Beldahnsee, sondern hinter seiner Hütte, wo die Stangenbohnen blühten und die Fischernetze zum Trocknen aushingen. Er saß auf einem Hauklotz und flickte die Netze, als die Kutsche durch den Wald geklappert kam und vor seinem Anwesen hielt. Maruhn zeigte es nicht, aber es bewegte ihn mächtig, wie er seine Anna aus der Kutsche steigen sah, weil solche Bilder den armen Menschen nur im Märchen vorkommen und das wahre Leben eher endlos lange Fußmärsche bereithält.
Maruhn war ein schweigsamer Mensch, der es mit der Weisheit hielt: Die Schweigenden werden niemals für dumm gehalten. Sicher kam ein Teil seiner Verschwiegenheit auch von den Fischen. Wenn er aber den Mund aufmachte, klang es gewaltig und blieb in Erinnerung.
Das ist der Felix Malotka, von dem ich dir geschrieben habe, sagte Anna.
Der Fischer gab ihnen schweigend die Hand. Schon sah es so aus, als wollte er in seiner Arbeit fortfahren, da fiel ihm ein, daß es hohe Mittagszeit war. Er schickte die Anna in die Küche, um masurische Fischsuppe zu kochen. Dem Gast bedeutete er, neben ihm Platz zu nehmen, damit er der Anna nicht bei der Arbeit in der Küche lästig werde. Nachdem Malotka eine Weile gesessen hatte, begann der Fischer, von seiner Arbeit zu erzählen. Er erklärte die Netze, Reusen, Haken und Schnüre und bestimmte mit ausgestrecktem Arm jene Stellen

im See, an denen er im Winter Wuhnen ins Eis zu schlagen pflegte. Als der Kaiser noch regierte, mußte Maruhn zu jedem 27. Januar den See aufschlagen, um frischen Fisch zu fangen für das Festmahl im »Deutschen Haus« zu Seiner Majestät Geburtstag. Er bedauerte es, daß es solche festlichen Anlässe nicht mehr gab, weil sie den Kaiser verjagt hätten, ein Führer nicht in Sicht sei und er nicht mal wisse, ob der Herr Reichspräsident überhaupt Fisch esse. Vom Maränenfest berichtete er, das jeden ersten Sonntag im Juli gefeiert wurde und dessen Höhepunkt die Einbringung des hölzernen Fisches namens Stinthengst war. Er erklärte ihm die Kunst des Maränenräucherns. Während die Nikolaiker Fischer die Räuchermaränen in die Eisenbahn nach Königsberg und Berlin verluden, geradeso wie die Grunower ihre Kartoffeln, stieg Rauch aus dem Schornstein und schwebte durchs Erlengebüsch auf den See hinaus. Anna kochte.

Malotka sah sie über den Hof gehen, um Holz zu holen. Sie hatte eine alte Sackschürze um ihr dunkles Kleid gebunden, darin sammelte sie Holzscheite. Auf dem Rückweg, das Holz vor dem Leib tragend, blieb sie stehen und sagte zum Vater: Aber der Felix will gar kein Fischer werden.

Der alte Maruhn erzählte unbeirrt weiter von der Eisfischerei, die er zu betreiben wußte, von den Winternächten, wenn er vor den Wuhnen saß, in dicken Schafspelz gewickelt, einen heißen Ziegel im Sack für die Füße. Die Stallaterne zeigte an, wo er saß, und wenn Wölfe aus dem Polnischen über den Spirdingsee kamen, um den Fischer Maruhn zu fressen, schwenkte er nur die Laterne, denn wie jeder weiß, fürchten Wölfe das Licht und das Feuer.

Schon wehte der Geruch von Fischsuppe aus der Küche herüber, als Malotka dachte, er müsse nun zu dem Punkt kommen, der alle bewegte. Aber der Fischer erhob sich, ging voraus, durchschritt die Küche, in der die Anna Fischsuppe rührte, öffnete die Tür zur Stube, ließ Malotka eintreten und schloß hinter ihm ab. Dann holte er die bekannte Flasche, die sommers und winters in der Röhre des Kachelofens stand,

und setzte sich mit ihr so an den Tisch, daß er Malotka im Auge behielt.
Ja, es lief schon mal einer um den See und stellte der Anna nach, begann er. Aber der Kerl war keinen durchkauten Priem wert. Er trug auch Lumpen am Leib, in denen fünf Katzen keine Maus zu fangen wußten. Da sei ihm der Felix Malotka schon lieber, auch wenn er ein kurzes Bein habe, aber das komme von Gott, da könne keiner etwas für.
Als die Anna die Fischsuppe auftrug, schwieg der Fischer. Sie sahen zu, wie sie deckte und das Brot vor der Brust schnitt. Dann faltete der Fischer kurz die Hände, sprach aber kein Wort. Während des Essens lobten sie die Fischsuppe, und Maruhn berichtete von einem wilden Menschen aus der Ortelsburger Gegend, der zur eigenen Hochzeit im Bartensteiner Gefängnis einsaß und von seiner Schwiegermutter, einer resoluten, redegewandten Frau, herausgeholt wurde mit der Begründung, es sei etwas Kleines unterwegs, und die Hochzeit dulde keinen Aufschub. Einen solchen Schwiegersohn möchte der Fischer Maruhn nicht geschenkt haben. Während er sprach, sah er seine Tochter an, musterte streng ihren Bauch, den sie hinter der Tischplatte zu verbergen suchte. Anna errötete und hörte auf zu essen.
Laß es dir nur nicht zu Kopf steigen, daß du in der herrschaftlichen Kutsche gefahren bist! ermahnte er seine Tochter. Wen es hoch trägt, den läßt es tief fallen. Je höher der Affe steigt, desto mehr zeigt er sein Hinterteil. Der Wind vermag Sandberge aufzublasen, aber keine dicken Ärsche. Es gibt keinen traurigeren Anblick als ein Schwein, das sich dünkt, Herr genug zu sein, um an der herrschaftlichen Tafel zu sitzen.
So redete er in Gleichnissen, schenkte sich und dem Schwiegersohn Schnaps ein und warnte ihn vor dem Waldmar, der in Masuren sein Unwesen treibt. Gewöhnlich erscheint er dem Wanderer als schönes Mädchen um die Mittagszeit. Mit Winken und verführerischen Gebärden lockt er den Ahnungslosen ins Waldesinnere, schließlich ins Moor. Versinkt er und ruft um Hilfe, streckt er flehentlich die Hände aus nach der

schönen Gestalt, dann zeigt der Mar sein wahres Gesicht. Aus dem schönen Mädchen wird ein runzliges Weib mit fletschenden Zähnen, dessen höhnisches Kichern schaurig übers Moor gellt. Auch dieses sei ein Gleichnis, sagte der Fischer. Es besage, daß ein Mann nicht der äußeren Schönheit wegen einer Frau nachlaufen, sondern aufs Herz schauen solle.

Anna stellte eine Schüssel Wasser auf den Tisch. Als die Flüssigkeit sich beruhigt hatte und still im Gefäß lag, gab der Fischer zwei Stücke Holzkohle hinein. Sie nahm die Schüssel in beide Hände, bewegte sie mit sanftem Kreisen, so daß das Wasser zu fließen begann und die Holzkohlestücke sich jagten. Der Fischer starrte in das wirbelnde Wasser, Malotka aber sah ihre schönen, langen Hände, deren gespreizte Finger die Schüssel umklammerten. Endlich berührten sich die Holzkohlestücke, und Anna setzte erleichtert die Schüssel ab.

Dann muß das so sein, brummte der Fischer Maruhn.

Es war nun gewiß, daß Anna innerhalb Jahresfrist heiraten würde. Maruhn ging zu seinem Kalender, rechnete in den Mondphasen, suchte die Quatember und die genaue Mitte des Sommers und setzte die Hochzeit fest auf Bartholomäus, von dem man sagt, daß er den Samen hat.

Zu berichten wäre noch von der sonderbaren Rückreise, als sich über den Seen ein Gewitter zusammenbraute, die Schwüle auf den Wäldern und den sandigen Wegen lag. Die Pferde gingen unruhig, weil ihnen Bremsen am Hals hingen. Malotka warf die Jacke hinter sich. Er sah Annas weiße Haut und das Haar, das schwer auf ihren Schultern lag. Als die Schwüle sich zu Wolken verdichtete, schloß Malotka das Verdeck.

Sonst ertrinkt die Kutsche im Regenwasser, sagte er, hob die Anna vom Bock und trug sie ins Coupé. Da saß sie wie in einer Puppenstube und blickte durch die Scheibe in den sich verdunkelnden Wald. Manchmal lachte sie ein verängstigtes Lächeln. Beim ersten Donner fuhr Malotka die Kutsche unter eine Linde, von der es heißt, daß sie den Blitz nicht anzieht. Er band die Pferde fest und löste die Stränge, dann stieg er zu ihr unter das Verdeck.

Sie sagte, daß es ihr nicht recht sei, die gnädige Frau sitze gewöhnlich auf diesem Platz. Es könne auch Blut zurückbleiben und die Polsterung beschmutzen. Blut sei unerbittlich und lasse sich nicht entfernen, es wäre ein ewiges Zeichen für das, was sie in der herrschaftlichen Kutsche getrieben hätten. Außerdem drohe ein Gewitter.
Es stürmte heftig und riß in den Baumkronen. Sand wirbelte den Weg herauf, von einer Waldwiese stiegen Heuhaufen in die Lüfte, aber es wollte nicht regnen. Die Zeitungen schrieben später, an jenem Nachmittag sei zwischen Peitschendorf und Krummenort ein Blitz in einen fliegenden Heuhaufen gefahren und habe ihn in Brand gesetzt, so daß ein Feuerball über den masurischen Himmel geflogen sei. Auch soll es auf der anderen Seite des Spirdingsees, auf Arys zu, eine Eilung gegeben haben, die an die hundert Bäume entwurzelte. Durch das Unwetter verspätet, kamen sie gegen Abend in Grunowen an, als die Sonne durchbrach und die Kiefernstämme rot färbte. Am Kujelbarg hielt Felix Malotka.
Ich will dir Grunowen vom Berg zeigen, sagte er, hob sie aus der Kutsche und über den Graben. Als sie auf dem Hügel standen und Grunowen unter ihnen lag, nahm er sie in den Arm.
Anna, sagte er, wir sind nun versprochen, und daran ist nichts mehr zu ändern.
So ist das, flüsterte sie.
Den Pferden aber, die noch immer unruhig waren von der Gewitterluft, gefiel es, mit der leeren Kutsche ins Dorf zu ziehen, während Felix Malotka und Anna Maruhn vom Kujelbarg aus sich den Grunower See besahen.
Mein Gott, dem Malotka wird doch nichts zugestoßen sein, dachten die Leute. Aber als das Paar nach einer halben Stunde zu Fuß Einzug hielt, machten sie sich einen anderen Reim. Wenn die Liebe ins Gras fällt, gehen sogar die Pferde durch, sagte man in Grunowen.
Hochzeit also am Tage Bartholomäus, der den Samen hat, aber eigentlich nach masurischem Brauch an zwei Tagen, von

denen der erste der Braut, der zweite dem Bräutigam und beide Tage den Gästen gehörten. Eine Woche zuvor ritt der Hochzeitsbitter über Land und sagte sein Verschen auf. Das war ein herausgeputzter Mensch, an dessen Mütze bunte Bänder baumelten, auch die Peitsche war mit Bommeln behängt, am Rock glänzten blanke Knöpfe. So ausstaffiert, nahm er auch am Hochzeitsfest teil, saß auf dem letzten Wagen, knallte mit der Bänderpeitsche und machte allerlei Wippchen, trieb schließlich die Gäste mit Rufen und Peitschengeknall in die Kirche. Beim Hochzeitsmahl ging er um den Tisch, nötigte zum Essen und Trinken, sorgte dafür, daß jedem vorgelegt wurde, der Raderkuchen nicht ausging, Mohnstriezel und Fladen bereitstanden und Gläser niemals leer wurden.

Die Hütte des Fischers war zu klein für ein Fest von solcher Bedeutung. Also gab der älteste Bruder der Braut, der in Wigrinnen am Beldahnsee lebte, sein Anwesen her für die Hochzeit. Das Hochzeitshaus lag auf einer Halbinsel, umgeben von dunkelgrünen Erlen, die das Seeufer schmückten, umgeben auch von Kühen, Schafen und Kälbern, die neben dem Haus grasten, von Hühnern, die am Wasser entlangspazierten, und einem Schwanenpaar, das dreimal täglich die Halbinsel betrat, um sich zusammen mit dem Federvieh füttern zu lassen. Auf dem See saßen, während sie im Haus feierten, die Fischer in ihren Kähnen, auch sollen schlanke Segelboote vorübergeglitten sein und sich im weißen Dunst des bleichen Horizonts auf Rudzanny zu aufgelöst haben.

In Erinnerung geblieben ist ein schmächtiger Musikant mit Polkalocken, der mehrere Instrumente zu bedienen wußte. Wurde Feierliches gewünscht, griff er zur Fiedel und spielte »Die Felder sind schon weiß«. Mit der Harmonika spielte er den Gästen zum Tanz auf, und wenn sie das Masurenlied »Wild flutet der See« sangen, begleitete er sie auf der Laute. Um Mitternacht aber blies er die Trompete und gab das Signal an das Brautpaar, die festliche Bühne zu räumen und in der vorbereiteten Kammer zu verschwinden. Darf man erwähnen, daß Malotka und seine Braut, während sie im Haus san-

gen und lachten, durchs Fenster der Kammer stiegen und zum See liefen, der nicht wild flutete, sondern still dalag? Es schnatterten die wilden Enten, und gegenüber auf Weissuhnen zu bellte ein Hund oder doch ein Wolf, der sich verirrt hatte aus dem Polnischen. Es herrschte zunehmend Licht, der Mond stand nach Polen hin, und Anna sagte, das treffe sich gut, denn nach dem Glauben der Masuren müsse ein großes Werk vor Vollmond begonnen werden, bei abnehmendem Licht gelinge es nicht. Auch ist das Glück der Masuren an bestimmte Tage gebunden, für sie war es der Tag Bartholomäus. Sie wollte kein Licht, ihr Leben lang hat sich die Anna vor grellem Licht gefürchtet. Der Mond über dem See war ihr Beleuchtung genug. Aber draußen liegen, im Gras am Seeufer, das mochte sie. Wenn es in den Ästen knackte, das Laub raschelte und der Wind die Gräser streichelte, wenn die Tiere der Nacht ihre Laute gaben, nur die Gestirne sie sahen und niemand sonst. Seit dem Jahre '29 liebte Malotka die Augustnächte, die schon dunkel sind, aber noch warm.
Damals liefen sie den Steg hinaus und sprangen ins Wasser, schwammen bis zur Mitte des Sees, was nichts besagen will, denn der Beldahnsee ist ein schmales Gewässer. Annas Sorge war, er könnte planschen wie ein Elchkalb und die Stille der Nacht zerstören, auch die Gäste aufmerksam machen. Wenn sie hören, daß zwei im See schwimmen, kommen sie, um nachzusehen. Und was werden sie finden? Zwei Brautleute, die nackt aus dem Wasser steigen.
Sprachen wir schon über das Drehbutterfaß? Malotka schenkte es seiner jungen Frau zur Hochzeit, denn zu jener Zeit war die Zentrifuge noch nicht erfunden, stampften die Frauen die Butter in Holzfässern, was ihnen viel Kraft und Geduld abverlangte. Bei schwüler Luft mochte es noch gehen, aber in kalter Witterung wollte der Schmand nicht klumpen. Oft stampften sie Stunden, sangen dazu gewisse Lieder, die helfen sollten, aber das Buttern blieb ihnen eine schwere Last. Als Felix Malotka den alten Herrn zur Ostmesse nach Königsberg fuhr, sah er ein Drehbutterfaß ausgestellt, die neue-

ste Errungenschaft der Buttertechnik. Ein junges Mädchen drehte die Kurbel wie einen Schleifstein und schmierte die frisch geschlagene Butter auf Schwarzbrotscheiben, die zur freundlichen Bedienung auslagen. Er bestellte das Gerät für seine Anna, ein paar Jahre blieb es die Attraktion in Grunowen, bis die Zentrifuge ihren Einzug hielt.
Der Fischer Maruhn schenkte dem Brautpaar nicht nur weise Sprüche, sondern auch einen handfesten Gegenstand aus hartem Holz, eine Standuhr, die er dem reisenden Tabakjuden abgekauft hatte. Sie besaß schwarze lateinische Zahlen auf goldenem Zifferblatt, zwei Hängegewichte an vergoldeter Kette und tickte in einem Kasten, in dem sieben Geislein Platz gefunden hätten. Das gleichmäßige Ticken der Uhr klang wie der Herzschlag eines Lebewesens. Zur vollen Stunde ertönte ein Glockenspiel.
Mit einer solchen Uhr ist der Mensch immer in guter Gesellschaft, behauptete Maruhn.

In Nikolaiken bogen wir vor der Brücke zum Seeufer ab, tukkerten auf Waldwegen weiter zu jener Lichtung, auf der der Fischer Maruhn zu Hause war.
Was ist aus der Standuhr geworden? fragte ich.
Sie kam ins Kutscherhaus, dort schlug sie fünfzehn Jahre, bis die Welt unterging. Auf die Flucht konnten wir das sperrige Ding ja nicht mitnehmen. Aber das ist eine andere Geschichte.
Während wir langsam die sandigen Wege fuhren, erzählte Malotka von den masurischen Uhren, die anders gingen.
Die Oma Kösling, die so schön singen konnte, hatte ihre liebe Not mit der Uhr. Einmal stieß sie sich beim Staubwedeln den Hinterkopf am Uhrenkasten. Darüber war sie so erbost, daß sie den Chronometer auf die Lucht trug. Zurück blieb ein weißer Fleck an der Wand, morgens, mittags und abends sah die Oma Kösling den weißen Fleck. Sie konnte nicht mehr in die Stube gehen, ohne an die Uhr zu denken, die ihr leid tat, weil sie unter dem Dach in Kälte und Dunkelheit lag und das

Ticken verlernt hatte. Sie bangte sich so, daß sie die Uhr eines Morgens in die warme Stube holte und den weißen Fleck zuhängte. Aber die Uhr war beleidigt, sie schlug und tickte nicht mehr, zeigte halb zehn, im Morgenrot und zur Schimmerstunde, immer nur halb zehn.
Vom Müller Sarkowski hieß es, er sei vom lauten Knarren der Mühlenräder, dem Ächzen und Stöhnen des Gebälks so schweigsam geworden, daß er für die eigene Frau keine Worte mehr finden konnte. Wollte er mit ihr schlafen, ging er in die Stube und zog die Standuhr auf. Hörte die Frau das Schnarren der Kette, wußte sie, was die Uhr geschlagen hatte, legte die Schürze über die Stuhllehne, trocknete die Hände ab, öffnete den Haarknoten und begab sich in die Schlafstube. So zeugten die beiden, stumm in diesen Dingen wie die Fische im Beldahnsee, fünf Kinder, ohne ein Wort darüber zu verlieren.
In welcher Kirche wurdest du getraut?
Malotka zeigte mit dem Daumen hinter sich auf Nikolaiken zu. Von der kirchlichen Feier war ihm in Erinnerung geblieben, daß der Pfarrer ihnen diesen Spruch schenkte:

> Sei getreu bis in den Tod,
> so will ich dir die Krone des Lebens geben.

Das war sie, weiß Gott, die Anna, die hat keinen mehr angesehen mit ihren großen, schwarzen Augen.
Malotka dachte an die irdische Treue, die man sich zwischen Mann und Frau wünscht, auch an die Treue zum Herrn, der der alte Herr war, erst zuletzt an die unbestimmteren Dinge wie Vaterland oder Heimat. Ach, es ließ sich vieles mit Treue verbinden. Hätte das Wort nicht in der Schrift gestanden, es wäre neu erfunden worden als Glaubensbekenntnis der Hitlerjugend. »Sei getreu bis in den Tod ...« Der blonde Balzereit, fiel mir ein, soll auch gefallen sein, kurz vor dem Ende. Eigentlich ist es ein Wunder, daß ich noch lebe und mit Malotka im masurischen Wald spazierenfahre, denn ich gehöre zu der Generation, die bis in den Tod getreu zu sein hatte.

Der Fischer Maruhn hatte Gesellschaft bekommen. Mehrere Schuppen standen unter rotstämmigen Kiefern, davor Kähne und Paddelboote. Ein grell bemalter Kiosk machte sich breit auf jener Stelle, an der Maruhns kinderkopfgroße Georginen geblüht hatten. Eis gab es und gelbe Limonade. Eine Menschenschlange vor dem Kiosk. Mädchen in roten Bikinis. Junge Pioniere spielten vor Maruhns Haustür Fußball. Am Seeufer dudelte ein Radio. In der Küche des Fischers klapperte eine Schreibmaschine. Autos parkten im Schatten der Kiefern, auf ihren Dächern warteten Faltboote darauf, zu Wasser gelassen zu werden.
Malotka blieb benommen im Auto sitzen, bis ich ihn aufforderte, seinen Schwiegervater zu besuchen. An der Haustür sprach uns ein Mädchen an, auf polnisch. Malotka zuckte die Schultern, gab mit Gebärden zu verstehen, daß wir nichts Bestimmtes suchten, uns nur umschauen wollten.
Sonderbar sahen wir schon aus, wir beiden Alten, wie wir uns zwischen den grellen Plakaten von Frieden, Freundschaft und Sozialismus bewegten, vor dem Schwarzen Brett standen und so taten, als verstünden wir die ausgehängten Bekanntmachungen. Malotka erkannte Holzwände, die Anna geschrubbt hatte. Das Deckengebälk kam ihm schwärzer vor, was aber seine Richtigkeit hatte, denn jedes Holz wird mit den Jahren dunkler. Von den Dielen waren einige morsch, andere schon ausgewechselt. Die Frau an der Schreibmaschine blickte ihnen mißtrauisch nach. Na, sie werden doch nicht stehlen, die beiden Alten. Aber nein, wir nehmen nur ein paar Erinnerungen mit, die keinem gehören, die auch keinen arm machen.
Der Fischer Maruhn besaß neuerdings ein Telefon, das erschreckend schrill läutete. In seiner Küche arbeitete die erwähnte Schreibmaschine, hatte die masurische Fischsuppe vertrieben. Immerhin roch es nach Kaffee. Hinter dem Haus hingen weder Netze noch Reusen, keine Fischleiber dörrten in der Sonne, kein Rauch verließ die Räucherbude. Um es genau zu sagen: Maruhns Räucherhaus war eine Umkleidekabine für Mädchen geworden.

Wir folgten dem Trampelpfad zum Seeufer. Dort hatten sie einen Steg gebaut, so weit hinaus, daß Dampfer anlegen konnten. Auf dem Holz saßen Mädchen und bräunten, während Boote kamen und gingen. Weiter draußen veranstalteten sie ein Wettrudern, ohne zu ahnen, daß sie über das Grab des Fischers Maruhn fuhren, dessen Ende unbekannt war, von dem man nur wußte, daß er sich weigerte, auf die Flucht zu gehen. Seine Tochter war Weihnachten '44 bei ihm, redete ihm zu, nach Grunowen zu kommen, um mit ihr zu flüchten, wenn es denn sein müßte. Aber der Fischer meinte, er sei zu alt für derart gewagte Unternehmungen, er wußte auch nicht, ob er je wieder einen so schönen See mit Maränen finden würde wie diesen. Schließlich verstand er die masurische Sprache und dachte, sich mit der Roten Armee, wenn sie denn käme, auf seine Art zu verständigen.
Malotka starrte ins Wasser. Wie der Fischer Maruhn sind damals viele Alten geblieben, sagte er leise. Sie waren es leid, ihr gewohntes Leben zu ändern, sie hatten sich nichts vorzuwerfen, sie wollten es hinnehmen, wie es kommt, auf Gott vertrauend und auf die masurische Sprache, die dem Polnischen ähnelt und gewiß auch von der Roten Armee verstanden wird, auf gute Menschen hoffend, die es doch überall gibt, warum nicht in dem großen Rußland? Wer glaubet, der fliehet nicht! sagt der Prophet des Alten Testaments.
Was ist aus ihnen geworden? fragte ich.
Von den meisten hat man nichts mehr gehört, antwortete Malotka.
Hat mein Vater auch so gedacht?
Malotka schüttelte den Kopf.
Der alte Herr wußte, daß es diesmal keine Gnade gab, er sah es kommen, wie es gekommen ist. Deshalb mochte er nicht mehr leben.
Wir gingen an den jungen Menschen vorbei, die auf dem Holz saßen und die Beine ins Wasser baumeln ließen. Malotka erklärte, wie er sich die letzten Stunden des Fischers vorstellte. Er wird zum Eisangeln auf den See gegangen sein in jener Nacht, als

die Rote Armee, von Arys kommend, Nikolaiken einnahm, einen Tag vor Kaisers Ehrentag, der frischen Fisch verlangte. Er wird vor dem Eisloch gesessen haben, die Füße, in Katzenfelle gewickelt, auf einem angewärmten Ziegel, neben sich die Stallaterne, die er brauchte zum Schutz gegen die Wölfe. Sie werden das Licht gesehen und die Laterne ausgeschossen haben.

Die Radfahrer, die wir hinter Baranowen überholt hatten, bogen klingelnd auf den Waldweg ein. Sie stellten die Räder an die Bäume, zogen sich aus und liefen geschlossen in den See. Jungs mit braungebrannten Gesichtern und blonden Haaren, wie unsere Pfadfinder vom Schiff.

Mit schlaffen Segeln zogen unter der Abdeckung des Waldes Boote zu den freieren Gewässern des Spirdingsees.

Wir sahen den badenden Radfahrern zu, die lärmend über jene Tiefe schwammen, die den Fischer Maruhn mutmaßlich zu den Fischen geholt hatte. Wir waren Fremde in dem heiteren Treiben. Wir gehörten nicht zu ihnen. Wir waren von gestern. Es wurde Zeit zu gehen.

Auf die Motorhaube meines Autos hatte jemand ein Hakenkreuz gemalt. Malotka wollte es mit dem Ärmel abwischen, aber ich hielt ihn zurück.

Der polnische Parkplatzwächter wird abends das Auto waschen, um sich ein paar deutsche Mark zu verdienen, sagte ich. Soll er das Hakenkreuz beseitigen.

Wir müssen nach Grunowen fahren in die alte Welt Masurens, ein Menschenleben zurückfahren zu den Uhren, die anders gingen, zur Oma Kösling, die so schön singen konnte, zur Kaschubschen, die ihre Gesichter sah, und zur frommen Frau Hesekiel, die die Verslein wußte, die ein Mensch nötig hat, um ewig zu leben. Wir brauchen nichts mitzunehmen. Der Weg steht im Kopf geschrieben, die Namen sind unvergessen, Blumensträuße nicht erwünscht, es blüht genug in den Gärten: weiße Lilien, lila Phlox und dunkelrote Georginen.

Am Taxistand tauschte Malotka einen deutschen Zwanzig-

markschein gegen zehntausend polnische Zloty, das viele Papier beulte seine Jackentasche.
Was willst du mit polnischem Geld?
Er hatte dem Taxifahrer, der ihn ständig ansprach wegen des leidigen Geldes, einen Gefallen tun wollen. Vielleicht ließen sich die Scheine in Grunowen verschenken an Kinder, die er anzutreffen hoffte. Es wird doch wohl Brausepulver geben und Stundenlutscher und Kandis.
Die Wege sind längst trocken, Grunowen ist erreichbar, wir können mit dem Auto fahren.
Er saß unangeschnallt auf dem Beifahrersitz, bat, den Umweg über Sorquitten zu fahren, von dort weiter den Birkenweg, denn den Birkenweg sind sie alle gekommen und gegangen.
In Sorquitten wünschte er auszusteigen. Er musterte die Stelle, die Bahnhof gewesen war, an der nun die Züge vorbeidonnerten über zwei Brücken am Seeufer. Immerhin fand er den Platz, wo er auf die verspäteten Züge aus Allenstein und Korschen gewartet hatte. Auch wußte er die Hehlwagen des Gutes zu beschreiben, die an der Rampe hielten, um Thomasmehl und Chilisalpeter zu laden. Grunower Landarbeiter schaufelten Koks aus offenen Güterwagen, denn im Jahre '21 ließ der alte Herr eine Heizung ins Schloß legen, weil der gnädigen Frau ständig die Füße froren und die Kaschubsche geweissagt hatte, daß Frauen mit kalten Füßen keine Kinder anschlagen. Jeden Herbst kam ein Güterwagen Koks aus jener Gegend Deutschlands, in der Eduard Jablonski unter der Erde arbeitete. Malotka tränkte die Pferde am Hydranten, aus dem auch die Lokomotive Wasser nahm, er ließ sich von der Bedienung im Hildebrandschen Krug ein Quartierchen Bier bringen, in der kalten Jahreszeit dampfenden Grog. Die Wartezeiten am Sorquitter Bahnhof, die sich zu Wochen und Monaten summierten, kosteten ihn Unmengen Tabak. Wenn er mit der Kutsche fuhr, pflegte er nicht zu rauchen, weil ihm das unschicklich vorkam, doch während des Wartens, wenn er sich die Beine vertrat, die Arme um den Leib schlug, um sich zu wärmen, ging die Pfeife nicht aus. Das Zigarrenrauchen

fing er in der Lüneburger Heide an, dort auch erst als Rentner, weil ihm das Sägewerk zum Eintritt in den Ruhestand eine Kiste Havanna geschenkt hatte. In Masuren waren Zigarren den Herrschaften vorbehalten.
Wir müßten in den berühmten Sorquitter Forst fahren, die Anlegestelle suchen, von der aus die Paddler aufbrachen zur großen Rundreise. Im Sommer stiegen an die hundert Menschen täglich in Sorquitten aus der Eisenbahn, um über Seen und Flüsse bis nach Königsberg zu paddeln.
Das Schloß des kaiserlichen Flügeladjutanten, das beim Russeneinfall 1914 ausbrannte, hatte '45 überlebt, auch ein Wunder. Seine roten Ziegel leuchteten aus den Laubkronen, auf einem der Schloßtürme war der Adebar zu Hause. Im Park spielten Kinder, am See saßen Angler, ein Volleyballnetz hing über den Rosenrabatten des kaiserlichen Flügeladjutanten. Aus dem prächtigen Adelssitz war ein Erholungsheim für Arbeiterfamilien aus Warschau geworden. Na, den Störchen auf dem Turm war es egal.
Malotka bestand darauf, am Sorquitter Friedhof anzuhalten, den er unter hohen Bäumen nahe der Bahnstrecke am Seeufer wußte. Wer die Vergangenheit bereist, muß Friedhöfe besuchen, sagte er. Dort geschah es, daß er, als er im wuchernden Gestrüpp verwitterte Steine mit deutschen Namen fand, zum erstenmal nach der Flasche griff. Er entschuldigte sich, weil es unpassend sei, auf Friedhöfen zu trinken, aber es passe vieles nicht zusammen, da komme es auf einen Schluck mehr oder weniger nicht an.
Er war nicht zu bewegen, den Friedhof zu verlassen. Er buchstabierte deutsche Namen, fand unter Efeu einen sonderbaren Spruch, der allein es schon lohnte, einen Friedhof wie diesen zu besuchen.

> Ein Geschlecht vergeht, das andere kommt; die Erde aber bleibt ewiglich. Und geschieht nichts Neues unter der Sonne.

Darauf trank er wieder.
Die Sorquitter Kirche hätte er gern besucht, aber sie war verschlossen. In den Hildebrandschen Krug wäre er eingekehrt, aber es gab ihn nicht mehr.
Nun laß uns endlich den Birkenweg nach Grunowen fahren, Malotka!
Links Kopfsteinpflaster, rechts der Sommerweg mit Pfützen und wuchernder Kamille.
Du mußt den Birkenweg kennen, seine Bäume sind älter als du, auch älter als Felix Malotka. Der alte Herr ließ sie pflanzen, als er Grunowen übernahm, lange vor dem ersten Krieg. Die Birke war sein Lieblingsbaum, sie leuchtete ihm wie ein blondes Mädchen, das mit offenen Haaren über Blumenwiesen läuft. Er ließ weißstämmige pflanzen, damit sie Licht gaben in den masurischen Nächten.
Keinen Weg bin ich so oft gefahren wie den Birkenweg vom Bahnhof Sorquitten zum Gut Grunowen. Es war der Weg aller Wege, ein Weg für Abreise und Heimkehr, der Weg in die Stadt und in die masurische Wildnis, für Sich-Zeit-Lassen und große Eile. In Sorquitten lief der Weg ein Stückchen neben den Bahngleisen her, was den Kutschen Gelegenheit gab, mit der Lokomotive, die ihre Fahrt vor dem Bahnhof verlangsamen mußte, um die Wette zu jagen. Malotka schwang die Peitsche, die Fahrgäste winkten, der Heizer steckte seinen verrußten Schädel aus dem Guckfenster, der Lokführer sog gelassen an seiner Pfeife, lachte wie einer, der gewiß ist, am Ende doch zu gewinnen.
Ein Wegweiser: Gruniewo.
Malotka stieg aus, klopfte ans Holz, kratzte an der gelben Farbe, wollte unter Gruniewo Grunowen finden, aber es waren neue Bretter, die noch nie mit etwas anderem beschrieben waren als mit Gruniewo.
Den Birkenweg sind viele gekommen und gegangen, nur die letzte Reise unternahmen sie auf dem Waldweg nach Bischofsburg, weil es hieß, die Chaussee bei Sorquitten sei verstopft. Aber das ist eine andere Geschichte.

Diesen Weg kam der Kleiderjude, um Hosen, Jacken und Mäntel, neu und gebraucht, zu verkaufen. Hier traf man den Viehhändler Briese, der stets verhalten fuhr, damit sein Gewicht nicht die Wagenfeder durchschlug. Die von einem Schimmel gezogene Gig hatte Schlagseite. Seinen weiten Lodenmantel, der sich nicht zuknöpfen ließ, trug er auch an heißen Sommertagen. Aus der Ferne glich er einem wallenden Ungeheuer, das erst Mensch wurde, wenn das Gesicht unter dem breitkrempigen Hut zum Vorschein kam. Wenn er handelte, zog er aus der Westentasche eine silberne Schniefkebüchse und hielt sie unter die Nasenflügel. Seine Nase schnaubte er nur in rote Tücher. Dieser Briese war ein Mensch, mit dem die Eltern ihren Kindern Angst einjagten wie mit der Ziganschen oder der Kornmume oder dem Wassermann im Grunower See. Der Briese ist so dick, weil er sich kleine Kinder in der Pfanne brät, sagten sie. Und die Frau Hesekiel fand für ihn einen Spruch bei Jesus Sirach: Wenn der Mensch tot ist, fressen ihn die Schlangen und Würmer. Wie er wirklich umgekommen ist, weiß keiner. Er hielt auch im Krieg sein Gewicht und wurde zum letztenmal im November '44 in Grunowen gesehen, als er Schafe kaufen wollte. Der Volkssturm wird ihn wohl geholt haben. Mit seiner Gig und dem leuchtenden Schimmel wird er aufgefahren sein gen Himmel oder Hölle, wie du willst.
Noch sechs Kilometer. Malotka scharrte unruhig mit den Füßen.
Fahr langsam, wir kommen früh genug nach Hause.
Bevor der dicke Briese sich ins Transzendente auflöste, wurde er auf dem Grunower Speicher von Kämmerer Kallies und Speichermajor Zigan gewogen. Weil das Gewicht exakt stimmen sollte, abzüglich Tara, mußte sich der Briese entkleiden. Kallies setzte eine Flasche Weißen aus, wenn es gelänge, den Viehhändler nackt auf die Sackwaage zu bringen. Briese verlangte nichts weiter, als daß die Speichertür verriegelt werde. Er wollte nicht von der Rendantin, die oft auf dem Speicher zu tun hatte, überrascht werden, denn Briese war ein emp-

findsamer Mensch, der sich vor Frauenspersonen schämte. Die Wiegung ergab 410 Pfund, sie wurde in einer Urkunde festgehalten und beglaubigt mit der Flasche Weißen, die Kallies gestiftet hatte.

Der Briese ist auch mit dem Gespannführer Rauschning, lange bevor dieser in der Tschechei fiel, um die Wette gelaufen. Die Gerechtigkeit gebot es, dem Rauschning, der nur 180 Pfund wog, als Gewichtsausgleich einen Zentner Kartoffeln auf die Schulter zu legen, so daß genau gerechnet 280 Pfund Rauschning und Kartoffeln gegen 410 Pfund Briese zweimal ums Karree des Gutshofes rannten. In der ersten Runde lag der Rauschning vorn, aber danach drückten ihn die Kartoffeln schwer. Zum Ende ließ er Kartoffeln aus dem Sack kullern, um sich zu erleichtern, aber es half nichts, der Briese gewann, weil eigenes Gewicht immer leichter zu tragen ist als eine fremde Last.

Ein Mutter-Gottes-Bild am Feldrain, bekränzt mit Plastikblumen und bunten Schleifen.

Unsere Gegend ist katholisch geworden, meinte Malotka.

Ein Pferdefuhrwerk kam uns entgegen.

Sieht aus wie der Jablonski.

War aber nicht der Jablonski, konnte auch nicht sein, weil den die Russen totgeschossen hatten wegen Nichtbeschaffung von drei Litern Schnaps.

Bald werden wir den Schloßturm sehen. Der See muß linker Hand liegen, seine Wasserfläche wird sichtbar, wenn die Bäume des Grunower Forstes sich lichten.

Malotka kam es vor, als sei er den Birkenweg mehr zur Nachtzeit gefahren als bei Tageslicht. Der alte Herr liebte die Dunkelheit, wenn die weißen Birken den Weg wiesen. Den Kreuzweg galt es vor Mitternacht zu überqueren, weil in der Geisterstunde ein schwarzer Hund, groß wie ein gemästetes Kalb, zähnefletschend auf dem Pflaster stand, um nichts in der Welt weichen wollte, auch keine Peitsche fürchtete, nur das Vaterunser. Eines Nachts flog den Kutscher Malotka eine Eule an, hackte nach seinen Augen und zerkratzte sein Ge-

sicht. Und immer wanderten Irrlichter zwischen den geköpften Weiden zum Moor hin. Nach masurischem Glauben verhießen sie baldigen Geldsegen, doch mußte der Wanderer auf festem Wege bleiben. Folgte er den Lichtern, ging er im glibbernden, bibbernden Moor unter. Eine schwarze Katze rannte, jämmerlich miauend wie ein kleines Kind, hinter der Kutsche her, erhob sich um Mitternacht mit brennenden Augen und glühendem Zagel, stieg fauchend in die Lüfte, verbreitete einen bestialischen Gestank von Pech und Schwefel und wurde längere Zeit schwebend über dem See gesehen. In jener Nacht brannte dem Bauern Grogonz der Stall nieder.
Malotka erinnerte sich eines Pferdes ohne Kopf, das neben dem Birkenweg graste und Erlkönig so erschreckte, daß er sich aufbäumte und in den Graben springen wollte. Er fand die Stelle, an der es dem alten Herrn gelang, mit seiner Schrotflinte stehend freihändig aus der fahrenden Kutsche den Mond auszuschießen. Kaum war der Schuß verhallt, verdunkelte sich das Gestirn und ließ Sturm aufkommen.
Und dort die Lücke in der Reihe der weißen Birken. Es gefiel einem Eleven, der aus dem Magdeburgischen gekommen war, um masurische Kartoffelwirtschaft zu lernen, sich an einer jungen Birke aufzuhängen. Aus Liebeskummer, sagten die alten Frauen, aber die Mädchen im Schloß hatten nicht bemerkt, daß er von der Liebe befallen war. Vielleicht bedrückte ihn die masurische Einsamkeit und der lange, kalte Winter. Jedenfalls hing er zur Osterzeit des Jahres '22 morgens im Wind und ließ die Milchwagenpferde scheuen. Die Leute schnitten ihn los, sargten ihn ein in Fichtenholz und schickten ihn mit der Eisenbahn zurück ins Magdeburgische zu seinen Eltern. Der alte Herr ließ die Birke fällen, denn man kann keinen Baum wachsen lassen, an dem ein Mensch gehangen hat. Ihr Stamm wurde geschält und kam als Wiesbaum auf den Erntewagen, aber es hing Unglück an dem Holz. Zweimal kippte das Fuder um, einmal fiel der Wiesbaum einem Arbeiter auf die Füße. Als sie den Baum endlich in Stricke legten und auf dem Fuder festzurrten, brach er mit furchtbarem Krachen in

Stücke. An jener Stelle des Birkenweges ist nie mehr ein Baum gewachsen, nur wilde Dornen wucherten im Graben. Oft kam es vor, daß die Pferde scheuten; weder Peitsche noch gutes Zureden konnten sie zum Weitergehen bewegen.
Ja, in Masuren ist viel Sonderbares vorgekommen, und je weiter wir zurückgehen, desto unheimlicher wurde es. Es geschahen Dinge, für die die Schulmeister keine Erklärung fanden, die auch in der Bibliothek des alten Herrn nicht beschrieben waren.
Als der zweite Krieg in die Jahre kam, wurden die Erscheinungen deutlicher, wohl auch irdischer. Nicht mehr das Käuzchen jagte den Stubenmädchen Angst ein, sondern die russische Nähmaschine, die ihr Wu-Wu-Wu über dem Grunower See sang. Als die Tannenbäume brannten – sie brannten über Johannisburg und Goldap, auch über dem fernen Insterburg –, sang die Frau Hesekiel aus der Offenbarung:
*Und siehe, da ward ein großes Erdbeben, und die Sonne ward schwarz wie ein härener Sack, und der Mond ward wie Blut, und die Sterne des Himmels fielen auf die Erde, gleich wie ein Feigenbaum seine Feigen abwirft, wenn er vom großen Winde bewegt wird. Und der Himmel entwich wie ein eingewickelt Buch.*
Aber was da über Johannisburg brannte, war ein irdisches Feuer, das sich nicht auspusten ließ mit der Schrotflinte wie der alte Vollmond.
Als der Krieg mit Rußland ausbrach, fand die Frau Hesekiel bei Jesaja diese Stelle:
*Denn die Leiter deines Volkes sind Verführer, und die sich leiten lassen, sind verloren.*
Aber das verkündete sie nur einmal. Kallies ermahnte sie so nachdrücklich, daß sie alle weiteren Worte aus der Schrift für sich behielt.
Zum Ende des Krieges hin trafen sie keine kopflosen Pferde, sondern Menschenspuren im frischen Schnee von entlaufenen Gefangenen oder Partisanen oder von den Seelen derer, die in Rußland geblieben waren. Spiegel erblindeten. Lieblings-

hunde, deren Herren an der Front standen, begannen nachts zu jaulen und verendeten im Morgengrauen, wenn in der guten Stube das Bild aus freundlicheren Zeiten von der Wand fiel. Im Garten Schritte, ein zaghaftes Klopfen ans Fenster, aber morgens keine Spuren.

Die Kaschubsche lief nachts um den See und sang den Mond an, sang Lieder, die keiner verstand.

Zum Jahresende '44 weissagte die Frau Hesekiel wieder aus Jesaja:

*Euer Land ist wüste, eure Städte sind mit Feuer verbrannt; Fremde verzehren eure Äcker vor euren Augen.*

Du kennst doch die Königin Luise, die hing in der Diele und fiel jedem, der das Herrenhaus betrat, sofort ins Auge. Das Bild zeigte, wie sie im Schlitten über das Haff reiste zu einer Zeit, als die Menschen von Westen nach Osten flüchteten. Vier schwarze Pferde, von Rauhreif befallen, zogen den Schlitten, vorn uniformierte Reiter mit Lanzen, auf dem Bock der Kutscher in Livree, hinten stehend zwei Diener. Durch ein Guckloch in den befrorenen Scheiben blickte die schöne Königin aufs winterliche Haff. Am 2. Januar '45 nachmittags, als Schneetreiben einsetzte, fiel die Königin Luise aus ihrem Rahmen, stürzte auf die Steinfliesen und zerbrach. Und alle im Schloß rätselten, was das wohl zu bedeuten hätte.

Als wir die Gemarkungsgrenze erreichten, bat Malotka anzuhalten. Ein warmer Wind aus Südwesten wehte einen Geruch von Reife und Fäulnis herüber. Haufenwolken trieben zu den großen Seen und weiter nach Rußland, das drüben hinter dem Waldrand liegen mußte. Auf den Feldern wuchsen nicht Roggen und Kartoffeln, wie er erwartet hatte, sondern Erbsen und Raps.

Dabei hieß es immer, daß die leichten Böden im westlichen Teil des Kreises keinen Rapsanbau vertragen. Zu unserer Zeit gediehen nur Kiefern und Kartoffeln, auch Steine wuchsen reichlich in der masurischen Erde. Petrus hat wieder Grand gesiebt, sagten die Alten, wenn im März der Schnee schmolz und auf dem grauen Acker die jungen Steine leuchteten, als

wären sie in den Winternächten unter dem wärmenden Schnee geboren. Die Osterferien gehörten den Steinen. Für einen Dittchen pro Tag zogen die Kinder auf die Äcker und trugen Steine an den Feldrand, schütteten sie auf zu kleinen Halden. Soviel sie auch sammelten, Jahr für Jahr wuchsen neue Steine, was von den masurischen Gewittern kam. Blitze, die in die Erde fahren, ließen den Sand zu hartem Gestein schmelzen.
Für Findlinge setzte der alte Herr Belohnungen aus. Meistens fanden die Knechte sie beim Pflügen, wenn die Pflugschar anstieß und die Pferde stehenblieben. Einige waren so mächtig, daß die Männer sie in Ketten legen und acht Pferde sie mit Peitschengeknall und Geschrei vom Acker schleppen mußten. Einmal fanden sich unter einem Stein Menschenknochen. Sie dachten, es wäre ein toter Russe aus dem ersten Krieg, dem sie die Brust beschwert hatten, damit die Seele nicht nach Rußland wandert, aber die Kaschubsche hielt ihre Nase über das bleiche Gebein und entschied, daß es die Knochen eines Kreuzritters sind, den wildernde Pruzzen vor sechshundert Jahren, als er auf dem Grunower Kartoffeläcker unvorsichtigerweise zu Mittag schlief, erschlagen hatten. Das Skelett kam in die Schule, wurde dort ausgestellt und gab Anlaß, den Kindern zu erklären, wie die edlen Kreuzritter das Land Masuren, das sich nicht nur Wildnis nannte, sondern Wildnis war, für das Deutsche Reich gewannen.
Der alte Herr liebte Steine, weil sie etwas Ewiges sind, das niemals vergeht, das die Erde aus ihrer Tiefe gebiert und den Menschen vor die Füße wirft. Die schönsten Granitblöcke ließ er auf den herrschaftlichen Friedhof in den Park bringen.
An der Liebe des alten Herrn zu den Steinen lag es, daß Felix Malotka nach Grunowen kam im Bauch seiner Mutter. Der Vater, ein Steinschläger, war es leid, an den masurischen Kunststraßen von Allenstein bis Marggrabowa herumzureisen. Er suchte feste, ständige Arbeit und fand sie auf Gut Grunowen. Dort gebar seine Frau am 19. April 1907, während der Vater Steine schlug, einen Sohn. Ein älterer Bruder war in der Wanderzeit des Steinschlägers auf die Welt gekom-

men und alt genug, im ersten Krieg zu sterben. So blieb Felix Malotka das einzige Kind.
Er klopfte mit der Krücke aufs Pflaster.
Diese Steine hat mein Vater geschlagen. Der alte Herr ließ, was auf den Feldern gefunden wurde, auf die Wege bringen. Früher geschah es oft, daß Grunowen wochenlang der Welt entsagen mußte, weil der Regen die Wege aufweichte. Kein Briefträger kam, auch nicht der Pfarrer, kein Doktor fürs Vieh und für die Menschen, der Kleiderjude blieb aus, der Viehhändler vergaß das Handeln, nicht einmal Pracher und Zigeuner fanden den Weg. Bis der alte Herr den Birkenweg pflastern ließ mit eigenen Steinen.
Sagte ich schon, daß sie im Jahre '35 einen Stein fanden, der schlank und wohlgeformt war und an die zwei Meter maß? Den ließ der alte Herr im Gutspark aufstellen, bestimmte ihn zu seinem Stein, aber fünf Jahre später mußte der Schmied Venoor diese Schrift meißeln:

Gertrude Tolksdorf
1893 1940

Da sind wir wieder bei den alten Bildern. Der Rauch der Kartoffelfeuer. Im verschwommenen Grau des Himmels stehen die schwarzen Punkte vor dem Wind, halten sich ohne Flügelschlag und krahen, als wären sie die Leidtragenden. Auf dem Pflaster rumpelt ein Wagen, auch schwarz. Am Endstück ein tröstlicher Spruch, den ich während der Fahrt vom Herrenhaus zum Friedhof pausenlos buchstabierte:

Weinet nicht! Wir sehn uns wieder!

Der Stein muß heute noch im Park liegen, meinte Malotka. Ihn fortzuziehen, braucht es ein halbes Dutzend Pferde.
Den letzten Kilometer wollte er zu Fuß gehen, dem See entgegen und dem alten Rot der Dächer, bis zum Kujelbarg gehen, um von dort die Aussicht zu genießen. Er wollte Grunowen

zu Kleinmittag überraschen, es heimlich betreten, so daß es keiner merkt.

Dieses Land hättest du bewirtschaftet, wenn du nicht der Juristerei verfallen wärst, sagte er und zeigte zu den Feldern beiderseits des Birkenweges. Grunowen ist noch immer dein Gut. Als der alte Herr starb, ging es in dein Eigentum über, denn im guten deutschen Recht gibt es nur zwei Möglichkeiten, Land zu übertragen: verkaufen oder vererben. Rauben kommt im guten deutschen Recht nicht vor. Äpfel kann man stehlen und Zaunpfähle, Pferdediebe gibt es und Wilddiebe, aber keine Landdiebe, denn Land kann man nicht wegtragen, das liegt schwer wie ein masurischer Findling.

Ich konnte ihm nicht sagen, wie wenig mir das Grunower Kartoffelland bedeutete. Es war mir nichts anderes als ein Stück karger Wacholderheide hinter dem Winnermühler Schießplatz. Aber das würdest du nicht verstehen, Malotka.

Ich habe Jura studiert, und du willst mir was vom guten deutschen Recht erzählen? Außer Kaufen und Erben gibt es noch Ersitzen oder das Aneignen herrenloser Güter.

Herrenlos ist Grunowen nie gewesen, beharrte Malotka. Der alte Herr war immer da, er hat nichts aufgegeben. Wenn du das Gut nicht haben willst, fällt es an deine Söhne, niemand kann das ändern, so ist das Recht.

Meine Söhne wissen nur, daß ihr Großvater ein ostelbischer Junker war, was ihnen ungefähr so schlimm ist, als wäre er Sklavenhalter in Louisiana gewesen. Und ihr Vater war ein Offizier der deutschen Wehrmacht. Das ginge ja noch, wenn er wenigstens Zweifel gehabt, wenigstens in Gedanken ein bißchen Widerstand geleistet hätte. Aber dieser Vater zog begeistert für den Führer in den Krieg, glaubte noch beim Melonenwässern in Texas an den Endsieg, weinte, als der Rundfunk dort am 1. Mai '45 den Tod Adolf Hitlers meldete, und war verstockt genug, das alles offen zu bekennen und sich seiner jugendlichen Begeisterung nicht zu schämen. Was willst du mit einem solchen Vater anfangen? Den kannst du nirgends vorzeigen.

Malotka blieb stehen und blickte mich ernst an.
Glaubst du etwa immer noch an deinen Führer?
Um Gottes willen, ich glaube überhaupt nichts mehr. Ich will mich nur nicht selbst belügen.
Das war sein Leiden, murmelte er. Daß du so blind den Braunen anhingst. Deshalb ist der alte Herr so früh gestorben.
Ich wollte noch fragen, wie einer an so etwas sterben kann, aber er stand schon im Graben, kletterte die Böschung hinauf und verschwand in einem Meer gelber Blumen.
Sonnenblumenfelder hat es zu unserer Zeit nicht gegeben! rief er.
Wir spazierten auf dem Birkenweg nach Grunowen. Links die Sonnenblumen, rechts ein Maisfeld, hinter uns das Auto unter den Bäumen.
Wo wir gehen, fuhren einst die Umzugswagen, wußte er. Wenn die Zugvögel reisten, gingen auch die Menschen. Der 1. November war Ziehtag, der 2. November Zugangstag. Du kannst ziehen, sagte man dem Arbeiter. Das hieß soviel wie: du bist gekündigt. Der neue Herr stellte Ziehwagen mit Bespannung und eine neue Wohnung, so verlangte es der Brauch. In den ersten Novembertagen war viel unterwegs auf den masurischen Straßen. An den Wagen hingen Eimer, Kochtöpfe und Zinkwannen, die so heftig klapperten, daß jeder die Ziehwagen von weitem hören konnte. Mit Möbeln hoch beladen, dazwischen das leuchtende Inlett. Hinten saß die Oma mit dem Spinnrad, oft schuckelte sie eine Wiege. Die größeren Kinder thronten auf dem Mobiliar, die Frau saß vorn mit einem Kleinkind im Schoß. Der Mann führte die Zügel. Ein bunter Hund lief hinterher, die Katze lag im Gerümpel, in der Hühnerkutz gackerte das Federvieh. Ein Hahn krähte im Verschlag, in einer Kartoffelkiste grunzte ein Schwein.
Die Rendantin wies den Neuen die leer gewordenen Insthäuser zu. Sie luden den Hausrat ab, verwahrten die Tiere, während die Oma Feuer anzündete und warme Suppe kochte, denn die Umzugstage fielen gewöhnlich in feuchtkaltes Wetter. Am Tage darauf erschienen die neuen Kinder in der

Schule, stellten sich, weil sie keinen Platz wußten, an den Kachelofen und ließen sich besehen.
Ach, da sind ja unsere Umzugskinder! sagte Lehrer Pachnio. Er befahl, in einer Reihe anzutreten, ließ Alter und Namen aufsagen, schrieb sie ins Klassenbuch, die Tutas und Jettkes, Hottes und Ottkes, Paulkes und Karlkes, Linas und Lottkes. Danach fragte er den Umzugskindern das kleine Einmaleins ab.
Warum wechselten die Landarbeiter?
Um Geld ging es nicht, antwortete Malotka. Deputat und Löhne waren für alle gleich. Wer Geld wollte, mußte in die Städte, um in den Fabriken zu arbeiten oder in Westfalen unter der Erde. Aber den Menschen vom Lande waren die Städte zu laut und zu fremd. Die meisten sagten ihren Dienst eines Streites wegen auf. Ein Wort gibt das andere, in der Hitze schreist du es hinaus, es ist gesagt und muß gehalten werden, also ziehen. Viele gingen, weil sich die Frauen nicht vertrugen. Die lagen sich in den Haaren, keiften über den Zaun und schlugen fremde Hühner tot, die sich im Garten verlaufen hatten. Wenn es so steht mit den lieben Nächsten, zieht man besser zu einer anderen Arbeit, um ein neues Leben zu beginnen. Im Krieg hörte das Hinundherziehen der Landarbeiter auf. Nur einen großen Ziehtag gab es noch außer der Reihe, ein Zugangstag kam nicht mehr vor. Aber das ist eine andere Geschichte.
Hat mein Vater häufig Arbeiter entlassen?
Nur, wenn es nötig war, wenn einer oft betrunken zur Arbeit kam oder hinter der Hocke die Zeit verschlief. Einer ging mit der Forke auf den alten Herrn los, na, der mußte auch reisen. Einen Melker entließ er, weil er das 7. Gebot nicht achtete und jeden Tag eine Zwanzig-Liter-Kanne Milch nach Hause schaffte. Seine Frau nahm den Rahm ab, butterte und verkaufte die Butter für gutes Geld in Sensburg, bis sie erwischt wurde. Na, die hatte ausgebuttert.
Gespannführer Staske, den sie Wurrach nannten, mußte gehen, weil er die Pferde prügelte. Herr, es gibt Menschen, die

müssen schlagen, entweder die Frau oder die Kinder oder die Pferde. Staske lud seine Fuhren so voll, daß die Pferde stekkenblieben. Mit Knüppeln, die Peitsche genügte ihm nicht, schlug er auf die Tiere ein, bis sie blutige Striemen trugen. Der Staske war ein tüchtiger Arbeiter, nur Pferde durfte er nicht haben. Der alte Herr schickte ihn zur Ausbildung in die Traktorenschule, denn Eisen ist geduldig, dachte er, da kann er seine Wut auslassen. Aber Staske demolierte auch Eisen, schlug mit dem Hammer aufs Blech und zertrümmerte mit Feldsteinen die Lampen. Als der alte Herr ihn entlassen wollte, kam der Krieg. Der Treckerfahrer Staske wurde einberufen und kehrte als hochdekorierter Panzerfahrer heim.
Wir näherten uns dem Kujelbarg, der neunundachtzig Meter über das Meer hinausragte und die Sicht versperrte auf Grunowen und seinen See. Krüppelkiefern und hohes Gras, eine Endmoränenablagerung aus der Eiszeit. Unter der Grasnarbe vermutlich die Lagerstätte jener Findlinge, die mein Vater zum Pflastern auf die Straße oder als Gedenkstein zum Friedhof fahren ließ.
Malotka sprang über den Graben, rammte dabei die Krücke in die sandige Böschung und winkte mir, ihm zu folgen.
Wir werden von oben Ausschau halten wie der Ludendorff in der Masurenschlacht!
In vierzig Jahren waren die Kiefern kein Stück gewachsen. Ein Fuchs hatte seinen Bau in den Hang gewühlt, weißer Sand bedeckte das Gras. Früher wuchsen hier Butterpilze.
Das letzte Stück gingen wir schweigend. Vor uns öffnete sich ein Tor, ein Vorhang wurde zur Seite gezogen. Malotka stützte sich auf die Krücke und atmete durch. Der See kam ihm kleiner vor. Vielleicht war er auch zugewachsen. Schilf und Rohrdickicht bedeckten die Wasserfläche zur Hälfte, gelbe Schwertlilien, weiße Callablüten und Seerosen leuchteten. Kein Wellengang, obwohl doch Wind von Südwesten wehte. Licht stand über dem See, die Hitze ließ die Luft flimmern, und ein Summen drang herauf wie von endlosen Telefonleitungen.

Unter uns am Seeufer ein Straßendorf ohne jede Auffälligkeit. Die Häuser folgten der Dorfstraße, die im Halbkreis um den See lief. Auf dem Wiesenstreifen zwischen Straße und Seeufer grasten gewöhnlich die schwarzbunten Grunower Kühe, die im Journal der ostpreußischen Herdbuchgesellschaft verzeichnet standen. An diesem Vormittag sahen wir nur das gelbe Meer des Hahnenfußes.

Daß der Gutshof unsichtbar war, hatte seine Richtigkeit, der lag hinter den Bäumen des Parks. Auch das Gebäude, das die Grunower Schloß nannten, versteckte sich unter Ulmen und Eichen.

Malotka nahm Platz und fing an, Häuser zu zählen. Er kam auf fünfzehn, was nicht stimmen konnte, denn in seiner Erinnerung gab es sechsundzwanzig, das Gut nicht mitgerechnet. Unter uns die vollkommene Stille. Wir sahen keine spielenden Kinder, hörten kein Hundegebell. Weder Pferdewagen klapperten, noch sahen wir Arbeiter auf den Feldern. In den Gärten keine Wäsche und keine alten Frauen. Gab es überhaupt Gärten? Es krähte kein Hahn, es brüllten keine Rinder, niemand hackte Holz, keiner schlug das Eisen wie Schmied Venoor, keiner ließ die Säge kreischen wie der Stellmacher Stumbröse, nicht einmal Rauch gaben die alten Schornsteine her. Aber plötzlich, wie verabredet, erhoben sich die Krähen aus den Parkbäumen. Der Schwarm überflog das Dorf, schwenkte ein zum Birkenweg, hielt auf den Berg zu, auf dem wir standen, fiel, wie von einem Windstoß getrieben, rechts ab, stürzte zum See, fing sich, ging auf den Wiesen am Seeufer nieder. Im Gelb des Hahnenfußes hüpften und flatterten unzählige schwarze Punkte.

Die schwarzen Brüder haben Grunowen nie verlassen, murmelte Malotka. Die blieben im ersten Krieg, als die Kosaken kamen, und auch im zweiten. Die waren immer dabei. Als deine Mutter begraben wurde, folgten sie dem Trauerzug. Als ich meine Anna nahm, hingen sie in den Parkbäumen, als die Grunower auf die Flucht gingen, immer waren da diese schwarzen Vögel.

Ich drängte ihn, nun endlich weiterzugehen ins Dorf, aber ihm schien die Sicht aus der Ferne zu genügen. Er saß im Gras und erzählte von den Masuren, die vor mehr als hundert Jahren in einer Hunger- und Notzeit auf einem Berg wie diesem auf ihren König warteten. Der kam aber nur bis Deutsch-Eylau, weil das Wasser ihn aufhielt. In jener Zeit waren die Getreidefelder zu Seen geworden, und die masurischen Kartoffeln verfaulten, weil es einen Sommer lang regnete. Dem nassen Sommer folgte ein strenger Winter, der die Masuren das Hungern lehrte. Als der Frühlung anbrach, kam endlich der König, von Tausenden erwartet auf einem Berg wie diesem, den sie später Königshöhe nannten. Als die königliche Kutsche anhielt, fielen die Masuren auf die Knie. Der König versprach zu helfen und wies seinen Baumeister an, die mächtige Festung Boyen bei Lötzen zu bauen. Nur wird der Mensch von einer Festung nicht satt. Doch der Bau gab den Masuren Arbeit, und 1914 hielt die Feste Boyen dem Russensturm stand, aber dreißig Jahre später ging sie kampflos unter. Wir saßen auf dem höchsten Hügel der Umgebung, nicht auf der Königshöhe, sondern auf dem Grunower Kujelbarg, und keiner fiel auf die Knie. Unten ein verkrauteter See, ein unscheinbares Dorf in der masurischen Wildnis, stark überwuchert von Kamille und Löwenzahn, umzingelt von einem Meer aus Hahnenfuß, und doch Mittelpunkt einer Welt. Hier haben sie ihre Abdrücke hinterlassen, haben Bäume, Äcker, Seen und Wälder mit ihren Lebenskreisen umrundet, den Dingen Namen gegeben. Eine junge Frau, die später meine Mutter wurde, sah ich zu Trauerbesuchen durch das Dorf fahren, ein alter Mann, der später mein Vater wurde, ritt über diese Felder, jagte Schwarzwild in den Schonungen am Fuß des Berges und trank Türkenblut, bis ihn das Kriegsende umkommen ließ. Nicht zu vergessen das Kindermädchen Anna, das der Kutscher Malotka zur Frau nahm und das er zum erstenmal so richtig besehen hat hier auf diesem Berg, neunundachtzig Meter über der Ostsee.

Am hohen Mittag, als die Sonne über dem See hing, sich am blühenden Wasser satt trank, als der Wind durchs Schilf raschelte und Sandfontänen auf dem Sommerweg kreiselten, am hohen Mittag also sah man zwei Männer auf das Dorf zugehen, alte Männer. Nein, niemand sah sie, sie gingen nur, und der eine zog das Bein nach, ging am Stock, aber doch rüstig. Der andere hielt einen halben Schritt Abstand. Beide ohne Kopfbedeckung, denn es wollte heiß werden. Der eine trug die Jacke über dem Arm, hatte das blaue Hemd bis zum Ellenbogen aufgekrempelt, der andere schwitzte unter einem grauen Pullover. Sie gingen schweigend, ab und zu schlug die eisenbeschlagene Krücke Funken aus den Pflastersteinen, ein sirrendes Geräusch floh mit dem Wind.

Schafgarbe, sagte der mit der Krücke. Die Kaschubsche hatte die ganze Lucht voll, Schafgarbe soll gesund sein.

Er mähte durchs weißblühende Kraut, ließ die Blütenköpfe fliegen.

Eine letzte Biegung, dann mit Gefälle ins Dorf. An dieser Stelle begannen die Pferde immer zu traben.

Wir haben das Korn geschnitten, heißt es im Lied. Der mit der Krücke sagte es, während er Schafgarbe mähte. Laß uns nach Hause gehen, sagte der Dichter, wir sind alt genug. Wir haben hier ein halbes Leben verloren, jeder Schritt hat seine Bedeutung. So sprach er und ließ die Krücke durchs Gras sausen.

Da stand das erste Haus, hat einmal gestanden vom Jahre 1892 bis wer weiß, wann. Die letzten Ziegel lagen aufgeschichtet. Ein paar Balken standen hochkant. Man wird sie brauchen, vielleicht im nächsten Jahrhundert, denn nichts fehlt den Menschen so wie Balken.

Kein Ortsschild, kein Wegweiser. Wen könnten wir fragen?

Ich komme mir vor wie ein Pracher, der zum Betteln ins Dorf geht, aber keiner ist da, den er anbetteln kann, sagte Malotka.

Es lag wohl an der Hitze. Die hier wohnen, werden schlafen, oder sie sind auf den Feldern, oder sie sind tot. Auf Wegen und Feldern tot aufgefunden, war in den Sterbebüchern des vorigen Jahrhunderts eine geläufige Bemerkung. Beim Pflügen vom Schlag getroffen oder beim Steinesammeln zu schwer getragen, im Wasser untergegangen oder vom Blitz erschlagen. So starben die Masuren.

Noch können wir umkehren, sagte ich.

Sind wir so weit gekommen, schaffen wir auch den Rest, antwortete er.

Wie ein Sturm erhob sich der Krähenschwarm aus dem gelben Kraut, schraubte sich in die Höhe, fiel ab, segelte über die Häuser waldwärts.

Nun sind die schwarzen Brüder auch weg. Der alte Herr schoß in jedem Frühling eine Krähe und ließ sie von Gärtner Masow vor den Kulturen zur Abschreckung ans Kreuz schlagen. Und Tuchels Fritz verlor beim Krähenschießen ein Auge. Die großen Jungs schossen mit Flitzbogen in den Krähenpulk, die Krähen wichen aus, aber der kleine Fritz sah staunend zum Himmel. Ein Pfeil traf sein Auge.

Die Krähen waren schon immer die Herren von Grunowen, behauptete Malotka. Denen entgeht nichts. Sie waren da und werden noch da sein, wenn dieses hier wieder Wildnis ist. Er griff nach der Flasche.

Noch können wir umkehren, dachte ich.

Um diese Zeit pflegte die Mittagsbimmel das Dorf zu neuem Leben zu erwecken. Die Gespanne werden auf die Felder klappern, der Schmied wird den Hammer nehmen und das Eisen zum Klingen bringen, und der Koch wird dem Küchenjungen eine Maulschelle geben – wenn sie nicht gestorben sind.

Sperlinge suhlten sich im Sand des Sommerweges, flogen auf, wenn wir näher kamen, und ließen sich hinter uns nieder. Keine Wagenspuren.

Hier ist lange keiner mehr gefahren, Herr.

Mit der Krücke gedachte er kläffende Hunde in die Flucht zu schlagen und den heimtückischen Ganter, aber es wollte keiner kommen.

Süßlicher Gestank wehte aus verwilderten Gärten, Ludergeruch, wie Malotka es nannte. Keine Blumen. Lila Phlox, die liebliche Sommerblume Masurens, müßte um diese Jahreszeit blühen. Aber die Brennesselmauern erstickten jedes Blühen. Überall fehlte es an Zäunen, durch Fensterhöhlen wuchsen Haselnußsträucher in leere Stuben.
War die Pest ausgebrochen? Die Tataren brannten einst 37 Kirchen, 294 Dörfer und 13 Städte nieder, erschlugen 23 000 Menschen und schleppten 34 000 in die Tatarei. Den Überlebenden ließen sie die Pest zurück und eine ewige Furcht vor allem, was aus dem Osten kommt.
Mit allem hatte Malotka gerechnet, aber nicht mit einem Dorf ohne Menschen.
Vor drei Jahren besuchte der Sohn des Gärtners Masow Grunowen, jener Jungzugführer, der noch im Januar '45 mit den Pimpfen durchs Dorf marschiert war. Er fand Menschen, die ihn zum Mittagessen einluden. Das Gut war bewirtschaftet. Was mag inzwischen geschehen sein? Hat einer die Brunnen vergiftet? Stiegen tödliche Dämpfe aus dem See? Oder ist Grunowen von geheimnisvoller Strahlung befallen? Ach, es wird Zeit, daß der liebe Gott nach Hause kommt.
Keiner war da, keiner trat an den Zaun, um zu plachandern.
Hätte ich das gewußt, wär' ich nicht gefahren, sagte Malotka.
Hast du solche Dörfer schon erlebt?
Ja, sagte ich. 1943 in Südrußland und 1944 auf dem Balkan. Aber in jenen Dörfern gab es wenigstens streunende Hunde und verwilderte Katzen.
Wir haben über vierzig Jahre Frieden und keine Pest mehr, sagte Malotka und schüttelte traurig den Kopf.
Wo steckten die Grunower Störche? Die Storchennester auf den alten Dächern schienen unbewohnt. Die Tiere hängen am Menschen, erklärte er. Wenn die Menschen fehlen, ziehen auch die Störche weiter.
Es war gar kein Dorf mehr, sondern ein Friedhof. Die Erinnerungen sind ein Totenbuch, unsere Reise eine Reise ins Totenreich.

Wir hatten noch nicht die Hälfte der Straße abgewandert, als Malotka sich weigerte weiterzugehen.
Ist ja doch keiner da, murmelte er. Den Gutshof wollte er nicht sehen, auch das Kutscherhaus nicht, das hinter dem Park liegen mußte, wenn es denn ein Kutscherhaus noch gab. Es war heller Mittag und doch dunkel. Es war heiß, und doch wehte ein kühler Wind. Über dem Unkraut gaukelten weiße Schmetterlinge, ein Raubvogel kreiste am Himmel. Ja, die Krähen und die Habichte, die lebten noch. Aber wo waren die Menschen?
Wir kehrten einfach um, als wäre es still verabredet. Es ist besser zu gehen. Verzeihung, wir kamen unangemeldet, wir sind unpassend und gehören nicht hierher. Malotka hatte jede Heiterkeit verloren, ihm fielen auch keine Sprüche mehr ein. Zügig strebten wir dem Auto zu, das aufgeheizt am Birkenweg wartete. Ich öffnete die Türen und ließ die heiße Luft entweichen. Malotka nahm eine schwarze Zigarre von der Sorte, die ihm der Bürgermeister zum achtzigsten geschenkt hatte. Er biß das Ende ab, schnippte sein Feuerzeug an, lehnte sich ans heiße Blech und paffte aus Mund und Nase. Nach einigen Zügen fand er wieder zum Leben. Im Graben entdeckte er Kümmelkraut, stieg hinab, um einen Strauß zu pflücken.
Für Ilske! sagte er. Mit Majoran zu würzen, hab' ich ihr beigebracht, aber sie soll auch Kümmel nehmen. In der Lüneburger Heide wächst ein Kraut, das wie Kümmel aussieht, aber nicht nach Kümmel schmeckt.
Als wir im Auto saßen, Malotka den Kümmelstrauß in der Hand, fiel ihm ein, daß man dieses Zeug auch trinken konnte. Einmal luden sie den masurischen Bauern Grogonz wegen Wilderns vors Sensburger Gericht.
Sie sind doch betrunken, Angeklagter! sagte der Richter.
Kein Schlubberchen, Herr Rat.
Wachtmeister, stellen Sie fest, ob der Angeklagte getrunken hat.
Der Wachtmeister geht zum Grogonz und befiehlt zu pusten. Der Angeklagte rülpst.

Na, was ist? fragt der Richter.
Buttermilch und Kümmelschnaps, Herr Rat.
Nun lachst du schon wieder, Felix Malotka.
Ja, lachen, Herr, ein Lachen wie auf der Beerdigung.
In Sensburg verließ er, ohne ein Wort zu sagen, das Auto, ging aufs Zimmer und legte sich hin. Erst zum Abendessen tauchte er wieder auf, setzte sich zu mir an den Tisch und sah zu, wie ich Postkarten mit masurischer Landschaft beschrieb. Er holte sich auch eine Ansichtskarte, die Mrągowo lilastichig aus der Luft zeigte, im Hintergrund den Schoßsee mit der langgestreckten Halbinsel. Dann lieh er sich einen Kugelschreiber und schrieb:
*Lewet Ilske! Ich bin zu Hause gewesen, ist aber keiner da. Ziemlich verlassene Gegend hier, aber Essen ist gut und reichlich. Wetter auszuhalten. Dein Felix.*
Als wir die Karten in den Briefkasten warfen, griff er meinen Arm und sagte: Vielleicht sollten wir gar nicht mehr hinfahren, sondern es so behalten, wie es gewesen ist.
Den Abend verbrachten wir bei den Sängern, die einen Tag lang die Kruttinna abgewandert hatten, nun in der Bar saßen und sich betranken.
Wir könnten uns auch betrinken, sagte Malotka und bestellte ungarischen Wein.
Als sie den Marsch »Alte Kameraden« sangen, stellte sich die Frage, ob es erlaubt sei, in der Volksrepublik Polen deutsche Soldatenlieder zu singen.
Die »Alten Kameraden« hast du auch gesungen, sagte Malotka. Mit drei Jahren stelltest du dich vor den Großen Kurfürsten, eben jenen Fürsten, der seinerzeit die Schweden so fürchterlich verdroschen hat, und hast ihm das Lied vorgesungen.
Was sind das für dumme Lieder? fragte die gnädige Frau. Mit drei Jahren singt er schon: »Und beim Wirte, da gab's Geflirte mit dem Mädel und dem schönen Töchterlein...« Wer hat dem Jungen das nur beigebracht?
Kaum konntest du dich auf dem Pferd halten, nahm Kämme-

rer Kallies dich mit auf seine Ausritte. Vor dem Krug stieg er ab, um dir Brausepulver zu holen. Als die Mantheysche, eine schreckhafte Person, dich kleinen Knirps allein auf dem Pferd sah, riß sie das Fenster auf und schrie: Erbarmung, Wernerchen, fall' bloß nicht runter, sonst brichst du dir den Hals!
Dann macht der Vater einen neuen! hast du ihr zur Antwort gegeben, wie Kallies es dir vorgesagt hatte. Später wurde es zum geflügelten Wort. Kam ein Kind tot auf die Welt oder starb ein Säugling an der Diphterie, hieß es tröstend: Dann macht der Vater einen neuen.
An den Winterabenden spieltest du mit den Stubenmädchen Mensch-ärgere-dich-nicht. Aber du konntest nicht verlieren. Wenn sie dich rauswarfen, ranntest du wütend aus dem Zimmer. Einmal hast du mit 'nem Brikett nach den Mädchen geworfen. Getroffen hast du nicht, aber die Tür erhielt zur bleibenden Erinnerung einen daumentiefen Abdruck, der noch heute zu sehen sein wird, wenn es überhaupt Türen gibt. Nach meiner Anna hast du nie geworfen, nicht mal mit Pellkartoffeln. Wenn du weintest, trug sie dich durch die Gänge bis hinauf zum Turmzimmer und erzählte dir vom Großen Kurfürsten und der Königin Luise, die schweigend im Schloß hingen und sich dein Geschrei anhörten. Warst du bockig, bist du allein ins Turmzimmer gestiegen, hast dich eingeschlossen und gewartet, bis es dunkel wurde und Anna dich mit Schokoladenpudding runterlockte. Ja, ihr beiden habt euch gut verstanden, auch später noch, als sie bei mir war. Anfangs gingst du oft zu ihr ins Kutscherhaus, nachher immer seltener. Wenn du von der Schule in Königsberg kamst, hat Anna auf dich gewartet, auch später, wenn der Herr Leutnant auf Urlaub kam.
Das mußt du verstehen, sagte ich. Ein Mann besucht nicht gern sein Kindermädchen, ein Offizier noch weniger. Daß er ein Kindermädchen gehabt hat, ist ihm schon eine Peinlichkeit. Die Frau hat ihn nackt gesehen und mit schmutzigen Hosen, sie hat seine Rotznase gewischt und seine Tränen getrocknet, daran möchte er nicht erinnert werden.

Die Bedienung schenkte ungarischen Wein ein. Malotka bestand darauf, ihn zu bezahlen, denn dies sei sein Tag und sein Wein.
Wir tranken auf den Großen Kurfürsten, der über der Saaltür hing, anderthalb mal zwei Meter, eine Gestalt von weibischem Äußeren, feist, mit langen, gelockten Haaren, trotzdem ein Held. Schwer zu begreifen, daß einer, der so aussieht, die Schweden schlagen konnte.
Ich erinnere mich an das Turmzimmer, das eine kleine Kammer war mit viel Spinngewebe an den Fenstern. Von dort führte eine Treppe zur Aussichtsplattform. Oft stand da Wasser, in den Ecken lagen trockene Blätter, Äste rieben sich am Gemäuer und ächzten im Wind. Im Winter stiehmte die Plattform bis zur Balustrade ein, und ich durfte mit der Kinderschippe Schneeklumpen in den Schloßgarten schaufeln. Mutter wird oft auf dem Turm gestanden haben, um Ausschau zu halten nach einer schwarzen Kutsche. Er hat sich nicht genug um sie gekümmert, deshalb starb sie so früh. Natürlich stirbt jeder an einer Krankheit. Aber in Wahrheit sterben wir an inneren Zuständen, an mangelnder Anerkennung, an Alleinsein, an Herzeleid wie der Doktor Hassenberg. Vater trank lieber mit sich allein Türkenblut, als mit seiner jungen Frau am Kamin zu sitzen. Diese gewaltige Bücherwand. Was hätten die beiden lesen, bereden und bedenken können in französisch, englisch und lateinisch! Aber er streifte mit seinem Kutscher durch die masurischen Nächte und schoß, wenn er betrunken war, den Mond aus.
Ich komme ihm näher. Mir ist, als sei die Gestalt mit dieser Landschaft verbunden, als brauchte ich nur die Wege zu gehen, die Bäume und Mauern zu befragen, um sein Bild abzurufen. Ja, damals war er noch stolz auf seinen Sohn, der mit drei Jahren Militärmärsche singen konnte. Später dachte er anders über Militärmärsche. Dieser peinliche Vorfall an der festlichen Tafel. Es war Ostern 1942, als Deutschland noch siegte. Mutter lebte nicht mehr, es war die erste größere Festlichkeit ohne sie. An der Tafel saßen die Herren Gutsbesitzer

aus der Umgebung mit ihren Damen, dazu Offiziere aus dem nahen Oberkommando des Heeres. Und der Primaner Werner Tolksdorf. Plötzlich erhebt sich der untersetzte Mensch, der mein Vater sein will, schlägt ans Rotweinglas, denn er will eine Rede halten. Erst plaudert er über die Damen, schweift ab zu den Griechen, die einer Frau zuliebe, einer sehr hübschen allerdings, den mörderischen trojanischen Krieg veranstalteten. Er stellt die Frage, ob der Jüngling Paris nicht hätte lügen müssen, um Schlimmeres zu verhindern. Dann schlägt er wie beiläufig einen Bogen ins Jahr '42 mit dem gerade überstandenen grausigen Winter, weist auf seinen Sohn hin, der ihm zur Linken sitzt, der in Königsberg das Gymnasium besucht, es nicht erwarten kann, endlich den feldgrauen Rock anzuziehen, und versteigt sich vor den Offizieren des Oberkommandos zu diesem Satz: Es wäre mir lieber, wenn er einmal in der Schule sitzenbliebe.
Ich verließ augenblicklich die Tafel, lief in den Stall, sattelte mein Pferd und ritt, ja, wohin bin ich damals geritten? Ich erinnere, daß es ein kühler, windiger Frühlingstag war. Üppig blühten nach dem langen Winter die Weidenkätzchen, die Birken zeigten grüne Spitzen, und in den noch kahlen Bäumen schlugen die Finken. »Vom Eise befreit sind Ströme und Bäche«, lernten die Königsberger Primaner. In Rußland fand die Front zum Leben zurück.
Nach zwei Stunden kehrte ich heim. Der Kutscher Malotka kam über den Hof. Er nahm die Zügel, rieb das Pferd trokken, hüllte es in eine Decke, fragte unter dem Bauch des Tieres hervor: Hat der Herr Rittmeister wieder was Schlimmes gesagt? Du mußt ihm das nicht übelnehmen, Wernerchen, er möchte nur, daß du am Leben bleibst.

Was sollen wir mit der Zeit anfangen, wenn du nicht nach Grunowen willst? In einer Woche geht unser Schiff. Eine ganze Woche! Zur Barockkirche Heiligelinde fahren, die im Wald liegt wie ein verlorenes Kleinod? Den alten Kopernikus in Frauenburg besuchen und seinem Orgelspiel lauschen? Mit

dem Schiff über die Berge fahren? Wie gewöhnliche Touristen die Masurische Seenplatte bereisen? Aber deshalb sind wir doch nicht gekommen.
Am nächsten Morgen fand er die Pferde, die in einem Stall unweit des Hotels standen. Er sah bei der Fütterung zu, hätte gern ein paar Worte mit dem Pferdepfleger gewechselt, aber der sprach nur polnisch, so daß Malotka sich mit einem Lächeln begnügen mußte. Seit vierzig Jahren hatte er nichts mit Pferden zu tun gehabt, Pferde auch nicht sonderlich vermißt, hier nun erwachte seine alte Liebe wieder. Lag wohl auch an der Gegend. Ostpreußen war immer noch Pferdeland. Auf unseren Ausfahrten trafen wir sie auf den Weiden, in Roßgärten und vor Fuhrwerken.
Zum 12. Geburtstag schenkte dir der alte Herr ein Reitpferd, den schwarzen Wotan. Aber nur in den Ferien konntest du ihn reiten und im Krieg, wenn du auf Urlaub kamst. Bis zum Ende stand Wotan für dich im Stall neben den Kutschpferden. 1945 brauchten sie jedes Pferd und nahmen auch ihn zum Wagenziehen. Niemand weiß zu sagen, was aus ihm geworden ist.
Wir fuhren einen Tag durchs liebliche Masuren, um nur das zu sehen, was schön ist und nicht weh tut: die Seen, die Wälder, die Alleen. Wir umkreisten Grunowen, erreichten Lötzen und Angerburg, sogar das abgelegene Treuburg. Einen Tag in der Johannisburger Heide, die nichts von ihrer Einsamkeit verloren hatte. Auf dem Rückweg kamen wir von Süden, wie damals die Rote Armee, ins Kirchdorf, das nur fünf Kilometer von Grunowen entfernt liegt und dessen hölzerner Kirchturm bei schönem Wetter vom Schloß aus zu sehen war. Malotkas Kinder waren hier getauft worden, für den Ewald hätte es fast zur Konfirmation gereicht, sie war vorgesehen für Palmarum '45.
Aber du weißt ja, was Palmarum '45 los war. Der Ewald wurde drei Jahre später zusammen mit den Mädchen in der Lüneburger Heide eingesegnet.
Wider alle Vernunft regnete es, als wir das Kirchdorf besuch-

ten. Die Chausseebäume bogen sich vor dem Wind, und das reifende Korn warf sich ins Lager.
Wann hat es in den Hundstagen so ein Wetter gegeben? jammerte Malotka. Überall hört man klagen, daß die Sommer früher schöner waren, die Sonne heller schien, der Frühling eher kam und der Herbst später ging. Was ist aus der guten alten Zeit geworden? Nicht einmal in Masuren ist sie anzutreffen. Wo soll man sie suchen?
Ob der Pfarrer Habakuk da ist? Natürlich nicht. Der wirkte ein Menschenleben vom Anfang des ersten Krieges bis zum Ende des zweiten in dieser Kirche. Die oberste Kirchenleitung hatte ihn ins Masurische geschickt, weil er neben der deutschen Sprache und dem Lateinischen, das den Pfarrern Pflicht ist, auch das Masurische beherrschte. Felix Malotka besuchte ihn jede Woche einmal zum Konfirmandenunterricht, und das zwei Jahre bei jedem Wetter, denn der Katechismus kennt keine Jahreszeiten. Die Konfirmanden aus Grunowen gingen im Pulk, weil Einzelgänger leicht unter die Wölfe fielen. Überall lauerte die kriegerische Jugend der Nachbardörfer, um sich zu prügeln. Auch mit Hunden war zu rechnen, die von der Kette gelassen wurden, wenn die Grunower Konfirmandenschar durchkam. Oh, der Herr war nicht unser Hirte, der führte seine Konfirmanden nicht auf grüner Au, sondern durch schlimme Patschlöcher, zuweilen ließ er sie auch in Schneeschanzen steckenbleiben. Das Kirchdorf war nicht nur die Stätte der zehn Gebote, des Glaubensbekenntnisses und des Katechismus, in ihm gab es einen Bäkkerladen, der Mohrenköpfe führte, ein masurisches Kaufhaus mit Stoffen und Kleidern, und es fanden in ihm die beliebten Jahrmärkte mit Ringel- und Flatterschießen statt. An solchen Tagen verbanden die Konfirmanden gern die weltlichen Freuden mit der christlichen Lehre. Nur daß der Habakuk keinen Spaß verstand. Er zog den Unterricht der Vorkonfirmanden so in die Länge, daß die draußen wartenden Grunower Konfirmanden fürchteten, zu spät zu kommen zu den weltlichen Freuden. Sie banden den Ziegenbock los, der auf dem Kirch-

platz graste, und führten ihn in den Flur des Konfirmandensaals. Dort meckerte das störrische Tier und lief so heftig gegen die Türfüllung, daß der Habakuk nicht mehr zu öffnen brauchte. Der Bock sprang in den Konfirmandensaal, rannte in seiner Verstörtheit den Pfarrer um, jagte mit gesenktem Kopf durch die Bänke, trieb die junge Christenheit aus dem Saal und hinterließ weiter nichts als Ziegendreck und Gestank. Der Lohn war zweistündiges Nachsitzen, bis die Dunkelheit hereinbrach. In schwarzer Nacht zogen die Grunower Konfirmanden heimwärts, und Spaß hatte, wenn überhaupt, an jenem Tage nur der Ziegenbock.
Konfirmiert wurde Malotka im dritten Jahr nach dem ersten Krieg an einem Sonntag, als noch Schnee lag. Er wanderte mit den Eltern ins Kirchdorf. Sein Vater trug einen Sack, aus dem der Kopf einer lebenden Gans herausschaute. Zu jener Zeit war es Brauch, dem Pfarrer ein Einsegnungsgeld zu zahlen. Da dem Steinschläger Malotka das Bare ausgegangen war, bezahlte er seine Schuld mit Naturalien. In den Inflationsjahren, als nicht nur die Steinschläger verarmten, führte die masurische Kirche die Kalende ein. Jeder, der einen Konfirmanden einsegnen lassen wollte, mußte dem Pfarrer eine Gans oder zwei Hühnchen bringen. In jener schlimmen Zeit ging dem Habakuk auch der Abendmahlswein aus. Darauf verlegte er den Konfirmandenunterricht in die Wälder und ließ die Kinder Blaubeeren sammeln, aus denen er einen Wein zu ziehen wußte, der die Lippen färbte wie Tinte. Der Grunower Forst war berühmt für seine Blaubeeren. Es gab Jahre, da gerieten sie groß wie schwarze Kirschen. Wer sammeln wollte, ließ sich vom Förster Dobatka einen Beerenschein ausstellen. Die ersten drei Liter lieferte jeder Sammler im Gut ab, danach konnte er bis Sonnenuntergang sammeln, soviel er wollte. Von Sensburg und Ortelsburg sind sie mit Fahrrädern gekommen, allein der Grunower Blaubeeren wegen. Selbst die Kreuzottern, die Jahr für Jahr ein paar Beerensammler ins Krankenhaus beförderten, konnten der Sammelwut nichts anhaben.
Der Friedhof des Kirchdorfes lag hinter einer dichten Flieder-

hecke. Wie selbstverständlich gingen wir durch das verrostete Tor in den Fliedergarten. Im vorderen Teil fanden sich polnische Gräber, geschmückt mit immer leuchtenden Papierblumen, weiter hinten deutsche Inschriften. Eine Elise Perner war im Jahre '27 zu einem besseren Leben entschlafen und wurde noch sechzig Jahre später mit Blumen bedacht. Auch nach '45 waren Deutsche mit deutscher Schrift verewigt worden, eine Seltenheit in Masuren.
Weil es hier Dörfer gab, deren Bewohner nicht geflüchtet sind, erklärte Malotka. Pfarrer Habakuk riet von einer Flucht ab, denn er hatte die Gewißheit, daß es so kommt, wie es kommen muß, nämlich nach Gottes Willen. Ob einer flüchtet oder zu Hause bleibt, es geschieht nichts unter der Sonne, wovon Gott nichts weiß. Darauf flüchteten nur jene, die Anlaß hatten, sich vor Russen und Polen zu fürchten.
Und wie erging es den anderen?
Als die Rote Armee kam, versammelte Habakuk seine Gemeinde zum Beten und Singen. Ein paar Soldaten stürmten in die Kirche, holten fünf Männer und erschossen sie an der Kirchmauer. Dann nahmen sie sich die Frauen, aber den Habakuk ließen sie beten. Einen Tag und eine Nacht verbrachte er mit seiner Gemeinde in der Kirche. Erst als es gänzlich still war, nur noch das leidende Vieh in den schneeverwehten Gärten brüllte, wagten sich die ersten aus dem Gotteshaus, versorgten das Vieh und begruben ihre Toten.
Woher weißt du das?
Eine Frau hat es erzählt, die '45 geblieben ist und vor fünf Jahren ausgesiedelt wurde zu ihrem Sohn nach Recklinghausen. Was '45 geschehen ist, hat viele Menschen am christlichen Glauben irre werden lassen. Wo war Gott? Den Gläubigen ging es nicht besser als den Gottlosen. Es war dem Herrn der himmlischen Heerscharen gleichgültig, ob dem Pfarrer Habakuk die Männer totgeschossen, die Frauen abgeholt und die Kirche über dem Kopf angesteckt wurde. Gott ist sehr fern geworden in jenem Krieg.
Wie hielt mein Vater es mit der Religion?

Christsein kann nicht schaden, pflegte der alte Herr zu sagen. Von den vielen Dummheiten, denen die Menschen nachlaufen, ist unsere Religion die harmloseste, weil sie alt ist und sich ausgetobt hat. Die neuen Ideen kosten mehr, sie müssen mit viel Blut bezahlt werden, bis auch sie alt und abgestanden sind.
Ist mein Vater christlich beerdigt worden?
Malotka faßte meinen Arm.
Mein Gott, es waren unchristliche Zeiten, wie kannst du nach christlichen Beerdigungen fragen?
Ich kenne mich selbst nicht mehr. Auf einem Friedhof im strömenden Landregen frage ich nach christlichen Beerdigungen. So wichtig war mir Christsein nie. Aber plötzlich wünschte ich, daß er nicht von Gott und den Menschen verlassen in einem Straßengraben liegen mußte, daß sich jemand seiner angenommen, ihn mit Gesängen und Gebeten zu Grabe getragen hat.
Wir hielten vor der Kirche, einem aus Feldsteinen errichteten Bau mit hölzernem Turm
Es ist ein Wunder, daß der Turm nicht Feuer gefangen hat, wo doch alles, was hoch war, damals brannte, sagte Malotka.
Das Kriegerdenkmal, das vor der Kirche gestanden hatte, war verschwunden. Hohe Bäume umgaben den Turm und versperrten die Aussicht. Das Gras stand meterhoch, auf der Treppe wuchsen Butterblumen. Einigen Fenstern fehlte das Glas, so daß die Schwalben ungehinderten Zugang fanden.
Dem Habakuk geschah es einmal, daß sich eine Schwalbe ins Kirchenschiff verirrte, um der Predigt beizuwohnen. Ach, sehet dieses Schwälblein, es gleichet wohl dem Heiligen Geiste! begrüßte der Pfarrer den verirrten Vogel. Das Tier flatterte ängstlich ums Altarkreuz, stieß sich den Kopf am bunten Fensterglas. Schließlich bekleckerte der Heilige Geist den Talar des Pfarrers, bevor er durch die offene Kirchentür entfliehen konnte.
Habakuk war auch ein großer Bienenzüchter. Während eines Gottesdienstes kam seine Frau in die Kirche gelaufen und rief,

daß die Bienen schwärmen. Habakuk warf den Talar über die Kanzel, rannte in den Kirchgarten, um seine Bienen einzufangen. Während er den Bienen nachlief, harrten seine Masuren in den Bänken aus und vertrieben sich die Zeit mit dem Absingen vieler Strophen.

Malotka mähte mit der Krücke das nasse Gras, bahnte sich einen Weg zum Kirchenfenster. Dort wälzte er einen Stein an die Mauer, stieg hinauf und blickte ins Innere.

Hier braucht man keine Kirche mehr! rief er.

Hinter der Kirche fanden wir die Kate des Balgentreters Schuschke, in deren Strohdach ein meterbreites Loch klaffte. Da hat der Teufel mit dem Pferdefuß reingetreten, erklärte Malotka und malte aus, wie im Winter der Schnee leise durchs Dach in Schuschkes gute Stube rieselt.

Habakuks Kirche besaß eine Schleifladenorgel, deren Laden kräftig mit Luft gefüllt werden mußten, wenn sie Laut geben sollten. Für diese Arbeit beschäftigte die Gemeinde den Schuschke, der an jedem Sonntag, zu Begräbnissen, Taufen und Hochzeiten sein Körpergewicht auf die Balgen warf, um den Bandzug zu drücken. Im besten Mannesalter wog er an die hundertneunzig Pfund, aber mit der Zeit nahm er an Jahren zu und an Gewicht ab. Weder Schmand noch gute Butter, weder Räucherspeck noch Eier von braunen Hühnern konnten etwas daran ändern. Anfangs glich der Schuschke die fehlenden Pfunde mit Wackersteinen aus, die er in der Tasche trug, doch verlor er so sehr an Gewicht, daß er dienstuntauglich wurde und seine Entlassung nebst Auszug aus dem Balgentreterhäuschen bevorstand. Da nahm sich der Schuschke, der sein Leben lang ledig bleiben wollte, eine Frau, die gewichtig genug war, um gemeinsam mit ihm aufs Balgenbrett zu springen. Zu zweit haben sie noch viele Jahre der Orgel Luft gegeben.

Malotka lachte.

Aus Schuschkes Haus trat eine alte Frau. Sie trug ein graues Kleid, das bis zu den Füßen reichte, eine schwarze Schürze um den Leib, ein weißes Tuch um den Kopf gewickelt, an den

Füßen hatte sie Holzschuhe. Eine Katze folgte ihr, ein possierliches junges Tier, das über Pfützen sprang, Steinchen vor sich warf und im Sprung wieder auffing.
Wenn Sie die Evangelischen suchen, die sind ausgestorben! rief sie in hartem Deutsch. Die wenigen, die übrig sind, fahren zum Pfarrer Pirla nach Sensburg. Unsere Kirche lohnt nicht mehr, auch können wir keinen Pfarrer ernähren.
Sie wischte die Hände an ihrer Schürze ab, um uns zu begrüßen.
Es kommen jetzt viele und fragen, ob noch Deutsche im Dorf sind. Ja, ja, die Deutschen sind wieder beliebt. Es geht immer hin und her, ihr Herren. Früher waren wir Deutsche, dann wurden wir polnisch, heute lohnt es wieder, deutsch zu werden. Seid ihr auch aus dieser Gegend, ihr Herren?
Malotka erklärte, daß wir aus Grunowen kommen und er in dieser Kirche getauft und konfirmiert wurde.
Die Frau dachte nach.
Euer Grunowen haben sie auch aufgegeben wie unsere Kirche, Grunowen lohnt nicht mehr. Von Allenstein kamen studierte Leute und rechneten aus, wie es sich besser wirtschaften läßt mit einer großen Zentrale, die Traktorenstation und Werkstatt hat. Das Ministerium machte einen Plan, es legte die Güter und Höfe zusammen und siedelte die Arbeiter um.
Das also war das Geheimnis des sterbenden Dorfes. Malotka konnte es nicht begreifen. Ein ganzes Dorf mit Häusern, Stallungen, Gemüse- und Obstgärten geben sie auf. Oh, diese Studierten! Sie machen heute einen Plan und morgen einen, von denen kannst du jeden Tag einen Plan haben.
Wissen Sie, was aus dem Gutsherrn von Grunowen geworden ist? fragte ich die Frau.
Sie blickte mich ratlos an.
Was soll geworden sein? Geflüchtet wird er sein wie die meisten von hier. Nur wir nicht, wir blieben beim Pfarrer Habakuk.
Kann man in so einem Haus noch leben? fragte Malotka und wies auf das Loch, das der Teufel getreten hatte.

Sie lachte und zeigte ihre braunen Zähne.
Das Loch ist ja nur auf der einen Seite, drüben ist noch eine gemütliche Stube. Für die paar Jahre, die ich zu leben habe, wird es wohl reichen.
Sie bat uns ins Haus. Wir sollten uns von der Gemütlichkeit ihrer Stube überzeugen, auch sprach sie von einem halben Fläschchen Bärenfang, das sie in Reserve habe, wenn mal Besuch komme.
Gibt es in Polen Bärenfang zu kaufen? wollte Malotka wissen.
Aber nein, nuscht gibt zu kaufen.
Woher haben Sie Bärenfang, wenn es keinen zu kaufen gibt?
Aber Mannke, wenn man sich macht, hat man.
Malotka blickte mich an. Ich schüttelte den Kopf. Nein, wir werden dieser Frau nicht den letzten Bärenfang austrinken. Vielleicht braucht sie ihn, wenn wieder Besuch kommt.
Als wir zum Auto gingen, kam sie uns nach.
Seht euch nur die Kirche an, ihr Herren! In fünf Jahren gibt es keine Kirche mehr. Wenn das Singen und Beten inwendig aufhört, sterben die Kirchen auch auswendig!
Wo wurdest du eingesegnet? fragte mich Malotka.
In Königsberg.
Damals begann der Streit mit meinem Vater. Ich wollte keine Konfirmation, weil ich längst einer anderen Religion angehörte, doch meine Eltern bestanden darauf. Der Mutter zuliebe, nur der Mutter, unterwarf ich mich der altmodischen Prozedur. Wir feierten im Clubzimmer eines Hotels, dessen Name mir entfallen ist. Nur ein kleiner Kreis mit den Paten, Vaters Regimentskamerad aus dem Ersten Weltkrieg und Tante Malchen. Mutter wollte ein großes Fest in Grunowen nachholen, doch sie erkrankte in dem Sommer, der der Konfirmation folgte, und wurde nie mehr richtig gesund.
Die Frau stand am Auto, streichelte mit ihren zerfurchten Händen den silbergrauen Lack.
Wer hätte das gedacht, daß die Herren, die geflüchtet sind, mit so schönen großen Autos wiederkommen? Wir sind geblieben und sind auch arm geblieben.

Als wir einstiegen, bat sie, dem Pfarrer Pirla, falls wir ihn träfen, auszurichten, daß die drei Evangelischen im Dorf noch lebten und zum Erntedankgottesdienst in die Stadt kommen werden.
Auf dem Rückweg kamen wir an einem Wegweiser vorbei. Gruniewo 3 km.
Ich hielt an. Wir müssen noch einmal hin!
Malotka wich aus, blickte aus dem Fenster in den Regentag.
Es ist nur wegen meines Vaters, sagte ich. Morgen werden wir nach Grunowen fahren. Einmal wenigstens noch.

Wir fuhren mitten hinein und hielten nahe am See.
Malotka stapfte über die Hahnenfußwiese dem Wasser zu. Das Gras schlug um seine Knie. Heftig ruderte er mit den Armen. Am Seeufer ging er in die Hocke und schöpfte das Wasser mit hohlen Händen.
Es war jene Stelle, an der die Frauen Waschtag hielten, wo ihre Körbe, Eimer und Wannen standen. Mit hochgesteckten Röcken gingen sie barfuß ins Wasser, spülten, rubbelten, wrangen und erzählten Geschichten, die die Zeit vertreiben sollten. Wenn sie rauskamen, hingen ihnen Blutegel an den Waden. Zum Bleichen legten sie ihre Laken und Tücher auf die Wiese, wie große Blumen bedeckten die weißen Flecken die grüne Landschaft. Kinder mußten die bleichende Wäsche hüten, damit das Federvieh nicht darauf spazierenging.
Weißt du noch, wenn Ostwind wehte, überflutete eine sanfte Brandung die Gutswiesen, auf dem Gras lag ein gelber Schaumkranz. Die Kinder trugen den schmutziggelben, zittrigen Schaum im Eimerchen nach Hause, um ihn der Mutter zu schenken. Wenn sie ankamen, war nichts drin, so vergänglich war Grunower Seewasser.
Kein Ostwind, als wir am Ufer standen, wo die Frauen gewaschen hatten. Überhaupt kein Wind. Der See ohne Bewegung, kein Wispern im Schilf. Wo sind die Krähen geblieben?
Ach, die Krähen, winkte Malotka ab, die kommen und gehen, wie sie wollen, abends werden sie einfallen.

Einen Steinwurf vom Ufer entfernt schlugen die Knechte damals Wuhnen ins Eis, denn auch in der kalten Jahreszeit brauchten die Frauen zur Wäsche das weiche Seewasser. Nur im Gut nahm der Fortschritt Gestalt an und baute sich eine Waschküche, in der das Waschwasser aus einem Rohr sprudelte. Zweimal im Monat dampften die Kessel, knackte das Fichtenholz im Ofen. Im Winter war das Waschhaus ein beliebter Aufenthaltsort für alle, die mit roten Ohren herumliefen. Während des Krieges bekam es eine andere Bedeutung. Vier französische Kriegsgefangene erhielt Grunowen im Herbst '40 zugeteilt, drei hießen Jean und mußten zur besseren Unterscheidung aufgeteilt werden in Großer Jean, Schwarzer Jean und Menjou (wegen seines schönen Bärtchens). Sie wurden untergebracht in der Gutswaschküche. Die Wäsche mußte für die Zeit der französischen Besetzung wieder am See gewaschen werden.

Malotka fand die Spur eines Menschen, der am Seeufer entlanggegangen war, wohl ein Angler, der den Grunower See befischen wollte.

Früher lief ein richtiger Pfad um den See, der, wenn nicht gerade Tauwetter herrschte, trockenen Fußes begehbar war. Der alte Herr ist ihn gegangen zum Entenschießen, Anna ist ihn gegangen mit dir, als du klein warst, die Frau Hassenberg sah man mit ihrem weißen Pudel, den sie, sobald sie das Gehöft des Bauern Grogonz erreichte, auf den Arm nehmen mußte, denn der Grogonz besaß einen wilden Bullenbeißer, der weiße Pudel nicht leiden mochte. Beliebt war der schmale Trampelpfad auch bei den Liebespaaren.

Der Gedanke, daß ein Mensch um den See gegangen war, heute, gestern oder vor einer Woche, regte Malotka auf. Er hatte noch immer die Hoffnung, einen der masurischen Bauern zu treffen, deren Anwesen sich hinter dem Schilfwald versteckten. Doch entdeckte er nur ein einsames Dach, das er dem Bauern Jablonski zuordnete. Von Tuchel und Grogonz fehlte jede Spur.

Die werden wohl abgebrannt sein, denn es brannte häufig bei

den Masuren. Dem Grogonz brannte es in jedem zweiten Jahr, angefangen im Sommer '24 nach der großen Inflation, womit es folgende Bewandtnis hatte: In Inflationszeiten darf es nicht brennen, weil die Brandkassen wertloses Papiergeld auszahlen. 1924 gab es wieder gutes Geld, und sofort ging die Scheune des Grogonz mit einem Fach Hafergarben und der schon gedroschenen Hühnergerste in Flammen auf. Zwei Jahre danach traf es den Stall, im schlimmen Winter '29 das Wagenschauer. Das Wohnhaus brannte nicht, jedenfalls nicht zu Lebzeiten der Oma, die ihre letzten Jahre im Lehnstuhl verbringen mußte. Als die Frau zu einem besseren Leben entschlafen war, packte das Feuer auch das Grogonzsche Wohnhaus. Das aber wurde der ostpreußischen Brandkasse zuviel. Sie schickte einen Inspektor, den Grogonz zu vernehmen. Der vernahm erst an Ort und Stelle, dann im Krug, schließlich fuhren sie ins Kirchdorf, wo der Grogonz unter dem Kruzifix über die Sache sprechen sollte. Er sagte immer das gleiche. Wie er mit seiner Frau einen langen Tag auf der Heuwiese gewendet und gestakt hatte, gegen abend sei ein Gewitter aufgezogen, schon nach den ersten Schlägen hätte er Flammen gesehen, die aus dem Dach seines Wohnhauses züngelten. Das genügte der Brandkasse nicht. Sie ließ den Grogonz vor Gericht laden und schwören, kein Feuer gelegt zu haben. Als Grogonz die Heilige Schrift sah und den Herrn im schwarzen Umhang, fing er an zu lachen. Besser du schwörst, du hast es gelernt, sagte er zu dem Richter.
Ja, die ostpreußischen Feuersbrünste hatten es in sich: Zwischen den Kriegen wurde das Brennen zur ansteckenden Krankheit, so daß Regierungspräsident und Brandkasse an die Pfarrer schrieben und darum baten, gegen das Brennen zu predigen. Habakuk erfand einen neuen Vers für die Bergpredigt, Matthäus 5, Vers 49: Wer Feuer legt, wird darin umkommen.
Bekannt ist auch, wie der Grogonz mit einem Versicherungsvertreter verhandelte, der ihm eine Hagelversicherung verkaufen wollte, weil eine Versicherung gegen Feuer allein nicht

ausreichte, es müsse auch etwas gegen den Hagel getan werden. Bevor Grogonz unterschrieb, erbat er sich Aufklärung. Wie Feuer geht, weiß ich, aber wie macht man Hagel?
Die schlimmste Geschichte trug sich zu in der Stadt Rastenburg, die eine gewisse Berühmtheit erlangte durch einen Dichter namens Holz, den es nach Berlin verschlug, einen Führer namens Hitler, der in der Nähe der Stadt seine Wolfsschanze herrichten ließ, und einen Mörder und Brandstifter namens Safran.
Was den ersten betrifft, so weiß ich nichts von ihm, aber seine Bücher werden wohl in der Bibliothek des alten Herrn gestanden haben. Über den zweiten brauchen wir kein Wort zu verlieren, was der angerichtet hat, weiß die ganze Welt. Vom dritten schrieben damals alle Zeitungen.
Dieser Safran heiratete eine junge Frau, mit der er ein schönes Leben zu führen gedachte, doch fehlte es ihm am nötigen Kleingeld. Da kam ihm der Gedanke, sein kostbares Leben mit einer hohen Summe zu versichern. Er lockte einen fremden Pracher mit dem Versprechen auf einen Teller Suppe in sein Haus. Kaum hatte der Bettler die Suppe ausgelöffelt, schlug ihn der Safran tot, zog ihn aus, steckte ihn in die eigenen Kleider, schleppte ihn in die Wohnstube, zündete mitten in der Nacht sein Haus an und fuhr, während der tote Pracher brannte, mit dem letzten Zug ins Reich. Als Safrans junge Frau am nächsten Morgen aus Königsberg, wo sie zu tun gehabt hatte, eintraf, fand sie nur rauchende Trümmer und ihren Gatten verkohlt an der Stelle liegen, wo einst die gute Stube gewesen war. Weinend lief die hübsche Frau, die so früh Witwe geworden war, durch die Stadt und klagte um den verstorbenen Safran. Sie richtete eine stattliche Beerdigung aus, wartete anstandshalber noch ein paar Wochen, bevor sie wegen des Feuers an die Brandkasse schrieb, außerdem an jene Versicherung, die das Leben des Gatten gegen eine hohe Summe in Obhut genommen hatte. Die Versicherungen, die schon damals lieber Geld einnahmen als auszahlten, schickten einen Inspektor nach Rastenburg, der den toten Pracher ausgraben

ließ. Es fand sich nichts Bemerkenswertes an ihm, nur eben diese Kleinigkeit: Der Leiche fehlten die Zähne. Die Rastenburger aber erinnerten sich, daß der Safran zu Lebzeiten ein Gebiß besessen hatte wie ein ausgewachsenes Pferd. Zum Schein schickte die Versicherung der Frau einen Vorschuß auf die hohe Summe. Darüber war sie so erfreut, daß sie eine Reise zu unternehmen gedachte. Hübsch gekleidet und gar nicht mehr in Trauer fuhr sie erster Klasse ins Reich, stieg ab im Hotel einer sächsischen Stadt, traf dort, wie es der Zufall will, den toten Safran, feierte mit ihm und den übrigen Hotelgästen, die das Paar erst hochleben und dann einsperren ließen.
Die Geschichte vom Safran, seiner hübschen Frau und dem toten Pracher bewegte ganz Deutschland. In den Königsberger Etablissements sangen sie Couplets, deren Verse sich auf Safran reimten. Es hieß, die UFA werde einen Film über ihn und sein Liebchen drehen. Sicher hat er übertrieben, der Safran, indem er zugleich brannte und mordete. Aber berühmt ist er geworden. Sein Name wird noch in den Büchern stehen, wenn keiner mehr an den Grogonz denkt, der nur dem Blitz ein wenig nachzuhelfen wußte und keine Ahnung hatte, wie man Hagel macht. So ungerecht ist die Welt. Den Schlächtern und Mördern, wie dem Safran und jenem anderen aus der Nähe Rastenburgs, gibt es ein ewiges Gedächtnis, über die spricht sie noch in Jahrhunderten und schreibt ihnen dicke Bücher, aber die rechtschaffenen Menschen geraten in Vergessenheit.
Nach '33 ließ das Brennen nach, weil die Braunen die Todesstrafe ausgeschrieben hatten. Die wollten allein Feuer legen. Lieber Himmel, was ging nicht alles in Flammen auf! Auch die Rote Armee liebte das Feuer. Sie wird wohl zum letztenmal, aber endgültig und ohne die Brandkasse zu fragen, das Gehöft des Grogonz eingeäschert haben.
Grunowen lag vor uns wie ein aufgeschlagenes Buch. Die Insthäuser des Gutes unversehrt, aber ohne Leben, unsichtbar das Schloß, im Grün des Parks ertrunken.
Wen sollten wir besuchen?

Früher wäre man zum Dittchenmann in den Krug gegangen. Sein Anwesen stand noch, war aber verlassen wie alles in diesem Dorf. Malotka fand einen schwarzen Pfahl, der halb abgebrochen aus hohem Buschwerk ragte, eine Erinnerung an die Zivilisation, die vor einem halben Jahrhundert Grunowen erreichte. Keine Drähte hingen vom Mast, keine Porzellanglocken hatten den Niedergang überlebt, ein gewöhnlicher Pfahl, der von unten rottete, Grunowen war längst aus den Telefonverzeichnissen gestrichen.
Da haben meine Kinder die Ohren angelegt und mit Berlin und Königsberg telefoniert.
Wann bekam Grunowen Telefon?
Es muß '31 oder '32 gewesen sein, du warst schon geboren, denn du hast als erster Mensch von Grunowen aus telefoniert. Das Fräulein vom Amt verband dich mit dem Weihnachtsmann. Du bestelltest fürs nächste Weihnachtsfest einen Flieger, der im Saal unter der Decke kreisen sollte, vor den Augen des Großen Kurfürsten. Ja, du warst der erste, der telefonierte, und dein Vater der letzte. Am 26. Januar '45 um die Mittagszeit rief er in Sensburg an, danach gab es keinen Anschluß mehr.
Am 26. Januar mittags hat er also noch gelebt.
Natürlich hat er gelebt, den ganzen 26. Januar hat er gelebt, auch noch am Abend. Aber das ist eine lange Geschichte. Um die zu erzählen, braucht es eine Nacht und eine Flasche dazu.
Er drehte sich plötzlich um und zeigte über den See. Eine schlanke Rauchsäule stieg hinter dem Schilf auf, weißer Rauch, dem kein Wind etwas anhaben konnte.
Beim Jablonski brennt es. Wo Rauch ist, ist auch Leben! Er zeigt an, daß das Mittagessen bald fertig ist. Die Stube ist warm, das Holz knistert im Ofen, Mutter steht am Herd und rührt Suppe. Das alles fällt einem ein, wenn Rauch aus dem Schornstein steigt.
Mir fiel der Krieg ein. Die leeren Dörfer in Südrußland, ein brennendes Dorf in Jugoslawien, nein, wo Rauch war, ging das Leben unter. Jahrzehnte waren die Bilder wie ausgelöscht,

gingen mich nichts an, hier tauchten sie wieder auf, nur weil aus dem Schornstein eines masurischen Anwesens Rauch kräuselte.

Wer immer dort feuerte, Malotka wollte zu ihm, und das sofort. Er schlug den Feldweg ein, der seit 40 Jahren kein Weg mehr war, sondern eine gewöhnliche Wiese. Er ging mit erkennbarer Erregung, erwartete einen zu treffen, den er kannte. War Eduard Jablonski, eben jener, der um seine Anna angehalten hatte, ins Masurische zurückgekehrt, auf den Hof des Bruders? Was ist aus deiner Frau geworden, die eine hübsche Schwarzhaarige war? wird er fragen. Und Malotka muß antworten, daß es besser gewesen wäre, Eduard Jablonski hätte sie nach Westfalen mitgenommen, da hätte sie noch leben können.

Ein Schwanenpaar, gefolgt von vier grauen Jungen, stieß vom Ufer ab und suchte das offene Wasser. Na, wenigstens die sind geblieben.

Wie lange leben Schwäne?

Diese lebten seit Kaisers Zeiten, flogen im Herbst südwärts und kehrten in den ersten Apriltagen, wenn das Eis sich verflüchtigte, wieder heim, um den Grunower See in Besitz zu nehmen.

Die Rauchsäule ging in die Breite. Wir sahen das Haus, das einzige Haus hinter dem See. Im Vorgarten graste eine Ziege, braune Hühner spazierten um einen windschiefen Holzstall, der Hofplatz glich einer Kamillenwiese. Der Staketenzaun neigte sich nach Westen, was masurischen Zäunen oft geschieht von den Schneestürmen, die von Osten wehen und Schanzen gegen das Holz werfen. Kein Stück Vieh sonst auf dem Grundstück, auch Pferde fehlten. Wer immer hier lebte, ihm genügten braune Hühner und die Ziege. Kein Hund schlug an. Die Fenster des Wohnhauses waren zur Nordseite hin mit Brettern vernagelt, nach Süden gab es teils Glas, teils frische Luft.

Weiß Gott, einladend sah es beim Jablonski nicht aus. Ein verwilderter Garten empfing uns, auf dem Hofplatz lagerte faulendes Holz, kreuz und quer geworfene Bretter und Dachlatten. Was aber vor allem fehlte, waren die Nachbarn. Die Gehöfte von Tuchel und Grogonz gab es nicht mehr, sie waren in der masurischen Wildnis versunken, wie ganz Grunowen versinken wird. Noch in diesem Jahrhundert wird es in die masurische Vorzeit zurückkehren und die hinterlassenen Spuren mit sich nehmen.

Wir standen ratlos vor dem Zaun, blickten zurück nach Grunowen, das, aus der Ferne betrachtet, sich seine Verlassenheit nicht anmerken ließ und einem gewöhnlichen masurischen Dorf am Sonntagmorgen glich, wenn alle schliefen.

Der fischt, brach Malotka das Schweigen und zeigte auf den Kescher an der Hauswand. Auch räuchert er. Noch immer verließ weißer Rauch den Schornstein, hängte sich in die Äste eines Kruschkenbaumes, bevor er aufs Wasser hinaustrieb. Die Ziege nahm ein paarmal Anlauf, erreichte uns aber nicht. Danach lief sie, was keineswegs Ziegenart ist, im Kreis umher wie die Pferde am Roßwerk.

He! Ho! schrie Malotka zum Haus hinüber.

Da wurde die Tür aufgerissen, ein Mann erschien, eine hagere, finstere Gestalt, bärtig bis zu den Augenwülsten, nur mit Hemd und Hose bekleidet und barfuß. Er starrte die Besucher an, riß sich die seitwärts hängenden Hosenträger über die Schulter, griff nach dem Kescher, rannte, den Kescher wie eine Lanze voraustragend, durch den Garten, sprang über den geneigten Staketenzaun, lief dem See zu. Mein Gott, er wird sich ins Wasser stürzen!

Wir wollen dir nichts tun! rief Malotka hinterher.

Schon platschte es im Schilf. Ein Kahn, den wir vorher nicht gesehen hatten, brach aus dem Dickicht. Der Kerl sprang hinein, warf das Holz aus, mit wenigen Schlägen erreichte er offenes Wasser.

Warum hat er solche Angst? wunderte sich Malotka.

Die Hühner trippelten über die Schwelle, die Ziege rannte mit gesenktem Kopf gegen den Strick.

Wir wollen bloß nach dem Weg fragen! schrie Malotka ihm

nach, aber er ruderte auf die Insel zu, eine Insel aus dunklem Erlengrün.
Da hat er wohl sein Sommerhaus, sagte Malotka.
Als er weit genug draußen und weder für Rufe noch Steinwürfe erreichbar war, zog er das Holz ein und ließ den Kahn treiben. Eine Angel warf er aus und saß wie ausgestopft in seinem Kahn.
Der mag uns nicht, stellte Malotka fest. Er tippte an seine Schläfe und gab zu verstehen, daß der Kerl wohl nicht richtig im Kopf sei. Wir haben kein Glück in der alten Heimat. Erst treffen wir keinen, endlich finden wir einen, aber es ist ein Verrückter.
Der Mann zog einen Fisch aus dem Wasser, nahm ihn vom Haken, schlug gegen das Holz, daß es klatschte. Danach warf er die Angel wieder aus und versank in Ruhe.
Kennst du ihn? fragte ich.
Malotka schüttelte den Kopf. Ich müßte ihn aus der Nähe sehen.
Aufgeschreckt von unserem Rufen erhob sich einer der Schwäne und kreiste um den See. Es klang wie das Wu-Wu-Wu von damals, wie das Summen in den Telefondrähten, wenn die Ferngespräche nach Berlin und Königsberg liefen.
Mit wem hat mein Vater am 26. Januar telefoniert?
Mit der Kreisleitung in Sensburg. Er wollte wissen, wie weit die Russen sind.
Und wie weit waren sie?
In Rudczanny waren sie, auch in Nikolaiken und Lötzen. Aber das sagte ihm nicht der Kreisleiter, sondern ein Blitzmädchen, das in Sensburg noch Dienst verrichtete. Der Herr Kreisleiter hatte sich auf Reisen begeben.
Wir wußten nichts Besseres zu tun, als uns vor dem verkommenen Haus des stummen Fischers auf einen Baumstamm zu setzen, der außerhalb der Reichweite der Ziege lag. Vor uns das Dorf in seiner ganzen Schönheit, der Fischer in seinem Kahn vor der Erleninsel. Fremd nur das Auto auf dem Pflaster.

Als wir schweigend so dasaßen, unentschlossen, ob wir eintreten oder umkehren sollten oder warten auf den stummen Fischer, kamen die Krähen. Lautlos hingen sie über uns, als wollten sie sich sammeln. Langsam trieben sie westwärts, verharrten über dem See. Wenn sie nun in die Tiefe stürzten, über den stummen Fischer herfielen! Sie fielen tatsächlich, aber nicht auf den Fischer. Der Pulk schoß seitwärts in die Kronen der Parkbäume zu den im Laub versteckten Nestern.
Noch immer rätselte Malotka, wer der stumme Fischer sein könnte. Den Bauern Jablonski hatten die Russen totgeschossen, einen Sohn besaß er nicht, nur die Tuta war ihm geboren, die jetzt in der DDR lebte und beileibe nicht stumm war, sondern reden konnte wie ein Sturzbach. Eduard Jablonski aus Westfalen wäre in Malotkas Alter, aber dieser, der jetzt so friedlich im Kahn saß, war jung genug, um mit seiner Ziege um die Wette zu laufen. Es wird ein polnischer Mensch sein, den sie in Grunowen vergessen haben, als sie fortzogen zur Landwirtschaftlichen Zentrale. Der Tuchel konnte es auch nicht sein, der starb mitten im zweiten Krieg, auf natürliche Weise, an der Auszehrung, jener alten masurischen Krankheit. An einem Sonntagnachmittag legte er sich hin. Montag kam die Frau ins Gutshaus und bat, den Doktor anzurufen. Sie brachte einen Wollstrumpf voller Kleingeld mit, um das Telefon zu bezahlen. Zwar stand sich der alte Herr nicht gut mit den masurischen Bauern, die es mit der Jagd nicht so genau nahmen und gelegentlich ihr Vieh auf die Gutswiesen trieben, aber telefonieren ließ er jeden, ohne zu bezahlen, wenn es um den Doktor oder die Hebamme ging. Der Doktor kam mit Pferd und Wagen. Als er vorfuhr, ging es dem Tuchel ein bißchen besser, wie es oft vorkommt, daß es bessergeht, bevor es schlechter wird; unsere Petroleumlampen leuchten immer hell auf, bevor sie endgültig verlöschen. Als der Doktor das Haus betrat, saß der Tuchel im Bett und hatte Appetit auf Fischsuppe. Ich denke, so empfing er den Doktor, Sie helfen mir jetzt in den Mantel, damit wir im Kuhstall das Vieh besehen können. Der Doktor holte den Mantel vom Flur, als er kam

und ihm in das Kleidungsstück helfen wollte, war der Tuchel im Bett umgefallen und lebte nicht mehr. Der Doktor schrieb einen Totenschein aus, verlangte von der Witwe zehn Mark in bar, was der aber unverschämt vorkam, weil er doch nur den Mantel geholt und weiter nichts getan hatte. Sie weigerte sich, den Wollstrumpf mit dem Kleingeld zu holen, so daß der Doktor, der sich im Beisein des Toten nicht um Geld streiten wollte, ohne Bezahlung abfuhr, aber seine Rechnung mit dem Briefträger schickte. Sie blieb offen bis zum heutigen Tag, denn als die Zeit kam, zu mahnen und den Gerichtsvollzieher zu schicken, beglich der Krieg alle Rechnungen.

Die Totenfeier hielten sie, wie es masurischer Brauch ist, im Haus des Verstorbenen. Zur Schimmerstunde versammelten sich die Leidtragenden, um den Toten zu ehren, die Schönheit der Leiche zu besingen und zu erzählen, was der Tuchel zu Lebzeiten Gutes getan hatte. Im Dorf hörten sie das Jammern und Klagen von jenseits des Sees, das bis Mitternacht anhielt, bis die Kerzen ausgebrannt waren. Masurische Totenfeiern dürfen sich nicht zu sehr in die Länge ziehen, weil sie sonst in Ausgelassenheit umschlagen, was der Schnaps bewirkt, der zum guten Essen und zu den allgemeinen Klagen gereicht wird.

Wenn Begräbnisse oder Kindtaufen das Gut betrafen, wenn die Eltern wegen schlechter Witterung mit dem Wurm nicht zur Kirche kommen konnten, wenn es sterben wollte, vorher aber Christ werden sollte, fuhr Felix Malotka ins Kirchdorf, um den Pfarrer zu holen. Aber der Tuchel gehörte nicht zum Gut, also mußten seine masurischen Nachbarn anspannen. Habakuk segnete den Toten aus. Danach trugen sie ihn auf seinem Anwesen spazieren, zeigten ihm den Garten und die Scheune, geleiteten ihn durch den Kuhstall, schoben den Sarg endlich auf den Leichenwagen und ließen die Witwe das Gefäß mit dem Leichenwaschwasser gegen das Wagenrad werfen. Die Frau verließ als letzte das Haus, begleitet von ihrem kleinen Sohn, der dem Tuchel drei Jahre vor seinem Tod geboren wurde und von alldem nichts verstand. Sie legte Tuchels

Axt auf die Schwelle, band den Hund von der Kette, öffnete die Stalltüren, damit die Tiere frei auf den Hof treten konnten. Der Trauerzug führte über Tuchels Wiesen und Äcker dem Dorf zu und dann weiter den Sandweg entlang ins Kirchdorf, immer begleitet von lautem Gesang, denn es war masurischer Brauch, daß auf dem Weg vom Trauerhaus zum Friedhof die Lieder nicht verstummen durften. Die Masuren wußten von jedem Lied fünfzehn Strophen, sie zogen den Gesang durch melodische Schleifen, die der Komponist nicht vorgesehen hatte, gehörig in die Länge, einige Frauen sangen über die Maßen schrill, so daß die Tiere scheuten. Vor dem Kirchdorf wartete der Lehrer, der zugleich Organist und Hilfspfarrer war, mit zwei sangesfesten Schulkindern. Nun führten sie den Gesang an, gaben den Sterbeliedern richtige Höhen und Tiefen. Während die Männer reihum Erde schaufelten, sangen die Frauen jenes hoffnungsvolle Lied, das jede masurische Beerdigung begleitete:

Wenn du die Toten wirst
an jenem Tag erwecken,
so tu auch deine Hand
zu meinem Grab ausstrecken.

Zum Ende errichteten sie ein Holzkreuz und schrieben dem Tuchel diesen Spruch aufs Grab:

Das Höchste, was ein Mensch
auf Erden sich erwirbt,
das ist ein Grab,
betaut mit Liebestränen.

Der stumme Fischer zerbrach den Spiegel des Sees.
Er hat gedreht! schrie Malotka. Er wird genug gefangen haben und nach Hause kommen.
Aber er kam nicht, er versank wieder in Unbeweglichkeit, die Wellen liefen aus, der Spiegel schloß sich.

Malotka nahm wieder auf dem Baumstamm Platz und erzählte, wie Habakuk deutsch und masurisch predigte. Sonntags um zehn Uhr ermahnte er seine Gemeinde in deutscher Sprache, um elf erging er sich in Masurisch. Auch im Gottesdienst hatten die Masuren ihre bestimmten Bräuche. Sie umarmten sich, wenn sie zum Abendmahl vor den Altar traten, und verziehen einander, was sie Schlechtes getan, gesagt und gedacht hatten. Auch verneigten sie sich zum Altar hin, wenn der Name Christi fiel. Als Habakuk einmal ärgerlich war, erwähnte er den Herrn Jesus in jedem zweiten Satz, so daß die Masuren fortwährend aufspringen und sich verneigen mußten, bis ihnen ganz dammlich im Kopf wurde.

Zum Sterben hatten sie ein bestimmtes Zutrauen. Schon zu Lebzeiten schafften sie sich Särge an, schrieben mit Kreide die Namen und Heimatorte der späteren Toten aufs Holz und lagerten sie auf dem Bodenraum ihrer Kirche. Einmal kam eine Frau mit dem Handwagen zur Kirche, um einen Sarg abzuholen. Ach Gott, ist einer gestorben? Nein, nein, unsere Ernte ist so gut ausgefallen, daß wir keine Behältnisse mehr haben. Deshalb brauchen wir Vaters Sarg für das Saatgetreide.

Wie lange wollen wir noch warten?

Drei Steinwürfe entfernt saß der stumme Fischer wie ein Denkmal seiner selbst, wie ein Fischreiher, der auf seine Beute lauert.

Er wird ein Fremder sein, sonst hätte er sich zu erkennen gegeben, stellte Malotka fest.

Ob der Eduard Jablonski jemals wieder seine masurische Heimat besucht hat? Wer weiß, vielleicht lebt er noch in Westfalen, nicht unter der Erde, sondern als Rentner auf der Bank im Park. Vielleicht ist er gefahren wie die vielen Alten, die jetzt fahren, um Masuren noch einmal zu sehen. Die Grunower, die sich nach dem Krieg regelmäßig trafen, hatten den Eduard nicht auf ihrer Liste, weil er früh ausgewandert, auch politisch geworden war und eigentlich nicht mehr zu ihnen gehörte. Im Jahre '32 sahen sie ihn zum letztenmal, wenige Monate, bevor der Hitler die Macht nahm. Damals spürte je-

der, daß der Jablonski politisch geworden war, nicht braun wie Kämmerer Kallies, sondern rot. Es hieß zwar, er besuche nur seinen Bruder, aber in Wahrheit kam er, um zu agitieren. Im Gesindehaus redete er mit den Knechten, im Kuhstall mit den Melkern. Jetzt geht es ums Ganze, sagte er. Wenn die Braunen die meisten Stimmen bekommen und die Kommunisten die zweitmeisten, ist Deutschland verloren. Ja, der Eduard wußte Bescheid, der hatte viel gelernt in Westfalens Bergwerken. Ihr Arbeiter auf den ostelbischen Gütern lebt noch im vorigen Jahrhundert! rief er. Ihr habt Angst, sozialdemokratisch zu wählen, weil euer Gutsherr in jeder Stimme für uns eine persönliche Beleidigung sieht. Stolz berichtete er, wie zu Kaisers Zeiten Unruhen unter den ostpreußischen Landarbeitern ausgebrochen waren. Sie rotteten sich auf den Gütern zusammen, legten Forken und Spaten nieder und zogen mit roten Fahnen über Land, verprügelten hier einen Amtsvorsteher, dort einen Gendarm, zerstörten das neuerbaute Gefängnis der Stadt Quednau, denn Gefängnisse galten ihnen wie auch dem Eduard als Mittel zur Unterdrückung der Arbeiterklasse. Kürassiere aus Königsberg rückten aus, trieben vierhundert Landarbeiter auf einem Kornfeld zusammen, nahmen an die hundert Rädelsführer in Gewahrsam und führten sie zur Verhandlung über den Paragraphen Landfriedensbruch dem Gericht vor. Einige kamen ins Zuchthaus, wurden Märtyrer der sozialdemokratischen Bewegung und waren dem Eduard noch 1932 Anlaß, stolz zu sein. Das ferne, rückständige Ostpreußen wußte einen Arbeiteraufstand in seiner Geschichte, sogar mit preußischen Kürassieren.
Eine Woche lang agitierte er in Grunowen und Umgebung. In jener Zeit erschien auf den Wahlplakaten der Braunen ein handschriftlicher Zusatz: Jesaja 41, Vers 24.
Eduard Jablonski bestellte aus Allenstein eine sozialdemokratische Radfahrerkolonne. Auf der Chaussee hielten sie an und verteilten Flugblätter an die Arbeiter auf den Rübenäckern.
Für wen erntet ihr Rüben? fragten die Radler.
Für unseren Gutsherrn.

Wählt uns, dann könnt ihr die Rüben für euch selbst ernten!
Es ist vorgekommen, daß Arbeiter mit ihren Forken die Chaussee absperrten und die Radler zur Rede stellten. Wißt ihr nichts Besseres zu tun, als durch die Gegend zu fahren und andere Leute von der Arbeit abzuhalten? schimpften sie und verlangten, die Flugblattverteiler sollten ihnen auf dem Rübenacker helfen. Das sei die wahre Solidarität mit den Arbeitern. Aber die Radfahrer mußten noch nach Sensburg, wo ihr Anführer auf dem Marktplatz erwartet wurde. Auch in Lötzen hatten sie eine Versammlung einberufen, und morgen werden sie vor Arbeitern der Rastenburger Zuckerfabrik sprechen. Wer Millionen Stimmen braucht, um die Welt zu verändern, kann sich nicht einen Tag lang an masurische Rübenfelder verschwenden.
In Grunowen erwarteten sie eine ausgewachsene Schlägerei zwischen Kämmerer Kallies und Eduard Jablonski, aber die beiden gingen sich aus dem Wege. Als die Fahrradkolonne sich Grunowen näherte, sattelte Kallies sein Pferd und ritt mit drei jungen Burschen, die ihm ergeben waren, den Radfahrern entgegen. Mit Peitschen trieben sie die Radfahrer über die Grenze, so daß die Grunower Erde frei wurde von sozialdemokratischen Umtrieben. Diese Heldentat meldete Kallies höheren Orts und bekam vom ostpreußischen SA-Führer für mutiges Eintreten gegen die Novemberverbrecher einen Orden umgehängt.
Schließlich beschwerte sich Kallies, weil der Jablonski in der Arbeitszeit agitierte und die Leute von der Arbeit abhielt. Darauf ließ der alte Herr den Jablonski rufen. Über eine Stunde saßen sie in der Bibliothek und tranken klaren Schnaps. Am Tage darauf reiste der Eduard zurück ins Reich.
Später erzählte der alte Herr, was er ihm gesagt hatte: Wenn ich dich agitieren lasse, muß ich die Braunen und Ganz-Roten auch agitieren lassen. Am Ende kommt vor lauter Agitieren kein Mensch mehr zur Arbeit, und das in der Rübenernte.
Auf der Rückfahrt ins Reich soll Eduard Jablonski eine Denkschrift an seine Partei verfaßt haben, in der er forderte,

Reichstagswahlen so zu legen, daß sie die Arbeit auf dem platten Land nicht behinderten. Roggen-, Rüben- und Kartoffelernte seien von demokratischen Ereignissen freizuhalten, möglichst auch die Frühjahrsbestellung und der Heumonat. Viel geholfen hat das Agitieren nicht. Der Jablonski bekam vier Stimmen in jener letzten Wahl, in der es ums Ganze ging. Dem Kallies erging es nicht viel besser, seine Braunen zählten zwölf Stimmen, und die Ganz-Roten haben niemals eine einzige Stimme in Grunowen erhalten.
Das mag verstehen, wer will, wunderte ich mich. Der Gutsherr rief, und der Jablonski kam. Er trank mit dem Klassenfeind klaren Schnaps und ließ sich zurückschicken ins Westfälische. Da gab es den Gutsherrn, der in der Kutsche spazierenfuhr, dem ein Schloß gehörte mit allen Ländereien. Die Häuser, in denen die Arbeiter lebten, gehörten ihm, ihre Gärten waren Gutsland. Sie besaßen nur ihre persönliche Kleidung, Tisch, Bett und Stühle, Karnickel, Hühner, ein paar Gänse und viele, viele Kinder. Trotzdem wählten die Landarbeiter nicht die Partei, die ihnen versprach, die Güter zu enteignen, um den Arbeitern Land zu geben.
Malotka fand das kein bißchen sonderbar. In den Dörfern lebten die Menschen wie die Blumen in einem großen Garten. Die Gänseblume leidet nicht, weil sie neben der Rose blüht, die Birke ist nicht neidisch, weil die Eiche stärker wächst und länger lebt. Erst wenn du die Menschen entwurzelst, wenn du sie unter die Erde gibst nach Westfalen oder zu Tausenden in die Fabriken schickst, wo sie für einen Herrn arbeiten, den keiner kennt, dann beginnen sie zu leiden.
Als Student habe ich das anders gelernt, Malotka. Die Landarbeiter im Osten, unaufgeklärt, abhängig vom jeweiligen Gutsherrn, nicht bewußt genug, um unter den krassen sozialen Gegensätzen zu leiden, auch nicht fähig zum Protest, nicht einmal zur Stimmabgabe für die eigenen Interessen. Und du erzählst mir von einem Garten, in dem jede Blume ihren Platz hat und keine der anderen den Rang neidet. Vielleicht weißt du die klügere Art zu leben.

Als der Hitler an die Macht kam, erzählte Malotka weiter, hat er den Eduard für ein halbes Jahr verwahrt, nachdem sie herausgefunden hatten, was es mit Jesaja 41, Vers 24 auf sich hat:

Siehe, ihr seid aus nichts,
und euer Tun ist aus nichts,
und euch wählen ist ein Greuel.

Sei froh, daß du ihn nicht genommen hast, sagte ich zu Anna. Du hättest deinen Mann im westfälischen Gefängnis besuchen können, und deinen Kindern hätten sie es auf der Straße nachgerufen. Vielleicht ist der Eduard später ein hohes Tier geworden, denn nach dem Krieg brauchten sie Leute, die von sich sagen konnten, Jesaja 41, Vers 24 auf Hakenkreuzplakate geschrieben zu haben.

Er mag uns nicht, er kommt erst wieder, wenn wir weg sind, sagte Malotka und zeigte zum See hinaus.

Wir gingen zurück ins Dorf, nahe am Wasser, gingen den Weg der Frau Hassenberg aus glücklicheren Tagen, an Seerosen vorbei, die sie gern pflückte, am Sumpfdotter, der wie ein gelber Teppich ausgebreitet lag. Es raschelte im Schilf, es roch nach fauligem Wasser.

Im Sommer hätten wir uns gut verstecken können, meinte Malotka. Mit dem Kahn ins Schilf fahren, Verpflegung mitnehmen und Fische fangen, das hält der Mensch ein paar Wochen aus. Aber wie du weißt, passierte es im Winter.

Er rammte die Krücke in die sumpfige Erde.

Von hier aus schoß er Wildenten. Zwei Schrotflinten umgehängt, Kora lief voraus. Wenn die Enten einflogen, saß sie bei Fuß und wartete darauf zu apportieren.

Wie hieß der Jagdhund vor Kora?

Senta, und vor der Senta gab es die Ammi, aber die hast du noch nicht erlebt. Der alte Herr hielt sich Hündinnen, die taugten besser für die Jagd als Rüden.

Ich erinnerte mich, daß Vater ein altersschwaches Tier an ei-

nem Vormittag erschoß. Mit einer Pistole, die der Rittmeister Tolksdorf aus dem Ersten Weltkrieg mitgebracht hatte. Die Beerdigung fand statt, während ich in der Schule war. Mir blieb nur, einen Blumenstrauß zu pflücken und auf das Hundegrab zu legen, ich glaube, es war Rotklee.
Ja, die Jagdhunde des alten Herrn wurden auf dem Friedhof im Park begraben, sie bekamen Steine gesetzt wie die Menschen. Liegt Kora auch im Park?
Malotka nickte abwesend.
Du bist doch auch mit ihm auf Entenjagd gewesen, fuhr er nach einer Pause fort. Im letzten Sommer gingt ihr gemeinsam zum See, aber zurückgekommen ist jeder für sich allein.
Ja, dieser Abend im August, das rote Licht wollte den Himmel überziehen, spiegelte sich in den Fenstern des Schlosses, malte das Schilfrohr an. Vor dem glühenden Rot die schwarzen Vögel, die paarweise oder in Pulks einflogen. Mündungsfeuer. Vater schoß zuerst. Das Platschen im Wasser, als die getroffenen Vögel abstürzten. Kora hetzte mit mächtigen Sprüngen in den See. Warum sind wir nicht gemeinsam heimgekehrt?
Jetzt bewegt er sich! schrie Malotka. Der stumme Fischer hatte das Ruder ins Wasser geworfen und zog mit ein paar kräftigen Stößen aus dem Schatten der Erleninsel auf den offenen See. Haubentaucher und Bleßhühner brachen aus dem Schilf, Poggen flüchteten mit Kopfsprüngen ins seichte Uferwasser.
Malotka winkte ihm zu, aber er sah uns nicht.
Wir wanderten durch das Dorf, und ich traf sie alle wieder, die in Winnermühlen an Malotkas Geburtstagstafel gesessen hatten. Damals gingen wir um den Tisch, Malotka stellte mir die Gäste vor, nun spazierten wir die Straße entlang, und er erklärte mir ihre Häuser, Gärten und Bäume. Hier hauste der Besenbinder und Korbflechter Kämmerling. Seine Schaluppe stand so nahe am Wasser, daß bei Entenjagden ein Schrotregen auf sein Dach niederging. Bevor der alte Herr zur Jagd ging, schickte er immer einen Jungen zum Kämmerling und ließ

ausrichten, er möge in seiner Hütte bleiben. Flechtend und bindend saß er in der Küche, hörte die Schrotkörner gegen das Fenster prasseln und hoffte, ein angeschossener Erpel werde in seinem Garten niedergehen und von dort den Weg in die Bratpfanne finden. Menschen wie der Kämmerling hatten das Jahr über mit Weidenruten und Birkenreisig zu tun. Grunowen brauchte dringend Besen. Jeden Sonnabend fegten die Knechte den Hof, die Mägde vermochten ohne Besen nicht zu leben, ebenso die Melker im Kuhstall. Am dringendsten brauchte Zigan Kämmerlings Besen. Der fegte Tag für Tag das Korn auf dem Speicher, verjagte Ratten und Mäuse, warf den Besen auch nach streunenden Katzen, die sich eingeschlichen hatten, um im Getreide ihren Dreck abzuladen. Ja, Kämmerling versorgte ein ganzes Dorf mit Besen, nur jene, auf denen die Kaschubsche nach Mitternacht reitend in die Lüfte sauste, vermochte er nicht zu binden, die bedurften höherer Eingebung.

Der Kämmerling besaß eine Tochter mit Namen Roswitha, die hübsch aussah, aber ein bißchen dammlich war. Von der hieß es, die Zigeuner hätten sie als Kind vertauscht. Schon in der Schule fehlte es ihr am Gedächtnis, und als sie größer wurde, sagten die Leute: Die Roswitha hat nicht mal Verstand, ihre Hühner zu fühlen. Aber hübsch war sie. Deshalb fand sich ein feiner Herr aus Allenstein, dem die Dammlichkeit nicht sonderlich auffiel, weil sie verpackt war in angenehme Schönheit. Ja, Herr, es gibt Männer, die mögen es hübsch, aber dammlich. Frauen wie die Roswitha sind ihnen lieber als die Überstudierten und Neunmalklugen, die jeden Mittag Migräne kriegen, vor einer Maus in Ohnmacht fallen und Brunnenwasser anbrennen lassen. Sie feierten Hochzeit in Allenstein, weil der Mantheysche Krug zu klein war für das große Fest. In der Nacht, es ging auf zwölf zu, nahm die Mutter die Roswitha beiseite, denn es war die Zeit gekommen, das Kind über die geschlechtlichen Dinge aufzuklären.

Roswitha, sagte sie, wenn in dieser Nacht etwas passiert, was sonst nicht vorkommt, denk dir nichts dabei, das muß so sein.

Am nächsten Morgen fragte die Mutter, wie es denn gewesen sei.
Ach, Mammchen, sagte das dammliche Kind, nun wunder' ich mich über gar nuscht mehr.
Wir könnten beim Müller Sarkowski einkehren, jenem stillen Menschen, der immer die Uhr aufzog, wenn er zur Frau gehen wollte. Aber dem ist auch das Mehl ausgegangen. Seine Mühle stand noch am 26. Januar, die Flügel angekettet, die Luken geschlossen. Wo der Wind sie hingetragen, das weiß kein Mensch zu sagen. Na, der stumme Fischer wird es wissen, aber der schweigt sich aus.
Im Garten des Stellmachers Stumbröse wuchsen Klaräpfel. Die Pumpe vor dem Haus des Gespannführers Rauschning gab sogar Wasser.
Hinter jenem Fenster saß die Oma Kösling und hielt Schimmerstunde. Du weißt doch, Schimmerstunde fing an, wenn das Tageslicht blasser wurde und für die Arbeit nicht mehr reichte, es aber Verschwendung gewesen wäre, schon die Petroleumlampe anzuzünden. Dann legten sie die Hände in den Schoß, ruhten aus, erzählten ein bißchen, sangen Lieder und warteten auf die Nacht. Die Oma Kösling hat noch Schimmerstunde gehalten, als das elektrische Licht erfunden war. In der Weihnachtszeit ging sie mit der Jugend zum Adventsingen auf die Straße, und als ihr Mann noch lebte, sangen sie zweistimmig aus dem offenen Fenster über den See. Auch auf der Flucht hat sie gesungen. Die Kinder erzählten, wie sie hinten im Wagen saß und sich mit Singen die Zeit vertrieb in Eis und Schnee.
Singen, sagte sie, Singen gibt schöne warme Füße.
Früher wurde viel gesungen, Herr. Nicht nur zu Kindtaufen, Hochzeiten und Beerdigungen, auch während der Feldarbeit sangen sie und abends auf der Bank vor dem Haus, wenn sie auf den Mond warteten. Das Singen hat viel geholfen. Heute lassen sie singen, und es ist weiter nichts als laut.
Der Bergamottenbaum hatte überlebt, aber das Haus fehlte, das er einst beschattete. Darin wohnte einer, den sie Husar

nannten, ein Kerl, für den das Dichterwort geschrieben war: Er hat nicht nur Sorgen, sondern auch Likör. In seiner Jugend ritt er bei Mars la Tour Attacke, dabei kam ihm das linke Ohr abhanden, so daß er sein Leben lang eine Ohrenklappe tragen mußte. Als ich Kind war, räucherte der Husar einen Fuchsbau aus, tötete alle Tiere bis auf einen jungen Fuchs. Er dachte, das Tier, das ja sprichwörtlich schlau sein soll, zu dressieren, sperrte es in eine Hundehütte, kettete es an, gab ihm zu den Mahlzeiten aus der Hand zu fressen und wollte den jungen Fuchs so zähmen, daß er mit ihm durchs Dorf spazieren konnte wie mit einem Schudel. Das wäre auch gelungen, hätte seine Frau nicht eine größere Geflügelwirtschaft betrieben. Hühner, Küken, Gänse und Gössel liefen arglos unter dem Bergamottenbaum spazieren, und der Fuchs sah das Treiben von seiner Hütte aus, konnte aber, je mehr er heranwuchs, seine räuberische Natur nicht unterdrücken. Obwohl angekettet und eigentlich satt, griff er sich hier ein Huhn, dort eine Gans, was zunächst nicht sonderlich auffiel, weil das kluge Tier die Beute in seine Hütte schleppte und dort heimlich verzehrte. Bald häuften sich in der Hundehütte die Knochen und Federn zu Berge, und im Dorf fragten sie den Husar, ob er seinen Fuchs auf Gänsedaunen schlafen lasse. Trotz guter Fütterung ließ der Fuchs das Reißen nicht. Die Frau bestand darauf, ihn abzuschaffen. Der Husar gab ihm die Kugel, zog ihm das Fell über die Ohren und verschaffte der Frau wenigstens diese Genugtuung: Sie bekam einen Pelzkragen.
Drüben das Haus des Maurers Pallapies. Wenn es Fenster hätte, könnten wir darin wohnen. Der Schornstein ohne Risse, die Dachpfannen von keinem Sturm geworfen. Er war ein tüchtiger Maurer, der nicht nur sein eigenes Haus stabil und für die Ewigkeit baute. Doch mit seiner Frau konnte er sich schlecht vertragen, das Eheglück der beiden war im ganzen Dorf zu hören. Als er einmal mit der Bratpfanne nach ihr warf, duckte sich die Frau, die Pfanne traf die Wand und schlug ein Loch von der Größe eines Kinderkopfes. Am Tage darauf fand Pallapies, als er von der Arbeit kam, ein rotes

Herz über das Loch geklebt. Darauf stand: 1. Korinther 13, Vers 8.
Was mag die Frau sich da ausgedacht haben? Es quälte ihn, daß an die Korinther etwas geschrieben sein sollte, was ihn und seine Frau betraf. Darum ging er zur Frau Hesekiel, die die Schrift im Kopf hatte und auch die Auslegung kannte. Die las ihm vor, was Paulus an die Korinther geschrieben hatte: Die Liebe höret nimmer auf!
Wie sollte Pallapies das verstehen? Er bedachte es hin und her, wußte nichts Besseres, als sich die Frau mit einem Besenstiel vorzunehmen wegen Beleidigung der Heiligen Schrift, denn die großen Worte des Apostels durften nicht auf so unbedeutende Verhältnisse wie die Ehe des Pallapies angewendet werden.
Als die Frau erfuhr, daß man sich neuerdings scheiden lassen kann, sofern es dringend ist, reiste sie, ohne es dem Mann zu sagen, mit dem Milchwagen in die Stadt, klopfte bei einem Advokaten an und erklärte, sie wolle geschieden werden.
Was liegt denn vor, liebe Frau?
Ach, eigentlich nuscht, ich will man bloß geschieden werden.
Gibt der Mann nicht genug Geld für die Wirtschaft?
Darüber kann ich nicht klagen, Herr.
Schlägt er zu viel?
Das kommt vor, ist aber auszuhalten.
Wie steht es denn mit der ehelichen Treue?
Über diese Frage mußte die Pallapies ein bißchen nachdenken, bevor sie den Kopf schüttelte. In diesem Punkt herrscht etwas Unordnung, gab sie zu. Unser drittes Kind ist nämlich nicht von ihm.
Von düsteren Kaddikbüschen umgeben die Hütte, in der die Kaschubsche hauste, bis sie sie verwahrten. Unter jenem Dach legte sie Karten, deutete Träume und wartete auf das zweite Gesicht. Wer vorüberging, schlug das Kreuz oder sprach ein Vaterunser, besonders in der Dunkelheit oder wenn ein Gewitter aufzog, die Blitze sich über der Hütte kreuzten und auf dem Staketenzaun das Elmsfeuer brannte. Als Gru-

nowen eine Jungschar bekam, verlor die alte Frau ihre magischen Kräfte. Zehn Jungs umzingelten sie, als sie vom Kräutersammeln aus dem Wald kam. Ist die schwarze Köchin da? sangen sie und legten die Kaschubsche, die mit ihren glubschen Augen wie abwesend stierte, ihre gräßlichen Zähne zeigte und Unverständliches murmelte, in dicke Stricke. So gebunden, brachten sie sie im gleichen Schritt und Tritt ins Dorf, zehn kleine Hänsel, die die böse Hexe gefangen hatten. Abends, als es keiner sah, gingen Mütter und Väter der tapferen Hitlerjungen heimlich zur Kaschubschen, um abzubitten, denn sie hatte das zweite Gesicht und konnte das Unglück herbeisehen. Wenn die in einen Kinderwagen blickte und sagte: Was hat das Kleine für ein schönes Tuntelke!, konntest du sicher sein, daß dem Kind eine Warze auf der Nase wuchs. Bloß das schlimme Ende konnte sie nicht voraussehen, die Kaschubsche war mehr für die kleinen Sorgen, für Kreuzschmerzen und Bettnässen, auch für die fehlende Fruchtbarkeit. Sie riet zu Schafgarbentee, wenn es im Magen drückte, eine Wunde nicht heilen wollte oder die Leber den Dienst versagte.

Verwahrt wurde sie, weil sie ihre Gesichte nicht für sich behalten konnte in den Jahren, als der Krieg anfing, Menschen zu kosten. Eines Morgens lief sie durchs Dorf und erzählte jedem, wie sie den Heinz Stumbröse in feldgrauer Uniform an einem gewaltigen Strom gesehen hatte. Er winkte und winkte, wollte übers Wasser, aber es gab keine Brücken. Zwei Wochen später kam ein Brief, in dem stand, daß der Heinz Stumbröse gefallen war am Don, jenem großen Strom im Süden Rußlands. Als Erich Kurbjuhn, unser zweiter Schweizer, fiel, schrieb der Kompanieführer, der Gefreite Kurbjuhn habe, fürs Vaterland auf Posten stehend, einen Kopfschuß erhalten und sei auf der Stelle tot gewesen. Aber die Kaschubsche sah es anders. Die wußte, daß den Erich Kurbjuhn am frühen Nachmittag eine Kanonenkugel so gründlich getroffen hatte, daß keine Knochen mehr von ihm übrigblieben. Die sah auch, ob Vermißte noch am Leben waren, was den Frauen eine große Hilfe bedeutete. War der Mann tot, konnten sie sich einen anderen suchen, lebte er noch, wollten sie auf ihn warten. Im Jahre '41 sah die Kaschubsche, daß in dreimal fünfzehn Jahren eine schwarze Wolke aus Südosten über das masurische Land ziehen und es mit Feuer und unsichtbaren Strahlen heimsuchen werde. Als die Kaschubsche im Februar das Feuer sah, das im August Königsberg einäschern sollte, wurde dem Kallies diese Weitsicht zu viel. Er ließ sie abholen und verwahren, bevor sie Schlimmeres gewahr wurde.

Während die Kaschubsche eher mit dem Herrn der Finsternis im Bunde stand, hatten wir die Frau Hesekiel fürs Christliche. Sie wohnte neben der Schule und führte dem Lehrer Pachnio, später auch dem jungen Lehrer Sahrkau, die Wirtschaft. Nur an Sonntagen kochte sie nicht, weil sie zweimal in die Kirche mußte. Um zehn Uhr hörte sie den deutschen Gottesdienst, anschließend blieb sie sitzen, um das gleiche in Masurisch zu erleben. Erst am Sonntagnachmittag kehrte sie nach Grunowen zurück. Von ihr hieß es, sie habe in ihrer Jugend der Sekte der Mucker angehört, davon sei sie so klug geworden in den christlichen Dingen. Später habe sie zurückgefunden zur Lehre des Dr. Martin Luther. Sie kannte sich aus in der Schrift, vor allem in der Offenbarung. Kämmerer Kallies fiel sie zum erstenmal unangenehm auf, als sie an einem 20. April aus der Offenbarung des Johannes vorlas:

*Und der Rauch ihrer Qual wird aufsteigen von Ewigkeit zu Ewigkeit, und sie haben keine Ruhe Tag und Nacht, die das Tier haben angebetet und sein Bild.*

Er nahm sie sich vor und fragte, ob sie mit dem Tier etwas Bestimmtes meine.

I wo, antwortete die fromme Frau, das war nur der alte Götze Baal, der vor christlicher Zeit im Zweistromland hauste. Um den Kallies zu beruhigen, sang sie das Adventslied »Auf, auf, ihr Reichsgenossen«, in dem vorkam, was dem Kallies gefiel, das Reich und die Genossen.

Für alles, was geschah, fand die Frau Hesekiel einen Vers. Für das Ende des Krieges ließ sie den Propheten Jeremia sagen:

*Der Menschen Leichname sollen liegen wie Garben hinter dem Schnitter, die niemand sammelt.*

Als der Kallies davon hörte, verwarnte er sie ernsthaft. Sie werde ins Gefängnis kommen oder in ein Arbeitslager oder in die Verrücktenanstalt von Tapiau, wenn sie nicht aufhöre mit ihrem Jeremias und der Offenbarung. Da wurde sie still, las nur für sich und suchte für das, was kam, ihre Verse. Im Januar '45 hörte man noch einmal von ihr, als sie aus Matthäus diesen Satz vorlas:

*Bittet aber, daß eure Flucht nicht geschehe im Winter oder am Sabbat.*

Und im 4. Buch Mose fand sie vorausgesagt, was Russen und Polen mit den Ostpreußen zu tun gedachten:

*Werdet ihr aber die Einwohner des Landes nicht vertreiben von eurem Angesicht, so werden euch die, so ihr überbleiben laßt, zu Dornen werden in euren Augen und zu Stacheln in eurer Seite.*

Rechter Hand ging es zur Schmiede. Dort sprühten die Funken, wenn Jung-Siegfried aufs Eisen schlug, der Schmiedejunge den Blasebalg zog und das Wasser zischte vom heißen Eisen in der Wanne. Kamen Pferde zum Beschlagen, stank es bis in Annas Küche nach dem versengelten Horn der Pferdehufe.

Dem Gärtner Masow war das Glas ausgegangen. Daß ein Gewächshaus keinen Weltkrieg überdauert, kann man ja verstehen, aber warum fehlten dem Wohnhaus die Scheiben?

Zwischen Schmiede und Gärtnerhaus der Gutsapfelgarten, den der Schlorrenmacher Kiwitt mit seinem schwarzen Hund Lottke hütete. Während er Lederriemen ans weiche Lindenholz schlug, ließ er den Hund den Zaun ablaufen und die Jungs in die Flucht jagen. Hund und Schlorrenmacher übernachteten sogar im Apfelgarten und konnten doch nicht verhindern, daß so mancher Gravensteiner lange Beine bekam. Solange es Kinder gab, herrschte Krieg um den Apfelgarten. Was über den Zaun fiel, gehörte der Jugend, aber das genügte ihr nicht. Mobilmachung fand im Juli statt, erste Gefechte um

unreifes Fallobst, das weiter nichts als Scheißerei verursachte, gab es im August. Schwere Schlachten tobten im September und Oktober, endlich Friedensschluß im November, wenn der erste Schnee fiel. Die letzten Äpfel kamen auf den Gutsspeicher, lagen da bis Weihnachten, um die bunten Teller zu schmücken. Und bis zum nächsten Sommer herrschte Frieden im Apfelgarten.
Malotka redete und redete.
Von der Frau Grieg sprach er, die vierzehnmal geboren hat, aber der nur drei Kinder blieben. Das Blut hat sich nicht vertragen, hieß es, aber Anna sagte, sie habe zu früh abgestillt, um wieder arbeiten zu können. Das ließ die Kinder schwach bleiben, die erste Krankheit warf sie um.
Ich werde das Gefühl nicht los, über einen Friedhof zu gehen. Ein gewöhnliches Straßenpflaster und doch eine andere Welt. Jeder Schritt bringt mich näher zu der Frau, die meine Mutter war. Nur ihn sehe ich nicht.
Malotka bezeichnete ein Strohdachhaus als das Anwesen des Speichermajors Zigan, der eine wichtige Persönlichkeit war, vor der jeder den Hut zog. An jedem ersten Freitag im Monat teilte Zigan das Deputat aus. Die Frauen versammelten sich mit Handwagen oder Schiebkarre vor der eisenbeschlagenen Speichertür, machten ihre Wippchen und erzählten, wer mit wem ging, wo ein Kind angeschlagen hat und wie die Krankheiten verliefen. Sie standen in einer bestimmten Reihenfolge, als erste die Wirtschafterin des Kämmerers, dann meine Anna, die Gärtnersfrau, die Schmiedefrau, die Frau des Oberschweizers, des Stellmachers und zum Ende hin nach dem Alphabet die Frauen der Gespannführer und Instleute. Punkt drei Uhr kam die Rendantin. Sie war eine *von*, die keinen Mann gefunden hatte und von der die Grunower nicht wußten, ob sie sich mehr über die kurzen Haare oder die langen Hosen wundern sollten. Frau von Bublitz mit dem Bubikopf! riefen die Kinder ihr nach. Wenn sie kam, öffnete Zigan die Speichertür, die Rendantin ging voraus, die Frauen folgten. Vor Zigans Sackwaage blieben sie stehen, die Rendantin notierte in der Depu-

tatsliste, was die Frauen an Deputat verlangten, Zigan wog ab. Während er mit den Gewichten hantierte, neckten sie ihn und redeten ihm gut zu. Wog er Futter für die Hühner, baten sie um ein Pfundchen extra für den Hahn, damit er tüchtig treten kann. Einige versprachen, mit der nackten Hand Zigans zodderigen Kosenbart zu kraulen, wenn er das Sackgewicht Tara doppelt rechnete.
Wir reden nur über Tote, sagte ich zu Malotka.
Das ist eine Frage des Alters, antwortete er. Wenn man alt wird, kennt man mehr Tote als Lebende. Wir können uns kein neues Leben machen, deshalb leben wir das vergangene nach, erinnern und wiederholen es. Die Jungen interessiert es nicht, die haben genug zu tun mit ihren eigenen Umständen. Was sollen sie sich Gedanken machen um die vergangene Zeit, in der ein Franzosenkaiser, der es als erster unternahm, nach Rußland zu marschieren, die Sensburger Chaussee mit Lindenbäumen bepflanzen ließ, in der die Preußen den Pariser Einzugstag feierten, später den Sedanstag und Kaisers Geburtstag, in der die Jahre ihre Denkwürdigkeiten besaßen, zu Matthäi die Gänse Eier legten, um St. Gregor der Winter zum Meer ging und Bartholomäus den Samen hatte.
Erzähl was Lustiges, Malotka!
Was früher lustig war, ist heute längst nicht mehr zum Lachen. Sie lachen anders, außerdem lachen sie zu wenig, wie sie auch zu wenig weinen und zu wenig singen. Die Knechte schlichen in die Küche und schlugen zu den bratenden Spiegeleiern ein faules Ei. Kam die Köchin schimpfend mit der stinkenden Pfanne aus dem Haus, um den Inhalt auf den Misthaufen zu werfen, saßen sie hinter den Büschen und lachten. Oder sie banden den Kühen die Schwänze zusammen, um den Melker zu ärgern. Sie versteckten rohe Eier in Stiefelschäften. Sie legten dem Mädchen, das sie mochten, einen Igel ins Bett, denn was sich liebt, das neckt sich. Heute findet das kein Mensch mehr spaßig.
Der stumme Fischer fand sein Leben wieder. Er ruderte dem Schilfrand zu, brach mit dem Kahn durchs Rohr und wurde

unsichtbar. Kurze Zeit später stieg neuer Rauch aus dem Schornstein seines Anwesens.
Nun brät er Fische, lachte Malotka. Bald kommt er, um uns zum Abendbrot einzuladen.
Drüben der Weg zur Feldscheune. Den bist du oft geritten, wenn du in den Wald wolltest zum Schäfer Wronnek oder zum Förster Dobatka, der die Tannenbäume brachte, auch '44 noch, als schon Tannenbäume vom Himmel fielen. Die Feldscheune steht nicht mehr, soviel ist gewiß, denn Feldscheunen haben kein langes Leben. Hat dein Vater dir nie erzählt, wie sie einen fingen, der in der Feldscheune zu überwintern gedachte? Verpflegung holte er sich aus den Kartoffel- und Rübenmieten, bald wagte er sich nachts in den Kuhstall, um die Kühe abzumelken. Zum Verhängnis wurde ihm sein Übermut, sich jeden Sonntag einen besonderen Festbraten zu bereiten. Er stahl Hühner, die er nachts auf niedrigem Feuer hinter der Feldscheune kochte. Die Grunower dachten, ein Fuchs hole sich Woche für Woche einen Sonntagsbraten, bis sie im frisch gefallenen Schnee Menschenspuren fanden. Da umstellten sie die Feldscheune und holten den entlaufenen Menschen aus seinem Versteck.
Was mag aus ihm geworden sein?
Malotka machte die Gebärde des Halsabschneidens. Für solche Späße hatten sie wenig übrig. Ja, wenn er Engländer oder Franzose gewesen wäre, hätte er überleben können, aber er war nur ein einfacher Russe.
Das Haus des Kämmerers Kallies sah aus, als wäre es gestern noch bewohnt gewesen. Im Garten blühten Sonnenblumen, die Fenster waren verglast, die Tür verschlossen.
Wo kam der Kallies her?
Der hat schon immer hier gelebt, der ist in Grunowen geboren. Er hieß Adolf, hatte den Namen zu einer Zeit bekommen, als er noch nichts bedeutete. Sein Vater war ein einfacher Waldarbeiter, er fiel in Flandern, als der Junge im vierten Jahr zur Schule ging. Damals war es patriotische Pflicht, daß die Gutsherrn Patenschaften für die Kinder ihrer gefallenen Ar-

beiter übernahmen. Der alte Herr kümmerte sich um den kleinen Adolf, und als Lehrer Pachnio davon sprach, daß der Junge einen hellen Kopf habe, schickte er ihn zur Höheren Landbauschule nach Elbing. Dort sollte er die Landwirtschaft aus Büchern lernen. Nachdem er klug geworden war, machte ihn der alte Herr zum Kämmerer. Du kennst ihn gut, als Kind bist du viel mit ihm ausgeritten.
Kallies war ein großer, rothaariger Kerl, dessen Arme und Handrücken mit Sommersprossen bedeckt waren. Auffallend seine kräftige Stimme. Auf den Feldern hörte man ihn schreien, in jeder Feierstunde, wenn das Deutschlandlied gesungen wurde, übertönte er die anderen. In Elbing lernte der Kallies nicht nur die Landwirtschaft kennen, sondern auch die braune Bewegung. Sie sagte ihm, sein Vater sei umsonst gefallen, weil die Novemberverbrecher Deutschland verraten hätten. Die Söhne seien aufgerufen, die beschmutzte Ehre der gefallenen Väter wiederherzustellen. Als erster in Grunowen trug er das braune Hemd und die Hakenkreuzbinde. Er gehörte zur Motorrad-SA, befuhr in stockdunkler Nacht mit aufgeblendetem Scheinwerfer die Dorfstraße und reiste mit Gleichgesinnten zu Versammlungen nach Sensburg und Ortelsburg, geriet in Allenstein in eine Schlägerei mit den Roten und wurde in Schutzhaft genommen, vom alten Herrn aber nach zwei Tagen wieder rausgeholt. In der ausgebauten Dachstube des Kämmererhauses tagte der Kallies oft mit seinen Kameraden. Dort sprachen sie über die Bewegung, tranken Kinderhofer Bier und sangen bis zu mitternächtlicher Stunde. Aus jenem Fenster hing die erste Hakenkreuzfahne, die Grunowen zu Gesicht bekam. An der Linde vor dem Kämmererhaus klebte zeitweilig ein Plakat, das den Hitler zeigte, wie er die Versailler Ketten zerbricht. Sie nannten den Kallies den kleinen Adolf, was aber nicht stimmte; er war der größere, und der, den sie für den Größten hielten, erwies sich am Ende als der kleinere.
Verheiratet war er nicht, er lief auch nicht den Mädchen nach. Diese Neigung hatten sie ihm auf der Höheren Landbau-

schule ausgetrieben. Die Wirtschaft führte ihm eine Frau, die im ersten Krieg zur Witwe geworden war, sie putzte ihm auch die SA-Stiefel.

An die Mauern des Gutshofes durfte er keine braunen Plakate kleben. Mensch, Kallies, so große Köpfe gehören nicht an unseren Kuhstall, sondern an einen Baum gehängt! sagte der alte Herr.

Im Jahre '31 kam das Radio nach Grunowen, ein Kasten mit Trichterlautsprecher und Akku. Alle zwei Wochen fuhr die Kutsche den Akku zum Aufladen nach Sensburg. Der alte Herr kaufte das Gerät seiner Frau zur Unterhaltung, weil sie oft allein war. Als eines Tages der Hitler im Radio sprach, fragte Kallies, ob er die Rede anhören dürfe. Zu dritt saßen sie abends in der Bibliothek und hörten ihn reden. Die gnädige Frau verließ bald den Raum, man sagt, sie sei ins Kinderzimmer gegangen und habe sich still an das Bett gesetzt, in dem ihr Junge schlief. Der alte Herr aber schlug sich lachend auf die Schenkel, als er den schreienden Menschen hörte. Nur Kallies war ergriffen von der Stimme, die über hundertdreißig Kilometer Luftlinie von Königsberg nach Grunowen drang. Er erschien nun öfter, um die Stimme im Radio zu hören. Meistens saß er allein in der Bibliothek, die riesige Bücherwand hinter sich, vor sich den schwarzen Kasten mit der Stimme, die ihn so bewegte. Als der Hitler die Macht ergriff, war es ein ganz gewöhnlicher Tag in Grunowen ohne Gesang und Fackelzug. Keiner wußte, was in Berlin geschah, erst einen Tag später kam die Nachricht ins Dorf. Kallies marschierte in brauner Uniform mit gewichsten Stiefeln ins Schloß, knallte vor dem alten Herrn die Hacken zusammen, riß den rechten Arm hoch und meldete: Herr Tolksdorf, wir haben gesiegt!

Na, immer langsam, Kallies. Euer Hitler ist zwar Reichskanzler, ein paar seiner Leute sind Minister geworden, aber das ist nicht das ganze Deutschland. Vor allem, lieber Kallies, wollen wir unseren Hindenburg nicht vergessen.

Kallies schwor, daß Deutschland nun aus der Asche aufstei-

gen und sein Vater in Flandern sich im Grabe umdrehen werde. Noch im Jahre '33 kaufte er sich ein eigenes Radiogerät. Er grüßte nur noch mit Heil Hitler und hielt die Kinder an, es ebenso zu tun.
Kennst du nicht das 1. Gebot? fragte die Frau Hesekiel, wenn ihr jemand mit dem neumodischen Gruß kam. Das geht so: Ich bin der Herr, dein Gott, du sollst nicht andere Götter haben neben mir!
Mit seinen Getreuen marschierte Kallies ins Schulhaus, um die Fahne der verhaßten Weimarer Republik einzuziehen und zu verbrennen. Die Lehrersfrau wollte das Tuch nicht hergeben, weil der Stoff zum Verbrennen zu schade war, sie die Fahne erst unlängst neu genäht hatte und sie ihr persönlich gehörte. Sie einigten sich dahin, daß aus der Fahne der Systemzeit wenigstens das häßliche Gold herausgetrennt werden sollte. Schwarz und Rot durften bleiben, das waren dem Kallies gute deutsche Farben, aber das verhaßte Gold ließ er brennen.
Auf dem Gutshof neben der Vesperglocke setzte Kallies einen Mast für seine Fahne. Er tat es, ohne den alten Herrn zu fragen. Der ließ ihn gewähren. Junge Leute müssen sich austoben, sagte er. Auch das braune Fieber wird eines Tages abklingen.
Einmal bekam es auch Kallies mit der Angst, im Sommer '34, als der Hitler den SA-Führer Röhm erschießen ließ. Da verschwand er mit dem Motorrad in den masurischen Wäldern und ließ sich drei Tage nicht blicken.
Der Kallies hat viel bewegt in Grunowen. Vor allem um die Jugend kümmerte er sich, versammelte sie zur Sommersonnenwende am Seeufer, hielt Reden auf den Retter Deutschlands und setzte Berge trockener Fichten in Brand. Flamme empor! sangen die Kinder, saßen die halbe Nacht um das lodernde Feuer, Kallies mitten unter ihnen, von Flandern erzählend, das eigentlich deutsches Land sei, von fremden Mächten Deutschland geraubt, und das er besuchen werde mit dem Motorrad, irgendwann. Bald gab es eine Jungschar Gruno-

wen, die jeden Mittwochnachmittag durchs Dorf marschierte, am Seeufer Weitsprung übte, für Deutschland um die Wette lief und vor der germanischen Eiche, die seit pruzzischer Zeit in der Feldmark wuchs, Gehorsam, Disziplin und Tapferkeit gelobte. Ihre kindliche Angst besiegten die Grunower Pimpfe mit nächtlichem Singen im Grunower Forst. Im See brachte Kallies ihnen das Schwimmen bei, denn die deutsche Jugend hatte noch viele Ströme zu durchqueren. Er ließ einen Steg bauen, den sie entlanglaufen mußten, um mit geschlossenen Augen ins Wasser zu springen. Wer unterging, war nicht lebenstüchtig. Kallies holte ihn zwar raus, aber der Gerettete mußte sich schämen. Gern fuhren die Jungs mit ihm Motorrad. Er unternahm Ausflüge zu den Heldengedenkstätten, besuchte die Friedhöfe des ersten Krieges, die Runensteine, die Burgen der Kreuzritter und die germanischen Thingstätten.
Was ist aus ihm geworden? fragte ich.
Er ist bei Kriegsende umgekommen, erklärte Malotka. Im Polenkrieg wurde er schwer verwundet und war danach für weitere Feldzüge nicht mehr zu gebrauchen, was er bedauerte, weil es ihm verwehrt wurde, im Sommer 1940 in feldgrauer Uniform nach Flandern zu marschieren zu seinem Vater. Als der Krieg dem Ende zuging, nahmen sie auch ihn. Auf der Flucht griffen sie ihn auf, zogen ihn zum Volkssturm und ließen ihn sterben bei der Verteidigung der Stadt Danzig. Mit diesem Ende hatte es wohl seine Richtigkeit. Kallies gehörte früh zu den Braunen und hielt dem Hitler die Treue bis zum letzten Tag. Wer so denkt, muß auch fallen. Aber der alte Herr dachte anders, der hätte ein besseres Ende verdient.
Malotka setzte sich auf einen Stein und stützte den Kopf in die Hände. Was einem alles so einfällt, wenn man die alten Wege geht, murmelte er.
Der Himmel zog ein graues Tuch über das Land, darunter lastete milde Schwüle. Kein Windzug wehte vom Wasser her, nur eine Rauchfahne drückte auf den Schilfwald.
Der stumme Fischer raucht aber dicke Zigarren. So ein Feuer braucht man doch nicht, um Fische zu braten.

Es wäre noch der Gutshof zu besuchen und das Gebäude, das sie hochtrabend Schloß zu nennen pflegten, Malotkas Kutscherhaus und der Park mit den Gräbern, aber er saß wie angewurzelt und sah den stummen Fischer räuchern.
Herr, es will Abend werden, sagte er.
Ein Tag reicht wohl nicht aus, wir müssen wiederkommen, morgen oder übermorgen.
Malotka schüttelte den Kopf. Laß uns nach Hause fahren, es ist abnehmend Licht.
Unser Schiff kommt in fünf Tagen!
Warum auf das Schiff warten? Wir fahren mit dem Auto durch Pommern und Mecklenburg, da kenne ich mich aus, Herr.
Die Dämmerung schluckte den Rauch. Sie überfiel das Dorf, kam aus dem Schatten der hohen Bäume, wickelte die leeren Häuser in ihr graues Tuch, wanderte über das Schilf, um den letzten hellen Fleck auf dem Wasser zuzudecken.
Schimmerstunde, sagte Malotka.
Kein Licht flammte auf, nicht einmal der stumme Fischer ließ es leuchten. Auf der Sensburger Chaussee keine Scheinwerfer, weder Mond noch Sterne, auch kein Mündungsfeuer der Artillerie oder einer Jagdflinte unten am Seeufer.
Was haben wir hier verloren?
Es war mir recht, mit ihm umzukehren, den inneren Kreis nicht mehr zu betreten. Eine sonderbare Scheu hatte mich ergriffen vor dem leeren Hof, vor dem großen Haus, das gewiß auch leer war, vor dem Park mit seinen Gräbern.
Als wir das Auto erreichten, schaltete ich die Scheinwerfer ein. Da lag das Dorf angestrahlt vor einer Leinwand. Blinde Fenster, in denen sich nichts spiegelte.
Nein, er kam nicht mehr, um uns an den gedeckten Tisch zu bitten. Es gab keine Gastfreundschaft in Masuren. Die Türen standen offen, aber niemand war da, der uns einzutreten bat. Also gehen wir.

Eine verschlafene Stadt an einem Sonntagmorgen. Im roten Turm läutete einsam eine Glocke. Vor dem Altar brannten

Kerzen, in den Seitengängen flackerte Licht, ernst blickte der Reformator auf die leeren Bänke. Im Hintergrund Stimmen von alten Menschen wie in allen alten Kirchen. Sie sprachen deutsch. Im Turm zog der Küster den Glockenstrang, warf das Gewicht seines Körpers ins Seil, setzte sich ständig der Gefahr aus, von der Glocke in den Turm hinaufgetragen zu werden.
Vor zweiundvierzig Jahren brannte die Kirche aus, aber es blieben genug Evangelische in Sensburg und den umliegenden Dörfern, um sie wieder herzurichten. Sie trugen Balken in die Stadt, schichteten Ziegel und brannten Pfannen, um dem Wort Gottes ein Zuhause zu geben. Ja, mit bloßen Händen haben sie ihr Gotteshaus hergerichtet. Nun steht es da in seiner Herrlichkeit, die Glocke ruft, die Kerzen brennen, aber es kommen nicht mehr als zwanzig alte Menschen zum 8. Sonntag nach Trinitatis. Und zwei Besucher aus dem Westen.
Man sieht Ihnen gleich an, daß Sie aus dem Westen sind, sagte der Pfarrer, griff unter seinen Talar und zog einen Packen Zettel hervor.
Hier sind Adressen alleinstehender Frauen unserer Gemeinde, die keinen Kontakt zum Westen haben. Wenn sie zu Weihnachten ein Paket bekämen, wäre es schön. Wir werden Sie in unsere Fürbitte einschließen.
Er lächelte sanft, gab dem Küster ein Zeichen aufzuhören. Es kommt ja doch keiner mehr.
Eine Frau brachte Sommerblumen und stellte sie vor das Altarbild. Sie verneigte sich, blieb in der ersten Reihe stehen, betete mit geschlossenen Augen.
Eine so große Kirche und eine so kleine Gemeinde, sagte Malotka.
Sind Sie auch aus dieser Gegend? fragte der Pfarrer.
Ich nannte meinen Namen. Er sagte ihm nichts, denn er war erst seit zehn Jahren in Sensburg, davor hatte er der evangelischen Kirche in Westpreußen gedient. Aber der Küster könne sich vielleicht an Tolksdorf erinnern, der lebe schon ein halbes Jahrhundert in der Sensburger Vorstadt.

Die Glocke klang aus, schlug vereinzelt nach. Mächtig setzte die Orgel ein, ohne daß der Balgentreter Schuschke, im dunklen Gebälk sitzend, dem Instrument Luft und Beiluft gab. Die Evangelischen in Sensburg hatten dafür die Elektrizität.

Eine Tür fiel ins Schloß.

Als der Küster kam, fragte ihn der Pfarrer, ob er den Namen Tolksdorf kenne.

So hieß doch der Gutsherr von Grunowen.

Wissen Sie, was aus ihm geworden ist? fragte ich.

Er zögerte, blickte erst den Pfarrer an, dann den strengen Reformator.

Er soll sich das Leben genommen haben, als die Russen kamen.

Malotka hielt eine Hand über eine flackernde Kerze, als wolle er sich wärmen. Langsam ging er dem Ausgang zu.

Sie werden doch hoffentlich bleiben, sagte der Pfarrer.

Wir haben einen weiten Weg, wir müssen fahren, antwortete ich.

Der Pfarrer drückte mir die Hand.

Kommen Sie mal wieder, wenn Sie mehr Zeit haben. Im Ewigen Leben haben wir Zeit genug.

Feierlich schritt er zum Altar. Die Gemeinde erhob sich. Die Orgel verstummte. Malotka wartete an der Tür.

Bei Kriegsende umgekommen, dachte ich. Eine freundliche Umschreibung für Sich-Erhängen, Sich-Erschießen. Sie wissen alle mehr als ich. Als die Rote Armee Sensburg eroberte, brannte die evangelische Kirche aus, nahm sich der Gutsbesitzer Tolksdorf das Leben, und der Kutscher – wo stecktest du, Felix Malotka? Du verschweigst doch etwas. Wen willst du schonen? Er hatte seine Heiterkeit verloren, ging mir aus dem Wege. Sprach ich von damals, erzählte er von heute, fragte ich nach meinem Vater, sprach er über meine Mutter.

Wir gingen über den leeren Marktplatz. Kinder umstanden das westliche Auto, wichen scheu zurück, als sie uns kommen sahen. Ein Junge tippte an die Scheibe und zeigte auf die Plastiktüte, die auf dem Rücksitz lag. Die wollte er gern haben.

Früher schenkte man den Kindern Stundenlutscher, heute macht man sie mit Plastiktüten glücklich, meinte Malotka.
Wir fuhren ins Herz Masurens, in jene Landschaft zwischen Spirdingsee und Johannisburger Heide, in der die Seen träumen und die Wälder menschenscheu sind. Wir fuhren in die vergangenen Jahrhunderte, als aus den Winkeln Deutschlands Menschen kamen, um die masurische Wildnis zu besiedeln. Sie legten Städte und Marktflecken an, brachten Handwerk und Handel in den Osten. Die Masuren aber blieben in ihren Wäldern, um zu jagen und zu fischen. Die Landwirtschaft überließen sie den Frauen, dafür fuhren sie gern auf die Märkte, um zu verkaufen, was die Frauen erwirtschaftet hatten, um Schnaps mitzubringen für die masurischen Feste und die langen Abende. In jener Zeit entstanden die deutschen Städte Johannisburg, Lyck, Treuburg, Ortelsburg und Sensburg in einer von Masuren bewohnten Wildnis.
Zum Pferdemarkt nach Johannisburg müßten wir fahren oder zum Markt in Treuburg. Da roch es nach Käse, Hühnerdreck und Schweinen. Im Sack quiekten Ferkel, in der Hühnerkutz schiepten die Küken, Hähne krähten zum Kirchturm hinauf, die Butter bekam einen Stich, der Schmand wurde sauer, Schwärme von Fliegen und Bremsen belebten den Platz, und Jungs liefen mit Eimer und Schaufel, um Pferdeäpfel zu sammeln. Jeder kannte jeden, so daß keiner betrogen werden oder etwas schuldig bleiben konnte.
Du kennst doch die Geschichte vom Markttag in Marggrabowa, als der Schustermeister den Lehrjungen ausschickte, um nachzusehen, warum so viele Menschen zusammenlaufen.
Na, was is? fragte er, als der Lehrjunge zurückkehrte.
Ach, Meister, da is einer, dem kennt keiner.
Aber Malotka kannte sie alle, der wußte die masurischen Anwesen von deutschen und polnischen zu unterscheiden. An den Holzhäusern waren sie zu erkennen und an grauen Staketenzäunen. Auf dem Zaun hing früher ein Nachttopf, der tagsüber lüftete. Die Masuren verstanden zwei Sprachen, sie fluchten und redeten mit dem Herrgott masurisch, Deutsch

sprachen sie bei höheren Anlässen. Fleisch kam ihnen nur dienstags und sonntags auf den Tisch, Fisch aßen sie jeden Freitag, an den anderen Tagen lebten sie aus dem Garten. Sie schliefen gern in Himmelbetten nahe dem großen Kachelofen. Neben dem Bett fand sich eine Wiege, ein Zodderband, an der Wiege befestigt, war der Mutter um den Fuß gebunden. Fing das Kleine nachts an zu weinen, zog die Mutter am Band und schuckelte die Wiege, bis das Kind wieder schlief.

Wir fuhren nach Ukta zur lieblichen Kruttinna. Auf der Brücke hielten wir, unter uns der Fluß, wie er sich durch Wiesen und Schilf schlängelte, von hängenden Weiden begleitet.

Schon vor dem ersten Krieg kamen sie aus dem Reich, um diesen Fluß zu bepaddeln, erklärte Malotka. Es gibt kein schöneres Gewässer in Deutschland als die Kruttinna, nicht einmal in der Lüneburger Heide.

Du meinst, im alten Deutschland, im vergangenen Deutschland.

Ja, meinetwegen, sagte Malotka, wie es zu unserer Zeit war.

Braune Hühner spazierten unter der Brücke von Ukta. Vieh stand bis zum Bauch im Wasser. Ein Liebespaar sonnte sich an der Böschung, wo die traurigen Weiden sich von der Strömung davonziehen ließen. Wir standen eine Viertelstunde auf der Brücke, hielten das Geländer fest und sahen der Kruttinna nach, wie sie sich davonschlängelte. Anschließend fuhren wir auf holprigen Straßen dem Flußlauf entgegen, folgten seinen Windungen, bis er, sich verjüngend, im Wald untertauchte, durchquerten Dörfer, in denen wir störten, in denen aber wenigstens Menschen lebten.

Malotka konnte schwer begreifen, warum ausgerechnet Grunowen verlassen und der Wildnis zurückgegeben war, während die anderen Dörfer lebten. Er hielt das für eine unverdiente Strafe.

Ein Fußweg am Ufer der lieblichen Kruttinna, neben uns ein Gluckern und Murmeln. Die Kruttinna kannst du von der Quelle zur Mündung abwandern und brauchst nicht mal zu übernachten. Sie fließt von einem See in den anderen, unter-

wegs gehört sie Paddlern, Anglern und Fischreihern. Ein unberührter Fluß. Ins Bett gestürzte Bäume bildeten ein Wehr, ließen kleine Wasserfälle entstehen.
Nach einer halben Stunde trafen wir Irena. Sie stand in einem Kahn, der an einen Baum gekettet war, und sprach mit einem älteren Ehepaar. Deutsch sprach sie.
Wollen Sie mitkommen? rief Irena, als wir an der Böschung erschienen.
Irena wollte die Kruttinna staken. Sie war eine Frau jenseits der Hälfte ihres Lebens, sehr schlank, die Arme nur Muskeln und Sehnen, das Gesicht ohne Farbe, weiter nichts als grau. Ihre Füße steckten in Holzpantoffeln, die rechte Hand hielt eine Stange, mit der Irena die Kruttinna staken wollte.
Zur Kruttinna kommen nur Deutsche, behauptete sie. Irena hatte einen Beruf darin gefunden, die Deutschen auf dem Fluß zu staken. Sie nahm keine bestimmten Preise, war mit dem zufrieden, was die Deutschen ihr gaben.
Ich bin auch eine Deutsche, sagte sie. Als Kind '45 zurückgeblieben, polnisch geworden, im Herzen aber immer noch deutsch, wenn Sie wissen, was ich meine.
Malotka fragte, ob so ein Kahn fünf Menschen trage.
Irena lachte. Vor Jahren habe sie eine Hochzeitsgesellschaft gestakt.
Sie legte Sitzbretter quer, wischte flüchtig übers Holz, machte eine einladende Geste. Das Ehepaar stieg ein, dann Malotka, als letzter ich. Als wir Platz genommen hatten, löste Irena die Kette. Wie ein Fährmann stand sie hinten, dirigierte den Kahn mit der Stange an Steinen und tiefhängenden Ästen vorbei. Gelegentlich wehte ein Schleier Seegras vorüber, das wallende Haar der lieblichen Kruttinna. Vom Grund leuchtete heller Sand. Irena bohrte die Stange ins Flußbett, brachte ihren Körper in die Schräglage, schob den Kahn ins tiefere Wasser.
Dabei lachte sie. Nein, es mache ihr keine Mühe, es sei gar keine Arbeit, sondern ein Vergnügen, die Kruttinna zu staken. Die schwere Arbeit komme hinterher, wenn sie den Kahn die Strömung hinaufziehen müsse.

Malotka machte sich mit dem Ehepaar bekannt. Wie die Welt doch klein ist! Die beiden kamen aus Fallingbostel, das in der Nähe von Winnermühlen liegt, so nahe, daß sie sich eigentlich hätten begegnen müssen. Während Irena stakte, sprachen sie über den Schießplatz Bergen-Hohne, der vor Malotkas Haustür lag, und über die Heideflüßchen, die auch mit dem Kahn abzustaken wären, aber es ist noch keiner darauf gekommen.
Auf einer Brücke standen Kinder und riefen etwas auf polnisch. Sie warfen Kamilleblüten in die Strömung, die weißen Köpfe trieben mit dem Kahn um die Wette, wohin eigentlich? Wohin fließt die Kruttinna? In einen See und der See in einen anderen See und so fort, bis jede Strömung im Meer aufhört. Daran hat sich nichts geändert, die masurischen Flüsse fließen immer noch zum Meer.
Kennst du den DDR-Witz über den Unterschied zwischen kapitalistischen und sozialistischen Schweinen? fragte der aus Fallingbostel die stakende Irena. Die kapitalistischen Schweine werden gegessen, die sozialistischen Schweine werden Genossen!
Irena lachte nicht, die doppeldeutige Sprache war ihr nicht geläufig, sie fühlte nur noch im Herzen deutsch, lebte schon vierzig Jahre nicht mehr mit Deutschen und ihrer Sprache, aber sie stakte Deutsche, ja, Irena stakte nur Deutsche. Sie hätte nichts dagegen, auch Polen, Russen, Franzosen und Amerikaner zu staken, aber aus diesen Völkern fand sich keine Nachfrage, die Deutschen allein wußten um das liebliche Kleinod namens Kruttinna.
Na, vielleicht verstehst du diesen Witz, sagte der aus Fallingbostel: Kapitalismus, Sozialismus und Kommunismus treffen sich zu einer Konferenz über die Zukunft der Welt. Zu Beginn gibt jeder einen Rechenschaftsbericht über die eigene Lage. Sagt der Sozialismus: Wir sind auf dem besten Wege, zur Zeit haben wir noch ein Problem mit den Schlangen nach Fleisch, aber das werden wir im nächsten Fünfjahresplan lösen. Fragt der Kapitalismus: Was sind Schlangen? Fragt der Kommunismus: Was ist Fleisch?

Ja, das verstand Irena. Wenn sie mit dem Fahrrad von Kruttinnen nach Rudczanny fuhr, um Fleisch zu kaufen, geschah es oft, daß die Schlange sich aufgelöst hatte und der Laden wie ausgestorben lag, wenn sie ankam. Deshalb hatte sie es aufgegeben, des Fleisches wegen in die Stadt zu radeln, Irenas Fleisch hieß Fisch. Sie wußte, wo die Forellen stehen und die räuberischen Hechte auf den Köder fliegen. Plötzlich griff sie unter ihren Pullover und zog ein Bild hervor. Ist sie nicht hübsch, meine Tochter? Seit einem Jahr arbeitet sie als Krankenschwester in einem Hospital in Johannisburg. Sie soll einen Deutschen heiraten, die polnischen Männer taugen nichts, sie trinken zuviel. Schauen Sie sich in Polen um, es gibt so viele hübsche Frauen, aber so schrecklich verkommene Männer. Ich sage Ihnen, sie taugen nichts.
Während sie mit gleichmäßigen Stößen den Fluß stakte, erzählte sie von dem polnischen Mann, von dem sie sich scheiden ließ, weil er die Flasche mehr liebte als seine Frau. Für die Tochter wünschte sie sich etwas Besseres, hatte auch schon einen im Auge, einen deutschen Arzt, der im letzten Sommer Masuren bereiste. Die Tochter stakte ihn den Fluß hinunter bis Eckertsdorf, dort an der Holzbrücke wartete sein großes deutsches Auto, mit dem er sie nach Hause fuhr. Irena radelte nach Eckertsdorf, packte das Fahrrad in den Kahn und zog ihn den Fluß herauf. Während sie sich mit dem Kahn abmühte, briet die Tochter dem deutschen Arzt einen Hecht, auch sprachen sie über die Unterschiede in deutschen und polnischen Krankenhäusern. Mehr ist nicht geschehen, denn Irenas Tochter ist ein anständiges Mädchen, so lieblich und unschuldig wie die Kruttinna. Sie wird einen Deutschen heiraten, vielleicht den jungen Arzt, wenn er kommt in diesem Sommer oder im nächsten.
In Rosocha an der Brücke stiegen wir aus. Malotka wollte ihr ein Bündel polnisches Geld in die Hand drücken, aber Irena gab zu verstehen, daß sie gern deutsch bezahlt werden möchte, sie seien schließlich alle Deutsche.
Danach griff sie die Kette, warf sich das Ende über die Schul-

ter und watete, den Kahn ziehend, durchs flache Uferwasser den Fluß aufwärts.

Am frühen Morgen, als die Überlandbusse warmliefen, bog eine Kutsche von der Asphaltstraße, fuhr im Schrittempo an den haltenden Taxis vorbei, ein offener Landauer, von zwei hochgewachsenen Rappen gezogen. Auf dem Bock saß einer, der eine Uniformjacke trug und gewichste Stiefel, steif saß er mit durchgedrücktem Kreuz, die Füße gegen das Holz gestemmt, die Zügel mit vorgestreckten Händen haltend.
Malotka, wie hast du dich verändert! Mit geübter Leichtigkeit sprang er vom Bock, band die Leine fest, tätschelte den Pferden das Hinterteil und bat den Portier, er möge in Zimmer Nummer 228 anrufen und sagen, die Kutsche sei vorgefahren.
Malotka hatte im Reitstall einen Menschen getroffen, der die deutsche Sprache verstand. Von ihm bekam er die Kutsche für drei Stunden, Stiefel und Uniformjacke hatte er geliehen.
Er ist ein guter Mann, der Pferdepfleger Baranowski. Malotka hatte ihm sein ganzes polnisches Geld gegeben. Nun saß er auf dem Bock wie in früherer Zeit. Malotka öffnete den Verschlag, verbeugte sich leicht.
Laß deinen Mercedes stehen, Wernerchen, Ostpreußen ist kein Land für so große Autos.
Ich nahm Platz auf dem Kutschbock, Malotka mit feierlichem Gesicht neben mir. Er schnalzte, tippte an die Peitsche. In leichtem Trab ging es ums Rosenrondell, Staub wirbelte und legte sich auf die parkenden Autos.
Wohin wollen wir fahren? Grunowen wäre schön, geht aber nicht. Das dauert einen ganzen Tag, und der Baranowski braucht Kutsche und Pferde schon um die Mittagszeit, weil er eine Familie mit Kindern ausfahren muß. In den Sorquitter Forst könnten wir fahren oder um den Junosee.
Fahre nur, Malotka, fahre in die Vergangenheit, fahre, wohin du willst.
Außerhalb der Stadt verstummte das Rasseln der Räder, als Malotka die Kutsche auf den Sommerweg lenkte. Das Sielen-

leder knirschte, gelegentlich prusteten die Tiere. Die Straße roch nach Teer wie im Jahre '40, als in Ostpreußen die Chausseen geteert wurden und niemand wußte, warum.
Der Baranowski ist auch einer von uns, erklärte Malotka. In Bartenstein auf die Welt gekommen, ging er sechs Jahre zur deutschen Schule, bis der Krieg den Unterricht beendete und Bartenstein polnisch wurde. Er lernte Pferdepfleger im Gestüt Liesken, das für die Polen heute ist, was Trakehnen für die Deutschen früher war. Weil Trakehnen in Rußland liegt, mußten sich die Polen ein eigenes Trakehnen erfinden, sagt der Baranowski. Dort züchtet er das Großpolenpferd. Um Geld zu verdienen, schickt Liesken jeden Sommer ein Dutzend Pferde zum Orbis-Hotel nach Sensburg. Da können die Touristen um den See reiten oder in die Wälder, aber Felix Malotka kann nicht mehr reiten, der ist achtzig Jahre alt und verstukert sich höchstens das Kreuz, der muß fahren.
Die Kutsche sah aus, als sei sie schon in deutscher Zeit gefahren. Man wird sie im Straßengraben gefunden haben, wo Kutschen zu enden pflegen.
Kutschen leben länger als Autos, erklärte Malotka. Wenn man sie gut pflegt, werden sie älter als Menschen.
Wir fuhren die Feldwege um den Junosee und trafen niemand. Die Räder mahlten den Sand, rollten durch Patschlöcher.
Wir werden dem Baranowski die Kutsche waschen müssen, meinte Malotka. Mit so bedreckten Rädern kann er keine Gäste ausfahren.
Äcker voller Mohnblumen, weiße Margeriten im Straßengraben. Wenn du mit Pferd und Wagen unterwegs bist, siehst du die Welt um vieles deutlicher. Das Auge ruht aus, du kannst den Waldrand suchen und die Kornfelder, die zu reifen beginnen. Bunte Bänder begleiteten kilometerweit den Weg, die vergessenen Requisiten der vergangenen Fronleichnamsprozession.
Seit dem Jahr, das alles zerschnitt, war Malotka dem Pferdegeruch nicht mehr so nahe gewesen wie an diesem Morgen. Nur im Fernsehen hatte er Pferdesportveranstaltungen gese-

hen, die Hengstparade in Celle, die Military in Luhmühlen, bei der eine englische Prinzessin vom Pferd fiel vor aller Augen im Fernsehen. Gelegentlich griff er zur Peitsche und knallte. Die Pferde hoben die Köpfe, legten sich ins Geschirr.

Peitschenknallen ist auch eine Kunst. Die Grunower Knechte kamen, wenn der alte Herr Geburtstag feierte, was in den frühen Sommer fiel, vor der Arbeit zum Schloß, um ein Geburtstagsständchen auf der Peitsche zu knallen. Das hatte seine richtige Melodie. Der alte Herr trat auf die Terrasse, gefolgt von der Mamsell, die die Flasche trug. Sie schenkte ein, er reichte jedem die Hand. Sie tranken und knallten noch einmal, bevor sie zu ihren Pferden gingen und an die Arbeit.

Im frühen Sommer, sagst du?

Ja, im Juni, meistens war es vor der Heuernte.

Weiß ich denn nicht einmal den Geburtstag meines Vaters? Er stand doch in den Papieren, in der Lastenausgleichsakte aus dem Jahre 1950, in der Todeserklärung des Jahres 1949, aber nicht in meinem Kopf.

Ein Lärmen voraus. Es kam aus der Senke, wurde lauter. Malotka hielt die Pferde an und lauschte.

Wie die Panzer, sagte er.

Auf einem Gerstenfeld rumorte ein Mähdrescher. Ein Trichter blies Spreu in die Luft, Strohballen kullerten aufs Stoppelfeld, blieben wie leblos auf dem Ernteschlachtfeld liegen. Das rote Ungeheuer hielt vor einem Kastenwagen, spuckte Körner aus. Als die Maschine zur nächsten Runde um das Feld startete, heulte der Motor auf, eine Qualmwolke verpestete die Luft.

Kannst du dir einen solchen Lärm auf unseren Feldern vorstellen? fragte Malotka. Wir Alten ernten immer noch wie früher. Kornaust in Grunowen! Es fiel in die Sommerferien, aber der junge Herr erntete nicht, der ritt zu Pferde über die Stoppeln oder fuhr zum Pillacker See, weil ihm der Grunower See zu verkrautet war, um darin seinen Körper zu baden.

Ja, ich erinnerte mich der weißen Erntemonate. Vorbei an den arbeitenden Menschen, die ich nie richtig wahrgenommen habe, ritt ich irgendwohin. Zu keiner Jahreszeit war Masuren so belebt wie im August. Da blieben sie auf den Feldern, bis das Tageslicht erlosch. Auf Pflasterstraßen und Feldwegen klapperten die Erntewagen, schwenkten ein zur Feldscheune, kamen leer zum hinteren Tor heraus, fuhren im Trab zu den Hockenreihen, die sich rot färbten in der Abendsonne.

Weißt noch, wie die Männer mit ihren Sensen vom Hof gingen, um die Vormahd zu schneiden? Ein Dutzend Schnitter, jeder eine Sense über der Schulter, am Gürtel den Wetzstein, eine Feldflasche und den Beutel mit Brot. Später fuhren die von Pferden gezogenen Ableger um die Getreidefelder. An die zwanzig Frauen und Mädchen rafften das Getreide zu Garben. Kam der alte Herr aufs Feld, wurde er gebunden. Sie umringten ihn, die erste Abrafferin knotete ein Zodderband mit Ähren um seinen Arm und sagte einen Spruch auf. Wir sind verbunden, hieß das, der Herr und die Leute, das Land und das Brot sind eins. Um sich loszukaufen, mußte er eine Buddel spendieren. Sie ging von Mund zu Mund. War sie leer, ließen die Frauen den gebundenen Herrn frei und gingen wieder an die Arbeit.

Mein Gott, es gibt keine Hocken mehr, auch keine Garben. Die neue Zeit schneidet und drischt in einem, sie fährt auch gleich das leere Stroh vom Feld. Wie viele Bilder gehen uns verloren? Hockenaufstellen. Zwei Mann in jeder Reihe. Vierundzwanzig Garben auf eine Hocke, ein schönes Haus, das Schatten wirft und inwendig nach Brot duftet. In der Hocke kannst du schlafen. Wer das nie getan hat, hat viel versäumt. Einen Tag in der Hocke verträumen. Zwischen den Stoppeln huscht eine Maus, ein Grashüpfer kommt zu Besuch, draußen geht der warme Wind übers Land. Und niemand kann dich finden. Tausend Hocken stehen in Masuren, in der Abendsonne werfen sie lange Schatten. Das Stroh knistert. Obwohl geschnitten, lebt es noch. Ein Gewitter zieht auf. Aber es dauert lange, bis der Regen die Hocke durchweicht, und noch nie schlug der Blitz in eine Hocke. Weißt du nicht, daß so manches Leben in der Hocke anfing, mitten im fruchtbaren Brot? Abends, wenn der Mond aufkam, spazierten die jungen

Leute, die sich versprochen hatten, zu den Feldern und den Hocken, über denen das bleiche Licht lag.
Ich bin nur im Galopp über die Stoppelfelder geritten, habe Klapperstörche in die Flucht geschlagen und Hasen Zickzack laufen lassen.
Du hattest Höheres im Kopf, du lerntest Latein und schriebst Gedichte wie jener Friedrich Schiller. Ein gewaltiges Trauerspiel entstand mit dem Titel »Die Russenschlacht«, das du aufzuführen gedachtest am dreißigsten Jahrestag von Tannenberg. Doch kam es nicht dazu, weil eine neue Russenschlacht tobte und der Theaterdonner längst Wirklichkeit geworden war.
Aber einmal gab es auch Lärm auf unseren Feldern. Wenn aus der Hocke gedroschen wurde und die Dampfdreschmaschine viele Hände brauchte. Einen Heizer und einen Wasserträger für das Lokobil, zwei Einleger für den Dreschkasten, Bandschneider, Kaffträger, Strohträger, Sackträger, Garbenschmeißer und Strohbergleger. Der Grunower Strohberg wuchs wie der Turm zu Babel, stand im Winter als weißes Denkmal auf den Feldern, bis die Knechte das Stroh in die Kuhställe fuhren zur Streu für die Tiere. Dieses monotone Brummen des Dreschkastens. Der Wind pustete in die Spreu, trieb staubige Spiralen in den Himmel. Staub in der Kehle, schwarzer Rotz in den Nasenlöchern, die Ohren zugekleistert, auf den Lippen eine graue Schicht. Kallies stand an den Säcken, denn sie allein zählten, nicht die Spreu, die der Wind über die Felder trieb, nur das Korn, nur das Brot hatte Gewicht.
Die größte Feierlichkeit war das Erntefest, das in Grunowen Kartoffelhochzeit genannt wurde. Sonnabends endete die Arbeit früher, damit jeder Zeit fand, sich zu reinigen und auszuruhen für das Fest am Abend. Die Frauen schmückten den Speicher mit Spargelgrün, Eichenlaub und Herbstblumen. Aus Sensburg rückten drei Musikanten an und holten die Herrschaften mit Blasmusik vom Gutshaus ab. Als die gnädige Frau noch lebte, ging sie wie eine Braut am Arm des alten

Herrn. Später ging er mit der Rendantin, aber nicht eingehakt. Den Herrschaften folgte das Gesinde, die Mamsell, die Mägde und Stubenmädchen, auch eine gewisse Anna im bunten Kleid. In den ersten Jahren trug sie das Kind auf dem Arm, später liefst du an Annas Hand, und noch später marschierte der Lorbaß der Musik vorweg und schlug den Takt auf einem Marmeladeneimer. Auf dem Speicher saßen an langen Tischen, aus rohem Fichtenholz eigens für das Fest gezimmert, die Leute. Den Herrschaften war ein Ehrenplatz hergerichtet, sie saßen erhöht und mit Eichenlaub bekränzt. Mädchen in masurischer Tracht trugen die Erntekrone in den Raum. Lobe den Herrn, den mächtigen König..., sangen sie, was sich, wie du weißt, auf den himmlischen Herrn bezog. Das älteste Mädchen sagte ein Gedicht auf:

Wir wünschen dem Herrn einen goldenen Tisch,
an jeder Ecke einen gebratenen Fisch...

Das wiederum bezog sich auf den irdischen Herrn, der darauf eine Rede hielt, in der er vom Wetter sprach und dem Schweiß der Arbeit. Er stiftete ein Faß Bier, einen Sack Semmeln, polnische Wurst und deutschen Kartoffelschnaps. In der Kriegszeit schloß der alte Herr jede Rede mit dem Satz: Wenn wir das nächste Erntefest feiern, wird Frieden sein! Das sagte er noch im fünften Jahr, immer dringlicher rief er es, aber als der Friede endlich kam, gab es kein Erntefest mehr.

Es tanzte der alte Herr mit dem Mädchen, das das Gedicht aufgesagt hatte. Danach nahm Kallies sich ein Herz und holte die gnädige Frau. Die Grunower tanzten, wie es ihnen der liebe Gott gegeben hatte, jeder hopste auf seine Art und setzte die Klumpen, wie es gerade kam, aber die gnädige Frau flog wie eine Schneeflocke über die Dielen, denn sie hatte Tanzen in Königsberg gelernt. Um Mitternacht gingen die Herrschaften ins Schloß, aber die Leute tanzten bis in den Morgen. Auch im Krieg, als Tanzen verboten war, gab es kein Grunower Erntefest ohne Tanzvergnügen, im Oktober '44 tanzten sogar die Soldaten mit, die als Einquartierung im Park lagen. Nur in die Musik schlich sich ein neuer Ton, das Wu-Wu-Wu über dem See, das von Osten kam und den nächtlichen Himmel erfüllte.

Wir müssen umkehren, der Baranowski wartet schon. Auch wird es heiß, die Bremsen hängen den Tieren am Hals und machen sie unruhig.

Als wir ins Sensburg eintrafen, behauptete Malotka, er habe nun seine letzte Kutschreise hinter sich gebracht. Mit achtzig bleibt einem nicht mehr viel Zeit zum Rumkarjuckeln. Er stellte mir den Pferdepfleger Baranowski vor, einen untersetzten Mann, der vor dem Pferdestall auf einer Bank saß, eine Zigarette rauchte und zusah, wie Malotka ausspannte.

Na hören Se mal, Sie sind doch bestimmt durch Modder gefahren! vernahm ich seine Stimme.

Ich holte Wasser aus der Regentonne und säuberte die verschmutzten Räder. Malotka versorgte die Pferde. In der Geschirrkammer wechselte er die Kleidung. Ohne Uniformjacke glich er wieder dem alten Malotka, der nicht kerzengerade ging, sondern vornübergeneigt, der sich stärker auf seine Krücke stützen mußte.

Baranowski präsentierte uns ein dickes Buch, einen Bildband über Pferde, in Deutschland gedruckt und deutsch geschrieben.

Sehen Se mal! sagte er stolz. Er tippte auf das Bild des bedeutendsten Beschälers seines Gestüts. Davor stand in schmucker Uniform, den Hengst am Zügel haltend, niemand anderes als Baranowski, der als junger Mann polnischer Vizemeister in einer Disziplin gewesen war, die er nur auf polnisch benennen konnte, mit einem Pferd, das übriggeblieben war von den deutschen Trakehnern, inzwischen aber längst aufgehört hatte, sein Gnadenbrot zu fressen. Während ich den Bildband durchblätterte, sprachen Malotka und Baranowski über Pferde, über den Markt in Johannisburg und die Koppscheller, die die schlimmsten Namen erfanden, wenn sie ein Pferd kaufen wollten, die Hichel, Kosebock, Klopphingst oder dämpfiger Kunter sagten. Aber wenn der Koppscheller verkaufen wollte, leuchteten ihm die Augen, dann war die Kobbel gut im Futter, hatte einen Arsch für achtzig Taler, und das Hietscherchen, das sie im Bauch trägt, bekommst du als Zugabe drauf.

Die beiden hielten dafür, daß unter Pferden nicht weniger Verrückte anzutreffen sind als unter Menschen. Die Strangschläger, die bei jeder Berührung auskeilen, die Krippensetzer, die gern das Holz anfressen, die eifersüchtigen Kleber, die sich überall dazwischendrängen, die Weber, die nicht stillhalten können und immer von einem Fuß auf den anderen trampeln, als wären sie ewig unterwegs. Eine Plage sind die Leinenfänger, die nichts weiter im Sinn haben, als die Leine unter den Schwanz zu kriegen. Die Durchgänger nehmen Reißaus, wenn der Kuckuck ruft oder eine alte Oma niest. Aber du findest auch wie unter Menschen die treuen, die guten, die nicht beißen oder auskeilen, die durch dick und dünn gehen, über das Haff, durch Pommern und Mecklenburg bis ans Ende.

Malotka erzählte ihm von seiner Reise vor zweiundvierzig Jahren, und Baranowski meinte, er wäre vielleicht auch nach Deutschland gekommen, wenn seine Eltern solche Pferde besessen hätten. Dann wäre er deutscher Vizemeister im Reiten geworden und, statt in Sensburg mit Touristen herumzukutschieren, in der Lüneburger Heide um den Wilseder Berg gefahren. So hängt letztlich alles, was der Mensch ist und wird, von seinen Pferden ab.

Er führte uns durch den Stall und erzählte von jedem Pferd eine Geschichte. Im Herbst '86 verloren zehn Stuten in Lieskem ihre Fohlen, und keiner weiß zu sagen, warum.

Baranowski zeigte durchs Wellblechdach Richtung Himmel. Das kommt von den Strahlen, die vor einem Jahr aus den Wolken fielen. Seitdem ist unser Himmel anders, seine Wolken haben andere Formen, das Licht hat seinen Glanz verloren, nichts ist mehr wie früher.

Wenn du nicht mitkommen willst, fahre ich allein. Ich will das Haus betreten, das mir gehört hätte, wären nicht die Paragraphen des Bürgerlichen Gesetzbuches, die das Erben regeln, für diesen Teil der Welt außer Kraft gesetzt. Von meinem Vater verlassen, von mir nie in Besitz genommen und innerlich längst aufgegeben, nun auch von den Polen aufgegeben, wie ein Schiff, das bald untergehen wird. Was sollte ich mit Grunowen? In Reitstiefeln über einen leeren Hof spazieren? Zu Roß über menschenleere Felder reiten? Ach, das waren verbrauchte Bilder, sie wurden blasser von Tag zu Tag, werden bald nur noch in vergilbten Büchern zu finden sein. Aber sehen wollte ich die untergehende Welt noch einmal, nur sehen.

Obwohl es Malotka quälte, kam er mit. Als wir vor dem Mantheyschen Krug hielten, holte er die Flasche aus der Tüte, die er für Notfälle mitgebracht hatte, und prostete dem verlassenen Gebäude zu.

Grunowen lag in mittäglicher Stille und schien nicht einmal zu atmen. Die Krähen waren ausgeflogen. Der stumme Fischer räucherte nicht.

Ein ganzes Dorf zu verlassen, einen See wie diesen aufzugeben, einen Park mit dreihundertjährigen Bäumen. Das bekommst du nicht alle Tage geschenkt, aber sie haben es getan, einfach so. Auch die Häuser aufgegeben. Was wußten die zu erzählen. Von Geburt und Tod, von Hochzeit und Kindtaufe. Tataren hausten hier und Kosaken, Napoleons Soldaten klopften in ihrem unglücklichen Winter erschöpft an diese Türen, Französisch sprechende Offiziere der Samsonow-Armee geruhten ein wenig zu verschnaufen und Kaffee zu trinken auf ihrem Weg nach Berlin. Alles wird nicht mehr gebraucht, weil das Ministerium einen Plan gemacht hat, die masurischen Kartoffelfelder zentral zu bewirtschaften. Sie führten gewaltige Kriege um diese Felder, sie schlugen sich tot um einen Grenzstreifen, gaben Unmengen von Blut in die Erde, nun brauchen sie das blutgetränkte Land nicht mehr, es zieht sie in die Zentrale. Die Erde kann ausruhen von ihren Wunden und wieder Wildnis werden.

Der stumme Fischer war doch da. Sein Kahn schwamm vor der Erleninsel. Als Malotka die Hände an den Mund legte und übers Wasser rief, richtete sich der stumme Mensch auf.
Der hat im Kahn gedöst! sagte Malotka.
Einen Augenblick stierte er zu uns herüber, dann duckte er sich wieder hinter den Planken.
Weiß der Himmel, warum der Angst hat.
Bevor wir den Gutshof erreichten, mußten wir am Kutscherhaus vorbei. Malotka wußte es, und ich wußte es, und wir sahen beide, als wir die mit Feldsteinen gepflasterte Auffahrt hinaufgingen, daß es nicht mehr da war. Wie vom Wind davongetragen. Nicht im Laub versteckt, nicht überwuchert, sein Platz war einfach leer. Keine Mauerreste zeigten an, wo es gestanden hatte, nur die Erinnerung bestimmte, daß dieses der Platz sein mußte.
Malotka schlug sich mit der Krücke den Weg frei, köpfte Brennessel und Kälberkraut, hieb wilden Beifuß und Huflattich zu Brei. Nach zehn Schritten rammte er die Krücke ins Erdreich und maß die Stube aus. Vier Meter lang, vier Meter breit. Hier war die Tür zur Kammer, in der der Ewald lebte. Die Haustür hatte man sich an jener Stelle zu denken. Durch die bist du oft getreten, wenn du zu meiner Anna kamst.
In seiner Schlafstube stehend, riß Malotka Blätter von einem Strauch, kaute sie, spuckte grünen Speichel aus.
Als die Kinder klein waren, schliefen sie dort in der Stube, ich mit der Anna hier in der Kammer. In der Küche lebte meine Mutter, ungefähr hier. Sie liebte die Küche, weil es der wärmste Platz im Haus war. Wenn sie morgens aufwachte, pustete sie das Feuer an und setzte Wasser auf. Kamen wir in die Küche, war es schon warm. Als die Kinder größer wurden und wir den Ewald von den Mädchen trennen mußten, starb unsere Oma. Da bekam der Ewald die Kammer, und ich schlief mit der Anna im großen Bett in der Küche.
Vier Armlängen der Herd, daneben Platz für die Wasserpumpe und den Ausguß, der so laut blubberte. Ein Kachelofen mit bunten Ornamenten war zu bewundern, rote Äpfel,

blaue Pflaumen, gelbe Bergamotten leuchteten von den Kacheln. Auf dem Dachboden, wo der helle Himmel lachte, gab es eine Stube für Notfälle und wenn Besuch kam. Das durfte nur im Sommer geschehen, denn zur Winterzeit regierte dort Väterchen Frost. Es fand sich auch die Stelle neben dem Schornstein, Malotka berechnete sie mit dem Krückstock, an der die Räucherkammer, deren Würste man sich in der Luft hängend zu denken hatte, in bleibender Erinnerung geblieben war. Die Wände mit einfachen Bildern behängt, eines zeigte Anna als junges Mädchen mit langen Zöpfen. Als sie Mutter wurde, legte sie die Zöpfe zu einem Kranz um den Kopf, löste das Haar nur noch, wenn sie nachts allein waren in dem großen Bett in der Küche. Sie saß gern auf der Bettkante, kämmte ihr langes Haar über die nackten Schultern, während im Herd das Feuer verglühte und im Teekessel das Wasser burbelte.
Nun räucherte der stumme Fischer wieder, aber nicht aus dem Schornstein, er brannte im Garten. Schwarzer Rauch wie von brennenden Autoreifen hüllte das Jablonskische Anwesen ein. Er wird eines Tages noch sein eigenes Haus anstecken, sagte Malotka. Vielleicht hat er auch das Kutscherhaus auf dem Gewissen, denn er ist nicht richtig im Kopf, das kann jeder sehen.
Das Kutscherhaus gehörte dem Gut, sagte ich. Aber das Haus in der Lüneburger Heide gehört dir.
Er blickte mich erstaunt an.
O ja, es bedeutet dem Menschen viel, wenn er mein sagen kann, wenn er *seine* Steine setzt, *seine* Bäume pflanzt, *seinen* Brunnen gräbt. Jeder braucht Eigenes, jeder will sein Reich, in dem sein Wille geschehe und er herrschen kann über seine Bäume, Mauern und Blumen.
Also bedeutet dir das Haus in der Lüneburger Heide mehr als das Kutscherhaus in Grunowen?
Malotka schüttelte den Kopf.
Es gibt noch etwas anderes, Wernerchen. Wir hängen nicht nur an Bäumen und Mauern, auch an Menschen. Auf dem Kutscherhaus liegen bald zwanzig Jahre Erinnerung an Anna

und die Kinder, an meine Mutter, die auf dem Schemel saß und Kartoffeln schälte oder im Herd stocherte. Solche Bilder prägen sich ein und bleiben, bis der letzte stirbt, der sie gesehen hat. Danach werden die Häuser wieder gewöhnliches Holz und gewöhnlicher Stein.

Im Garten fand er den Brunnenabdeckstein, ein kreisrundes Stück Beton, auf dem Anna gesessen und Gurken geschält hatte. Malotka wälzte den moosbedeckten Stein zur Seite, fand darunter sandige Erde, Ameisen und Käfer. Wer weiß, wen sie im Brunnen begraben haben, sagte er und ließ den Stein wieder fallen.

Auf dreißig Meter Länge fehlten die Pflastersteine der Gutsauffahrt. Jemand hatte die Steine, die der alte Herr auf den Feldern sammeln und von Malotkas Vater schlagen ließ, zur besseren Verwendung abgefahren. Wozu braucht man Pflastersteine? Wer mußte da etwas beschweren, einen Steinhaufen errichten, mit Steinen werfen? Auf dreißig Meter Länge nur Schlamm und Pfützen.

Dahinter der Gutsspeicher, dem nicht nur jeglicher Inhalt fehlte, sondern auch die Verglasung. Die eisenbeschlagene Tür, vor der die Frauen gestanden hatten, um ihr Deputat ausgeteilt zu bekommen, hielt noch. Hinter der Tür schimmelten die Dielen, hing die Speichertreppe brüchig und unbegehbar zwischen Himmel und Erde. Wo einst Berge von Roggen und Hafer lagerten, von Zigan täglich umgeschaufelt, damit das Korn nicht muffig riecht, bröselte altes Holz. Von außen ein festes Gebäude, aber inwendig faulend und rottend.

Molsch, sagte der alte Herr zu solchem Holz, molsch wie das Dritte Reich. Hast du das nie von ihm gehört? Von außen mächtig, aber inwendig molsch. Nur einmal zweifelte er, einmal hätte er dem Hitler beinahe seine Stimme gegeben. Das war die Reichstagswahl 1938 nach der Heimkehr Österreichs. Da stimmten 99,6 Prozent der Ostpreußen für Hitler, und der alte Herr hätte ihm wohl auch zum ersten- und letztenmal seine Stimme gegeben, wäre nicht der Hexenschuß dazwischengekommen.

Wir standen vor dem verrotteten Speicher und sprachen über die Wahlen zum Deutschen Reichstag. Nur wenige Provinzen Deutschlands gaben Adolf Hitler so bereitwillig ihre Stimme wie Ostpreußen. 1933: 97,1 Prozent, 1934: 95,2 Prozent, 1936: 99,7 Prozent. Bloß im Wahlkreis Rheinpfalz-Saar kamen gelegentlich höhere Prozentzahlen vor, aber meistens stand Ostpreußen an der Spitze.
Weil wir Grenzland waren wie das Saarland, sagte ich. Weil Ostpreußen eine Insel war.
Für diese Prozente haben die Ostpreußen teuer bezahlen müssen, meinte Malotka und klopfte mit der Krücke gegen die Speichertür.
Er glaubte, den Urheber der Fäulnis zu kennen. Es mußte der Schnee sein, der jahrein, jahraus durch glaslose Fenster wehte und den Speicher zum Eiskeller gemacht hatte. Im Frühling sickerte das Schmelzwasser durch die Dielen und verdarb das Holz. So sterben Speicher. Ratten und Mäuse sind längst ausgezogen, die Katzen, nach denen Zigan mit seinem struppigen Besen werfen mußte, gibt es schon lange nicht mehr.
Kein Hund schlug an, keine Hühner trippelten über den Gutshof, Kühe brüllten nicht aus offenen Stallfenstern, dem Schweinegarten fehlten die quiekenden Ferkel. Niemand da, der uns am Weitergehen hinderte. Kein Zuruf. Kein Verbotsschild: Vorsicht Einsturzgefahr! Der Herr dieser Güter, wer immer es sein mochte, hatte sich von seinem Anwesen verabschiedet, ohne eine Nachricht zu hinterlassen. Aus den Mauern, aus Treppen und Wänden, in den Gärten und zwischen den Pflastersteinen wuchs die masurische Wildnis. Auf dem Hofplatz wucherte falsche Kamille.
Hat man je einen Gutshof so gesehen? Die Erinnerung ließ diesen Platz grau, matschig, weiß, spiegelblank, glibberglatt, bepladdert mit Kuhdreck, bekrümelt mit Pferdeäpfeln erscheinen, aber niemals kamillegrün.
Hier stand die Häckselmaschine, sagte der Mann neben mir. Hier das Roßwerk. Die Tiere liefen mit gesenktem Kopf im Kreis, in der Mitte saß ein Junge und schwang die Peitsche.

Im Sommer '44 sah ich mich zum letztenmal auf diesem Hof. Ich ging zum Pferdestall, oder kam ich heraus? Danach in München die Rechte studiert, in Stuttgart die Rechte praktiziert und darüber vergessen, was vorher war. Jetzt stehe ich in der verblühten Kamille und weiß, daß hier meine kleine Weltgeschichte angefangen hat.
Der Kuhstall war so leer, daß den Fliegen das Leben verging. Am Ende des Futtertisches die Tür zur Milchkammer. Da standen die Kannen wie Soldaten aufgereiht, die Öffnung nach unten, der Schmandschmecker ließ sich in der Kammer auf einem Schemel nieder und wollte bedient werden. Da stand die große Zentrifuge, ein Wort, das nach warmer, fettiger Milch roch. Daneben die Buttermaschine, dieses satte Glucksen im Faß.
Die Gutsklinger hat auch einer mitgenommen, hörte ich Malotka sagen. Sie hing, ein gewöhnliches Stück Eisen, am Giebel des Pferdestalls. Wenn der Kämmerer mit dem Hammer aufs Eisen schlug, klang es nicht gerade wie Glockenspiel, war nur ein eintöniges Bimmeln, das Mittag und Feierabend einläutete.
Der Fahnenmast war geblieben. Aber nicht der, den Kallies errichten ließ, den wird die Rote Armee niedergewalzt haben. Dieses hier war ein Mast für das weißrote polnische Tuch. Auch ihm war die Bedeutung abhanden gekommen, alle Fahnen wehten in der Zentrale.
Der Pferdestall stank auf eine Art, die in Grunowen unbekannt war. Lag wohl an dem faulenden Stroh. An einem Balken fand Malotka ein mit rostenden Nägeln befestigtes Hufeisen, eine Erinnerung an die Zeit, als Hufeisen, auf Sandwegen und Pflasterstraßen gefunden, Glück brachten.
Wir näherten uns, es ließ sich nicht aufhalten, jenem Gebäude, das die Grunower ehrfürchtig Schloß nannten. Kein Zweifel, es war da. Grau schimmerten seine Mauern durchs Grün des Parks. Über den Baumkronen der Turm. Unversehrt das Storchennest, aber nur Gras wucherte im Haus des Adebars.

Das ist schlimmer als Abbrennen, hörte ich Malotka. Verlassenheit im Winter, das kam vor in dieser Gegend, wenn Grunowen eingeschneit lag, wenn nur der Rauch aus den Schornsteinen daran erinnerte, daß unter dem Schnee Menschen lebten. Aber wir haben hohen Sommer, wo alles wächst und lebt.
Auf unserem Wege zum Herrenhaus überraschten uns die Krähen. Sie hingen plötzlich in ziemlicher Höhe über uns, Malotka blieb stehen, blickte zum Himmel und ließ sich nicht davon abbringen, daß die schwarzen Vögel uns mit ihren gelben Krähenaugen beobachteten und verfolgten.
Warum hat das alte Wagenschauer überlebt? Es besaß drei schwarzgeteerte Wände aus Holz, eine Seite stand offen, oben drüber ein Wellblechdach. Hier stand der Jagdwagen, dort der Gouverneßwagen der gnädigen Frau, die Einspännergig und der Landauer, ganz hinten der Klingerschlitten für die Ausfahrten im Winter. Hat gestanden, mußt du sagen, vor 42 Jahren gestanden. Heute war der Unterstand angefüllt mit zerfetzten Traktorenreifen.
Wenn der stumme Fischer die ansteckt, räuchert es bis Sensburg, sagte Malotka.
Also gehen wir. Es ist dein Haus, sieh es dir an. Hinter jenen Mauern hat die Anna dich in den Schlaf gesungen.
Abblätternde Farbe. Bretter vor den Fenstern, dunkel im Schloß. Ein Platz für Schleiereulen. Auch die Terrassentür mit Balken vernagelt, die Gastfreundschaft ist gestorben, es gibt keine offenen Türen mehr. Auf der Freitreppe, die zur Terrasse führte – dort kam der Besuch an, dort fuhr er ab –, quälten sich junge Birken aus brüchigem Mauerwerk, Löwenzahn wurzelte im Gestein.
Das war deine Kinderstube.
Malotka schlug mit der Krücke an eine bestimmte Stelle der Wand. Es blieb auch Kinderstube, als das Kind in Königsberg lebte. Nur wenn Grunowen Einquartierung erhielt, wurde das Zimmer benutzt. Die Soldaten legten ihre Helme auf die Kinderbücher, stellten die Gewehre mit aufgepflanztem Bajonett in die Spielecke, wo der Kasper zu Hause war. Zwei hin-

terließen, bevor sie im September '39 aus meinem Kinderzimmer nach Polen marschierten, Namen und Anschrift auf der Fensterbank: Fritz Fechter aus Hildesheim und Günter Tiedke aus Nienburg/Weser.
An der Wand die Segelschiffchen, die zu den Eismeeren fuhren. Auf der Tür zur Kinderstube klebte ein Bär, der in Amerika ausgebrochen und nach Masuren geflohen war. Oft saß die Anna neben dem Ungeheuer und wartete, daß das Kind vom Schlaf überwältigt wurde. Wenn es schlief, durfte sie in den Park gehen, wo ein gewisser Felix Malotka auf sie wartete.
Wir müssen da rein, sagte Malotka. Wir sind doch nicht tausend Kilometer umsonst gefahren. Notfalls mit dem Hammer, sagte er. Du hast doch Werkzeug im Auto. Wir werden die Tür einschlagen mit dem Wagenheber. Es ist dein gutes Recht, deine Tür zu zertrümmern.
Auf der Südseite bedrängten Haselnußsträucher den gepflasterten Gartenweg. Noch zwei Jahre, dann kommt keiner mehr durch. Malotka rüttelte an der Gartenpforte. Sie gab nach, fiel ins hohe Gras.
Wir haben kein Recht, irgend etwas einzuschlagen, wir sind nur Gäste, sagte ich.
Schöne Gäste, wo kein Gastgeber ist. Wir sind die Letzten. Wenn wir Alten tot sind, kommt keiner mehr. Der stumme Fischer wird sich einen schönen Tag machen. Wenn er alles verbrannt hat, was zu verbrennen ist, wird er auch dein Haus anstecken.
Hinter jenem düsteren Fenster herrschte die Rendantin, die Frau von Bublitz. Unser Gut hatte ein richtiges Büro, in dem seit dem Jahre '32 eine Schreibmaschine klapperte. Als deine Mutter starb, versprach sie sich einiges, die Frau von Bublitz. Aber der alte Herr nahm sie nicht, obwohl sie eine *von* war. Weißt du, wenn zwei Menschen jahrelang nebeneinander leben und arbeiten, können sie sich nicht auf einmal lieben.
Hat Vater keine Frau mehr gehabt?
Malotka schüttelte den Kopf. Mit den Leidenschaften ist es

wie mit den Haaren, sie verlieren sich im Alter. Als deine Mutter starb, ging er schon auf die sechzig zu, das ist ein Alter, in dem Frauen anfangen, eine Last zu werden. Zur Jagd ist er gern gegangen. Noch im Januar, der der letzte Januar war, schoß er fünf Hasen. Schnaps hat er niemals ausgeschlagen, aber nach Frauen verlangte er nicht mehr.

Die Frau von Bublitz, die gern Frau Tolksdorf geworden wäre, auch wenn sie auf das *von* hätte verzichten müssen, fuhr rechtzeitig heim ins Reich. Am Neujahrstag verabschiedete sie sich ins Brandenburgische. Ende Januar schrieb sie dem alten Herrn einen Brief, den letzten übrigens, der in Grunowen ankam:

*Man kann es einfach nicht glauben, daß dieser Bolschewismus doch endlich siegen soll über all das Schöne und Große, an dem wir Deutschen uns seit Jahrhunderten erbaut haben und wofür deutsche Menschen gelebt und gelitten haben und jetzt täglich zu Hunderten in den Tod gehen. Man kann es wirklich nicht begreifen, und so glaubt und hofft man immer weiter.*

Na ja, sie hat es überlebt, die Frau von Bublitz. Zwanzig Jahre nach dem Krieg starb sie im Brandenburgischen eines natürlichen Todes.

Einen zweiten Zugang gab es vom Garten aus. Dort führte eine Treppe zum Keller, über die im Herbst Kartoffeln und Wruken, auch Koks und Briketts ins Schloß kamen. Nun fanden wir Brombeerranken und Weißdorn, der Kellereingang war verschüttet mit dem Unrat der Jahrzehnte.

Malotka versuchte, durch die Ritzen der vernagelten Fenster zu blicken.

Kein Mensch da! Nicht mal ein Stück Möbel. Auch der olle Kurfürst ist über alle Berge. Auf die Flucht mitnehmen ließ er sich nicht, dafür war er zu sperrig, also blieb er als Aufpasser im Schloß, und wenn er nicht gestorben ist, hängt er noch heute da. Er war ziemlich sicher, daß sie den Kurfürsten aus dem Rahmen geschossen hatten. Aus-dem-Rahmen-Schießen war das Übliche, das den Bildern zustieß. In den Büchern wurde er als der »Große« geführt, aber den Masuren hatte er Un-

glück gebracht. Als er mit Polen und Schweden im Krieg lag, fielen die mit den Polen verbündeten Tataren in Masuren ein und verwüsteten es so gründlich, daß die Menschen noch in tausend Jahren der Tatarenzeit gedenken werden.
Was sagt man zu einem solchen Gespensterschloß? Wäre nicht heller Sonnentag, man hätte sich graulen können vor dem Gemäuer, in dem Fledermäuse und Eulen auf die Nacht warteten. Unser Rundgang endete an der Treppe des herrschaftlichen Eingangs, wo die Equipagen zu halten pflegten und feine Damen ihre Sonnenschirme aufspannten. Wir stiegen die bröseligen Stufen hinauf. Von der Terrasse aus sahen wir über den Grunower See, der bleigrau und unbeweglich im Sonnenlicht lag. Das Feuer war niedergebrannt.
Nun ruht er aus, der Brandstifter.
Ich werde das Grab meiner Mutter suchen, sagte ich.
Malotka schwieg, als habe er nicht verstanden. Er setzte sich auf die Treppe, meinte, daß er es nötig habe auszuruhen.
Willst du nicht mitkommen? fragte ich.
Er schüttelte den Kopf. Zum Friedhof bringt mich keiner mehr.
Er wird die Tür aufbrechen, dachte ich und setzte mich zu ihm auf die Treppe.
Wenn du zu deiner Mutter gehst, werde ich mich in der Bibliothek umsehen, sagte er und zeigte mit dem Daumen hinter sich zu den vernagelten Fenstern. Die Bibliothek war das Allerheiligste. Deine Mutter hat Stunde um Stunde in ihr gesessen und in vielen Sprachen gelesen. Auch der alte Herr saß gern in der Bibliothek, am liebsten allein oder mit seinem Hund. Während er nachts sein Türkenblut trank, las die gnädige Frau oben auf ihrem Zimmer. Manchmal schlief er sogar in der Bibliothek, lag, ohne sich zu entkleiden, im Sessel. In der Bibliothek dachte er und traf seine Entscheidungen, dort hörte er Radio London und redete mit Kora.
Er hat Feindsender gehört?
Hat er nie mit dir darüber gesprochen?
Mag sein, daß wir darüber gesprochen haben, aber nach vier-

zig Jahren kam es mir wie eine Neuigkeit vor: Radio London erreichte das masurische Grunowen.

Die in London lügen auch, Felix, sagte er immer. Aber wenn du beide Lügen zusammenrechnest, gibt es eine Wahrheit.

Malotka begann, in Meterschritten die Terrasse auszumessen. Sie gab fünf mal acht Meter her, in der Erinnerung war sie ihm größer erschienen. Größer auch das Rondell, um dessen Rosenrabatten die Kutschen noch eine Runde drehten, bevor sie so nahe an der Treppe hielten, daß die Damen ein- und aussteigen konnten, ohne den Fuß in den Sand setzen zu müssen.

Mit den Jahren wird alles kleiner. Wir werden kleiner, die Häuser versinken in der Erde, nur die Erinnerung wird größer und größer. Eines Tages ist nur noch Erinnerung da. Auch der Saal hinter uns wird gewiß kein Saal sein, sondern nur ein großer Raum, in dem die Feste des Jahres gefeiert wurden. Weißt noch, wie Weihnachten war? Um die Mittagszeit kamen die Gutskinder, die Alten und Bedürftigen zur Bescherung. Die Mägde hatten den Ofen eingekachelt und den Baum geschmückt. Punkt zwölf Uhr öffneten sie die Saaltür. Unter dem Baum standen Waschkörbe voller Geschenke, Handschuhe und Socken, Pulswärmer und Ohrenschützer, en gros gekauft in der Stadt. Als der Steinschläger Malotka noch im Gut arbeitete, nahm sein Sohn Felix auch an den Bescherungen im Schloß teil, später holten sich seine Kinder Ewald, Ulla und Mariechen die Äpfel und Karamelbonbons.

An einem heißen Julitag, auf der Freitreppe eines verfallenden Schlosses sitzend, erzählte Malotka von Weihnachten. Von der zweiten Bescherung, die in der Abenddämmerung begann. Anna mußte dir die Zeit vertreiben, bis der Weihnachtsmann die Pferde beschickt, die Stiefel gewienert und die Dunkelheit sich so verbreitet hatte, daß niemand sehen konnte, woher er wirklich kam. Der Weihnachtsmann, der dir Angst einjagte, trug eine Larve und zog ein Bein nach, auch polterte er furchterregend mit der Krücke. So war Weihnachten zu unserer Zeit, als die Kinder sich noch fürchteten, die Mägde den Baum ansangen, bis der Hund jaulte, der alte Herr Tür-

kenblut aus dem Keller holte und dem Weihnachtsmann zur Stärkung einen Grog einschenkte. Einmal geschah es, daß der alte Herr den Weihnachtsmann fragte, ob er in der Gegend von Nikolaiken zu tun habe und eine gewisse Anna Maruhn im Schlitten mitnehmen könne, die da einen Vater zu bescheren habe, aber nicht wisse, wie sie hinkommen solle.
Ja, ich habe das Kindermädchen Anna mit dem Gutsschlitten nach Nikolaiken gefahren. Damals waren wir uns noch fremd, ich sagte, Fräulein Anna, und sie sagte, Herr Felix. Unterwegs sprachen wir über die Kälte des Winters, die Hasenspuren und den Fischer in Nikolaiken.
Nach Weihnachten trieben die vermummten Gestalten des alten und neuen Jahres ihren Schabernack, klopften an Türen und Fenster, stürmten in die Häuser, nahmen sich aus Küche und Speisekammer, was ihnen in die Hände fiel. Wer die Tür vor ihnen verschloß, dem drohte Unglück im neuen Jahr. Auf die Straße traute sich keiner, wenn der Neujahrsbock spukte. Der rubbelte harmlose Spaziergänger mit Schnee ein oder schmierte ihnen Ruß ins Gesicht. Auch Ewald Malotka ist mit dem Neujahrsbock gegangen, im Januar '45 zum ersten- und letztenmal.
Im Januar '45 hattet ihr noch Zeit für solche Späße?
Es war doch ruhig, Herr, es ging seinen gewohnten Gang. Auch jene Zeit hat nicht nur geschossen, gebombt und gemordet, sie ließ die Menschen schlafen, essen und arbeiten nach ihrer Gewohnheit. Eigentlich war es ein stiller Winter in Ostpreußen.
Malotka holte eine Zigarre aus der Brieftasche, biß das Mundstück ab, gab sich Feuer und begann zu räuchern wie der stumme Fischer. Nebenbei riß er Löwenzahn aus dem Mauerwerk, weil das verdammte Unkraut, wenn du es gewähren läßt, Schlösser und Kathedralen zum Einsturz bringt.
Ich mußte allein in den Park. Malotka blieb, umhüllt von Zigarrenrauch, auf der Treppe zurück, wie einer, der nicht weiter kann. Es wird kälter zwischen uns, da ist etwas, das uns im Wege steht.

Also ging ich. Im Sommer '44 war ich zuletzt bei ihr. Danach in Texas Plantagen gewässert, in München das hohe Recht der Schuldverhältnisse studiert, Gutachten geschrieben über die Kongruenz des europäischen Rechts zum nationalen Recht. Schmetterlinge gaukelten über hohe Disteln.
Der Findling müßte noch stehen, ein schlanker Stein, wie man ihn selten auf den Feldern findet.
An Lungenentzündung hätte sie auch 1987 sterben können. Warum schon 1940?
Plötzlich stehe ich vor einem Hügel mit blühendem Löwenmaul. Der Stein steht schief, die Inschrift ist zertrümmert. Aber es ist ihr Stein, ohne Zweifel. Ein Wassereimer daneben. Die Grabumrandung ist geharkt. Mitten in der Wildnis finde ich einen gepflegten Garten von zwei mal drei Meter. Ihr Garten.
Wer kümmert sich nach einem halben Jahrhundert um das Grab meiner Mutter? Kein Weg, kein Trampelpfad führte zu dem blühenden Grab, und doch kam jede Woche einer, um die Blumen zu gießen.
Ich blickte mich um, glaubte mich beobachtet. Saß da nicht jemand im Gebüsch? Der stumme Fischer auch ein stummer Gärtner? Nein, es waren nur die schwarzen Vögel, die mich mit ihren gelben Augen beobachteten.
Lungenentzündung. Vater wäre längst eines natürlichen Todes gestorben, hätte ihn nicht das Kriegsende umgebracht, aber Mutter könnte noch leben bei mir in Stuttgart oder in einem Heim auf der Schwäbischen Alb.
Zum erstenmal finde ich den Gedanken angenehm, ihr nach dem Tod zu begegnen. Der Tod als Vereiniger, der Tod als Beseitiger jeder Flüchtigkeit, das haben sie sich gut ausgedacht. Aber was soll mit Vater werden? Ihm möchte ich nicht begegnen. Wir würden uns doch nur streiten. Siehst du, würde er sagen, ich habe recht gehabt.
Ja, du hattest recht auf deine Weise, und ich hatte recht auf meine Weise.
Ich lehnte an dem Stein, glaubte, das tun zu dürfen. Wer

sonst, wenn nicht ich? Zum erstenmal ohne Malotka, der zu allem etwas zu sagen wußte, hier fehlte er mir. Eine fremde Schwermut lag über dem Park. Die Ahornbäume warfen tiefe Schatten, in der Ferne, wohl auf dem Grunower See, schrien Wildgänse.

Als ich zurückkehrte, war Malotka fort. Nach einigem Suchen fand ich ihn in der Waschküche.

Ich habe unsere Franzosen besucht! rief er. Sie waren jung genug, sie könnten heute noch leben in ihrem Frankreich. Vielleicht kommen sie eines Tages auf Besuch, um die Grunower Waschküche zu sehen, in der sie einen Krieg lang gewohnt haben. Ach ja, die Geschichte der Franzosen muß auch noch geschrieben werden, eine Geschichte der französischen Kriegsgefangenen im deutschen Osten. Wie sie zu ihren Leuten hielten und mit ihnen flüchteten. Sie hatten Angst, sich befreien zu lassen und fuhren lieber mit ihren Feinden nach Westen.

Na, hast du deine Mutter gefunden? fragte er plötzlich.

Das Grab ist gepflegt und voller Blumen.

Wie das? stammelte er. Warum nur ein Grab? Es waren doch viele. Und warum Blumen?

Er blickte sich hilfesuchend um, streckte den Arm aus.

Das kann nur der sein! rief er. Der räuchert nicht nur, der gießt auch Blumen.

Wir standen herum und wußten nicht weiter. Es war alles getan. Wir hatten gesehen, was zu sehen war, mein Haus blieb verschlossen. Der einzige Mensch, der hier lebte, konnte nur brennen, aber nicht sprechen. Im Weitergehen befühlten wir alte Bäume, verständigten uns über den Platz, an dem das Kriegerdenkmal '14/'18 gestanden hatte. Zwei alte Männer auf der Suche nach der verlorenen Zeit.

Wir sollten nach Hause fahren, Herr. Es ist abnehmend Licht, und Ilse wartet schon.

Wo liegt mein Vater begraben? fragte ich, als wir die Dorfstraße erreichten.

Du fragst immer nach deinem Vater. Auf der ganzen Reise habe ich dir von ihm erzählt, aber du willst noch mehr wissen.

Er ist dir zu früh verlorengegangen, daran liegt es. Du hast dir die Paragraphen in den Kopf genommen, aber jeder Mensch hat nur ein Gedächtnis. Stopfst du es voll mit Paragraphen, bleibt für andere Dinge kein Raum, nicht mal für einen Vater.
Du weißt mehr von ihm als ich.
Was willst du hören, Lustiges oder Trauriges? Vielleicht sollte ich dir von der Birkhahnjagd erzählen, zu der er einen Offizier aus dem Führerhauptquartier eingeladen hatte, einen Oberstleutnant. Der kam nachmittags per Auto, ließ sich von der Mamsell mit Klopsen und Bratkartoffeln bewirten. Danach saßen sie in der Bibliothek, tranken Türkenblut und sprachen über den Krieg, denn auf den Birkhahn geht man in der Morgendämmerung, wenn die Sterne verblassen und das Licht im Nordosten aufsteigen will.
Einen Elch wollte er jagen, der Herr Oberstleutnant. Dem Hindenburg wurde als Dank für die Errettung Ostpreußens auch ein Elch gestattet; er erlegte ihn auf ostpreußischer Erde am 18. September 1915. Oder einen Lebenshirsch schießen, bevor die Jagd aus ist. Generalfeldmarschall Milch durfte seinen Lebenshirsch im Jahre 1943 in der Rominter Heide erlegen. Dem Oberstleutnant aber blieb nur ein Birkhahn.
Am Morgen fuhr ich sie in den taunassen Wald, den alten Herrn, Kora und den fremden Offizier. Sie gingen zu der mit Förster Dobatka verabredeten Stelle am Jagen 18, wo sich rotstämmige Kiefern und Mischwald trafen. Der alte Herr streckte den Arm aus und gab dem Offizier ein Zeichen. Der ballerte los, einmal, zweimal. Schrotkörner prasselten ins Laub, Vögel schreckten auf, getroffen fiel ein Birkhahn auf den Waldboden. Kora jagte ins Unterholz, kurz darauf schleppte sie die Beute an: Verpackt in einem Rucksack lag ein toter Birkhahn. Förster Dobatka war wieder einmal betrunken. Euer Masuren ist ein wunderliches Land, meinte der Offizier, da fallen die Birkhähne im Rucksack vom Himmel.
Zu der lustigen Birkhahngeschichte gab es einen zweiten Teil. Vater erzählte ihn im letzten Sommer, als ich auf Urlaub kam. Was ist eigentlich los im Osten? fragte Vater den Oberstleut-

nant aus dem Führerhauptquartier, als sie in der Bibliothek saßen und Türkenblut tranken.
Während wir beide mit Rotwein anstoßen, bricht gerade die Heeresgruppe Mitte zusammen, antwortete der Offizier. In vier Wochen steht die Rote Armee an der ostpreußischen Grenze, in einem halben Jahr ist alles vorbei.
Ach, es war doch nicht so lustig in jenem Sommer '44. Diese Defätisten und Miesmacher! In einem halben Jahr ist alles vorbei. Wieder wollen sie fünf vor zwölf aufhören wie 1918. Ich stellte Vater deswegen zur Rede, auf unserer letzten gemeinsamen Entenjagd am Grunower See.
Ihr dürft uns jetzt nicht in den Rücken fallen, Vater!
Mündungsfeuer der Schrotflinten aus dem Schilf.
Die vielen Gefallenen, Wildenten und Menschen.
Kora holte die Vögel aus dem See, legte sie Vater zu Füßen. Ein schweigsamer Heimweg. Wir wußten uns nichts mehr zu sagen. Kora miefte und lief von einem zum anderen. Das Abendrot färbte den See purpurn. Als das Rot in die Schwärze der Nacht überging, kam sie, die russische Nähmaschine mit ihrem Gesang. In großer Höhe flog sie über den Grunower See westwärts, nur hörbar mit ihrem sonderbaren Wu...Wu...Wu.
Wir blieben stehen und sahen hinauf.
Früher hat es die nie gegeben, sagte Vater, jetzt kommen sie jeden Abend.
Er riß die Flinte hoch und schoß in den Himmel. Kora stürmte los.
Bleib ruhig, Kora, da fällt nichts runter.
Nur Schrotkörner fielen, sie regneten auf den See und malten Ringe ins Wasser.
Sei still, Kora, sei ganz still.
Warum ist er nie in eine Partei eingetreten?
Er mochte keine Parteien, sagte Malotka. Den Hindenburg mochte er, als der Reichspräsident werden sollte, ließ er sich mit der Kutsche zur Wahl fahren. Im Dorf glaubten sie, er gehöre zu den Deutschnationalen, aber er gehörte zu nieman-

dem. Parteien müssen einseitig sein, müssen versprechen und verdächtigen, sich gegenseitig in den Schmutz ziehen, sagte er. Mit ihnen sinkt alles tiefer. Ihm waren Parteien nicht anständig genug, und die braune war ihm die schlimmste. Niemals hob er den rechten Arm, niemals kam ihm ein »Heil« über die Lippen. Wenn die Kinder »Heil Hitler« grüßten, antwortete er nicht, sagten sie »Guten Morgen, Herr Rittmeister«, warf er ihnen Karamelbonbons aus der Kutsche.

Heute sind wir klug, heute wissen wir, wie es ausgegangen ist, aber anfangs gab es wenig Anlaß, gegen Hitler zu sein. Er hatte Erfolge. Warum war Vater von Anfang an dagegen?

Vielleicht nicht von Anfang an. Vielleicht hat es sich so ergeben mit der Zeit. Hier ist etwas vorgefallen und da. Dann kam die traurige Geschichte des Doktor Hassenberg, der an gebrochenem Herzen sterben mußte, während seine jüdische Frau sich im schönsten der Sensburger Seen ertränkte. In Bischofsburg gab es einen Textilhändler, der den guten deutschen Namen Freimann trug, aber Jude war. An einem Sonnabend fuhr ich den alten Herrn mit der Kutsche nach Bischofsburg. Vor dem Laden des Freimann kamen wir in einen Menschenauflauf. Zwei Dutzend SA-Männer führten den Juden, bekleidet mit Gehrock und Zylinder, durch die Stadt. Sie ließen ihn ein Schild tragen, auf dem stand: *Dieser Judenlümmel verlangt, daß ein SA-Mann ihn grüßt!*

Der alte Herr ließ halten, stieg aus und begrüßte den Freimann mit Handschlag, als habe er einen alten Freund getroffen. Er sei den weiten Weg von Grunowen gekommen, um im Textilgeschäft Freimann Stoffe zu kaufen, sagte er laut.

Der Jude Freimann hat heute keine Zeit für Geschäfte, der muß erst Manieren lernen! schrie der SA-Führer.

Solche Vorfälle gaben zu denken, Herr. Da fragst du dich, ob es richtig läuft in Deutschland.

Aber nur ihm gaben sie zu denken, Malotka. Hunderte sahen zu, wie der Jude Freimann durch die Stadt geführt wurde, und alle dachten: Gott sei Dank, daß es mich nicht trifft, sondern bloß den Juden.

Im April 1933 fuhr ich den alten Herrn nach Ortelsburg, wo sich im »Berliner Hof« die Gutsherrn der Umgebung trafen, um zu beratschlagen, was sie mit dem Hitler anstellen sollten. Bis Mitternacht tagten sie, wir Kutscher saßen in der Diele, tranken Bier und spielten Karten.
Die hohen Herren haben aufs falsche Pferd gesetzt, sagte er auf der Heimfahrt. Daß die Braunen gewinnen, haben sie nicht für möglich gehalten. Nun ist es passiert, deshalb wollen sie mitmachen, um das Schlimmste zu verhüten. Sie wollen den Adolf an die Kandarre nehmen.
Den Gutsherrn war es zuwider, daß unter den Braunen der Pöbel regierte. Dieser Hitler ließ es zu, daß ein einfacher Waldarbeiter, kaum des Lesens und Schreibens kundig, zum SA-Führer aufstieg. Ein Tagelöhner wurde Bürgermeister, ein Melker Ortsgruppenleiter. Alles war möglich. Du brauchtest nicht von Adel zu sein, keine hohe Schulbildung vorzuweisen, jeder konnte etwas werden, wenn er nur dem Hitler anhing. Die meisten Gutsherrn waren Offiziere gewesen und wunderten sich, daß ein einfacher Gefreiter, von Haus aus Anstreicher, das deutsche Reich regieren wollte. Sie traten der Partei bei, damit ihnen die eigenen Arbeiter nicht vor die Nase gesetzt wurden. So war es.
Aber mein Vater trat nicht bei.
Laß sie nur machen, sagte er. Er wird sich totschreien. Sie werden sich totlaufen. Kämmerer Kallies ließ er gewähren und die Grunower Hitlerjungen, die mit erhobenem Arm an ihm vorbeimarschierten und im Chor ihr »Heil Hitler« brüllten.
Mir fiel eine Feier zum 20. April in der Grunower Dorfschule ein. Lehrer Sahrkau versammelte die Schüler unter dem Bild des Geburtstagskindes, Sahrkaus Frau fotografierte. In der letzten Reihe, unter dem angewinkelten Arm des Führers, der zehnjährige Werner Tolksdorf. Als ich mit einem Abzug des Bildes nach Hause kam, tippte Vater auf den Kerl an der Wand und sagte: Na, der Hindenburg wär' mir als Hintergrund lieber gewesen.
Gewähren lassen auch in Königsberg, als ich nicht nur das

Gymnasium besuchte, sondern auch in die HJ eintrat. Wie sollte er auch? Wo gab es Eltern, die verhindern konnten, daß ihre begeisterten Kinder dem Führer nachliefen? In Königsberg traf ich den blonden Balzereit, der Bannführer werden wollte, aber dann doch zur SS ging. Radtouren durchs Samland, Lagerfeuer, Wildgänse rauschen durch die Nacht, Gebet an Deutschland: Nichts kann uns rauben Liebe und Glauben zu unserem Land... Man soll den Kindern nicht ihre Begeisterung nehmen. Laß sie marschieren! Laß sie singen! So dachten viele. Eltern mögen es, wenn Kinder Ideale haben und mit leuchtenden Augen einer Idee folgen. So wünscht man sich Kinder. Keine Daumenlutscher und Stubenhocker, die bücherlesend den Ofen belagern. Ein Ideal haben und ihm nachlaufen. Die ewige Sehnsucht nach dem Rattenfänger, die immer auch ihre Pfeiffer und Trommler findet. Haben die Alten endlich gelernt, daß es ein Wahn ist, wächst ihnen eine Generation nach, die von neuem beginnt. Neue Fahnen, neue Farben, aber immer der gleiche Rausch und die Überzeugung, nun endlich den richtigen Inhalt gefunden zu haben. Religiöse Fahnen, nationalistische Fahnen, Hakenkreuzfahnen, rote Fahnen, grüne Fahnen, Friedensfahnen – junger Wein in alten Schläuchen, aber immer die gleiche Psychologie.
Wie dachtest du damals, Malotka?
Mir stand es nicht zu, viel darüber zu denken, Herr.
Wie dachtest du, als der Krieg anfing?
Wenn das nur gutgeht, sagte ich zur Anna. Zwanzig Jahre nach dem furchtbaren Schlachten fangen sie schon wieder an. Wenn das man gutgeht.
Aber als die Siege kamen, als Frankreich in sechs Wochen fiel, da habt ihr alle eure Einstellung geändert, nicht wahr? Da liefen die letzten Zweifler zu Adolf Hitler über.
Nicht der alte Herr. Der hat sich über die Siege geärgert, weil sie ihn ins Unrecht setzten. Der Kerl siegt und siegt und siegt! schimpfte dein Vater.
Pfingsten '41 kam ich aus Königsberg und fand mein Kinderzimmer belegt mit einem Major, der ein Jahr später die Halb-

insel Kertsch erobern sollte. Unter dem Bild des Kurfürsten schliefen an die zwanzig Soldaten. Ich zog ins Schlafzimmer meiner Mutter, schlief ein paar Nächte in dem Bett, in dem ich geboren wurde.

So funktioniert der berühmte Karabiner 98. So wird ein Gewehr gereinigt. Da ist Kimme, und da ist Korn. Hinter dem Park schoß ich mit den Soldaten, begleitete sie, wenn sie zur Übung in den Wald marschierten.

Wenn du mit der Schule fertig bist, kommst du zu uns, sagte der Major, der die Halbinsel Kertsch erobern sollte.

Aber dann ist der Krieg doch längst zu Ende! Diese schreckliche Angst, zu spät zu kommen, wenn alle Heldentaten vollbracht sind. Um nicht zu spät zu kommen, ging der blonde Balzereit freiwillig ein halbes Jahr vor dem Abitur. Ich wäre mit ihm gegangen, aber mein starrsinniger Vater bestand darauf, erst die Schule zu Ende zu bringen.

Du bist noch früh genug dran, sagte er.

Als ich am Dienstag nach Pfingsten in Königsberg eintraf, fand ich die Stadt voller Soldaten und Gerüchte: Die Sowjetunion steht vor gewaltigen Umwälzungen, Deutschland muß seine Ostgrenze sichern. Das Deutsche Reich will die Lebensmittellieferungen Rußlands an England unterbinden, Albion soll hungern. Die Ukraine wird Kornkammer Deutschlands. Stalin ist auf dem Weg nach Berlin, er hat sich dem Schutz des Deutschen Reiches unterstellt. Die erste Luftschutzübung im Königsberger Hauptbahnhof.

In den großen Ferien wollten wir mit dem Fahrrad nach Schwarzort, vier Jungs aus der Obersekunda, unter ihnen der blonde Balzereit. Nach Norden mit den Wildgänsen.

Ach, es ging alles so schnell. Am 22. Juni rollte der Kanonendonner von der Grenze nach Königsberg. Eine Woche später, als die Ferien anfingen, war es schon still. So schnell verstummen die modernen Kriege. Und wir kommen zu spät. Wilna wird ohne uns eingenommen, Riga fällt ohne die Königsberger Obersekunda, und der Major aus meinem Kinderzimmer wird ohne uns die Halbinsel Kertsch erobern.

Wir radelten dem Kanonendonner nach, holten ihn nicht mehr ein. Wir lagen in den Dünen und bräunten. Der Wind summte in den Gräsern. Auf dem Haff standen die schwarzen Segel der Kurenkähne. Ein großer Sommer und wir erst siebzehn. Die Welt um uns hallte wider von Sondermeldungen und Fanfarenklängen, aber wir lagen im Sand und träumten.
Die zweite Ferienhälfte verbrachte ich in Grunowen. Die Roggenernte fand schon mit den ersten russischen Gefangenen statt. Und Tote gab es. In der ersten Woche des Rußlandfeldzuges fiel der Melker Kurbjuhn.
Rußlandfeldzug, auch so ein Wort aus jenen Tagen. Einen Polenfeldzug gab es und einen Frankreichfeldzug, sogar einen Afrikafeldzug. Die Herren zogen ins Feld, um sich zu schlagen. Bald werden sie heimkehren mit klingendem Spiel. Schlachtet die Kälber! Schmückt euch, ihr Jungfrauen, sie zu empfangen. Die Helden bringen reiche Beute. Jeder konnte diesen Tag mit anderen Augen sehen:

| | |
|---|---|
| Am 22. Juni 1941 | begann der Rußlandfeldzug (zu harmlos) |
| Am 22. Juni 1941 | überfiel Deutschland die Sowjetunion (man sollte Deutschland aus dem Spiel lassen) |
| Am 22. Juni 1941 | brach der Rußlandkrieg aus (wie ein masurisches Gewitter) |
| Am 22. Juni 1941 | begann die Schlacht im Osten (Fanfarenklänge, Feierlichkeiten ... über alles) |
| Am 22. Juni 1941 | fing der Krieg zwischen Deutschland und der Sowjetunion an (die Schule fängt an, der Winter fängt an, aber der Krieg wird angefangen) |
| Am 22. Juni 1941 | überfielen die Faschisten die Sowjetunion (so sagen es die Überfallenen) |
| Am 22. Juni 1941 | begann das Unternehmen Barbarossa (Pathos der Kriegsberichterstatter) |
| Am 22. Juni 1941 | überfiel Hitler die Sowjetunion (so war es) |

Was sagte mein Vater, als der Krieg im Osten anfing?

Der schlug den Atlas auf und legte die flache Hand auf die grüne Fläche jenseits des Urals. Der Hitler hat nicht aufgepaßt, als in der Schule Geographie dran war, sagte er.
Und dann der letzte Sommer. Der letzte Sommer ist immer der schönste Sommer. Du kamst nach Hause an einem Tag wie heute. Das Heu war eingefahren, der Roggen färbte sich gelb. Wer Ohren hatte, konnte hören, daß es der letzte Sommer sein würde. Im Wehrmachtsbericht sagten sie Memel statt Njemen. Die Oma Kösling packte ihre Koffer, um zur guten Frau Martens nach Krempe zu reisen wie im Sommer 1914, aber sie ließen sie nicht mehr. Aber du kamst. Trotz der Reisebeschränkungen stiegst du in Sorquitten aus dem Zug, ein schmucker Offizier mit Lametta.
Was gibt es Neues in Grunowen? fragte der Leutnant Tolksdorf den Kutscher Malotka.
Schneewittchen hat ein Fohlen geworfen, Müller Sarkowski ist in Frankreich gefallen, mehr nicht.
Braungebrannt warst du wie einer von Rommels Afrikasoldaten. Im Dorf drehten sich die Mädchen nach dir um, kicherten und tuschelten. Du warst zwanzig und hättest schon ein Mädchen haben können, aber ihr hattet ja anderes im Kopf. Dein Vater ist in seinem Leben nie in Italien gewesen, aber du hast den italienischen Stiefel als Zwanzigjähriger abmarschiert, bist quer durch Deutschland gefahren, das damals Großdeutschland hieß, von der Etsch bis an die Memel gefahren, um zwei Wochen Heimaturlaub zu verleben.
Ja, das war ein Sommer. Eine merkwürdige Stille lastete über dem Land, als ruhe es aus vor dem großen Lärm. Die Vögel waren stumm, es rief kein Kuckuck mehr, und früh, sehr früh hingen die weißen Fäden des Altweibersommers an den Zäunen. Jeden Morgen und Abend fuhrst du mit dem Kahn zur Erleninsel. Kora immer bei dir. Sie streunte durchs Unterholz und schreckte Wildenten auf. Auf dem Rückweg sprangst du ins Wasser. Kora stand im Kahn und bellte. Du locktest und riefst, bis sie auch sprang. Dann seid ihr nebeneinander im Grunower See geschwommen. Ja, so war der letzte Sommer.

Oft bist du ins Moor geritten, wo die Russen Torf stachen. Du sahst ihnen bei der Arbeit zu und sprachst mit dem Wachsoldaten. Fünfundzwanzig Gefangene arbeiteten für das Gut Grunowen. Ohne sie wäre die Ernte 1944 nicht eingefahren worden, hätte es keinen Brenntorf als Deputat gegeben. Vom Moor aus bist du in den Wald geritten zum Schäfer Wronnek, der seine Schwarznasen auf den Waldwiesen hütete, ein wunderlicher Mensch, der wochenlang allein sein konnte mit seinem Hund und den Schafen, schweigsam wie der stumme Fischer.
Auch der alte Herr fuhr ins Moor.
Wie viele Spaten haben die Russen? fragte er den Soldaten.
Fünfzehn, antwortete der.
Und sie zählen sie jeden Abend?
Ja, ich zähle sie.
Es stimmte, ich bin im Moor gewesen und habe den Gefangenen zugesehen, die mit nackten Oberkörpern arbeiteten. Manchmal sangen sie. Auf dem Rückweg ritt ich am Dorfkrug vorbei. Die Mantheysche riß das Fenster auf und schrie: Sie haben den Führer umgebracht!
In gestrecktem Galopp auf den Gutshof. Kallies hatte die Leute versammelt und wollte eine Ansprache halten. Er schwor, der Führer sei wohlauf. Das wisse er aus sicherer Quelle. Es sei ein großes Zeichen der Vorsehung, daß der Führer gerettet wurde vor den gemeinen Verrätern.
Dann sah er mich.
Hilfesuchend streckte er die Arme aus.
Da ist der junge Herr! rief er. Der kommt gerade von der Front, der weiß, wie es um die deutsche Sache steht. Sprechen Sie ein Wort zu den Leuten, Herr Tolksdorf!
Was geschah danach?
Ich wußte es nicht mehr, aber Malotka, der an jenem Nachmittag in der Tür des Pferdestalls gestanden und zugehört hatte, erinnerte sich: Du bliebst auf dem Pferd, hobst den rechten Arm und riefst: Der Führer lebt! Mit ihm werden wir den Endsieg erringen!

Sollte ich das wirklich gesagt haben an jenem denkwürdigen 20. Juli?
Du brauchst dich nicht zu schämen, murmelte Malotka. So wie du dachten viele junge Menschen. Dieser Hitler hat es verstanden, alle Ideale und Tugenden auf sich zu beziehen. Glaube, Liebe, Treue, Opferbereitschaft galten ihm allein. Wir können die jungen Menschen von damals nicht für ihren Glauben verantwortlich machen. Schuldig sind die, die ihnen diesen schlimmen Glauben gaben. Wenn die Eltern ihre Kinder zum Stehlen schicken, wer ist dann der Dieb?
Aber mein Vater hat mich nicht zum Stehlen geschickt. Wo steckte er an jenem Tag?
Malotka wußte es.
Der alte Herr hörte die Fünf-Uhr-Nachrichten, dann stellte er um auf Radio London, aber London hatte noch keine Ahnung von der Bombe, die im masurischen Wald explodiert war. Ich mußte die Kutsche anspannen. Er wollte ausfahren, aber allein, um das Ungeheuerliche zu bedenken, das sich keine fünfzig Kilometer entfernt zugetragen hatte. Ja, das hatte die Kaschubsche nicht vorausgesehen, auch die fromme Frau Hesekiel wußte es nicht aus den Büchern zu lesen, daß dem großen Baal die eigenen Leute nach dem Leben trachten werden, aber Gott, ausgerechnet Gott, seine schützende Hand über diesen Antichristen halten würde.
Wenn der Teufel am Ertrinken ist, ruft er sogar den lieben Gott zu Hilfe, sagte Malotka.
Diese wundersame Rettung des einen Menschen am 20. Juli 1944 hat Millionen andere das Leben gekostet und den Krieg ein halbes Jahr verlängert. Gegen das so sichtbare Wirken der Vorsehung war kein Kraut gewachsen, nach dem 20. Juli war er heilig.
Nach der Rede vom Pferd herab ging ich ins Haus, um mit Rastenburg zu telefonieren, Kallies kam mit mir. Ich habe ihn nie sonderlich gemocht, aber im Geiste gehörten wir zusammen, glaubten wir an dieselbe Sache. Kallies stand mit angehaltenem Atem neben mir, als die Stimme aus dem Telefon

sagte, es sei alles fest in deutscher Hand, es bestehe kein Grund zur Besorgnis, der Führer lebe wirklich.
Ich blieb in der Bibliothek, hörte Radio und wartete auf Vater. Heitere Musik vom Sender Königsberg. Der Vetter aus Dingsda. Keine Feindflieger über Deutschland. Plötzlich seine Stimme. Der, der tot sein sollte, sprach über alle deutschen Sender. Wie Feuer durchströmte es mich. Diese Stimme, diese Gewißheit.
So ging es vielen damals, tröstete Malotka. Im Kessel von Stalingrad, frierend, hungernd, kaum noch Patronen im Gurt. Dann spricht der Führer über dreitausend Kilometer, und sie richten sich auf, sie glauben wieder. Oder am 30. Januar 1945. Sie sind schon auf der Flucht, sie liegen in den Straßengräben, sie klammern sich an Schiffe, die bald untergehen werden. Dann spricht der Führer zum 12. Jahrestag der Machtergreifung, und viele glauben wieder. Das begreift heute keiner mehr.
Aber mein Vater erlag dieser Stimme nicht. Der kam heim, als es dunkelte. In der Diele kippte ein Schemel um, Glas splitterte auf den Küchenfliesen. Er rief nach dem Stiefelknecht.
Du bist ja betrunken, Vater.
Das ist Deutschlands schwärzester Tag! schrie er. Nun hält er sich für unverwundbar, nun glaubt er an die Vorsehung und wartet auf den Tod der Zarin, damit sich das Wunder Preußens wiederholt.
Ich saß in der Bibliothek und hörte, wie er in der Diele tobte.
Dieser Verrückte wird bis zum Ende kämpfen lassen und noch Millionen mit sich in den Tod nehmen!
Er riß die Tür auf.
Der Mann, von dem du sprichst, hat Deutschland groß gemacht, sagte ich.
Er lachte.
Groß gemacht, um es in den Abgrund zu stürzen! Auf solche Größe können wir verzichten.
Er fing an, Zeitungen in Fetzen zu reißen und das Papier in den Kamin zu werfen. Im Nu hing eine Qualmwolke im

Raum. Ich öffnete das Fenster, sah ihn nicht mehr, hörte nur seine Stimme.
Es ist ein Wunder, sagte ich, eine überirdische Kraft muß dahinterstehen.
Ja, Wunder, Wunderwaffen, Wunderkerzen. Der liebe Gott kann ihn nicht brauchen, und der Teufel bekommt ihn sowieso! Was heute geschehen ist, läßt einen an Gott verzweifeln. Wenn es ein höheres Wesen gibt, das den Menschen liebt, hätte es dieses Wunder niemals zulassen dürfen.
Ich stand am Fenster und sah den Rauch entweichen. Eigentlich war es ein schöner Sommerabend damals in Masuren. Ich meine Lämmerwolken am westlichen Himmel gesehen zu haben.
Er kam zu mir ans Fenster und berührte meinen Arm.
Macht endlich Schluß, Werner, es geht nicht weiter.
Aber wie denn Schluß machen, Vater? Wenn ich nicht zurückfahre an die Front, holen sie mich zur Exekution. Nein, wir müssen da durch. Wir sind noch nicht verloren, wir haben noch viel Kraft. Nur nicht schlappmachen, nicht wieder weich werden wie ihr im Jahre 1918.
Das habe ich vor dreiundvierzig Jahren meinem Vater gesagt. Nun hängen die Worte hinter den vernagelten Fenstern jenes alten Hauses und können keine Ruhe finden.
Es wurde eine lange Nacht, in der wir stritten. Er mit dem Rücken zum Kamin, ich gegenüber im Ledersessel, hinter mir die Bücherwand, zwischen uns eine Flasche Rotwein. Oft stand er auf, durchmaß den Raum in der Diagonalen.
Trink, mein Junge, trink!
Ich ließ ihn allein trinken. Nicht einmal diesen Gefallen wollte ich ihm tun, mich gemeinsam mit ihm zu betrinken. Ich sah dieses graue Gesicht, das zu keiner Begeisterung fähig war, in dem Skepsis und Resignation tiefe Spuren hinterlassen hatten, und verachtete den Menschen, der mein Vater sein wollte, aber so mutlos daherredete, der die Flasche Rotwein allein austrank und den Hund vor die Tür schickte, damit er nicht hörte, was Vater und Sohn sich zu sagen hatten.

In jener Nacht kam auch die Sache mit den Juden zur Sprache, nicht der Fall des Dr. Hassenberg, der an gebrochenem Herzen gestorben war, sondern die vielen, die in Lager verschickt und dort umgebracht wurden.

Sie bauen Gasautos, erklärte Vater, als er wirklich schon stark betrunken war. Damit fahren sie die Juden ins Schwimmbad, in Wahrheit aber ins Massengrab, denn unterwegs strömt Zyklon B in die Wagen. Ein Gutsbesitzer aus dem Angerburgischen hatte ihm das erzählt, der wußte es von einem Offizier aus dem Oberkommando des Heeres, der wiederum von einem Schulfreund bei der SS, der sich zum Fronteinsatz gemeldet hatte, weil er für die Beschaffung und Einsatzfähigkeit der Gasautos nicht länger zuständig sein wollte.

Das ist doch Greuelpropaganda von Radio London, erwiderte ich. Ich bin kreuz und quer durch Deutschland gereist, aber nirgends hat es nach Gas gerochen.

Sie haben ihre Lager in Polen und der Tschechoslowakei, sagte Vater. Die deutsche Luft halten sie frei von dem Gasgestank und die deutsche Erde frei von Massengräbern.

Und dann fiel folgender Satz: Wenn es wirklich so wäre, jüdische Frauen und Kinder in Gasautos umbringen oder Phosphor auf deutsche Frauen und Kinder werfen, ist der Unterschied wirklich so groß?

Das soll ich gesagt haben. Am späten Abend des 20. Juli 1944 schleuderte ich es meinem Vater entgegen, und ich war nicht betrunken.

Er sah mich stumm an mit seinen wasserklaren Augen, fuhr unsicher mit der Hand durchs schüttere Haar, trank hastig aus seiner Flasche.

Na, einen kleinen Unterschied sehe ich wohl, sagte er leise. Für die Engländer und Amerikaner, die Bomben auf deutsche Städte werfen, sind wir Feinde, aber die Juden gehören zu uns, sind unsere Nachbarn, die uns nichts getan haben.

Wie war das noch mit dem Sohn des Apothekers Finkenstein? Der wurde 1941 Soldat und sah seinen ersten Toten nicht auf dem Schlachtfeld, sondern auf dem Rigaer Güterbahnhof.

Der Militärzug hatte eine Stunde Aufenthalt, Finkenstein spazierte mit seinen Kameraden die Bahnsteige ab und traf einen Zivilisten, der ihnen zuwinkte, ihm zu folgen. Der Mann führte sie über die Geleise zu einem abgestellten Güterzug, neun offene Wagen wie für Zuckerrüben oder Briketts. Der Fremde hob schweigend eine Plane hoch, süßlicher Geruch schlug ihnen entgegen. Neun Güterwagen beladen mit nackten Leichen.

Die sind aus dem Getto, sagte er. Man wird sie an die Küste fahren und ins Meer kippen.

Eine Stunde Aufenthalt in Riga, noch keinen Schuß gehört, aber schon einen Güterzug voller Leichen gesehen. So ein Krieg ist das, sagte Vater damals.

Der Sohn des Apothekers Finkenstein vergaß die grausige Geschichte, aber als er Ende 1943 auf Urlaub kam und sich in der Silvesternacht betrank, fiel sie ihm ein. Er erzählte sie seinem Vater, der erzählte sie dem Gutsbesitzer Tolksdorf, und der hielt sie seinem Sohn vor in der Nacht vom 20. zum 21. Juli 1944.

Wie ist jene Nacht ausgegangen? fragte Malotka.

Ach, es gab kein reinigendes Gewitter. Wer sagte das letzte Wort? Wer schloß die Tür? Wie viele Jahre mußten vergehen, bis ich ihm verzeihen konnte, daß er damals recht hatte?

Also wie war das in jener Nacht?

Zwei Stunden nach Mitternacht schlief der Gutsbesitzer Karl Tolksdorf in seiner Bibliothek auf dem Stuhl ein, denn er war schwer betrunken. Ich trat vor das Haus. Kora begleitete mich. Wir gingen zu den Stallungen. Die Pferde prusteten vor den Raufen. Im Nordosten dämmerte der Morgen. Je mehr sich der Himmel öffnete und das Licht freigab, desto sicherer wurde ich, ja, ich hatte recht.

Du brauchst dich nicht zu schämen, sagte Malotka wieder. Mein Ewald wollte auch für Deutschland sterben, als er fünfzehn war. Der Sohn des Gärtners Masow wünschte, in HJ-Uniform auf die Flucht zu gehen, aber seine Mutter machte große Wäsche und gab das braune Zeug in den Bot-

tich. Als die Russen kamen, hing es zum Trocknen im Holzschuppen.
Der Sohn des Apothekers Finkenstein hat es in Riga gesehen, und was hast du erlebt? fragte Malotka.
Karl May fiel mir ein. In den Schluchten des Balkans. Partisanenbekämpfung in Montenegro. Vom Regiment kommt der Befehl, ein Dorf, Schlupfwinkel der Partisanen, dem Erdboden gleichzumachen. Auch so ein Wort: dem Erdboden gleichmachen. Kraschuba, ein Nest in den Bergen. An den Hängen bringen wir vor Sonnenaufgang Granatwerfer und Maschinengewehre in Stellung. Um sieben Uhr fünfzehn beginnen wir, Kraschuba zusammenzuschießen. Um sieben Uhr fünfundvierzig brennt das Dorf, gegen zehn Uhr gehen wir durchs rauchende Kraschuba. Verkohlte Kinder auf der Straße, Frauen mit aufgerissenen Bäuchen, alte Menschen, denen das Feuer die Haare vom Kopf gebrannt hat. Wo aber sind die Partisanen? Haben sie sich rechtzeitig in die Berge verzogen und das brennende Kraschuba den Frauen und Kindern überlassen?
Ich übergebe mich, kotze den ganzen Ekel auf die dreckige Straße. Einer der älteren Soldaten sieht, wie ich mich quäle.
Nehmen Sie es sich nicht so zu Herzen, Herr Leutnant, sagt er und erzählt von seinem Urlaub in Hamburg. Er traf in jener Nacht ein, in der eine Luftmine seine Familie zerriß, das war im Sommer '43. Dieser Mann wünschte nichts sehnlicher, als daß die Bomberpiloten auch einmal durch eine brennende Stadt gehen wie wir durch Kraschuba.
Hätte mich jemand gefragt, ob ich mich schuldig fühle, damals hätte ich geantwortet: So schuldig wie die Piloten, die weiter nichts taten, als über Hamburg die Bombenschächte zu öffnen.
Vielleicht, sagte Malotka, müssen wir die Geschichte anders sehen: Wenn es unschuldige Opfer gab, müssen auch schuldige Täter dagewesen sein. Von nichts kommt nichts. Das Unglück fällt nicht wie Hagel vom Himmel.
Jeder von uns hat seinen dunklen Punkt, sagte Malotka.

Was kannst du für einen dunklen Punkt haben, Malotka?
Er hörte mich nicht, schaute auf den See.
Ich könnte nach Jugoslawien reisen im nächsten Sommer, dachte ich, das Dorf Kraschuba besuchen, das sie sicher aufgebaut haben. Ist es nicht sonderbar? 1987 wandern wir durchs sommerliche Masuren und sprechen über Kraschuba, das brennende Hamburg und die Explosion vom 20. Juli 1944. Wir kommen nicht davon los. Zu schönen Landschaften und sonnigen Erinnerungen können wir nicht mehr reisen, wir sind immer unterwegs zu unserer Geschichte.
Malotka berührte meinen Arm.
Du hättest damals nicht vorzeitig abreisen sollen. Vierzehn Tage Heimaturlaub standen dir zu, nach zehn Tagen fuhrst du freiwillig zurück an die Front.
Nicht an die Front. Ich sah mir Deutschlands Städte an, bevor sie untergingen, Königsberg, Dresden und Würzburg.
Aber er verstand es anders, beteuerte Malotka. Mein Sohn hält es nicht bei mir aus, sagte er. Wir gehen im Streit auseinander und sehen uns nie wieder.
Um halb sieben ging dein Zug, um halb sechs stand die Kutsche vor dem Schloß. Die Mamsell brachte eine Tasche mit Verpflegung für die lange Reise nach Italien. Er stand oben am Fenster.
Hast du auch nichts vergessen? fragte ich.
Kora schlug an, die Mamsell winkte, oben stand er wie versteinert. Als ich vom Bahnhof zurückkehrte, war er immer noch am Fenster.
Hat er was gesagt? fragte er.
Nichts, Herr.
Wie alt ist dein Junge, Felix?
Fünfzehn, Herr.
Will er auch schon für den Führer sterben?
Ich denke, daß er nächstes Ostern zum Schmiedemeister Venoor in die Lehre gehen soll, Herr.
Das ist gut, Ostern ist gut. Wir müssen die Kinder über diese Zeit hinwegretten. Weiter nichts, nur überleben.

Von Italien schrieb ich an ihn.
*Lieber Vater, ich bin wieder glücklich bei meiner Einheit gelandet. Es tut mir leid, daß wir uns bis zum letzten Tag gestritten haben. Doch wenn es um Deutschlands Größe und Ehre geht, kann ich keine Kompromisse schließen. Du bist mir fremd in Deinem Denken, ich weiß auch nicht, woher das kommt. Trotzdem achte ich Dich als meinen Vater. Ich wünsche, daß wir uns bald wiedersehen, hoffentlich gesund und in friedlicher Umgebung. Dein Sohn Werner.*
Ich war dabei, als der Brief ankam, sagte Malotka. Er las ihn und wünschte nur, daß du noch da bist, wenn der Vorhang im Tempel reißt und jeder sehen kann, welch ein schauriges Stück gespielt wird.
Dieser Brief könnte Vater kompromittiert haben. Wenn die Postleitstelle ihn geöffnet hat, wußten sie, wie der Gutsbesitzer Tolksdorf dachte. Hatten sie Vater in den letzten Kriegsmonaten noch Verhören unterzogen, nur weil der Sohn es für nötig hielt, einen heroischen Feldpostbrief nach Hause zu schreiben? Bei Kriegsende umgekommen, vielleicht ganz anders. Von den eignen Leuten umgebracht wegen defätistischer Reden, Wehrkraftzersetzung oder Beleidigung des Führers.
Du hättest häufiger schreiben sollen, sagte Malotka.
Aber ich schrieb pausenlos, im November 1944 zum erstenmal aus Texas. Dreimal kam die Post unzustellbar retour, weil die Rote Armee Grunowen eher erreichte als der Brief aus Amerika.
Er hat deinen Brief aus Italien sofort beantwortet, sagte Malotka. Auch diese Antwort kam nicht mehr an. Ich saß, als die Post verteilt wurde, schon im Gefangenenlager bei Neapel, den Vesuv vor Augen, der in jenem Sommer kräftig Feuer spie. In der Bucht lagen die Transportschiffe und warteten auf Begleitschutz. Schrecklich zu denken, daß ein amerikanischer Truppentransporter mit deutschen Kriegsgefangenen an Bord von einem deutschen U-Boot versenkt wird und darüber eine Sondermeldung mit Fanfarenklängen über die deutschen Sender läuft.

Der Fischer räucherte stärker. Was hat der zu verbrennen? Wir werden ihn greifen müssen, um ihn zu befragen, Herr. Der wird wissen, welche Feuersbrünste hier gewütet haben, der kennt sich aus mit Feuer.
Plötzlich hörten wir ihn schreien. Er lief wild gestikulierend um sein Haus, verschwand in der Rauchwolke, kam wieder zum Vorschein und hörte nicht auf zu schreien.
Dem ist es zu still, behauptete Malotka. Deshalb schreit er sich aus. Dem Fischer Maruhn war es auch manchmal zu still, aber der schrie nicht, der sang Lieder, die keiner verstand.
Malotka schlug den Weg zum Wasser ein, denn wenn einer so schreit, tut ihm was weh. Die Aussicht, daß der stumme Mensch die Sprache wiedergefunden hatte, beflügelte ihn.
Plötzlich Stille. Der Fischer war im Haus verschwunden, ließ sein Feuer allein brennen.
Wir gingen zum Jablonskischen Anwesen. Malotka zerbrach sich den Kopf, wer der Fischer sein könnte. Wer war zurückgeblieben, so stumm und doch so laut mit dieser Zuneigung zum Feuer? Vielleicht ist der Helmut zurückgekehrt. Der kam in dem Jahr, als der Hindenburg starb, um in der masurischen Landwirtschaft zu arbeiten. Damals herrschte unter den jungen Leuten im Reich große Arbeitslosigkeit. Die Arbeitsämter stellten Sonderzüge zusammen, schickten Landhelfer zur Arbeit in den Osten, so auch diesen Helmut, der aus der Stadt Frankfurt am schönen Fluß Main kam und gerade fünfzehn Jahre alt war. Bis Sensburg ging es ihm noch gut. Als aber auf dem Bahnhof die Landhelfer verteilt wurden und Helmut den finsteren Grogonz erblickte, der ihn mit seinem Einspänner abholen wollte, verging ihm die Freude. Die beiden klapperten immer tiefer ins tiefste Masuren. Grunowen lag am Ende der Welt, und das Grogonzsche Anwesen noch ein gutes Stück dahinter. Grogonz redete nur masurisch, und Helmut bekam Heimweh. Die ersten Wochen weinte der Junge nur, auch soll er von Frankfurter Straßenbahnen geträumt haben. Zum Angewöhnen schickte ihn der Grogonz auf den Acker Steine sammeln, danach hütete er die Kühe,

verbot ihnen, im See zu schwimmen oder das Kornfeld niederzutrampeln. Zwei Monate später wurde offenbar, warum der Grogonz einen Hütejungen aus dem Reich genommen hatte: Er mußte wegen Pferdeschmuggels ein Vierteljahr einsitzen und brauchte für diese Zeit einen, der die grobe Arbeit auf dem Hof verrichtete. Leider bekam er nur einen schmächtigen Jungen, der für schwere Arbeit nichts taugte und sich einen Sommer lang bangte nach der großen Stadt Frankfurt und ihren Straßenbahnen.

Als der Krieg sich dem Ende zuneigte, kam der Helmut noch einmal. Inzwischen hieß er Unteroffizier Ballmann und fuhr einen Wehrmachtskübelwagen. Wegen des hohen Schnees konnte er nicht durchkommen zum Grogonz. Er ließ sein Auto vor dem Krug stehen, ging zu Fuß über den See, der schon hielt in jenem Dezember, der der letzte Dezember war. Zwei Stunden saß er beim Grogonz am warmen Ofen und erzählte, wie er die Stadt Goldap verloren und wieder zurückerobert hatte. Einmal habe man die Rote Armee aus Ostpreußen geworfen, ein zweites Mal werde das nicht gelingen. Sie sollten sich aus dem Staub machen und dahin fahren, wo er als Hütejunge hergekommen war, ins Reich nämlich.

An einem Steg im Schilf fanden wir seinen Kahn. Der Fischkasten angefüllt mit trübem Wasser. Unter dem Sitz lag wirres Netzwerk, Angelschnüre hingen über dem Holz, ein Kescher ragte aus dem Wasser. Am Bootsrand, wo der stumme Mensch die Fische tötete, klebte Blut.

Nein, der Helmut konnte es nicht sein. Unteroffizier Ballmann wird gefallen sein, oder er ist in Gefangenschaft geraten und später entlassen worden in seine Stadt Frankfurt. Der war auch nicht stumm und so verwildert wie dieser.

Wir blickten durchs einzige Fenster, das Glas trug. Auf einem rohen Tisch stand ein halbgefüllter Suppenteller, Brotrinde lag verstreut, ein gewaltiges Messer steckte in der Tischplatte. Eine weiße Katze spazierte auf der Fensterbank, schmiegte ihren Leib gegen das schmutzige Glas.

Als wir ums Haus bogen, sahen wir ihn. Eine Gestalt sprang

um das Feuer. Er war so still, wie Fischer sind, hantierte heftig mit einer Forke, stieß ins Feuer, riß brennendes Papier hoch und ließ schwarze Fetzen zum Himmel stieben.
Ein Windzug riß den Qualm fort, nun sahen wir ihn deutlicher. Er trug eine schwarze Jacke mit viel zu langen Ärmeln, das Haar hing ihm ins Gesicht.
Mein Gott, der verbrennt Bücher!
Als er uns sah, warf er die Forke von sich und rannte los aufs freie Feld, bis ihn eine Bodensenke verschluckte. Also ein Brandstifter, einer, der Zaunpfähle, morsche Dachlatten, vor allem aber Bücher verbrannte. Malotka stocherte mit seiner Krücke in der Glut. Mommsens »Geschichte des Römischen Reiches«, Bismarcks »Gedanken und Erinnerungen«, schwarz angekohlt. Da Bücher allein nicht brennen wollen, hatte der stumme Mensch trockenes Holz dazugegeben. Mehrere Jahrgänge der landwirtschaftlichen Zeitschrift »Georgine« warteten darauf, dem Feuer anvertraut zu werden. Zweiundvierzig Jahre nach dem Ende der deutschen Zeit verbrannte der immer noch deutsche Bücher. Er könnte sie für viel Geld auf dem Sensburger Markt verkaufen, denn die Zeit verlangt wieder nach alten Büchern, aber nein, er verpestet lieber die Luft.
Wir standen eine Viertelstunde neben dem niederbrennenden Feuer, aber er kam nicht. Im Auto fiel mir ein, daß es meine Bücher sein könnten.

Wir sind nun am Ende, wir haben gesehen, was übriggeblieben ist, wir können nach Hause fahren. Morgen noch und übermorgen, dann reisen wir zu unserem Schiff. Nur eines noch. Sind wir so weit gekommen, müssen wir auch in den bewußten Wald. Wer Ostpreußen besucht, fährt zu den grausigen Trümmern und denkt sich seinen Teil, jeder das Seine.
Hast du noch nicht genug? fragte Malotka, als wir Sensburg verließen. Wir fahren immer nur zu Ruinen.
Auf halber Strecke zwischen Sensburg und Rastenburg fand

er Schienenreste jener Bimmelbahn, die den Namen »Rasender Masur« trug, eine Kleinbahn, die imstande war, auf abschüssigen Strecken Radfahrer zu überholen. Im Winter mußten die Reisenden den Zug aus Schneewehen schieben, und an heißen Sommertagen spazierte der Heizer mit zwei Eimerchen zum nahen See, um Wasser für die durstige Lokomotive zu holen. Nun lag da rostiges Eisen, überwuchert von kniehohen Gräsern.

Hinter Rastenburg ein schöner Wald, aber angefüllt mit Trümmern. Vier Reisebusse hielten hinter dem Schlagbaum, drei Dutzend Pkws, die meisten mit westdeutschen Kennzeichen, denn diese Trümmer waren eine durch und durch deutsche Angelegenheit. Tafeln markierten den Rundweg. Handzettel in mehreren Sprachen. Eine Führung in Deutsch?

Wir haben Führung genug gehabt, winkte Malotka ab.

Also gingen wir allein und schweigend. Malotka schlug gelegentlich mit der Krücke gegen den Beton, als wolle er die Festigkeit des Materials prüfen.

Plötzlich sahen wir sie, unsere Kinder vom Schiff.

Die Pfadfinder führten ihre Räder an den Trümmern vorbei, Alfred, ihr Führer, erklärte düstere deutsche Geschichte. Vor großen Fotoplakaten blieben sie stehen und lasen, was über die Väter geschrieben stand. In mehreren Sprachen. Eine grauenhafte Allee der Bilder. Sie will zeigen, daß es einen direkten Weg gibt vom Deutschen Orden nach Auschwitz, von der ersten Schlacht bei Tannenberg zur letzten Schlacht um Berlin.

Wir überholten sie am Betonobjekt Nummer 9.

Habt ihr keine Panne gehabt? fragte Malotka.

Dem Christian ist der Lenker gebrochen, mußten wir in Gizycko schweißen lassen.

In der Menge auch der Blonde, den ich kannte. Sein Gesicht übersät von Sommersprossen, die das masurische Wetter hatte aufblühen lassen.

Wie heißt du? fragte ich ihn.

Stephan Müller, antwortete er und wunderte sich.

Ich kannte einen, der hieß Walter Balzereit. Er ist vermutlich im Krieg gefallen, aber ich dachte, er hätte einen Sohn oder einen Enkel, du siehst ihm jedenfalls ähnlich.
Er zuckte mit den Schultern und lächelte mich an, dann folgte er den anderen zum Objekt Nummer 13.
Bitte keine Fotos. Die Pfadfinder wollten nicht mit diesen Trümmern auf einem Bild erscheinen.
Was müssen die für Angst gehabt haben, daß sie sich hinter solchen Betonwänden versteckten, sagte einer der Jungen.
Ein winziges Loch, der Eingang zum Bunker, die Trümmer gnädig überwuchert mit Rankgewächsen. Birken krallten sich ins Gestein, wuchsen aus den Spalten, die die Sprengladungen gerissen hatten.
Sie wollten tausend Jahre herrschen, hinterlassen haben sie nur Trümmer für tausend Jahre, meinte Malotka. Betonklötze wie diese bekommen auch unsere Birken und die ostpreußischen Winter nicht kaputt, die wird man noch in tausend Jahren besichtigen können.
Ich beobachtete den Jungen, der nun abseits auf dem Gepäckträger saß und Kaugummi kaute und mich an Walter Balzereit erinnerte. Der Sommer 1938, in dem ich mit ihm durch Ostpreußen geradelt war, unterschied sich in nichts von diesem Sommer. Die gleichen Gesichter und fast die gleichen Lieder. Er ging vorzeitig von der Schule, um ja nichts zu versäumen. Ich wäre mit ihm gegangen, hätte Vater es nicht verboten. Eine Postkarte vom Atlantikwall. Danach keine Nachricht mehr. Er wird gefallen sein. Oder die Sieger haben ihn aufgehängt. Ein prima Kerl, dieser Walter Balzereit, nichts an ihm des Aufhängens wert. Ich hätte ihn gern in Texas dabeigehabt, um mit ihm über die Bilder von Bergen-Belsen zu sprechen, über die Leichen auf dem Hauptbahnhof von Riga und über mein Bergdorf Kraschuba.
Ein Junge kroch in den Eingang des Führerbunkers, schrie laut, wie man in Tunneln und unter Brücken schreit. Aber der kalte, nasse, von Schimmel überzogene Beton gab kein Echo.
Hesekiel 18, Vers 20. Jemand hatte den Vers in den Beton ge-

ritzt, und keiner wußte, was es bedeuten sollte. Auch der polnische Führer nicht, den wir fragten.

Die fromme Frau Hesekiel aus Grunowen hätte es wohl gewußt, erklärte Malotka. Aber die war zu Lebzeiten nie beim Führer, um solche Sprüche in den Stein zu schreiben.

Die Pfadfinder verschwanden in einem Gebäude, in dem ein Film gezeigt wurde. Der Blonde blieb draußen und bewachte die Fahrräder.

Wie hat euch Ostpreußen gefallen? fragte ich ihn. Er zögerte. Die Radtour durch Finnland vor einem Jahr sei eigentlich schöner gewesen.

Malotka drängte zum Ausgang. Soviel Beton macht einen ganz melancholisch, meinte er und steuerte auf das Auto zu, unter dessen Beifahrersitz er eine angebrochene Flasche gegen die Melancholie fand.

Wir können das Zeug nicht ungetrunken nach Deutschland mit zurücknehmen, sagte er.

Er trank allein, ich mußte fahren.

Es ist doch eine wunderliche Geschichte, sagte Malotka, als wir wieder auf der Landstraße waren. Ein Menschenleben alt, wühlt sie uns immer noch auf. Zwölf Jahre hat der Hitler in Europa rumort, aber Stoff geliefert für tausend Jahre.

Ja, so ist das, Malotka. Die aus jener Zeit kommen, sind geprägt. Wir können uns für nichts engagieren und begeistern, wir treten keiner Partei bei und übernehmen kein Ehrenamt, wir begegnen jedem mit Mißtrauen, der mit glühenden Augen und flatternden Fahnen daherkommt. Jede Begeisterung ist uns verdächtig. Wir können es in keiner Versammlung aushalten, jedem Gassenschreier gehen wir aus dem Weg. Wenn ein Heiliger im Stadion vor Hunderttausenden spricht, denken wir an den totalen Krieg und den Schreier im Sportpalast. Überall sehen wir den Versuch, Menschen zu verführen, sie zum Gehen, zum Marschieren, zum Demonstrieren und Fahnenschwenken zu bewegen. Selbst Friedensbewegungen und Umweltbewegungen sind uns verdächtig, weil sie immer auch »Bewegungen« sind.

In der Sensburger Vorstadt wollte er Mitbringsel kaufen für Ilse und das Mariechen im »Schießstand«.
Wohl dem, der einen hat, dem er was mitbringen kann! sagte er.
Kruzifixe gab es, Madonnen und Bilder vom Heiligen Vater. Aber seine Ilse war nicht so fromm. Deshalb kaufte er ihr ein Bildchen in Öl, einen schlichten Weidenbaum in schwarzem Rahmen, den er in braunes Papier einwickeln ließ für die Reise in die Lüneburger Heide. Er bezahlte mit Zloty, wenigstens für die gemalte Weide waren die Scheine zu gebrauchen. So, das wäre auch getan.
Wir aßen gut und reichlich im Restaurant unseres Hotels. Malotka ging zu den Pferden, um sich zu verabschieden, wie er sagte. Als er zurückkehrte, dunkelte es.
Ich muß dir ein Geständnis machen, sagte er und setzte sich zu mir an den Tisch.
Es betraf die Gutskutsche. Er hatte sie im Jahre '45 verkauft für weiter nichts als einen Bezugsschein, der zum Kauf von zwei Kindermänteln berechtigte. Die Kutsche klapperte noch viele Jahre im Heidesand, am Wilseder Berg wurde sie gesehen, meistens mit Kindern beladen, die einen Schulausflug zum Totengrund unternahmen. Inzwischen wird sie das Zeitliche gesegnet haben, denn nichts lebt ewig, auch keine Kutsche.
Damit nicht genug, Malotka hatte auch Schneewittchen und Erlkönig draufgegeben. Kutschpferde gingen schlecht hinter dem Pflug, sie vermochten keinen Mistwagen zu ziehen. Es war auch keine Zeit, um mit Kutschen spazierenzufahren. Also gab Malotka die Tiere einem Heidebauern für weiter nichts als eine warme Stube. So habe ich Geschäfte gemacht mit deinem Eigentum, sagte er. Die Tiere sind bald in die Wurst gekommen, denn die Zeit verlangte nach Fleisch, nicht nach Kutschpferden.
Durchgebracht hat Malotka auch Kristall und Porzellan. Stück für Stück ging es weg für Kinderschuhe, Socken und Unterwäsche, nicht zu vergessen Eier und Speckseiten. So ein

getreuer Knecht war Felix Malotka, er hat die Kostbarkeiten des Gutes Grunowen unterschlagen, um in der schlechten Zeit ein bißchen angenehmer zu leben.
Ich winkte ab.
Wer es fertigbrachte, im Winter '45 eine Kutsche heil von Grunowen in die Lüneburger Heide zu fahren, dem gehörte sie auch. Du weißt doch, wenn es ums Überleben geht, verlieren die Paragraphen, die die Eigentumsrechte an Kutschen und Pferden regeln, ihren Sinn.
Er lachte.
Du hast das Recht studiert und sagst so was!
Ach, Malotka, unser Recht ist nur für normale Zeiten und normale Fälle. Wenn es um Außergewöhnliches geht, ist Justitia hilflos. Sie greift blind in den großen Sack von Schuld, zieht hier eine Körperverletzung, da einen Totschlag heraus, aber die anderen Berge von Schuld, die seelischen Grausamkeiten, bleiben ungesühnt im Sack.
So redeten wir in den Abend hinein, bis ein Gewitter aufzog. Es kam von Südwesten, also von Grunowen, umkreiste den Sensburger Fernsehturm, hielt sich über dem Schoßsee, entlud dort erste Blitze, dann Wasser. Malotka war es gewohnt, bei nächtlichen Gewittern angekleidet bereitzustehen. So hatte er es in Grunowen gelernt, den Brauch in die Lüneburger Heide mitgenommen, so hielt er es auch im Hotel in Sensburg. Er saß reisefertig auf der Bettkante, als ich ihn fragte, warum er damals mit der Kutsche gefahren und nicht mit Frau und Kindern auf die Flucht gegangen sei.
Ach, das ist eine lange Geschichte.
Er wartete, bis der Donner sich ausgegrollt hatte, dann sagte er, daß Anna noch hätte leben können, wenn er bei ihr gewesen wäre. Sie flüchtete mit dem Schiff und ich in der Kutsche. Aber sie ist nicht ertrunken, sie ist an einer unbekannten Krankheit gestorben. Als sie mit den Kindern in Neufahrwasser auf den Kohlenfrachter ging, fühlte sie sich schon krank. Sie schliefen im Laderaum, an die dreihundert Menschen, meine vier in einer Reihe an der Schiffswand, hinter der das

Wasser gluckerte. Vorn lag der Ewald, dann kam die Mutter, in der Mitte das Mariechen und am Ende die Ulla. An einem Sonntag im Februar sollte morgens die Suppe verteilt werden, aber die Mutter wollte nicht aufstehen. Ulla holte eine NSV-Schwester, die warf einen stummen Blick auf die Mutter und rief den Schiffsarzt.

Eure Mutter ist tot, sagte der zu den Kindern, sie haben das Schlimmste überstanden, nun sterben sie freiwillig.

Zwei Matrosen banden die Anna in einen Sack und trugen sie an Deck, wo Eis hing und ein frischer Februarwind von Westen her wehte. Die NSV-Schwester nahm die Kinder in ihre Kabine und fütterte sie mit Schokolade. Später fanden sie die Mutter zwischen vereisten Ketten, wo sie darauf wartete, begraben zu werden. Ein Prediger trat auf und ließ »Lobet den Herrn« singen. Gesprochen hat er kein Wort, weil er nichts wußte von der Toten. Aber gebetet haben sie. Nach dem Amen beschwerten die Matrosen den Sack mit Artilleriekartuschen und warfen ihn ins Meer. Mariechen wollte hinterherspringen, aber die Matrosen hielten sie fest. Sie trugen das zappelnde, schreiende Kind in den Laderaum, wo die NSV-Schwester noch ein wenig Schokolade fand. Während Anna im Meer begraben wurde, sagte einer von denen, die bei allen Gelegenheiten herumstehen und zusehen, der also sagte: Seht mal, drüben liegt Kap Arkona! Das haben die Kinder behalten und mir später berichtet.

Felix Malotka aber war unterwegs mit der Gutskutsche und wußte nichts von Kap Arkona. In der Lüneburger Heide fing er an, Briefe zu schreiben, jede Woche zwei. Ich dachte, sie wären von der Flucht heimgekehrt und lebten in unserem alten Dorf wie im Frieden. Paketweise brachte der Postbote die Briefe zurück, denn es war eine Zeit, in der sich keine Adressaten fanden.

Schreiben Sie weiter, Herr Malotka, sagte der Postbote. Irgendwann kommen auch Ihre Briefe an. Aber die Wahrheit ist, daß seit Januar '45 kein Brief mehr aus Grunowen ins Deutsche Reich geschickt worden ist. Auch den umgekehrten

Weg fand die Post nicht mehr. Nur das Rote Kreuz gab noch einmal Nachricht. Man habe die Malotkakinder in einem Lager in Holstein gefunden. Wo aber war die Mutter?

In jener Nacht rumorte er. Ich hörte ihn auf der Terrasse auf und ab gehen. Im Bad verschaffte er sich einen klaren Kopf, indem er seinen Schädel unter den Wasserhahn hielt. Was ist los mit dir? Malotka.

Wir müssen noch einmal hin, Herr.

Ein gereinigter Morgen, die Schwüle war gewichen, der Unrat davongespült, der Himmel klarte auf. Unser letzter Tag. Malotka zwängte sich in ein weißes Oberhemd, zog den dunklen Anzug an, band eine Krawatte um. Feierlich sah er aus, als ginge er zur Beerdigung.

Willst du in die Kirche gehen?

Ich muß noch einmal nach Grunowen.

Ich denke, du hattest genug davon?

Vielleicht läßt der stumme Fischer doch noch mit sich reden.

Der Weg nach Grunowen war nun schon vertrauter. Wie sich der Himmel über den Birken weitete. Unter den Bäumen dampfte, atmete und trocknete die Erde. Ein masurischer Sommertag wölbte sich vom Kujelbarg im Norden bis zum Schilfwald im Süden. Der Grunower See warf überflüssiges Licht wie mit einem Scheinwerfer an den Waldrand.

Das Stukerpflaster hinab, links grüßte der Berg mit der schönen Aussicht. Der Grunower See ohne den stummen Fischer, aber überschüttet mit Licht. Die Alten sahen zuweilen eine Fata Morgana in Masuren, wenn an heißen Tagen rote Dächer und Kirchtürme über Kopf am Himmel hingen. Die fromme Frau Hesekiel befragte die Schrift und fand heraus, daß aus der Ferne das himmlische Jerusalem grüße. Der alte Herr aber sagte, es sei nur die Stadtkirche von Ortelsburg, die sich in den masurischen Seen spiegele.

Der stumme Fischer räucherte nicht, der kochte nicht mal Suppe, sondern ließ dem Tag seine Weitsichtigkeit.

Vielleicht redet er doch noch, hoffte Malotka. Er hatte eine

Flasche mitgenommen, aus der er dem stummen Fischer einschenken wollte.
Die Krähen waren zu Hause, lärmten aber nicht.
Was ist eigentlich aus unserer Kora geworden? fragte ich Malotka, als wir ausstiegen.
Was soll aus Hunden schon werden? Aus Gnade erschossen, bevor die Menschen auf die Flucht gingen. Für die Flucht waren sie nicht zu gebrauchen. Stell dir das Gebelle und Gebeiße der vielen ostpreußischen Hunde vor. Und woher das Futter nehmen. Soviel muß gesagt werden: Ein Hundesterben wie im Januar '45 hatte es in Ostpreußen noch nie gegeben.
Von den Hunden kamen wir auf die Menschen. Malotka behauptete, es hätte viele gegeben, die sich lieber das Leben nahmen, als auf die Flucht zu gehen. In Grunowen war es der Schäfer Wronnek, der sich dermaßen gründlich das Leben nahm, daß ihn niemand finden konnte. Du kennst ihn doch, den Wronnek, der die Schwarznasen hütete, im Wald seine eigene Hütte mit Bett, Herd und Wasserpumpe besaß und dort zu allen Jahreszeiten hauste. Er war ein stiller Mensch, der auf der Schäferschule Lesnicken den Umgang mit Merinos und Schwarznasen gelernt hatte und gescheit war auf seine Art. Eine Frau hatte er nicht, weil der Schäferberuf zu einsam und grüblerisch ist, um eine Frau zu erheitern. Nur ein Hund war bei ihm, im Dorf lebten seine alten Eltern, die er zweimal in der Woche besuchte. Manchmal schlief er bei ihnen und ließ den Hund allein bei den Schafen.
Im Herbst '44, als der erste Rauhreif sich auf die Felder legte und die letzten Blätter fielen, in diesem Herbst trug es sich zu, daß der Schäfer Wronnek nachts aufwachte. Der Hund bellte und die Schafe blökten. Wronnek zog die Stiefel an, nahm die Laterne und ging in den Stall, wo er den Hund vor einem Menschen fand, den die Kälte zu den Schafen getrieben hatte. Er hockte in einer Ecke des Schafstalls und hielt Wronnek, als er ihm ins Gesicht leuchtete, ein stehendes Messer entgegen. Nachdem Wronnek den Hund beruhigt hatte, winkte er dem Fremden, ihm zu folgen. Der kam aus dem Stroh gekrochen,

verwahrte sein Messer in der Kleidung und betrat Wronneks Hütte. Wronnek bot ihm einen Stuhl an, briet Speck, setzte ihm Schafsmilch vor und dachte, der Fremde werde, nachdem er gegessen und getrunken hatte, sich erklären. Der aber blieb schweigsam, und als er, von Wronnek aufgefordert, endlich sprach, verstand ihn der Schäfer nicht.

Es ergab sich, daß der nächtliche Besucher ein entlaufener Gefangener war, der sich mit der Zeit verrechnet hatte. Als er den Kanonendonner von Goldap hörte, glaubte er, die Rote Armee stehe vor der Tür, ihn zu befreien. Er lief in den Wald, der Befreiung entgegen, aber seine Freunde zogen es vor, sich nach der Schlacht um Goldap ein paar Monate auszuruhen. Vom langen Warten im herbstlichen Wald froren ihm die Füße, und er dachte, sich aufzuwärmen und zu versorgen beim Schäfer Wronnek. Der ahnte, wie es um den ungebetenen Besucher stand, wußte auch, daß er ihn höheren Orts zu melden hatte, damit man ihn abholen und erschießen könnte. Das wiederum war Wronnek eine zu harte Strafe für Nur-Entlaufen. Um ihn nicht melden zu müssen, ging er diesmal nicht zu den Eltern. Über einen Waldarbeiter ließ er ausrichten, ein Mutterschaf sei krank und bedürfe der ständigen Pflege.

Anfangs besuchte der Fremde ihn nur nachts, um Schafsmilch zu trinken und in Wronneks Hütte zu schlafen. Am Tage vertrieb er sich die Zeit in den Wäldern, sammelte Pilze und verspätete Beeren, die er abends für sich und den Schäfer zubereitete. Auch schnitzte er mit dem stehenden Messer eine Figur aus Eschenholz, einen Heiligen, wie er in Rußland häufig, in Masuren seltener vorkommt. Den schenkte er wortlos dem Schäfer, woran zu ersehen ist, daß ein stehendes Messer, diese furchtbare Waffe, auch Gutes zu bewirken vermag, was wohl für alle Waffen gilt.

So hätten sie der Befreiung entgegenleben und sogar das Christfest gemeinsam feiern können, wäre Wronnek nicht doch wieder zu seinen Eltern gegangen. Der Schäfer versicherte dem fremden Menschen, er brauche sich nicht zu fürchten, morgen werde er zurückkehren, er allein. In der Nacht, als der Wronnek seine Eltern besuchte, schlief der Fremde nicht in der Schäferhütte, sondern in einer Höhle im Wald. Als Wronnek aber wie versprochen allein zurückkehrte, fand er Zutrauen und lebte wieder mit ihm in der Hütte.

Am letzten Tag des Monats November, auf den Tannen lag der erste Schnee, besuchte Wronnek wieder seine Eltern. Da er gerade im Dorf war, ging er am Abend auch in den Krug zu der Versammlung, die Kämmerer Kallies zusammengetrommelt hatte, um mit den verbliebenen Männern Dinge von Wichtigkeit zu besprechen. Wronnek hörte, wie der Feind sich anschickte, der ostpreußischen Wälder habhaft zu werden. Er setzte Partisanen mit Fallschirmen ab, die sich in den Wäldern sammelten und auf ein Zeichen zum Losschlagen warteten. Sie werden einsame Gehöfte überfallen und deutschen Frauen und Kindern die Kehlen durchschneiden, erklärte Kallies und ließ Bilder von den Greueltaten in Nemmersdorf umgehen. Damit Nemmersdorf nicht wieder vorkomme, habe die Führung beschlossen, die ostpreußischen Wälder zu säubern, das Gesindel aus den Verstecken zu holen und kurzen Prozeß zu machen, das heißt entweder gleich totzuschlagen oder zur Liquidierung höheren Orts zu überstellen. Jedes Dorf habe mit den verbliebenen Männern die Durchsuchung seiner Wälder vorzunehmen, ausgerüstet mit Äxten, Knüppeln und Schrotflinten, angeleitet von drei Gendarmen, die, mit richtigen Waffen versehen, aus der Stadt kämen. Und das schon am nächsten Morgen, kurz vor Sonnenaufgang, um die Bestien möglichst schlafend anzutreffen.

Lag es an den grausamen Bildern von Nemmersdorf, daß sich dem Wronnek der Magen umdrehte? Er rannte vorzeitig aus dem Krug, um zu erbrechen. Danach schleppte er sich zu seinen Eltern, denen nichts Besseres einfiel, als zu denken, man habe den Schäfer Wronnek betrunken gemacht. Er schlief unruhig, bekam nachts die aufsteigende Hitze, auch überfielen ihn Träume von durchschnittenen Kehlen deutscher Frauen und Kinder. Es kam ihm so vor, als habe er an dem Schaft des stehenden Messers getrocknetes Blut gesehen.

Am Morgen, als die anderen auszogen, die Wälder zu reinigen, blieb er liegen. Seine Mutter versorgte ihn mit schwarzem Tee und brachte ihn so rechtzeitig auf die Beine, daß er um die Mittagszeit wieder zu seinen Schafen zu gehen vermochte. Am Waldrand begegnete ihm die bewaffnete Macht, in der Mitte, an den Händen gefesselt und bewacht von zwei Gendarmen, jener Mensch, der mit ihm die Nächte in der Schäferhütte geteilt hatte.

Den haben wir bei dir gefangen! schrie Kallies. Während du bei den Eltern schliefst, hat er sich in deiner Hütte eingerichtet. Wären wir nicht gekommen, hätte er dir wohl den Bauch aufgeschlitzt. Kallies zeigte Wronnek das stehende Messer, das sie bei dem Gefangenen gefunden hatten.

Wronnek ging auf den Fremden zu, wollte ihn ansprechen, aber der starrte schweigend zu Boden, spuckte ihm auch vor die Füße. Dann zerrten sie ihn fort, Wronnek sah ihm nach, bis er im Dorf verschwunden war. Den Heiligen aus Eschenholz fand er auf dem Platz neben seinem Lager.

Wronnek trug es ein paar Wochen, bis es immer schwerer wurde. Im Januar, als sie endlich kamen, auf die der nächtliche Besucher gewartet hatte, schickte der Schäfer dem alten Herrn einen Brief. Darin schrieb er, wie es sich zugetragen hatte mit dem russischen Gefangenen und daß er es nicht mehr aushalten könne. Sein Hund werde ein paar Tage die Herde bewachen, dann müsse jemand aus dem Dorf kommen, um sich der Tiere anzunehmen.

Als die Waldarbeiter den Brief brachten, ließ der alte Herr den Schlitten anspannen. Wir fuhren zum Wronnek, aber der war auf wundersame Weise verschwunden, ohne Spuren im Schnee zu hinterlassen. Der alte Herr nahm den Heiligen aus Eschenholz an sich und brachte ihn Wronneks Eltern, die ihn mitnahmen auf die Flucht. Mehr ist nicht übriggeblieben von Wronnek und dem entlaufenen Gefangenen als dieser russische Heilige.

Sagte ich schon, daß dein Vater in der Nähe der Schäferhütte eine Metallkiste mit alten Waffen und Silberkrügen vergraben ließ? Der Grunower Forst schien ihm sicherer als der Grunower Park. Wenn du aus dem Krieg kommst und dein Gut übernimmst, sollte ich dich in den Wald führen und ausgraben, was er dir hinterlassen hat. Man müßte den Lageplan finden, den er geschrieben hat, und einen Spaten und einen polnischen Zöllner, der dich durchläßt mit deinem ausgegrabenen Eigentum. Aber jenes Papier wird auch der Teufel geholt haben.

Ohne daß wir es verabredet hatten, gingen wir wie selbstverständlich zum Gutshof, der mir gehörte, zum Herrenhaus, das mein Haus war. Malotka erzählte vom letzten Herbst, über den ich nichts mehr wußte, der ein stiller Herbst war, bis die Stadt Goldap mit lautem Getöse fiel und Nemmersdorf in allen Zeitungen stand.

Wer Wind sät, wird Sturm ernten, sagte der alte Herr zu den Bildern von Nemmersdorf. Sie haben die Russen wie Untermenschen behandelt, nun benehmen sie sich wie Untermenschen.

Oma Kösling wollte nach Krempe reisen, aber die Reichsbahn gab keine Fahrkarten mehr aus. Nur die Flüchtlinge von der Grenze durften reisen, von Goldap und Treuburg kamen sie mit ihren Pferdewagen an Grunowen vorbei, wie schon einmal im August '14. Die Ostpreußen schippen lieber, als daß sie räumen! schrieb die »Sensburger Zeitung«.

Als Goldap zurückerobert war, wurde es gänzlich still. Nur in der Rominter Heide, durch die die Front lief, röhrten die Hirsche. Helle Nächte. Leuchtende Tannenbäume stahlen dem Mond das Licht, brannten über Johannisburg, Lyck und Treuburg. Die fromme Frau Hesekiel las von den Männern im Feuerofen, und Kallies ließ sie gewähren.

Jener Herbst brachte den ersten und letzten Kriegseinsatz des Felix Malotka. Wenn du dein Vaterland nicht mit der Waffe verteidigen kannst, nimm wenigstens den Spaten, sagte Kallies. Schippen war das letzte, was zu tun blieb.

Zehn Tage lang hob Malotka mit tausend anderen nahe Treuburg einen Panzergraben aus, sechs Meter tief, fünfzehn Meter breit, ein Graben, der heute noch zu finden sein müßte in der Treuburger Gegend. Vielleicht ist er eine Badestelle der polnischen Kinder, die auf dem deutschen Ostwall ihre Schiffchen fahren lassen. Russische Gefangene ernteten die Grunower Kartoffeln und verluden sie ins Reich. Noch einmal pflügten sie die Äcker, säten den Roggen fürs Jahr 1945, der gut auflief, bevor im November Frost kam und Schnee ihn zudeckte.
Nun wird mein Sohn für diesen Hitler sterben, für nichts und wieder nichts, sagte der alte Herr.
Es kam keine Nachricht, keine Vermißtenmeldung. Wenn sie geschrieben hätten, daß du in amerikanischer Gefangenschaft bist, wäre es ihm eine Freude gewesen. Aber niemand schrieb, nur die Flugzeuge ließen nachts ihre Flugblätter niedergehen. Der deutsche Soldat steht auf verlorenem Posten, es ist besser, die Waffen niederzulegen! stand auf dem Papier.
Nur eine Nachricht wird noch kommen, sagte er, die Nachricht vom Heldentod.
Im Dezember bekam Grunowen die letzte Einquartierung. Soldaten, die bei Goldap gekämpft hatten, sollten sich in Grunowen ausruhen. Sie stellten ihre Lastwagen und Geschütze unter die Bäume des Parks, überzogen sie mit Tarnnetzen, damit die russischen Aufklärer, die an klaren Wintertagen Ostpreußen fotografierten, sie nicht sehen konnten. Es war anders als '39 und '41. Die jungen Soldaten unternahmen keine Schlittenpartien und Schneeballschlachten, auch hatten sie das Lachen verlernt. Gelegentlich spielten sie Eishockey, bis die Dämmerung den See zuhängte. Um den Park patrouillierten sie zu zweit mit aufgepflanztem Bajonett, bewachten ihre Kanonen Tag und Nacht. Sie brachten es fertig, die Krähen zu vertreiben, denn sie schossen mit scharfer Munition in die Pulks. Abends standen sie in Gruppen zusammen und rauchten. Wenn die Mädchen kichernd vorübergingen, wußten sie nichts zu sagen, denn sie waren noch sehr jung. Die

meisten kampierten im Saal. In deine Kinderstube zog ein Hauptmann Gabler, dem der alte Herr gestattete, mit unseren Pferden auszureiten. Allein ritt er in den unheimlich gewordenen Wald, ohne sich zu fürchten. Nach den Ausritten saßen sie stundenlang in der Bibliothek und sprachen miteinander, der Rittmeister des alten Kaisers und der Hauptmann des Führers.

Warum kämpft ihr noch? fragte der alte Herr. Wir sind verloren, von Ost und West fallen sie über Deutschland her, in zwei Monaten bricht es zusammen, im Frühling sind wir alle tot.

Was sollte der Hauptmann Gabler darauf antworten? Er hatte soeben die Stadt Goldap zurückerobert und dafür eine hohe Auszeichnung erhalten. Nach einigem Nachdenken gab er zu verstehen, daß er sich in einen Strom geworfen fühle, in dem es nur Schwimmen oder Untergehen gebe. Hinter ihm warteten die Kettenhunde, vor ihm Sibirien.

Deshalb müssen wir halten, um Gottes willen halten! Jedes Erdloch, jedes Dorf.

Seine Kompanie besaß noch sechzig Mann, bald werden es dreißig sein. Kinder kommen als Ersatz, Siebzehnjährige, am nächsten Morgen liegen sie mit Kopfschuß tot im Graben. Aber es geht weiter, sagte der Hauptmann Gabler. Niemand kann aussteigen, es gibt kein Sich-in-die-Büsche-Schlagen. Ich habe Nemmersdorf gesehen, wir müssen weiterkämpfen.

Sagen Sie ehrlich, Gabler, was haben wir im Osten angerichtet?

Was sollte der Hauptmann Gabler antworten? Er kannte einen Divisionskommandeur, der nach der Kesselschlacht von Smolensk seine Offiziere zusammenrufen ließ. Sie kamen in guter Stimmung, denn sie hatten gesiegt. Als sie versammelt waren, las er ihnen den Befehl der Obersten Heeresleitung vor, wonach alle bolschewistischen Kommissare, die in Gefangenschaft gerieten, auf der Stelle zu erschießen seien.

Meine Herren, sagte jener Divisionskommandeur, ich habe pflichtgemäß mitgeteilt, was von Ihnen erwartet wird. Wer sich an diesen Befehl hält, ist in meinen Augen ein Schwein. Danke, Sie können gehen!

Aber die kleinen privaten Heldentaten halfen wenig gegen den großen Strom des Unheils. Wenn die vorderste Truppe den Kommissarbefehl nicht ausführte, fanden sich hinter der Front Einheiten, die ihn vollstreckten, denn Befehl ist Befehl.

Gabler kannte auch den Tagesbefehl des Oberbefehlshabers der Heeresgruppe Süd vom 20. 12. 1941.

*Deutsche Soldaten! Ihr habt den Russen lange genug als willenloses Werkzeug in der Hand seiner Kommissare kennengelernt. Er ist imstande, jede Gemeinheit zu begehen. Ich fühle mich verpflichtet, euch diese Tatsache mitzuteilen, damit ihr genau wißt, was ihr von der Roten Bestie zu erwarten habt.*

Auf dem Rückzug erreichte den Hauptmann Gabler der Verbrannte-Erde-Befehl. Auch hier fand sich wieder ein General, der seine Offiziere mündlich anwies, diesen Befehl nicht auszuführen. Er hielt es für unsoldatisch, auf dem Rückzug Dörfer anzuzünden, das hätten die Mordbrenner des Dreißigjährigen Krieges vor 300 Jahren getan. Mit dieser Entscheidung rettete er vielen Offizieren das Leben, denn die Rote Armee führte Listen über jene deutschen Einheiten, die den Verbrannte-Erde-Befehl ausführten. Gerieten Offiziere dieser Truppen in Gefangenschaft, war ihnen der Tod sicher.

Und für so etwas kämpft ihr! rief der alte Herr. Was waren wir damals für ein anständiges Heer. Nun hat der unselige Mensch es fertiggebracht, sich eine ganze Armee zum Komplizen zu machen. Als Oberbefehlshaber befahl er ihr Taten, die sie unvermeidlich in die Hölle führen mußte. Und wenn der eine oder andere sich verweigerte, blieben genug übrig, die die russischen Dörfer brennen ließen. Die Soldaten sitzen mit ihm in einem Boot, stecken mit ihm unter einer Decke, seit dem 20. Juli ist er gar heilig und unverwundbar. Selbst ich, der ich immer gegen Hitler war, ertappe mich bei dem Gedanken, seinen Sieg zu wünschen, weil die Niederlage schrecklich wird. So tief sind wir gesunken, Gabler.

Vielleicht kommen die Amerikaner bis an die Weichsel, sagte

Gabler. Das wäre ein erträgliches Ende. Sich an einem Frühlingstag einer amerikanischen Panzerbesatzung gefangen geben und verschifft werden zum Rio Grande, davon träumten deutsche Soldaten im letzten Winter, als über die östlichen Ebenen der Schnee krümelte, Nemmersdorf wie tot lag und der Wind von Sibirien wehte.
Ich dachte an mein Amerika. Ich, einer der Glücklichen, die schon im September '44 zum Rio Grande fuhren und nicht dabei waren in jenem letzten Winter.
Als wir zum Herrenhaus abbogen, packte Malotka meinen Arm.
Die Tür steht auf! rief er.
Wir stockten. Vorgestern noch mit Brettern vernagelt, heute weit geöffnet. Jemand wird heraustreten und uns vom Hof jagen. Die Türflügel werden, wie von Geisterhand bewegt, plötzlich zugeschlagen.
Aber nichts rührte sich. Die Sonne schien auf die Terrasse, ein breiter Lichtstreifen fiel in den Flur, dahinter ein schwarzer Tunnel ohne Ausgang.
He, ist da einer! schrie Malotka und marschierte auf den Eingang zu.
Bestimmt hockt der stumme Fischer in deinem Haus. Paß auf, gleich springt er aus dem Fenster und gibt Hasenpanier!
Was war los mit mir? Ich spürte Angst vor dieser Tür, als erwarte mich dahinter ein Unglück, etwas ganz und gar Unwirkliches. Die Wände werden einstürzen, die Bücherregale über mich herfallen, wenn ich die Bibliothek betrete, in der er gedacht, mit dem Hund gesprochen, Radio London und den Wehrmachtsbericht gehört und sich betrunken hat. Unter keinen Umständen in die Bibliothek gehen, dachte ich. In ihr stritten wir zum letztenmal, dort befragte er den Hauptmann Gabler, wie er jeden fragte, der von der Front kam.
Ich werde meine Taschenlampe aus dem Auto holen, sagte ich und ließ Malotka allein auf der Terrasse.
Als ich zurückkam, war er in die Dunkelheit getaucht, ich hörte das Klicken seiner Krücke auf dem Steinfußboden. Ein

muffiger Geruch von Schimmel und abgestandenem Wasser entströmte dem Haus. Wie in einer Friedhofskapelle. Brauchst keine Angst zu haben, du bist ja hier zu Hause, hörte ich seine Stimme aus der Dunkelheit.

Ich leuchtete die Wände ab, suchte Türen und den Treppenaufgang in den oberen Stock. Hier müßte die Pendeltür sein, die von der Diele in die Küche führte. Nichts da, es hatte sich ausgependelt in mehr als vierzig Jahren. Das Taschenlampenlicht fand leere Wände, es gab kein Möbelstück, keinen Stuhl zum Bitte-Platz-Nehmen. Hinter mir als einziger Lichtblick der helle Fleck des Eingangs, ein überbelichteter Bildausschnitt, in dem ein Riese sich auf seine Krücke stützte und lange Schatten warf.

Ich ging mit ihm von Raum zu Raum. Malotka verteilte Namen. Speisezimmer, sagte er, Gesindekammer, sagte er, und Kinderzimmer. Die Bibliothek nur Wände, sogar das Holz der Bücherregale fehlte, das Feuer im Kamin erloschen. Um es genau zu sagen: Es gab keinen Kamin mehr.

Hier hat lange keiner mehr gelebt, sagte Malotka. Sie haben das Schloß als Speicher genutzt, nachdem der richtige Speicher verkommen war.

Die Treppe nach oben abgerissen, vielleicht verfeuert in kalten Wintern. Zu den Schlafräumen der Herrschaften im Obergeschoß gab es keinen Zugang, mit dem Strick müßtest du dich durchs Loch der Decke hinaufziehen in den oberen Stock. Da hing, nein, sollte hängen, der Große Kurfürst. Und die Königin Luise! Wo ist die Königin Luise geblieben? Die saß im Schlitten und jagte übers gefrorene Haff.

In den letzten Tagen stand der alte Herr oft vor ihrem Bild. So werdet ihr auch übers Haff müssen, sagte er.

Aber es ist doch alles ruhig, Herr.

Ja, ruhig vor dem Sturm.

Nach Weihnachten wurden die russischen Gefangenen abtransportiert. Im Schneetreiben zur Bahn nach Sorquitten. Kein Mensch weiß, wohin sie reisen. Im Winter gibt es keine Arbeit für sie, zur Frühjahrsbestellung kommen neue Gefan-

gene. Nur die Franzosen bleiben, die sind vier Jahre in Grunowen und gehören zum Dorf, als wären sie hier geboren. Der schwarze Jean hat sich mit Kalinka angefreundet, einer Ukrainerin, die im Schloß arbeitet. Sie spazieren durch den verschneiten Park und machen Pläne, wie sie Frankreich erreichen wollen, wenn dieser Krieg ein Ende findet. Sie zeigen sich ganz offen, und niemand hat etwas dagegen. Jeschka ist anders. Sie will nicht nach Frankreich, sondern nach Tarnopol. Das sagt sie jeden Tag. Wenn in den Nächten der Himmel lodert, wenn von der Grenze der Kanonendonner herüberweht, blitzen ihre Augen. Es kommt vor, daß sie der Mamsell das Handtuch vor die Füße wirft und auf russisch schreit, die Deutschen sollten ihren Dreck allein kehren. Kallies hat sie sich vorgenommen. Er drohte, sie auszupeitschen, wenn sie nicht gehorcht. Sie lachte nur und zeigte nach Osten.
Silvester feiern die jungen Soldaten des Hauptmann Gabler im Krug. Bevor 1945 anbricht, fällt noch etwas Schnee. Lautlos taumeln die Flocken aus der Finsternis auf die Dorfstraße. Ein Schifferklavier spielt. Gabler hält keine Rede, er schenkt Rum aus. Zigarettenqualm hängt im Saal, noch einmal brennen die Kerzen der Grunower Weihnachtsbäume. Als 1945 beginnt, stehen die Soldaten auf der Straße. Eine wahrhaft stille Nacht, nicht einmal Flugzeuge stören den Frieden.
Wenn wir Leuchtspurmunition hätten, könnten wir ein kleines Feuerwerk abbrennen, sagt einer.
Gabler verbietet ihnen, in die Nacht zu schießen. Der mit dem Schifferklavier kommt auf die Straße, spielt in die Dunkelheit, bis ihm die Hände klamm werden. Auf der Tastatur schmelzen die Flocken. Verdunkelt liegt das Dorf. Die Grunower stehen vor ihren Häusern und hören die Soldaten singen. Endlich singen sie wieder.
Ewald Malotka ist auch draußen. Er wünscht sich zum nächsten Weihnachtsfest ein Schifferklavier. Und zu den Soldaten will er auch.
Wenn ich daran denke, daß viele von denen bald sterben müssen, sagt Anna, als Mitternacht vorbei ist.

Während sie im Krug feiern, geht einer durch den Pferdestall. Nur Kora begleitet ihn. Hinten raschelt es im Heu, Stimmen flüstern, an einem Balken lehnt der schwarze Jean.
Aber nicht rauchen, sagt der alte Herr im Vorbeigehen.
Später steht er auf der Terrasse, ganz allein, denn er hat niemanden mehr. Nur Kora ist bei ihm.
Das neue Jahr ist eine Stunde alt, als er zu uns kommt, eine Flasche Rotwein aus der Joppentasche zieht und Anna bittet, einen Punsch zu brauen.
Zu dritt sitzen wir am Küchentisch, wärmen die Hände am heißen Getränk. Um ihn aufzuheitern, erzähle ich von früher, von den Ausfahrten im Schnee und den Silvesterfeiern auf dem Schloßturm. Aber er kann nicht mehr lachen, bestimmt denkt er an Italien. Als er geht, schneit es nicht mehr. Das Dorf liegt wie unter einem Leichentuch. Auf der Sensburger Chaussee fährt abgedunkelt ein Militärauto ins neue Jahr. Wir liegen schon im Bett, als ein lauter Böllerschlag durch die Nacht dröhnt. Ach, das sind die jungen Soldaten. Einer ist ans Seeufer gelaufen und hat eine Handgranate aufs Eis geworfen. Nun ja, sie sind betrunken, und es wird ihre letzte Silvesterfeier sein.
Am 2. Januar rücken sie ab in die Angerappstellung. Wenn die Front an der Grenze bricht, wird die Angerappstellung gehalten, sagt Gabler, als er sich vom alten Herrn verabschiedet.
Kaum sind sie fort, kommen die Krähen. Wieder ist leichtes Schneetreiben. Die Chausseebäume wie verschleiert, der See sieht aus, als sollte er früh erblinden. Im Gut räumen die Mädchen den Saal auf, in dem die Soldaten geschlafen haben. Sie scheuern, schrubben und wischen wie beim Frühjahrsputz, und der Große Kurfürst sieht ihnen zu. Auch das Kinderzimmer richten sie her, lüften es einen ganzen Tag, denn der Hauptmann Gabler war ein starker Raucher.
Dem Januar ist nichts anzumerken, ein Monat wie die anderen. Zeit für Treibjagden. Die Gespanne fahren zum Holzrücken in den Wald, abends kehren die Wagen mit Buschholz beladen heim. Die schwarzen Holzberge schwanken gefähr-

lich durch die Dämmerung, Kinder laufen hinterher, hängen ihre Schlitten an und lassen sich ziehen.
Die »Sensburger Zeitung« kommt jeden Tag. Im Osten ist es ruhig, sagt die Zeitung. Auch die Briefträgerin kommt, aber sie bringt keine Post aus Italien. Als die Zwölften vorüber sind, schlagen die Männer Wuhnen ins Eis, die großen Jungs holen Wasser für die große Wäsche. Mein Ewald sitzt vor den Eislöchern und angelt, das hat er vom Großvater, dem Fischer Maruhn.
In der Feldscheune dreschen sie Hafer. Weil die Russen fort sind, müssen die Franzosen helfen, auch Jeschka und Kalinka und die großen Jungs. Ewald verdient sich ein paar Mark, er will ja zum nächsten Weihnachtsfest ein Schifferklavier haben. Das Gebrumme des Dreschkastens übertönt den Lärm von der Grenze, der eines Morgens losbricht bei Gumbinnen im Norden und Neidenburg im Süden. Als der Hafer gedroschen ist, ist auch die Grenze still. Grunowen liegt im toten Winkel, sagt der alte Herr.
Er hört es im Radio. Die »Sensburger Zeitung« schreibt von der Schlacht um Ostpreußen, die in aller Härte entbrannt ist.
Er schickt Kallies in die Stadt.
Wie lauten die Befehle für den schlimmsten aller denkbaren Fälle?
Geflüchtet wird nicht, sagt die Kreisleitung: Ostpreußen wird gehalten!
Die Tage werden länger, ab 15. Januar geht es dem Frühling zu. Und sonnige Tage sind es. Nur die Nächte frieren. Weil gute Sicht ist, erscheinen oft Flugzeuge am Himmel, begleitet von den Wölkchen der platzenden Flakgranaten. Kinder stehen auf dem Eis und zählen Flugzeuge.
Eines Nachts klopft der alte Herr ans Fenster.
Komm raus, Felix, ich will dir was zeigen!
Im Südosten brennt der Himmel. Wie Johannisfeuer im Januar, denke ich. Sie brennen das trockene Schilf des Spirdingsees, um freies Schußfeld zu erhalten, denke ich.
Das ist Johannisburg, sagt der alte Herr. Vor einem halben

Jahr haben sie Königsberg niedergebrannt, jetzt ist Johannisburg an der Reihe.
Wir hören keine Flieger, keine Bombeneinschläge oder Flakabschüsse, zu sehen ist nur der feurige Himmel, der in aller Stille ausbrennt.
Er geht mit mir zum See. Von dort läßt sich die Feuersbrunst in ihrer stummen Größe bewundern. Auf der Glitschbahn, die die Kinder gefegt haben, spiegelt sich das rote Licht, auch der Schnee glitzert rötlich.
Kein Wind in den Bäumen, kein Rascheln im Schilf. Daß Krieg so still sein kann. Hinter uns im Dorf leuchtet, was Glas trägt, die Fenster im Schloß und in den Insthäusern, auch die Hutzelscheiben des Kuhstalls sind angefüllt mit diesem Licht.
Sie schlafen und merken nichts, sagt er. Nur wir beide sehen, was kommt, wir sehen, wie Ostpreußen zu brennen anfängt. Von der Grenze her frißt sich das Feuer ins Land, es geht gegen den Wind, auch gegen den Schnee, es springt von Dorf zu Dorf, und wenn es in eine Stadt kommt, macht es sich ein Fest. Die fromme Frau Hesekiel weiß, woher das Feuer kommt. Die singt schon seit Wochen das Lied von den Männern im Feuerofen und liest im Propheten Jesaja die Stelle von dem Land, das wüste fallen, und den Städten, die man mit Feuer verbrennen wird.
Mein Junge hat fünf Monate nicht geschrieben, sagt er.
Dies ist keine Zeit, um lange Briefe zu schreiben, sag' ich.
Nicht mal zu Weihnachten, sagt er.
Aber zu Ostern wird er schreiben, sag' ich.
Wenn er nicht bald schreibt, kommt nichts mehr, sagt er.
Als wir auseinandergehen, reicht er mir die Hand. Das hat er noch nie getan, aber in der Nacht, als der Himmel brannte, gibt er mir die Hand.
Anna liegt wach im Dunkeln.
Was wollte er so spät von dir? fragt sie, als ich eintrete.
Johannisburg brennt, sag' ich nur.
Sie geht ans Fenster und zieht die Verdunkelung zur Seite. Ihr

Haar, das sie abends immer löst, liegt auf dem weißen Nachthemd.
So ein schöner Himmel, sagt sie. Wann hat man so was schon gesehen.
Johannisburg liegt fünfzig Kilometer entfernt, sag' ich.
Ihr fällt der Fischer Maruhn ein, der auf dem Beldahnsee vor seinen Eislöchern sitzt und wohl auch das Feuer sieht. Es wird ihm doch nichts geschehen?
Ich wickle ihr Haar um meine Hand.
Laß uns ins Bett gehen, Annke, sag' ich. Wer weiß, ob dafür noch Gelegenheit ist, wenn der Krieg kommt.
Aber dort sterben Menschen, sagt sie und zeigt zum Feuer.
Irgendwo sterben immer Menschen, sage ich.
Am Morgen brennt nichts mehr. Kein Rauch weht von Johannisburg herüber. Die Zeitung schreibt kein Wort vom großen Feuer, auch das Radio schweigt sich aus. Es ist wohl doch nur der Spirdingsee abgebrannt.
Die Franzosen schlagen Eis und fahren es in den Gutskeller. Der schwarze Jean hat das Feuer gesehen, als er mit Kalinka aus dem Pferdestall kam. Nun stehen die Franzosen auf dem Eis, sprechen miteinander und zeigen nach Südosten, wo Johannisburg lag.
Vous aussi, vous avez vu la guerre? fragt der alte Herr.
Sie lachen.
Il est temps de partir, antworten sie und zeigen auf den eisbeladenen Wagen.
Ja, wir werden fahren, sagt der alte Herr, wir werden bald fahren.
Anna macht noch einmal große Wäsche. Ewald holt ihr das Wasser aus den Wuhnen, die die Franzosen geschlagen haben. Der See sieht anders aus als sonst, sagt er. Auf dem Schnee liegen schwarze Flocken.
Irgendwo hat es gebrannt, der Wind hat die Asche über unseren See getrieben und ihn schmutzig gemacht, sage ich zu Ewald.
Anna hört auf, Wäsche zu wringen.

Lieber schwarz als rot, sagt sie und kocht Erbsensuppe, das hält nicht so auf. Wenn sie Wäsche hat, kocht sie immer Erbsensuppe.
Warum machst du dir soviel Arbeit? frage ich.
Weil der Mensch was tun muß, antwortet sie. Nur rumhucken und überlegen macht alles schlimmer.
Tagelang wird die Wäsche in der Stube hängen, denn in dieser Jahreszeit trocknet es draußen nicht, da frieren die Unterhosen steif und baumeln als klappernde Gerippe an der Wäscheleine.
Obwohl der Himmel in den Nächten nicht mehr brennt, kann Anna schlecht schlafen. Sie sorgt sich um den Fischer am Beldahnsee.
Ich werde den alten Herrn bitten, mir die Kutsche zu geben für eine Fahrt nach Nikolaiken, sage ich. Ich werde deinen Vater zu uns holen.
Morgens will ich den alten Herrn fragen, kann ihn aber nicht finden. Die Gespanne fahren in den Wald. Wir müssen tun, was wir immer tun, sagt Kallies. Also Holz holen.
Wo ist der alte Herr? Die Mamsell weiß nur, daß er vor Tagesanbruch aus dem Haus gegangen ist, er und sein Hund. Den Drilling hat er mitgenommen, vielleicht will er jagen.
Im Kutscherhaus finde ich Anna am Küchentisch. Sie schreibt. Ich denke, du willst nach Nikolaiken fahren? empfängt sie mich.
Ich kann den alten Herrn nicht finden, antworte ich und setze mich ihr gegenüber, schneide Tabak für zehn Tage. Wer weiß, wann wieder Zeit ist, Tabak zu schneiden, sage ich. Sie will jedem Kind ein Bündel mit dem Allernötigsten packen. Aber was ist das Allernötigste?
Du schneidest seelenruhig Tabak, aber ich zerbrech' mir den Kopf, sagt sie vorwurfsvoll.
Ich stecke mir eine Pfeife an und gehe, um nach den Pferden zu sehen.
Vielleicht ist er wieder da, und ich kann ihn fragen.
Sie schreibt weiter an ihrem Plan für das Allernötigste. Die er-

sten Holzfuhren rumpeln auf den Hof. Ich frage die Waldarbeiter, ob sie ihn gesehen haben.
Am Nachmittag ist er plötzlich da. Kora ist müde, also ist er weit gelaufen. Dem Kallies befiehlt er, die Schafe aus dem Wald zu holen. Und zu mir sagt er, ich solle nach Nikolaiken fahren, solange der Weg frei ist.
Ich frage Anna, ob sie mitkommen will. Mir wird er nicht folgen, aber du bist seine Tochter, dir wird er gehorchen und mitkommen.
Nein, sie hat noch Wäsche zu mangeln, auch muß sie das Allernötigste packen.
Abends nimmt sie trockene Wäsche ab und hängt nasse auf. Ab und zu geht sie ans Fenster und blickt hinüber nach Johannisburg.
Am Morgen schickt Kallies die Waldarbeiter zur Feldscheune. Sie sollen ein Fach räumen, damit die Schafe Platz finden. Er selbst reitet mit den großen Jungs, bewaffnet mit einem Revolver und einer Jagdflinte, in den Wald, um die Schafe zu holen.
Ich spanne die Kutsche an.
Ein Kastenwagen fährt Roggensäcke zur Mühle, denn es muß seinen gewohnten Lauf gehen.
Am Nachmittag wird Zigan wie gewohnt das Deputat austeilen. Ich lasse mir Zeit, denke, er wird noch auf den Hof kommen, um etwas zu sagen. Aber er kommt nicht. Die Mamsell sagt, er habe sich in der Bibliothek eingeschlossen. Wenn er Radio London hört, schließt er sich immer ein. Sogar die Kora muß dann raus, die jault immer, wenn das Radio Musik spielt.
Bevor ich fahre, halte ich vor dem Kutscherhaus, um mich mit Anna zu besprechen. Ewald und Ulla sind in der Schule, Mariechen sitzt am Ofen und singt vom Schneemann und der schwarzen Katze, die in den Schnee lief und weiße Hosen bekam.
Fest liegt der Schnee, ich hätte auch mit dem Schlitten reisen können. Es fahren nur wenige nach Osten, Kutschen schon

gar nicht. Soldaten kommen mir entgegen, sieben Mann in Tarnanzügen. Ich grüße die weißen Herren und frage, ob die Straße nach Nikolaiken frei ist, aber sie gehen stumm vorüber. Sie haben das Sprechen verlernt, oder sind es gar keine Soldaten, sondern Gespenster, die sich verirrt haben auf den masurischen Straßen?
In Krummenort hör' ich das Rasseln und Dröhnen, wie es von Rudczanny heraufzieht. In Peitschendorf sperren Soldaten die Kreuzung, damit Panzer und Militärlastwagen nach Sensburg abziehen können. Nur eine Fahrtrichtung ist erlaubt, die Chaussee von Rudczanny nach Sensburg ist zur Einbahnstraße geworden. Nach den Militärkolonnen kommen die Pferdewagen, die letzten aus dem Kreis Johannisburg. Sie ziehen still vorbei, ab und zu knallt eine Peitsche, prustet ein Pferd, Schnee knirscht unter den Rädern. Sie blikken sich nicht um, sie grüßen nicht zur Seite.
So sieht Flucht im Winter aus, denke ich. Bittet aber, daß eure Flucht nicht geschehe im Winter, hat die Frau Hesekiel oft gebetet. Es hat nicht geholfen, zu wenige beteten mit ihr. Richtung Rudczanny lassen sie keinen fahren.
In Niedersee ist bald der Russe, sagt ein Soldat auf der Kreuzung.
Ich will ja gar nicht nach Rudczanny, ich will nur die Straße überqueren, um nach Nikolaiken zu fahren.
Nikolaiken geht auch nicht, sagt er. Wir erwarten heute nacht einen Angriff auf Nikolaiken. Am besten, Sie kehren um.
In seine Worte mischt sich Kanonendonner. Er kommt von Südosten mit den Pferdewagen, überholt sie, rollt auf Sensburg zu. Und plötzlich fahren sie schneller.
Der Russe beschießt Niedersee, sagt der Soldat, der die Kreuzung bewacht. Schade um den Schnaps. Das große Proviantlager wurde gestern aufgegeben, heute schießt die russische Artillerie die letzten Flaschen kaputt.
Weil es nach Nikolaiken rüber ruhig ist, will ich doch fahren. Nein, sie haben einen Befehl, keinen durchzulassen. Kehren Sie um, Mann! Fahren Sie nach Westen!

Nachtangriff auf den Fischer Maruhn, denke ich. Der sitzt auf dem Eis, wärmt sich die Füße am Ziegel und wartet auf Fische. Was wird Anna sagen, wenn ich ohne ihn heimkehre?
Auf dem Rückweg begleitet mich der Donner von Rudczanny, hört erst auf, als ich kurz vor Grunowen bin. Auf dem See sehe ich die Kinder. Nach der Schule gehen sie gern aufs Eis, legen ihre Tornister am Ufer ab und glitschen auf Holzklumpen. Die Mühlenflügel haben aufgehört, sich zu drehen, es ist kein Wind mehr.
Von der Feldscheune höre ich Lärm. Sie treiben die Schafe aus dem Wald, aber die Tiere wollen nicht durchs sperrangelweite Scheunentor. Kallies schreit vom Pferd herab, die Jungs knallen mit den Peitschen.
Anna steht vor der Tür und sieht mich fragend an.
Sie lassen keinen durch, erkläre ich, verschweige aber den Nachtangriff.
Sie will etwas sagen, dann sieht sie die Kinder vom Eis kommen und hat eine willkommene Ablenkung.
Wo treibt ihr euch rum! ruft sie und tut so, als sei sie böse. Wer nicht rechtzeitig zum Mittagessen kommt, muß sehen, wie er satt wird.
Die Suppe ist längst kalt geworden. Ulla legt Holzscheite nach und rührt im Kochtopf. Anna schneidet ihnen Brot.
Morgen fällt die Schule aus! ruft Ulla vom Herd her.
Warum das denn?
Weil Krieg ist.
Während die Kinder essen, bringe ich die Kutsche auf den Hof und beschicke die Pferde. Kallies kommt von der Feldscheune und erzählt, welche Mühe er mit den Schafen hatte. Sie wollten nicht in die Scheune.
Der alte Herr läßt sich immer noch nicht blicken. Wie kann ein Mensch einen Tag lang Radio hören? Welchen Sender mit guten Nachrichten sucht er?
Gegessen hat er, sagt die Mamsell. Sie hat ihm Fleisch und Kartoffeln in die Bibliothek gebracht und später das leere Geschirr abgeholt.

In der Gutswaschküche singen die Franzosen ihre fremden Lieder.
Anna backt Brot. Auch das gehört zu ihrem Plan. Brot bakken, damit bis Ostern keiner zu hungern braucht. Als das erste Brot aus dem Ofen kommt, schneidet sie jedem ein warmes Stück ab.
Warum die Franzosen wohl singen, sage ich.
Weil sie nach Hause kommen, sagt sie.
Aber sie haben noch einen weiten Weg, sage ich. Von Ostpreußen nach Paris ist es bestimmt so weit wie von Ostpreußen nach Moskau.
Bevor es Nacht wird, gehe ich durchs Dorf, weil ich nicht mitansehen kann, wie sie packt und ihren Plan macht und an den Fischer Maruhn denkt.
In der Bibliothek brennt Licht. Er wird sich wieder an Türkenblut betrinken.
Auf einmal kommt Kora angelaufen und springt mich an. Warum bist du so wild, Kora? Ich schicke sie zum Herrenhaus. Sie läuft ein Stück, bleibt stehen und fängt an zu jaulen. So habe ich sie nie gehört.
Plötzlich geht ein Fenster auf.
Sei ruhig, Kora! Das ist seine Stimme.
Sie jagt die Gutsauffahrt hinauf. Auf der Terrasse bleibt sie stehen und kläfft. Endlich öffnet sich die Tür, er spricht mit ihr, sie verschwindet im Haus.
Anna sagt, sie kann nicht schlafen, weil sie an den Fischer Maruhn denken muß.
Ich denke an den Nachtangriff, sage aber nichts.
Der nächste Morgen läßt es schneien. Endlich verschwinden die häßlichen schwarzen Flecken vom See.
Im Park treffe ich Kora. Morgens läuft sie sich immer aus, während der alte Herr auf der Terrasse steht und eine Zigarre raucht. Diesmal steht er nicht allein. Kallies ist bei ihm. Er raucht auch keine Zigarre. Sie sprechen lauter als sonst.
Machen Sie einen Plan, wie wir die Leute auf die Wagen verteilen, höre ich seine Stimme.

Noch ist es ruhig, antwortet Kallies.
Morgen wird es nicht mehr ruhig sein, sagt er. Der Venoor soll den Pferden neue Stollen geben.
Kallies will beim Kreisleiter anrufen.
Ach, der Kreisleiter sagt immer dasselbe. Die Front wird gehalten, Deutschland wird siegen. Mehr fällt dem nicht ein.
Kallies verschwindet im Haus, um zu telefonieren.
Ihr wolltet tausend Jahre bleiben, ruft der alte Herr ihm nach, aber nach zwölf Jahren müßt ihr schon auf die Flucht gehen.
Endlich sieht er mich.
Komm, Felix, wir besuchen unsere Franzosen, sagt er.
Als wir die Waschküche betreten, stehen sie auf, denn die Franzosen sind höfliche Menschen. Kalinka sitzt beim schwarzen Jean auf der Pritsche und bekommt einen roten Kopf. Sie denken, er will sie zur Arbeit holen, aber der alte Herr fragt nur, ob sie bleiben und auf ihre Befreiung warten oder mitfahren wollen, wenn die Grunower auf die Flucht gehen.
Sie beraten sich auf französisch. Der schwarze Jean zeigt auf die Frau, die neben ihm sitzt.
Man könnte sie gut gebrauchen, sagt der alte Herr. Es fehlt nämlich an Männern, die die Fuhrwerke lenken.
Das gibt den Ausschlag. Ja, sie werden mitkommen, aber Kalinka muß auch mitkommen.
Die Frau drückt sich an uns vorbei, läuft über den Hof ins Schloß.
Breitbeinig steht Kallies auf der Terrasse.
Wer jetzt flieht, fällt den deutschen Soldaten in den Rücken, hat ihm die Kreisleitung gesagt.
Sorgen Sie dafür, daß der Venoor die Pferde beschlägt, befiehlt der alte Herr.
Später schickt er die Mamsell mit zwei Flaschen zu den Franzosen. Es ist französischer Wein aus den Jahren, als man ihn noch kistenweise nach Grunowen kommen lassen konnte.
Wir haben viel zu trinken, Felix, sagt er. Wir müssen den Gutskeller leertrinken, bevor die Russen kommen.

Er legt mir die Hand auf die Schulter.
Morgen werden wir trinken, sagt er, wenn die anderen wegfahren, werden wir trinken.
Ja, Herr, antworte ich.
Wir werden einen Tag später fahren, sagt er. Mit der Kutsche sind wir schnell, wir holen den Treck bald ein.
Mein Gott, was mag er vorhaben?
Er weiß mehr als alle anderen. Er hat die fremden Sender gehört und weiß, daß Neidenburg, Osterode und Allenstein längst gefallen sind. Von Arys rücken sie auf Nikolaiken vor, von Johannisburg auf Rudczanny. Der Kreis Johannisburg ist in ihrer Hand, bei Babenten steht eine deutsche Einheit, wenn die abzieht, liegt der Kreis Sensburg offen vor ihnen.
Venoor beschlägt Pferde. Den ganzen Tag klopft und hämmert er, läßt den Blasebalg stöhnen und Funken stieben. Ewald hilft ihm. Der will Ostern die Schmiedelehre beginnen, da kann es nicht schaden, im Januar schon zu helfen. Am liebsten möchte er Förster werden, aber anfangen soll er mit Schmied.
In der Dunkelheit beginnt das Kreischen und Quieken der Schweine. So mancher braucht noch Fleisch für die Reise. Sie schlachten, ohne zu fragen. Sie holen keine Bezugsscheine ein, nur die Nacht warten sie ab. Zum Abbrühen haben sie keine Zeit, deshalb brennen sie den toten Schweinen die Borsten ab. Schaurig leuchten die Strohfeuer hinter den Insthäusern. Im roten Licht hantieren die Männer mit langen Messern, Frauen rühren mit nackten Händen Blut. Und keiner denkt an Verdunkelung.
Wir brauchen nicht zu schlachten, wir haben genug. Rauchwurst und Gläser mit eingelegten Klopsen stellt Anna in der Küche bereit, mehrere Speckseiten bindet sie in einen Kopfkissenbezug. Nein, an Hunger werden wir nicht sterben.
Sie trägt Klunkersuppe auf. Die Kinder dürfen braunen Zukker nehmen, soviel sie wollen. Sie schneidet Schinken und gibt Wurst und Brot, soviel sie wollen.

Während wir am Tisch sitzen, fällt ihr ein, daß sie noch mehr Brot backen sollte. Brot kann man nie genug haben.
Morgen wirst du nicht backen, sondern packen, sage ich.
Ist denn nichts mehr zu retten, Felix?
Kallies will ja noch mit dem Führer telefonieren, aber der hat wohl keine Sprechstunde.
Als die Kinder schlafen, sortiert sie die Wäsche, gibt Damast, Barchent und Leinen auf verschiedene Haufen. Wenigstens die besten Stücke, die Friedensware, will sie mitnehmen und verstaut sie in der Wäschezich.
Nicht so viel, sage ich. Wir reisen doch nicht nach Jerusalem, sondern höchstens bis Allenstein.
Auf jeden Wagen kommen zwei Familien, so hat es der alte Herr bestimmt. Jeder darf nur das Nötigste mitnehmen, sonst brechen die Räder, oder wir bleiben im Schnee stecken.
Anna packt und packt. Ich sitze auf der Ofenbank, rauche Pfeife um Pfeife und sehe ihr zu. Manchmal geht sie ans Fenster.
Man kann es gar nicht glauben, sagt sie. Es ist so still, und trotzdem sollen wir flüchten.
Nachts patscht Mariechen mit nackten Füßen zu uns in die Stube.
Warum rumort ihr so rum? fragt das Kind.
Ach, wir werden eine schöne Reise machen, sagt Anna, nimmt sie auf den Arm und erzählt von der Eisenbahn und von großen Städten mit hohen Kirchtürmen, auch von Schiffen an einem Wasser, das kein Ende findet.
Sie bringt Mariechen ins Bett.
Beim letztenmal war es wenigstens Sommer, sagt sie, als sie wiederkommt.
Annke, sage ich. Hör mal gut zu. Wenn es morgen losgeht, wird unser Ewald die Pferde führen. Der alte Herr will nämlich noch bleiben.
Sie hört auf zu packen und faltet die Hände.
Du willst uns allein fahren lassen? fragt sie leise.
Ich stehe in seinen Diensten, sage ich. Wenn er später fahren

will, muß ich bleiben. Dienst beim alten Herrn ist wie Dienst bei den Soldaten.
Das ist nicht recht von ihm, dich zurückzuhalten und uns allein fahren zu lassen, sagt Anna und rätselt, warum er noch bleiben will.
Ich weiß es nicht, sage ich. Vielleicht will er nach den Tieren sehen oder auf die Briefträgerin warten. Jedenfalls will er bleiben, und ich muß bleiben, weil es anders nicht geht.
Sie steht am Fenster.
Der Ewald ist doch erst fünfzehn, sagt sie.
Er kennt sich aus mit Pferden.
Anna denkt an den Fischer Maruhn, an den Ewald mit den Pferden und den alten Herrn, der noch bleiben will.
Dann ist das unsere letzte gemeinsame Nacht, sagt sie.
Der Morgen ist laut. Kanonendonner reißt uns aus dem Schlaf, weht von Südwesten herüber.
Kallies bringt dem alten Herrn den Plan, den er über Nacht geschrieben hat. Fünfzehn Ernte- und Rübenwagen, je Fuhrwerk zwei Pferde. Nur mangelt es an Gespannführern.
Die Franzosen fahren auch mit, sagt der alte Herr.
Kallies hat neuen Mut gefunden.
Vielleicht ist der Plan überflüssig. Wenn es im Südwesten donnert, muß es der deutsche Gegenangriff sein. Im August 1914 kam der Kanonendonner von Tannenburg auch aus Südwesten.
Bei Passenheim steht unsere Panzergrenadierdivision »Großdeutschland«, sagt er. Eine ganze Division und welch ein Name!
Aber Ortelsburg ist in russischer Hand, weiß der alte Herr. Lieber Himmel, Ortelsburg liegt nur zweieinhalb Kutschenstunden entfernt.
Er hat die fremden Sender gehört und weiß Bescheid. Er weiß, daß die Rote Armee, von Arys kommend, Nikolaiken genommen hat, aber er spricht nicht darüber.
Willenberg soll abgebrannt sein, sagt er. 1914 abgebrannt und jetzt schon wieder.

Kallies will in Sensburg anrufen. Er weiß nicht, ob französische Kriegsgefangene deutsche Flüchtlingswagen fahren dürfen. Außerdem hofft er, gute Nachrichten zu hören. Was hat es auf sich mit dem Kanonendonner im Südwesten?

Niemand darf fliehen! sagt das Telefon. Die Wagen beladen, ja, die Flucht vorbereiten, ja, aber nicht das Chaos auf den Straßen vergrößern. Kein Deutscher fällt in russische Hand, das ist versprochen.

Nach dem Mittagessen soll der Treck losfahren, befiehlt der alte Herr. Der schwarze Jean wird den Wagen fahren, auf dem Anna mit den Kindern sitzt.

Der kennt sich aus, Felix, sagt er. Der fährt deine Anna bis an den Rhein.

Wo bleibt Hauptmann Gabler mit seinen jungen Soldaten? Und was macht »Großdeutschland«?

Äste und Zäune hängen voller Rauhreif. Wie schön Grunowen aussieht an diesem Tag, an dem sie fahren sollen. Hier und da löst sich der weiße Puder, fällt federleicht zur Erde.

Kallies nagelt Nummernschilder an die Wagen. Mit Kreide schreibt er die Namen der Familien und der Gespannführer an die Bretter. Er selbst wird den Treck hoch zu Roß begleiten.

Auf einer Ostpreußenkarte zeichnet er den Weg ein, den sie fahren sollen. Bischofsburg wäre die erste Station. Von dort nach Wartenburg. Einen Tag Rast für die Pferde. Oder ohne Rast gleich weiter bis Allenstein? Mohrungen möchte er am dritten Tag erreichen und in Preußisch-Holland endgültig bleiben. So weit kommt keiner, so weit sind sie 1914 auch nicht gekommen.

Der alte Herr nimmt ihm den Stift aus der Hand und zeichnet seinen Weg. Der geht nach Nordwesten. Von Bischofsburg über Seeburg auf Heilsberg zu, querfeldein ans Meer. Dort endet die Reise.

So müßt ihr fahren, sagt er.

Kallies blickt ihn fragend an.

Ja, ihr werdet vorausfahren, sagt der alte Herr. Ich komme mit Malotka nach.

Kallies will wissen, warum sie nicht nach Allenstein, sondern den Umweg über Heilsberg fahren sollen.
Weil Allenstein gefallen ist, sagt der alte Herr.
Das glaubt Kallies nicht.
Rufen Sie im Landestheater Südostpreußen an, ob noch Plätze frei sind für die heutige Abendvorstellung.
Da alles einen Führer haben muß, bestimmt der alte Herr Kallies zum Führer des Trecks.
Das ist eure Sache, sagt er. Diese Flucht habt ihr zu verantworten.
Gegen zehn Uhr kommt die Briefträgerin mit dem Fahrrad. Sie bringt die letzte Ausgabe der »Sensburger Zeitung« vom 26. 1. 1945, auch ein paar Briefe, aber keinen aus Italien. Wie immer nimmt sie auch einen Brief mit, denn er schreibt Woche für Woche an die bewußte Feldpostnummer. In einem Krieg wie diesem gehen viele Briefe verloren, da muß man schreiben, schreiben, schreiben.
Ob sie morgen auch Briefe austrägt, will er wissen.
Morgen ist Sonnabend, da wird sie wohl noch kommen. Was danach sein wird, weiß keiner. Länger als einen Tag kann niemand vorausdenken.
Er will, daß ich die Kutsche anspanne und mit ihm nach Sensburg fahre. Es paßt mir nicht, aber er will es. Ich fahre im Trab den verschneiten Birkenweg, am Kujelbarg vorbei, der voller Krähen ist, die nur darauf warten, über Grunowen herzufallen. Immer noch hängt Rauhreif in den Bäumen. Wenn jetzt Flugzeuge kommen, sind wir verloren. Eine schwarze Kutsche in weißer Schneelandschaft ist denen ein leichtes Ziel. Aber sie kommen nicht. Niemand kommt und niemand fährt, nur Hasen kreuzen unseren Weg.
Wo bleibt Hauptmann Gabler?
Die Eisenbahn fährt noch. Wie die Deutsche Reichspost pünktlich ihre Briefe in die masurischen Dörfer trägt, fährt auch planmäßig die Deutsche Reichsbahn. Aber nur in westlicher Richtung. In Sorquitten begegnen wir einem Zug, der langsam durchs verschneite Land kriecht. Frauen, die Kopftü-

cher ums Haar gewickelt, blicken aus den Fenstern, Kinder mit Pudelmützen und dicken Wollhandschuhen drücken ihre Nasen an die Scheiben. Keiner winkt. Aus einem Fenster hängt ein Hakenkreuzfähnchen, eines jener Papierfetzen, die den Kindern bei heiteren Sommerfesten in die Hand gedrückt wurden, damit sie vorbeiziehenden Soldaten, marschierenden SA-Männern oder stolzen Reitern zuwinken konnten. Am letzten Wagen steht die Schrift: Räder müssen rollen für den Sieg.

In Sensburg kommen die Kinder aus der Schule. Die meisten Läden sind geöffnet. Ohne Mühe bekommen wir im »Preußenhof« einen Grog.

Der Führer sitzt noch in der Wolfschanze, sagt der Wirt, als er das heiße Getränk bringt. Solange er da ist, sind wir sicher.

Soldaten ziehen zu Fuß in kleinen Gruppen durch die Stadt. Sie kommen von Nikolaiken herauf, das in der letzten Nacht gestürmt wurde. Aber davon schreibt die »Sensburger Zeitung« nichts.

Der Bahnhofsplatz voller Menschen, die auf den nächsten Zug warten. Am Abend wird er kommen, der nächste Zug, der der letzte sein wird.

Vor dem Rathaus wird ein Lastauto mit Kisten beladen. Volkssturm bewacht die Arbeit. Zum erstenmal sehe ich die alten Männer in grauen Joppen, eine Binde um den Arm, einen Badoglio-Karabiner umgehängt. Des Führers letztes Aufgebot.

Der alte Herr will ins Rathaus, aber sie lassen ihn nicht rein. Er will mit einer Amtsperson sprechen, aber keiner ist da.

Was haben Sie vorzubringen, Herr Tolksdorf? fragt ihn einer der alten Männer.

Er weiß es nicht. Später auf der Rückfahrt erklärt er, daß er eigentlich nur ihre ratlosen Gesichter sehen wollte. Aber die Herren waren schon unterwegs, ihre wichtigen Papiere wurden verladen und nachgeschickt.

Der Rückweg wird zur wilden Jagd. Noch nie bin ich den Birkenweg im Winter so schnell gefahren. Um die Mittagszeit sind wir in Grunowen. Ja, sie sind noch da. Vor den Häusern stehen die Wagen. Frauen und Kinder tragen Körbe und Säcke, Männer nageln Dachlatten und bespannen sie mit Planen und Pferdedecken. Vor dem Kutscherhaus hält ein Leiterwagen, die Sprossen mit Kartoffelsäcken behängt, auf den Brettern liegen Strohbunde. Der schwarze Jean nagelt, Ewald und Ulla tragen Sachen aus dem Haus, Mariechen sitzt auf dem letzten Brett und lutscht am Daumen.

Auch im Schloß packen sie, vor allem Nahrhaftes. In Laken gewickelte Schinken, rote Rauchwürste, Gläser mit Eingemachtem, ein Bettbezug voll mit frisch gebackenem Brot. Auf dem Leiterwagen des Schlosses wird die Mamsell fahren mit den Mädchen, die im Schloß arbeiten und kein Zuhause haben. Jeschka will nicht fahren, sie hat sich in ihrer Stube eingeschlossen und wartet auf die Befreiung.

Der alte Herr verschwindet in der Bibliothek. Ich versorge die Pferde und gehe zu Anna, um ihr zu helfen.

Kallies reitet von Haus zu Haus. Keine Kartoffeln! befiehlt er. Die sind zu schwer, außerdem erfrieren sie. Brot ja, Mehl auch, viel Speck und Schmalz, in der kalten Jahreszeit braucht der Körper Fett. Kochtöpfe und Badewannen sind nicht erlaubt, auch Kinderwagen müssen, weil zu sperrig, zu Hause bleiben, ebenso Tische und Stühle. Warme Kleidung sollten Sie mitnehmen, ein bißchen Bettzeug als Unterlage und Zudecke. Und nicht das Futter für die Pferde vergessen, ohne die Tiere geht überhaupt nichts. Der Zigan öffnet den Speicher, jeder kann sich Hafer holen. Auch Heuballen sind mitzunehmen, denn es grünen keine Wiesen in Masuren. Laternen sind gefragt und Petroleum, denn bald wird das Licht ausgehen. Einen Eimer zum Pferdetränken nicht vergessen. Fußlappen für die Tiere, es ist mit Glatteis zu rechnen. Porzellan und Bestecke sollte man lieber vergraben. Mit der Pickhacke im Garten ein Loch in die Erde schlagen oder unter dem Stroh in der Scheune verstecken. Wir kommen ja wieder. Im Südwesten rollt der Gegenangriff. Kallies weiß es aus sicherer Quelle.

Nun macht er sich am Fahnenmast zu schaffen. Er zieht die

Fahne auf, nicht halbmast, wie es angebracht wäre, sondern bis zur Spitze. Der Kallies ist verrückt geworden! Grunowen flaggt wie zum 30. Januar oder 20. April. Schlaff hängt das Tuch am Holz, der einzige farbige Fleck in der weißen Landschaft. Nur Feuer ist so rot wie diese Fahne. Sie werden das Dorf anstecken. Wie ein torpediertes Schiff wird Grunowen mit wehender Flagge untergehen.

Flugzeuge jagen über die Eisfläche des Sees, heben vor dem Wald an, um nicht in die Bäume zu rasen. Sie schießen nicht, werfen keine Bomben, verbreiten nur diesen Lärm, der das Eis sprengen will. Die Kinder laufen auf die Straße, für sie sind Flugzeuge noch keine Todesengel.

Sieben Stück zählt Ewald.

Der Wagen ist beladen. Anna bittet zu Tisch. Es gibt süße Brotsuppe, dazu Rührei auf Schwarzbrot. Der schwarze Jean ißt mit uns.

Die Kinder erzählen aufgeregt von den lauten Fliegern. Sie hätten fast das Schilf berührt, so tief sind sie geflogen. Und dieser Gestank in der Luft. Wie vergossenes Petroleum.

Für dich ist der Krieg bald zu Ende, sage ich zu Jean.

Für euch auch, lacht er.

Nein, für uns noch lange nicht, sage ich.

Anna füllt nach, sie gibt jedem, soviel er will. Es ist wie ein Festessen, aber keinem ist feierlich zumute.

Hast du die Papiere? frage ich.

Ja, sie sind in der Handtasche.

Auch die Lebensmittelkarten?

Ja, auch die Lebensmittelkarten.

Ich blättere in den Papieren: Geburtsurkunden, Heiratsurkunde, die Taufscheine der Kinder. Was hast du für einen schönen Konfirmationsspruch, sage ich zu Anna.

Der Herr ist mein Hirte,
mir wird nichts mangeln.
Er weidet mich auf einer grünen Aue
und führet mich zum frischen Wasser.

Mit einem solchen Spruch kannst du leichten Herzens auf die Flucht gehen.
Ich gebe ihr alles Geld, das ich habe. Vielleicht wird sie es brauchen, denn sie kommen bestimmt durch Städte, deren Läden noch geöffnet sind. Ich fahre mit dem alten Herrn, der hat Geld genug.
Nach dem Essen bringt Jean den Wagen zur Oma Kösling, damit sie auflädt, denn sie ist uns zugeteilt.
Die kann schön singen, sage ich, da wird es unterwegs nicht langweilig werden.
Die Kinder fahren mit. Anna bleibt und wäscht das Geschirr ab. Ich lege Holz in den Herd und werfe zwei Briketts in den Kachelofen.
Für wen willst du einheizen? fragt sie.
Die Fenster befrieren schon, sage ich.
Während sie abwäscht, nehme ich die Bilder von den Wänden und verwahre sie unter den Betten, auch den guten Hirten, wie er übers Meer kommt, und den Engel, der in der Kammer der Mädchen hängt mit der Schrift: Breit aus die Flügel beide ...
Bilder haben an Wänden nichts zu suchen, wenn der Krieg kommt. Das wissen die Ostpreußen seit 1914.
Wenn wenigstens Sommer wäre, sagt Anna und trägt das Abwaschwasser vor die Tür. Eine Dampfwolke steigt auf. Wo das Wasser in den Schnee fällt, bleibt braune Erde zurück.
Und wieder fängt es an zu donnern. Eine endlose Kette von Abschüssen und Einschlägen. Feuerüberfall nennen sie das in der neuen Sprache. Nach fünf Minuten ist es still.
Wie die einen erschrecken können, sagt Anna. Erst fliegen sie über den See, dann schießen sie mit Kanonen.
Sie bindet die Schürze ab, hängt sie an die Küchentür, wo sie immer hängt, wenn Anna sie nicht am Leibe trägt.
Was soll aus den Tieren werden? fragt sie plötzlich.
Ich öffne die Stalltüren, aber sie kommen nicht raus. Die Hühner bleiben auf der Stange, die Kaninchen schnuppern am Draht, nur das Schwein drängt zum Trog.

Anna sitzt, die Hände im Schoß, auf der Küchenbank. Nun weiß sie nichts mehr zu tun.
Hoffentlich brauchen wir nicht übers Wasser, sagt sie. Auf ein Schiff bekommt mich keiner.
Sie hat Angst vor Wasser. Nicht vor jedem Wasser, der Beldahnsee ist ihr vertraut, in dem lernte sie schwimmen, aber das große Wasser, dem sich die Schiffe so leichtfertig anvertrauen, ohne ein Ufer zu sehen, ist ihr unheimlich.
Schon kommt der Wagen zurück. Die alte Frau sitzt auf dem hinteren Brett, sie hat die Plane zurückgeschlagen und sieht sich das Dorf von rückwärts an. Um die Beine hat sie eine Decke gewickelt, um den grauen Kopf ein schwarzes Tuch. Heiße Ziegelsteine hat sie auf die Flucht mitgenommen, das tut den Füßen gut.
Jean bleibt auf dem Bock, denn es soll nun losgehen. Mein Ewald neben ihm, die beiden Mädchen stecken die Köpfe unter der Plane hervor. Was haben sie bloß für große Augen!
Wir fahren doch hoffentlich nach Krempe in Holstein! ruft die alte Frau.
So weit braucht ihr nicht zu flüchten, sage ich.
Aber in Krempe haben sie gutes Land, da wachsen Rüben, groß wie Ochsenköpfe.
Die will nach Holstein, der Jean will über den Rhein und meine Anna nicht über das Meer. So hat jeder seine Wege.
Auf einmal fängt Mariechen zu weinen an.
Mucki soll mitkommen! Im Garten hoppelt ihr schwarzes Kaninchen und schnuppert an glasigen Kohlstrünken.
Ewald hilft mir, das Tier einzufangen. Wir treiben es in eine Ecke des Maschendrahtzauns, Ewald packt es am Genick und trägt es zurück in den Stall. Ich erkläre dem Kind, daß Mucki bei den anderen bleiben muß, sonst bangt es sich zu sehr.
Anna steht vor der Tür, als hätte sie Wurzeln geschlagen. Sie weiß nicht, ob sie abschließen soll. Offene Türen sind eine Einladung, einzutreten und sich zu bedienen. Verschlossene Türen dokumentieren das Recht des Besitzers. Aber sie sind auch eine Einladung für Gewehrkolben und Brecheisen.

Anna reicht mir den Schlüssel, er ist heiß von ihren Händen. Mehr geschieht nicht. Wir können uns nicht in die Arme fallen vor den Kindern und dem schwarzen Franzosen. Es ist nicht recht von ihm, daß er dich behalten will, sagt sie leise.
Jean steckt eine selbstgedrehte Zigarette an, knallt mit der Peitsche, will endlich fahren.
Was ist denn nun wieder los? Mariechen will ihren Schlitten mitnehmen. Sie möchte den Rodelschlitten hinter den Wagen hängen und sich ziehen lassen, wie sie es von den Holzfuhren kennt, die wintertags aus dem Wald kommen.
Die Pferde haben es schwer genug, sage ich. Nun willst du noch deinen Schlitten anbommeln.
Bockig zeigt sie auf die Schuppentür, hinter der sie den Schlitten weiß.
Gib dem Kind den Schlitten! ruft Anna.
Ich hole also den Schlitten und binde ihn an den Wagen.
Wenn alle Kinder, die auf die Flucht gehen, ihre Rodelschlitten mitnehmen, wird das ja eine lustige Schlittenpartie, sage ich.
In Holstein brauchst du keinen Schlitten! ruft Oma Kösling. Da fällt kein Schnee, da weht nur kalter, nasser Wind vom Meer, und große Rüben wachsen da.
Der Wagen ruckt an, Mariechen klammert sich an den Schlitten, ich gehe nebenher. Auf halbem Wege kommt uns eine schwarze Gestalt entgegen, in einen Pelz gehüllt, den Kopf umwickelt mit einem Wollschal. Ach, das ist Kalinka. Der schwarze Jean hebt sie auf den Wagen, sie sprechen deutsch miteinander. Das ist wunderlich, denke ich. Ein gefangenes Liebespaar, aber er spricht nicht Russisch und sie nicht Französisch, also müssen sie sich in der Sprache ihrer Gefangenschaft verständigen.
Anna blickt mich fragend an. Ach ja, der Pelz! Kalinka trägt den Pelz, der seit dem Tod der gnädigen Frau unberührt im Schrank gehangen hat. Der alte Herr hat ihn ihr gegeben, oder sie hat ihn sich genommen.
Vor der Gutsauffahrt sammeln sich die Wagen. Kallies reitet

auf und ab und ordnet die Fuhrwerke ein. Sie sollen keinen großen Abstand halten, sagt er, sonst wird der Treck auseinandergerissen. Auf jeden Wagen gehört eine Schaufel zum Schneeschippen oder Sandstreuen bei Glätte. Ostpreußische Ackerwagen haben keine Bremsen, weil sie im flachen Land fahren. Bergab fahren sie mit einem Rad im weichen Sommerweg, das bremst genug. Aber der Januar kennt keine weichen Sommerwege. Deshalb ist jedem Wagen ein dicker Knüppel mitzugeben, der im Notfall zwischen die Speichen geschoben wird, um das Gefährt auf abschüssiger Straße zu halten. Kallies denkt an alles.

Sie könnten fahren, aber er ist nicht da. Lieber Gott, es wird schummrig werden, bevor sie loskommen! Vielleicht ist es auch gut, nicht bei Tageslicht zu fahren, denn fünfzehn Fuhrwerke in weißer Landschaft und dann die Tiefflieger.

Endlich kommt er. Vom Grunower Wald wandert einer übers weiße Feld, eine Jagdflinte umgehängt, Kora läuft bei Fuß. Am Seeufer bricht er durchs Schilf, marschiert über das Eis aufs Dorf zu. Unterwegs bleibt er stehen, steckt eine Zigarre an. Nun sieht er die Fahne.

Kallies reitet ihm entgegen. Am Seeufer steigt er ab, begleitet ihn zu Fuß, das Pferd am Zügel führend.

Was soll die Fahne?

Sie ist ein Zeichen, antwortet Kallies. Wir geben nicht auf, heißt das, wir kommen wieder.

Ein Zeichen, das Gut abzubrennen, erwidert der alte Herr.

Er ruft nach mir. Ich soll die Kutsche anspannen, einen Sack Sägemehl aus der Räucherei holen und Porzellan und Kristall aus dem Schloß einpacken.

Bevor ich gehe, höre ich Annas Stimme. Sie hat die alte Bibel vergessen, die der Fischer Maruhn ihr zu Beginn ihres Lebens mitgegeben hat, die liegt in der untersten Schublade der Anrichte.

Paß bloß auf, daß dir nichts zustößt, sagt sie leise und berührt meinen Arm.

Ich ermahne die Kinder, der Mutter zu gehorchen.

Jean lacht und pafft seine selbstgedrehte Zigarette. Kalinka blickt scheu zu Boden, Kallies brüllt, sie sollen endlich fahren. Er reitet voraus, setzt sich an die Spitze. Hinauf den Birkenweg. Noch immer hängt Rauhreif in den Bäumen. In Grunowen gibt es Wintertage, da hält sich der Rauhreif bis zum späten Abend. Die Krähen erheben sich und fallen hinter dem Treck wie schwarze Steine ins weiße Land.
Wir stehen auf der Straße und sehen ihnen nach. Kora läuft ein Stück hinterher. Als sie die Kehre nach Westen fahren, in den Waldweg nach Kobulten einbiegen, bleibt sie stehen. Ein Donnerschlag erfüllt die Luft. Die Schallwellen lassen den Rauhreif von den Zweigen rieseln.
Sie haben eine Brücke gesprengt, sagt der alte Herr, greift in die Joppentasche und bietet mir eine Zigarre an, gibt mir auch Feuer.
Von denen kommt keiner wieder, sagt er.
Dann merkt er, wie erschrocken ich bin und legt mir die Hand auf die Schulter.
Vielleicht später, in fünfzig Jahren kommen die Kinder oder die Kinder der Kinder.
Sie haben doch nichts Schlimmes getan, Herr. Warum sollte man sie nicht in ihr Dorf zurücklassen, um hier zu leben und zu arbeiten?
Ach, Felix, es geht schon lange nicht mehr darum, was der einzelne getan hat.
Kora kommt in mächtigen Sprüngen über den Schnee, fliegt ihn an, wirft ihn fast um.
Jetzt sind wir die alleinigen Herren von Grunowen, sagt er und versucht zu lachen. Aber nicht für lange, morgen kommen neue Herren.
Die Masuren sind auch noch da, sage ich und zeige über den See.
Er nimmt die Jagdflinte, zielt in den grauen Himmel und drückt zweimal ab. Hinter dem See reißt einer das Fenster auf und fängt an zu schreien. Der Grogonz ist wieder betrunken.
Für ein paar Stunden werden sie reich sein, sagt er. Sie werden

sich unser Vieh holen, den Speicher räumen und die Mühle aufbrechen, um das letzte Mehl abzufahren.
Ich frage ihn, ob ich die Fahne vom Mast holen soll.
Er winkt ab, auf das bißchen Tuch kommt es ihm nicht an. Das soll die Rote Armee besorgen.
Ich spanne die Kutsche an, hole einen Sack Sägemehl, fahre vors Schloß und packe Porzellan ein.
Er kommt und sagt, ich soll die Pferde wieder in den Stall bringen und ihnen tüchtig Futter geben.
Fahren wir nicht hinterher? frage ich.
Morgen werden wir fahren, morgen.
Mein Gott, morgen! Eine ganze Nacht will er mit mir in dem leeren Dorf bleiben. Wenn sie nun in der Dunkelheit kommen, wenn sie Grunowen nehmen, wie sie Nikolaiken genommen haben.
Du holst sie schon ein, sagt er. Die Kutsche ist schneller als die russischen Panzer.
Während ich Kristall einlade, bringt er drei Flaschen klaren Schnaps.
Die ostpreußischen Winter machen kalte Füße, sagt er und verwahrt die Flaschen in der Kutsche. Dann geht er mit Kora in den Park.
Oben im Haus höre ich eine Tür klappen. Auf der Treppe sitzt Jeschka und lacht mich an, ein böses, schadenfrohes Lachen.
Du kannst mir helfen, das Geschirr einzupacken! rufe ich ihr zu. Sie reagiert nicht, sie versteht meine Sprache nicht mehr.
Noch bist du nicht Herrin im Schloß! rufe ich hinauf. Der alte Herr könnte dich mit der Schrotflinte runterholen, wenn er nur wollte.
Aber er spaziert durch den Park. Ich sehe ihn zwischen den Bäumen. Er mißt den Schnee, er schreitet auf und ab, sucht einen bestimmten Platz. Kora jagt durchs Gebüsch, verbellt Hasen und Krähen, während er Stöcke in den Schnee treibt, ein Feld zeichnet, Bäume mit dem Taschenmesser markiert.
Wenn du eingepackt hast, kannst du im Park eine Kuhle gra-

ben, sagt er später. Aber nimm die Pickhacke mit, es ist Frost unter dem Schnee.
Wollen wir Wertsachen vergraben, Herr?
Ja, antwortet er.
Dokumente, denke ich. Die Papiere des Gutes, die Chronik von Grunowen, die Ahnentafel der Tolksdorfs, die Zugangs- und Abgangsbücher der Landarbeiter, das Journal für die Deputatausgaben mit den Rubriken Hühnerfutter, Kartoffeln, Mehl, Bett- und Streustroh. Alte Papiere kann man nicht mitnehmen, sie zerfallen unterwegs zu Staub. Also werden wir sie in eine Kiste packen und im Park vergraben für bessere Zeiten.
Es beginnt zu dunkeln, als ich mit Schaufel und Pickhacke seiner Spur folge. Der Schnee gibt Licht, sein Weiß hält die Nacht auf. Bei den Findlingen auf dem Friedhof hat er die Stelle abgesteckt, die ich graben soll, zwei Meter lang, einen Meter breit.
Mein Gott, er will den Hund erschießen! Unter dem Schnee gefrorenes Herbstlaub. Für die Erde brauche ich die Pickhacke. Es dröhnt, als das Eisen in den Frost fährt.
Wo steckt Kora? Sie, deren Grab ich schaufele, sitzt ihm zu Füßen und wärmt sich am Kamin. Er hört die letzten Nachrichten aus London. Die 3. Weißrussische Front hat die ostpreußischen Städte Tapiau, Allenburg, Nordenburg, Angerburg und die Festung Lötzen eingenommen. Die 5. Gardepanzerarmee durchschnitt die Autobahn Königsberg-Elbing und erreichte das Frische Haff zwischen den Flüssen Passarge und Nogat.
Wenn er den Hund umbringen will, ist ein dreiviertel Meter tief genug, denke ich.
Auf einmal wird es taghell. Alle Fenster im Schloß leuchten, er hat das elektrische Licht eingeschaltet. Es fällt in den Park, es erleuchtet den Hof, ein heller Streifen erreicht die Dorfstraße. Wir brauchen keine Verdunkelung mehr, sie können kommen, die Bomber im Anflug auf das Reichsgebiet. So also steht es um ihn, es ist ihm gleichgültig. Er läßt die Fahne hän-

gen, er schaltet das Licht ein. Wann hat das Schloß jemals so gestrahlt? Als die gnädige Frau noch lebte, stellten sie zu den Festen Leuchter in die Fenster, denn die Elektrizität kam erst im Krieg nach Grunowen und mit ihr die Verdunkelung. Das ist auch so eine Verrücktheit: Sie erfinden ein Licht, hell wie die Sonne, aber sie müssen es verstecken.

Vielleicht ist der Krieg längst vorüber, denke ich. Er hat sich andere Wege gesucht und Grunowen hinter dem verschneiten See vergessen. Morgen kommen die Unsrigen, die Gespanne fahren in den Wald, die Melker versorgen die Kühe, die Mägde schütteln die Betten, und Frau Holle deckt uns gnädig zu.

Er steht im Saal vor dem Großen Kurfürsten, der den Arm in die Seite stützt und über das Schlachtfeld von Fehrbellin blickt.

Vor zweihundertsechsundsechzig Jahren, es war auch an einem 26. Januar, ließ der seine Soldaten auf Schlitten über das Frische Haff setzen. Drei Tage später marschierten sie über das Kurische Haff, um die auf dem Landweg abziehenden Schweden zu schlagen. Unser Haff friert in jedem Jahr zu, du kannst Schlittschuh laufen von Elbing nach Königsberg und zurück. Die Königin Luise ist auch übers Haff gefahren auf der Flucht vor den Franzosen. Der eine flüchtet übers Eis, der andere verfolgt übers Eis, so geht es hin und her.

Wir sind allein mit der Königin Luise und dem Großen Kurfürsten und einem Jagdhund namens Kora und einem erleuchteten Schloß. Oben ist Jeschka, die sitzt auf der Treppe und erwartet die Rote Armee.

Du kannst uns mal Abendbrot machen! schreit er hinauf.

Oben fällt eine Tür ins Schloß. Sie ist im Zimmer der gnädigen Frau, wir hören sie über uns rumoren.

Sie gehorcht nicht mehr, sage ich und denke, er wird sie zwingen, denn er ist immer noch der Herr in diesem Haus, aber er geht nur zum Telefon, wählt die Sensburger Nummer. Keiner meldet sich. Um es genau zu sagen: Das Telefon ist tot. Königsberg ist nicht mehr erreichbar, Berlin auch nicht.

Im Stall brüllen die Kühe, wollen gemolken werden.
Ich muß noch einmal ins Kutscherhaus, sage ich.
Das trifft sich gut, sagt er. Wir werden gemeinsam gehen, denn so etwas gibt es nicht alle Tage zu sehen, ein verlassenes Dorf.
Er lacht.
Was ist da zu lachen, denke ich. Wohin du auch kommst, es wird keiner da sein. Du kannst klopfen, solange du willst, es macht keiner auf.
Er holt die Taschenlampe, steckt eine Flasche Schnaps in die Joppe und ruft Kora.
Wir sollten das Licht ausschalten, schlage ich vor. Er winkt ab. Laß brennen, Felix, bald ist es sowieso duster.
Also gehen wir. Zuerst in den Kuhstall. Die Melker haben die Tiere losgebunden, nun drängen sie um die Wassertränke. Die hintere Tür steht offen, aber keines der Tiere verläßt den Stall.
Melkzeit ist längst vorbei, sage ich.
Wir können nicht fünfzig Kühe melken, sagt der alte Herr. Morgen früh sind die Euter voll und morgen abend wieder, und das jeden Tag.
Lieber Gott, daran hat keiner gedacht, eine Flucht wie diese darf es schon der Tiere wegen nicht geben. Wo sollen sie hin mit ihrer Milch? Sie quälen sich und brüllen vor Schmerzen, weil ihnen keiner die Milch abnimmt.
Warmer Dunst empfängt uns. Die Kühe schieben und drängen, recken ihre Köpfe über die Raufen. Als wir gehen, folgen sie uns bis zur Tür und brüllen hinterher.
Was will er im Schweinestall? Dieses Gequieke und Geschubse an den Trögen, die Tiere denken, es gibt Futter.
Hundert Zentner Schweinebraten, sagt er. Vor drei Wochen steckten sie jeden, der schwarz schlachtete, ins Zuchthaus. Morgen werden hier hundert Schweine elendig umkommen, ohne daß es Kläger oder Richter gibt. Ein ganzes Regiment könnte sich davon ein Fest machen. Aber sie werden die Tiere zusammenschießen oder den Stall anstecken, oder die Schweine werden verhungern, denn ein Krieg hat keine Zeit,

sich um Schweine zu kümmern. Nun weißt du es, Felix, dieser Krieg ist auch ein Krieg gegen die Tiere, gegen die ganze lebende Kreatur. In Grunowen überfällt er an die hundert Schweine, vier Dutzend Milchkühe, Kälber, Hunde, Katzen, Hühner, Enten, Gänse, die hundertfünfzig Schwarznasen des Schäfers Wronnek und Mariechens possierliches Kaninchen. Die Menschen ziehen fort, lassen die Tiere allein in ihrer Not, und draußen ist Winter. So etwas hat es noch nie gegeben. Millionen gehen auf die Reise, und ihre Haustiere irren über Schneefelder und an zugefrorenen Teichen, laufen durch die verschneiten Wälder, verenden im Chausseegraben. Und die neuen Herren, wenn sie kommen, was werden sie tun? Ein Schwein schlachten und über dem Feuer braten wie die Kosaken im August '14? Sie haben Wichtigeres, als Kühe zu melken und Schweine zu füttern. Sie sind keine Schweinehirten, sondern Krieger. Er dreht die Schnapsflasche auf, gibt mir auch einen Schluck.
Ich frage ihn, ob Flucht denn wirklich nötig ist. Warum nicht im Dorf bleiben und die gewohnte Arbeit verrichten. So unmenschlich kann doch keiner sein, daß er einen umbringt, der gerade eine Kuh melkt oder die Schweine füttert oder am Herd steht und die Suppe rührt. Wo gibt es Menschen, die eine Oma erschießen könnten, die am Ofen sitzt und spinnt? Oder den Säugling, der in der Wiege schläft? Oder die Kinder, die mit dem Rodelschlitten den Berg hinunterfahren. Ich kann mir keinen von Gott geschaffenen Menschen vorstellen, der so etwas fertigbrächte.
Er sieht mich sonderbar an und schüttelt den Kopf. Sie werden die Männer töten und die Frauen unter sich bringen, sagt er. Und die Kinder? Vielleicht werden sie zu den Kindern gut sein.
Wir gehen durch Grunowen. Neben der Straße liegt der See wie ein zugehängter Spiegel. Vor dem Haus des Müllers bleibt er stehen.
Die Frau Sarkowski hat auch keinen mehr, der ihr die Uhr anhält, sagt er. In der Schlafstube brennt das elektrische Licht.

Dabei war sie immer so sparsam. Wer soll die Rechnung zahlen?
Beim Besenbinder Kämmerling ist keiner zu Hause. Vor dem Haus liegen Reisigberge, mit denen der Kämmerling arbeiten wollte bis in den Frühling. Die Welt wird ohne Besen leben müssen. Zu Mittag hat Kämmerling einen Hahn geschlachtet, der Kopf liegt neben dem Hauklotz, eine Blutspur führt durch den Schnee zur Tür. Hühnersuppe als Henkersmahlzeit.
Wir gehen in fremde Häuser, ohne zu fragen. Jede Schlafkammer steht uns offen, in jeden Suppentopf dürfen wir blicken. Wir können nehmen, was wir wollen, aber es bedeutet nichts mehr. Die Dinge haben ihren Wert verloren. Vier Stunden sind sie fort, schon befrieren die Scheiben. Überall geht das Feuer zur Neige. Keine Glut mehr im Herd, die Kacheln wärmen noch, aber die Asche ist schon kalt.
Oma Kösling hat vergessen, ihre Wanduhr nach Krempe mitzunehmen. Sie hängt über dem Vertiko und zeigt halb zehn. Braune Hühner scharren im Schnee.
Bei Pallapies hängt längst nicht mehr 1. Korinther 13, Vers 8 an der Wand; die Frau hat nicht mal das Mittagsgeschirr abgewaschen. Eine Suppenterrine mit angetrocknetem Rand, leere Teller stehen herum, am Tellerrand harte Brotrinde, Löffel liegen auf dem Holz, mitten im schmutzigen Geschirr sitzt die schwarze Katze.
Kaum sind die Menschen weg, übernehmen die Katzen das Regiment, sagt er und schlägt mit der Faust auf den Tisch, daß die Teller scheppern und das Besteck zu Boden fällt. Die Katze flüchtet in Pallapies Schlafstube.
Eine Entenschar watschelt über die Straße.
Schwarzsauer wäre auch nicht schlecht, sagt er.
Kallies hat die Tür abgeschlossen, der will keinen reinlassen. Das Licht der Taschenlampe fällt durchs Fenster, trifft die Wand, an der der Führer hängt. So einer ist das, der Kallies, zu stolz, den Führer abzuhängen. Im Schloß hängen die Königin Luise und der Große Kurfürst, die wird der alte Herr auch nicht abhängen, ebenso den Hindenburg nicht, der sei-

nen Platz in der Bibliothek hat. Er käme sich schäbig vor wie Judas, der den Herrn in der Stunde der Not verriet.
Ein solches Bild bringt nur Unglück, sagt der alte Herr und knipst die Taschenlampe aus.
Unglück wird auch dem bärtigen Jesus zustoßen, der über dem Eßtisch des Gespannführers Rauschning hängt. Die Zeiten sind so, daß es Gottes Sohn an der Wand nicht besser ergehen wird als dem Führer oder dem Hindenburg.
Die Kaschubsche ist schon länger auf der Flucht. Ihre Hütte steht leer, seitdem sie die alte Frau verwahrt haben. Schnee liegt bis zum Fenstersims, keine Menschenspuren, nur Hasen und Krähen haben ihre Abdrücke hinterlassen. Ach, die Kaschubsche hat vieles vorausgesehen, aber dieses nicht.
Wie tief hast du gegraben? fragt er plötzlich.
Einen dreiviertel Meter, sage ich.
Morgen mußt du tiefer graben, sonst kommen die Wölfe.
Herr, es sind schon zwanzig Jahre keine Wölfe mehr in dieser Gegend gewesen.
Aber morgen werden sie kommen.
Ein Engel geleitet ein Kind über eine baufällige Brücke, unten tosendes Wasser. So sieht es in der Stube der frommen Frau Hesekiel aus. In der Bratröhre vergessene Äpfel, längst gar geschmort. Auf einem Wandteppich, an langen Winterabenden geknüpft, das frohe Bekenntnis: Gott verläßt die Seinen nicht!
Die Frau Grieg hat den Tisch gedeckt wie zu einem großen Fest. Weißen Damast mit gehäkelter Borte hat sie aufgelegt, Teller mit Goldrand stehen bereit. Frisches Brot liegt geschnitten in einem Korb, daneben Butter und durchwachsener Speck, auch ein Fäßchen mit Salz zur Begrüßung für die fremden Soldaten. Sie werden sich freundlich bedienen und ihrer Wege gehen.
Weißt du, wie die deutschen Soldaten 1941 empfangen wurden? fragt der alte Herr und leuchtet den gedeckten Tisch ab. In Weißrußland, in der Ukraine, in Litauen, Lettland und Estland standen die Menschen mit Brot und Salz vor den

Häusern, als unsere Soldaten einzogen. Danach muß etwas schiefgegangen sein, denn dieselben Menschen gingen als Partisanen in die Wälder.

Warum stellen wir uns nicht mit Brot und Salz vor die Häuser? frage ich.

Ach, für solche Gesten ist es längst zu spät. Sie schießen, bevor sie Brot und Salz sehen.

Noch gibt es Leben, aber es fehlt an Menschen. In den Gärten hoppeln Kaninchen, zeichnen Spuren in den harschen Schnee. Gänse geben Laut in ihren Holzverschlägen, zu Matthäi werden sie Eier legen. Wo aber bleibt die Gänseliesel? Überall fehlt es an Menschen.

Der Herr ist mein Hirte, mir wird nichts mangeln! Das hängt an einer Wand und straft den lieben Gott Lügen.

Eine Feuerstelle, an der sie in der letzten Nacht ein Schwein geschlachtet und abgebrannt haben. In zehn Meter Umkreis ist der Schnee geschmolzen und die Erde rot.

Für drei Winter hat Zigan Holz geschlagen, fünf Kegel stehen vor dem Haus, akkurat geschichtet, sie beschützen den Eingang wie Wachsoldaten.

Ein Kinderschlitten vor der Haustür, vergessen.

Auf der Trockenleine über einem erkalteten Herd hängen Socken, warten darauf, gestopft zu werden.

Schlittschuhe, vor vier Wochen vom Weihnachtsmann unter den Tannenbaum gelegt, Ende Januar schon nicht mehr zu gebrauchen.

Den Schlorrenmacher Kiwitt hat es von der Arbeit weggerissen. Halbfertige Holzpantoffeln stehen auf der Werkbank, das Schnitzmesser steckt im weichen Holz.

Der Kiwitt wird sich auch die Schlorren vollschöpfen, sagt er. Trockenes Fußes kommt keiner mehr aus Ostpreußen ins Reich. Der Landweg ist abgeschnitten, bei Elbing steht die Rote Armee.

Mein Gott, Anna! denke ich. Warum fahren sie mit Pferd und Wagen, wenn die Straßen am Meer enden?

Er sieht mich abwesend an.

Du wirst auch fahren, sagt er. Und du wirst durchkommen. Ja, du heißt Felix und wirst es schaffen.
Wie ist Grunowen einsam. Ich fühle mich wie ausgestoßen, wie verbannt auf eine Insel ohne Menschen. Der alte Herr, Kora und ich sitzen auf einem fernen Stern und sehen zu, wie die alte Erde mit allen guten Menschen und warmen Stuben durch das Weltall kullert.
Die alten Wronneks haben noch den Tannenbaum in der Stube. Sie wollten ihn geschmückt lassen, bis der Sohn kommt, aber der verließ seine Schafe schon im Dezember für immer. Lametta, Strohsterne, Papierschlangen und ausgebrannte Kerzenhalter hängen am Baum. Grün sind seine Blätter längst nicht mehr, er sieht aus wie mit Rauhreif belegt.
Der wird gut brennen, sagt der alte Herr.
Beim Gärtner Masow hören wir eine leises Wimmern, als wäre ein Kind zurückgeblieben. Unter der Bodentreppe liegt die schwarze Ammi und will sterben. Sie hat Schaum vor dem Mund, winselt und läßt die Zunge raushängen.
Er greift in die Tasche, nimmt die Pistole, entsichert, zielt, schießt aus kurzer Entfernung der schwarzen Ammi in den Kopf. Das Tier legt sich auf die Seite, gibt ein wenig Blut ab, zittert langsam aus.
Das wirkt schneller als Gift, sagt er.
Kora ist weggelaufen. Der alte Herr ruft hinterher, aber sie will nicht kommen.
Auch die Tiere verlieren diesen Krieg, sagt er.
Aber sie haben keine Schuld, sage ich.
Die Menschen haben auch keine Schuld, sagt er. Diese jedenfalls nicht. Was haben sie getan? Kinder gezeugt und geboren, gesät und geerntet, das Vieh versorgt, Kartoffeln gesammelt und Rüben gezogen, die großen Feste gefeiert und die kleinen. Wo ist da Schuld?
Einige sind Soldat geworden, wende ich ein.
Weil sie mußten, antwortet er. Keiner aus Grunowen ist freiwillig gegangen.
Doch, einer, sage ich.

Er sieht schweigend an mir vorbei, dreht langsam die Schnapsflasche auf und trinkt.
Heute rechnen sie anders, Felix. Die neue Zeit bestraft nicht mehr, was der einzelne getan hat, sondern die Gesinnung, die Zugehörigkeit zu einer Gruppe, zu einer Partei, einer Rasse, einem Volk. Du bist Russe, also bist du ein Untermensch. Du bist Deutscher, also werden wir dich als Herrenmenschen bestrafen für deinen Hochmut. Die Millionen, die auf die Flucht gehen, fühlen sich unschuldig, weil sie nach den alten Maßstäben von Gut und Böse nichts Unrechtes getan haben. Sie verstehen nicht, warum sie trotzdem büßen müssen.
Schwarz liegt das Kutscherhaus ohne einen Funken Helligkeit. Unter den Apfelbäumen steht steifgefroren der Schneemann. Die Fenster voller Eisblumen.
Der alte Herr stößt die Tür auf.
Na, was ist! Hast du Angst vor dem eigenen Haus?
Fünf Stunden unbewohnt, schon ist es kalt wie in einer Gruft. Ich knipse das Licht an, noch fließt der elektrische Strom. Im Flur hängen die Schultornister. Ach, meine Kinder werden dumm bleiben, weil die Schule so lange ausfällt.
Wie lange lebst du hier? fragt er.
Seit meiner Hochzeit, das sind fünfzehn Jahre.
Also hält deine Ehe schon länger als das Dritte Reich, sagt er und lacht.
Es stört mich, wie er durch die Stuben spaziert, wie er alles berührt, besieht und bespricht. Annas Bibel kann ich nicht finden, dafür fällt mir ein Spiel Schwarzer Peter in die Hände. Ich stecke es ein, werde es den Kindern nachbringen, denn Spiele braucht man immer. Ich mag mich nicht setzen, es ist auch, ehrlich gesagt, zu kalt. Er öffnet den Küchenschrank, nimmt einen Kaffeebecher heraus und gießt Schnaps ein.
Trink, Felix, es kommen lausige Zeiten!
Also gut, ich trinke, damit er Ruhe gibt. Dann gehen wir. Ich schließe die Haustür ab. Wer mit Gewalt eindringen will, soll es tun, aber freiwillig öffne ich ihm nicht. Durch den Schornstein soll er fahren, zur Hölle soll er fahren.

Wie alt sind deine Kinder?
Das fragt er jede Woche einmal, und immer gebe ich die gleiche Antwort: Der Ewald ist fünfzehn, Ulla elf, Mariechen wird sechs und kommt bald in die Schule.
Du hast wenigstens drei, sagt er. Ich habe nur einen und den auch nicht mehr.
Als wir auf der Straße stehen, fällt das Schloß in Dunkelheit. Die Überlandwerke haben den Betrieb eingestellt, eine kleine kriegsbedingte Störung, sagt er.
Oh, ich kenne diese dunklen Nächte aus der Zeit, als der elektrische Strom noch nicht den Weg nach Grunowen gefunden hatte und wir uns mit Mond und Sternen begnügen mußten und dem See, der als weißer Spiegel unter dem Himmel hing und sein Licht verschenkte. Wo bleibt der Mond? Es sollte eine Mondnacht werden, aber die Wolken haben den Mond gefressen.
Beim Schmied Venoor ist noch Glut in der Esse.
Das Schwarwerkerhaus sieht zum Fürchten aus. Oben im Schloß brennt eine Kerze. Das ist Jeschka. Sie steht im Zimmer der gnädigen Frau und gibt der Roten Armee Zeichen.
Hast Hunger? fragt er und biegt zur Gutsauffahrt ab.
Weder Hunger noch Durst, nur Angst, zu spät zu kommen.
Jeschka! schreit er, als wir eintreten.
Kora ist wieder da und springt die Treppe hinauf, bellt vor dem Zimmer der gnädigen Frau.
Sei ruhig, Kora!
In der Küche tropft Wasser.
Er will die letzten Nachrichten aus dem Führerhauptquartier und aus London hören, aber die Sender sind verstummt. Ja früher, mit dem Akku-Radio wäre es gegangen.
Ich soll eine Petroleumlampe aus dem Keller holen. Ich finde wohl Lampen, aber kein Petroleum. Also zünde ich den Kamin an, das wärmt nicht nur, sondern gibt auch Licht. Oben höre ich es poltern. Er wird sie doch nicht schlagen. Nein, er hat nie einen Gefangenen geschlagen.
Er zieht die Stiefel aus und setzt sich vor die Flammen.

Jeschka wird Abendbrot machen, sagt er.
Ja, dem alten Herrn gehorcht sie, denke ich. Ihm kann keiner etwas abschlagen.
Nach einer Viertelstunde geht die Tür auf, eine flackernde Kerze erscheint, dahinter Jeschkas Gesicht. Wie ein Gespenst gleitet sie in den Raum, in der rechten Hand die Kerze, links eine Bratpfanne. Jeschka hat Speck gebraten. Sie stellt Kerze und Pfanne auf den Tisch, will rasch hinaus, aber er hält sie am Arm fest.
Setz dich zu uns, sagt er, bittet mehr, als daß er befiehlt.
Mein Gott, wie blitzen ihre Augen! Sie trägt ein Kleid der gnädigen Frau, eines der Festkleider, die lange unberührt im Schrank gehangen haben. Hübsch sieht sie aus, aber sie hat diese kalten, stechenden Augen.
Sie sitzt neben uns, will aber nicht essen. Sie starrt ins Feuer, manchmal auch zum Fenster.
Die, auf die du wartest, kommen erst morgen, sagt er.
Sie tut so, als verstünde sie nicht. Drei Jahre hat sie die deutsche Sprache gelernt, jetzt will sie sie nicht mehr verstehen.
Es ist gut, sie zu haben, denke ich. Als sie schwer krank war, ließ der alte Herr einen deutschen Doktor aus Sensburg kommen, der sie gesund machte. Kallies wollte sie wegen Ungehorsams ins Fremdarbeiterlager zurückgeben, aber der alte Herr entschied: Jeschka darf bleiben. An solche Vorfälle wird sie sich erinnern und es ihren Leuten sagen, wenn sie kommen.
Der alte Herr geht in den Keller, um Türkenblut zu holen.
Bevor deine Freunde den Weinkeller erbeuten, werden wir ihn leertrinken, sagt er und lacht Jeschka an.
Das also hat er vor, eine Nacht will er durchtrinken. Als er im Keller ist, findet sie die deutsche Sprache wieder.
Es ist besser zu fahren, flüstert sie. Schnell fahren, schnell fahren!
Dann springt sie auf und läuft aus dem Zimmer. Erst rumort sie in der Küche, schließlich höre ich sie auf der Treppe zu den oberen Räumen.

Sie ist dir also durchgebrannt, sagt der alte Herr, als er mit den Flaschen kommt.
Jeschka, komm her, du sollst mit uns Rotwein trinken! schreit er hinauf.
Aber sie kommt nicht, nun gehorcht sie auch ihm nicht mehr.
Wir könnten noch fahren, fange ich an. Unsere Pferde finden den Weg auch im Dustern. Bis Bischofsburg könnten wir fahren.
Er hört mich nicht, er ist mit diesem widerlichen Zeug beschäftigt, das bitter schmeckt, Aufstoßen verursacht und die Lippen färbt. Ich mag dieses höllische Getränk nicht, aber er behauptet, Rotwein verdünne das Blut.
Nun legt er die Pistole vor sich auf den Schreibtisch. Kora läuft winselnd zur Tür.
Sei ruhig, Kora!
Wenn er betrunken ist, werde ich ihn nicht mehr zum Wegfahren bewegen können.
Wo mögen sie jetzt sein? fange ich wieder an.
Er hört es nicht und fragt, wie lange ich schon bei ihm bin.
Als Kutscher neunzehn Jahre, sage ich, in Grunowen bin ich mein ganzes Leben.
Wie lange willst du noch leben?
Was soll man darauf antworten? Wie es in der Schrift steht, sage ich. Siebzig Jahre, wenn's hoch kommt achtzig Jahre. Lieber Gott, wann du willst, mir pressiert es nicht! Und wenn der Arzt schon lange dran flickt, so geht es doch endlich also: Heute König, morgen tot ... Aber ich bin niemals König gewesen, immer nur Kutscher in Grunowen.
Er sieht mich an wie einer, der genug hat. Dreiundsechzig ist er. Ein paar Jahre könnte er noch spazierenfahren, auf die Jagd gehen und seinen Weinkeller leertrinken.
So alt will ich nicht werden, sagt er, hebt das Glas und prostet mir zu. Nicht wahr, Kora, so alt wollen wir nicht werden! Vielleicht sind die letzten Soldaten schon durch, Grunowen liegt im Niemandsland zwischen Deutschem Reich und Sowjetunion. Und rundum ist Friede.

Wenn sie nun doch nachts kommen, sage ich.
Die wollen auch schlafen, antwortet er. Frühmorgens essen sie ihre Suppe und trinken wie immer vor dem Angriff einen Schnaps. Danach kommen sie über den See wie die Treiber auf der Jagd. Sie brechen aus dem Schilf und rennen dem anderen Ufer zu. Vom Eis her schießen sie die Fensterscheiben ein. Dann sehen sie die verhaßte Fahne. Wer holt die Fahne vom Mast? Wer erbeutet eine Fahne?
Ach, ich wäre gern hingegangen, um Grunowen von dieser Fahne zu befreien, aber er verbietet es mir.
Faß den Kodder nicht an! sagt er. Er geht in der Bibliothek auf und ab, fängt an zu erzählen vom 20. April 1938, als Kallies über den Hof marschierte, um zum erstenmal das Tuch aufzuhängen. In seiner Begleitung der Junge, gerade 14 Jahre alt, aus Königsberg gekommen, um dabeizusein, wenn Gut Grunowen mit einer Hakenkreuzfahne geschmückt wird. Ohne ihn hätte Kallies niemals die Fahne auf den Hof gebracht. Sie nahmen sich die Kinder, die Alten ließen sie in Ruhe, weil die bald sterben würden. Mit den Kindern hatten sie die Zukunft, dachten sie, in Wahrheit nahmen sie den Kindern die Zukunft.
Er bleibt stehen und blickt auf den leeren Hof. An derselben Stelle stand er damals mit seiner Frau und sah zu, wie der Rattenfänger mit den Grunower Pimpfen über den Hof marschierte.
Ich wollte das Fenster aufreißen und Kallies mit seiner Fahne zum Teufel jagen, sagt er.
Laß doch den Jungen, bat meine Frau.
Sie standen stramm vor dem Mast. Kallies überreichte das Tuch, Werner Tolksdorf war ausersehen, die Fahne aufzuziehen. Vor dem Pferdestall versammelten sich die Knechte und sahen zu, wie die Kinder die Fahne grüßten. Danach sangen sie ein Lied, in dem sich Fahne und Tod reimten.
So war es, Felix! Seit jenem 20. April hing die verdammte Fahne an dem Mast, nun soll sie hängen, bis der Teufel sie holt.

Er verbirgt das Gesicht in den Händen.
Ich muß ihn davon abbringen, denke ich. So darf ich ihn nicht weiterreden lassen.
Er erzählt von seiner Frau, die stolz war auf den Jungen, wie er in HJ-Uniform auf dem Gutshof stand, den rechten Arm zur Fahne erhoben. 1938 war ein gutes Jahr für den Kallies. Österreich heimgekehrt, das Sudetenland sollte bald folgen. Wenn der Hitler am 1. November 1938 an der Schwindsucht gestorben oder von der Treppe gefallen wäre, stünde er für alle Ewigkeit als einer der größten Deutschen in unseren Büchern. Daran kannst du sehen, daß man sich früh verabschieden muß, wenn man einen guten Namen behalten will.
Er trinkt zuviel von diesem Zeug, das das Blut flüssig macht. Ich muß ihn davon abbringen, ich muß ihn auf andere Gedanken bringen.
Sie war immer auf seiner Seite und gegen mich, sagt er. Die Jugend braucht eine Begeisterung, pflegte sie zu sagen. Als sie starb, war auch so ein wunderbares Jahr, in dem mir die Argumente ausgingen. Frankreich besiegt, Norwegen und Dänemark besetzt, Deutschland war zum Großdeutschland geworden. Ich wußte nichts mehr dagegen zu sagen.
Nun rollt er eine Karte der Provinz aus und hängt sie an die Bücherwand. Mit der Kerze leuchtet er Ostpreußen ab, nimmt meinen Krückstock und fährt die schwarzen Spuren der Eisenbahnen und die roten der Straßen entlang, zieht mit angekohltem Holz eine dunkle Linie von Nord nach Süd. Am Kurischen Haff fängt er an, Insterburg läßt er rechts liegen, denn Insterburg ist gefallen, sagt er. Er stößt auf Angerburg zu, das auch gefallen ist, geht über den Mauersee nach Lötzen, teilt Löwentinsee und Spirdingsee, gibt Nikolaiken und Johannisburg auf die rechte Seite, macht im Süden einen Bogen, läßt Ortelsburg in russische Hand fallen und kommt bedenklich nahe an Grunowen heran, zögert bei Passenheim, steuert auf Allenstein zu und erreicht bei Elbing das Wasser. Mein Gott, die halbe Provinz gibt er am Abend des 26. Januar in russische Hand.

1914 kamen sie über Willenberg und Neidenburg, danach verliefen sie sich in den masurischen Seen, sagt er. Den gleichen Fehler machen sie nicht noch einmal. Sie stoßen weiter westlich vor und suchen das Meer.

Er steht vor der eingekreisten, aufgewühlten, brennenden, leidenden Provinz und murmelt Städtenamen.

Sie sollen nördlich fahren! schreit er. Wenn du sie einholst, sag ihnen, daß sie nach Heilsberg müssen!

Warum soll ich es sagen? schießt es mir durch den Kopf, als ich das rote Zeug gegen die Trägheit des Blutes trinke, das er mir aufnötigt.

Im Saal schlägt die Standuhr die elfte Stunde. Kora schreckt auf und bellt die Uhr an.

Die Kinder schlafen längst. In einem Stall, denke ich mir. Da ist es warm von den Tieren. Wie das Kind in der Weihnachtsnacht. Maria ist bei ihnen, aber wo steckt Josef? Der schwarze Jean singt französische Lieder. Ach, der hat es gut, der fährt an den Rhein, oder die Rote Armee schickt ihn, wenn sie ihn befreit, per Dampfer nach Roubaix. Und Kalinka wird Madame Jean.

Mir ist, als hörte ich Schritte unter dem Fenster. Kora läuft aufgeregt zur Tür.

Nun weiß ich es endlich: Er will sich umbringen. Nicht nur den Hund, auch sich selber. Er will nicht auf die Flucht gehen, er will gar nicht mehr leben.

Herr, sage ich und weiß nicht weiter.

Er schiebt mir ein volles Glas hin.

Herr, fange ich wieder an. Wenn Sie schon sterben wollen, könnten sie mich doch fahren lassen. Ich habe noch zu leben.

Morgen früh wirst du fahren, sagt er. In der Nacht verirrst du dich und fährst in die russischen Stellungen, wie der Hauptmann Gabler erzählte. Im Schneesturm des Winters '42/'43 verirrte sich vor Orel ein russischer Essenschlitten in die deutschen Stellungen. Die Posten brachten die beiden Essenfahrer zum Hauptmann Gabler. Der hatte zu entscheiden, ob er zwei unbewaffnete Soldaten der Roten Armee, einen Essen-

schlitten mit Kohlsuppe und zwei struppige Pferde gefangennehmen sollte. Gabler gab jedem eine Zigarette, dann durften sie mit ihrem Essenschlitten zurück zu den eigenen Leuten. Eine halbe Stunde später traf der deutsche Essenschlitten ein. Er hatte sich im Schneetreiben genauso verirrt und war in die feindlichen Linien geraten. Auch die deutschen Essenfahrer fanden einen russischen Hauptmann Gabler, mit dem sie Machorka rauchten. Als der russische Schlitten unbehelligt zurückkehrte, ließ man die deutschen Essenträger frei. So bekam jede Seite das ihr zugedachte Abendbrot. Auch so etwas ist vorgekommen. Heute stehen sie zusammen und rauchen eine Zigarette, morgen bringen sie sich gegenseitig um.
Er reißt das Fenster auf, beugt sich hinaus. Schneeflocken taumeln ins Zimmer und schmelzen, bevor sie den Fußboden erreichen. Der Wind facht das Feuer im Kamin an.
Jeschka! schreit er. Komm runter und erzähl uns, was du erlebt hast!
Sie gibt keine Antwort.
Die weiß einiges zu sagen, die war dabei, als die Einsatzkommandos hinter der Front ihre Streifzüge machten.
Er geht zum Schrank, holt die Jagdgewehre und legt sie auf den Tisch.
Herr, wir sind doch Christen! sage ich.
Kora schlägt wieder an. Da ist jemand.
Ach, es sind nur die Kühe. Sie haben den Stall verlassen und irren über den dunklen Hof.
Wenn ich nach dem Krieg den jungen Herrn treffe, was soll ich ihm sagen?
Es gibt kein Nach-dem-Krieg mehr, sagt er. Sie werden so lange marschieren, wie sie gesungen haben.
Nun kommt doch noch der Mond. Er hängt in den Ästen der alten Akazien, sein Licht fällt durchs Fenster uns zu Füßen.
Es liegt etwas in der Luft, sage ich und gehe zum Mond ans Fenster.
Er hätte längst geschrieben, sagt er. So einer war er nicht, der nicht mal zu den Feiertagen an seinen Vater dachte. Er ist tot.

Ich muß ihn davon abbringen. Nun, da der Mond so hell scheint, könnten wir fahren, sage ich. Sie brauchen nur in die Kutsche zu steigen, ich bringe Sie bis ans Ende der Welt.
Wie lange warst du bei mir? fragt er wieder.
Neunzehn Jahre, Herr.
Noch einen Dienst mußt du mir erweisen, dann hast du ausgedient.
Ich soll ihn unter die Erde bringen, das ist es.
Ja, du sollst fahren, sagt er. Du hast noch ein halbes Leben vor dir. Auch alle Frauen und Kinder müssen fahren. Aber ich alter Mann will mich nicht mehr auf vereisten Straßen herumtreiben, an fremde Türen klopfen, um Brot und warme Stuben betteln.
Sie haben versprochen, Ostpreußen zu halten, sage ich. Keiner kommt über die Grenze, das war versprochen.
Der alte Herr lacht.
Du bist noch von der alten Art, Felix. Eure Rede aber sei: Ja, ja; nein, nein. Du weißt nicht, was Worte anstellen können, wie sie sie drehen und wenden, bis sie richtig klingen. Das ist unser größter Fehler. Die Deutschen haben immer nur glauben gelernt, an den Kaiser, an den Hindenburg, an den Hitler. Ist es nicht wunderbar, einen Glauben zu haben?, sagt mir der eigene Sohn. Begeistert sein für ein großes Ziel. Erst damit bekommt Leben überhaupt einen Sinn! Das schreit er dem eigenen Vater ins Gesicht. In Wahrheit werden die Glaubenden immer mißbraucht. Erst gibt man ihnen den Glauben, dann läßt man sie marschieren, singen und Fahnen schwenken. Wir müßten die Toten befragen, wie sie ihr Opfer nachträglich empfinden, die Toten von Waterloo und Sedan, von Tannenberg und Verdun, von Stalingrad und Monte Cassino.
Nun spricht er in Rätseln, will gar die Toten befragen.
Weil die Toten nicht sprechen können, haben die Verführer leichtes Spiel, sagt er. Wir müssen alle sterben, behaupten sie. Die von Waterloo und Sedan wären heute auch nicht mehr am Leben. Also stellt euch nicht so an, im Krieg stirbst du nur ein bißchen früher, aber wenigstens für eine große Sache.

Ich verstehe ihn nicht mehr. Er spricht mit sich, mit seinem Sohn und mit Kora.
Er schickt mich in den Keller, eine Rauchwurst zu holen.
Du mußt essen, sonst wühlt dir das Türkenblut in den Därmen. Ich beeile mich, damit er nicht lange allein bleibt. Wenn jetzt ein Schuß fällt, ist er tot, denke ich, als ich die Rauchwurst abschneide.
Wurst ist noch reichlich da, sage ich und lege sie ihm auf den Tisch.
Morgen früh packst du dir ein paar Ringel in die Kutsche, die Grunower Rauchwurst hält bis nach Ostern.
Die erste Scheibe wirft er dem Hund hin, mir schneidet er ein handlanges Stück ab, er selbst will nicht essen, sieht nur zu, wie Kora sich über die Wurst hermacht.
Nicht wahr, Kora, dir geht es genauso, du bist auch zu alt für die Flucht. Zehn Jahre bist du schon bei mir, kamst in dem heißen Sommer, als der Hindenburg starb und mein Junge nach Königsberg ging.
Er erzählt von den Jagden mit Kora, von Füchsen und Keilern, Wildenten und Rehböcken, vom Wolf, der im kalten Winter '41 über die polnische Grenze kam, bei Groß-Puppen gesehen wurde und sich bis Babenten verirrte. Ja, einen Wolf möchte er noch jagen. Noch nie hatte er einen Wolf vor der Flinte, nicht mal im ersten Krieg in Galizien, das wahrlich Wölfe genug kannte.
Während er spricht, holt er die Patronen aus der Schublade und fängt an zu laden. Ich stelle mich hinter ihn, denn er hat schwer getrunken.
Was meinst du, sollten wir lieber auf die Jagd gehen und den Krieg Krieg sein lassen? fragt er und lacht mich an. Der alte Tolksdorf und sein Kutscher lassen sich entschuldigen, sie sind auf der Wolfsjagd.
Er legt mir den Drilling in die Hand.
Du warst oft genug dabei, du kennst dich aus, sagt er, öffnet das Fenster und befiehlt mir, zu schießen. Ich soll nur den Lauf aus dem Fenster halten und abdrücken.

Ein gewaltiger Knall erfüllt den Raum. Ich denke, es sind Bücher aus dem Regal gefallen.
Na siehst du, es geht noch. Er nimmt mir den Drilling aus der Hand, drückt zweimal ab, bevor er das Fenster schließt und nachlädt. Die Tür öffnet sich einen Spalt, ich sehe Jeschkas erschreckte Augen.
Noch nicht, noch sind sie nicht da, Jeschka! ruft er.
Sie huscht davon. Ich höre eine Tür schlagen. Ein kalter Luftzug weht durchs Haus.
Er steht vor der Bücherwand, läßt die Hände über die Einbände gleiten, streichelt sie.
Sie las mehr als ich, weil sie so allein war, sagt er. Wenn wir unterwegs waren, saß sie mit den Büchern am Kamin. Sie hat nicht viel Gutes von mir gehabt in ihrem kurzen Leben, sagt er. Als wir heirateten, war sie ein lustiges, junges Mädchen, aber ich zog in den Krieg, lernte dort das Trinken und das Jagen. Als ich wiederkehrte, ging ich schon auf die Vierzig zu, und sie war immer noch eine lebenslustige junge Frau. Sie hat eine schlechte Partie gemacht mit mir. Wenn ich neben meiner Frau begraben werden will, muß ich mich jetzt entscheiden, sagt er. Auf die Flucht gehen heißt auch, sich von den Toten verabschieden. Wer flieht, kommt nie wieder, um hier begraben zu werden.
Aber Sie haben nicht nur eine tote Frau, Sie haben auch einen Sohn, der vielleicht lebt, sage ich.
Durchs Fenster fällt rotes Licht: Leuchtkugeln. Sie steigen über die Baumkronen, stehen kurz neben dem fahlen Mond und fallen in sanftem Bogen in die Schneelandschaft. So ein Krieg sieht neben allem auch schön aus, vor allem die Farbe Rot weiß er zu malen wie kein anderer.
Er will auf den Turm, um das Schauspiel anzusehen. Er also voraus mit der Taschenlampe, ich hinterher. An den Kammern der Mägde vorbei, deren Türen offenstehen wie am Weihnachtsabend, wenn in der Diele die Bläser »Vom Himmel hoch« spielten und der Duft von Tannengrün, Kerzen und Glühwein bis in die letzten Winkel des Hauses zog.

Die Tür zum Zimmer der gnädigen Frau ist von innen abgeschlossen. Sie probiert wohl Kleider an oder liegt im Bett der gnädigen Frau.
Die Stufen zum Turmzimmer fallen ihm schwer. Von dort führt eine schmale Holzstiege zum Turm. Die Mägde gingen diese Treppe nur in hellstem Sonnenschein, sie fürchteten sich vor Eulen, Fledermäusen und Gespenstern.
Die schwere Holztür. Er schiebt den Riegel zurück. Schnee stäubt uns entgegen, die Aussichtsplattform des Turms ertrinkt in unberührtem Schnee. Seit dem letzten Tag des Jahres '44, als Hauptmann Gabler und der alte Herr von hier aus die Feindlage betrachteten, war niemand mehr auf dem Turm. Auf der Brüstung Krähenspuren und Kot. Im Winter wagen sich die schwarzen Brüder bis auf den Turm, warten auf die Küchenabfälle, die die Mägde vor die Tür werfen.
Kalter Wind weht von Norden, im Südwesten hängen die Leuchtkugeln. Das ist Passenheim, sagt er. Von Ortelsburg könnten sie kommen oder von Südosten die Straße Rudczany–Sensburg herauf, auch von Nikolaiken her. Sie kommen, wie sie wollen, Felix. Es gibt keine Front mehr, keiner hält sie auf. Er beugt sich über die Brüstung, nimmt eine Handvoll Schnee und reibt das Gesicht ein.
Ich denke an die Johannisnächte, wenn die Herrschaften auf dem Turm saßen und die Feuer am Horizont zählten. Nächte, die nicht dunkel werden wollten, angefüllt mit Gesang und Gelächter bis zum frühen Morgen.
Vielleicht gibt es Stiehmwetter, sage ich. Die ostpreußischen Schneestürme haben das Zeug, ganze Armeen aufzuhalten.
Er prüft mit dem nassen Finger den Wind.
Der Mond hat einen großen Hof, sage ich, es gibt anderes Wetter.
Einige Kühe irren durch den Park und brüllen den Mond an.
Wenn Sie nur leben wollten, ich würde Tag und Nacht fahren, sage ich.
Er antwortet nicht.
Wir könnten uns auch im Wald verstecken, sage ich. Wir

könnten in Wronneks Hütte kriechen und zusehen, wie es kommt. Der Krieg geht schnell zu Ende, und jeder kann bleiben, wo er ist.
Er antwortet nicht.
Wir könnten uns in den Strohberg wühlen wie der russische Gefangene, den sie vor einem Jahr abholten. Wir nehmen alle Rauchwürste mit und warten auf den Frühling und die Unsrigen.
Er winkt müde ab.
Soll ich mich auf dem eigenen Hof verstecken? Soll ich ihnen die Stiefel putzen? Für einen neuen Beruf bin ich zu alt. Was nun kommt, da bleibt wenig übrig, um leben zu wollen. Das habe ich meinem Sohn gesagt in jener Nacht, als wir stritten. Wenn eure Sache schiefgeht, wird es furchtbar enden, aber ich werde dieses Ende nicht erleben.
Es weht kalt auf dem Turm. Der Wind schlägt Äste gegen das Mauerwerk, im Südwesten hinter den Leuchtkugeln grummelt es.
Er erzählt vom Stubenmädchen Wanda, das sich das Leben nehmen wollte vor ungefähr zwölf Jahren. Sie sprang vor Sonnenaufgang, damit Gottes Gestirn die Schandtat nicht sah, vom Turm des Grunower Schlosses. Ihr langes Nachthemd verfing sich in den Akazien. Als die Sonne aufging, schwebte sie zwischen Himmel und Erde, die Knechte, die zur Arbeit kamen, sahen einen seltsamen weißen Vogel in den Bäumen. Es war nicht einfach, die Wanda vom Baum ins Leben zurückzuholen. Unter ihrem Nachthemd war sie nackt, junge Männer durften sie nicht sehen oder anfassen. Man holte den Speichermajor Zigan und den Besenbinder Kämmerling, die beide alt genug waren, von solchem Anblick keinen Schaden zu erleiden. Sie stellten Leitern an den Baum. Kämmerling warf der Wanda einen Strick zu. Den mußte sie sich um die Hüfte binden. Das andere Strickende legten sie über einen dicken Ast und ließen die Wanda langsam zur Erde gleiten. Ein paar Kratzer im Gesicht und an den Beinen, mehr war ihr nicht geschehen. Auch fand sie die Lust am Leben wieder, aber nicht

in Grunowen. Sie schämte sich so, daß sie die Stellung wechselte und ins Memelländische zog, wo sie bald heiratete und Kinder bekam.
Längst ist Mitternacht vorbei, als ich ihn vom Turm herunterbringe. Ich sage ihm, daß ich nun schlafen möchte. Er will nicht schlafen, er will trinken.
Eben hat er von der Wanda erzählt, jetzt fängt er von mir an. Wie ich Kutscher bei ihm wurde, erzählt er. In der Roggenernte kam er aufs Feld geritten und sah, daß ich beim Staken immer eine Hocke zurück war.
Den Malotkajungen sollten wir zum Schweinemajor schicken, der ist für die Landwirtschaft nicht zu gebrauchen, sagte der Vorarbeiter.
Warum ist dein Bein kürzer? fragte er mich.
So bin ich geboren, Herr. Meine Mutter ist vom Strohberg gefallen, als sie mit mir ging.
Kannst du mit Pferden umgehen?
Ja, Herr, sagte ich. Da nahm er mich beiseite und sagte, daß ich Kutsche fahren werde, wenn der Fröhlich aufhört.
Ich weiß nicht, worauf er hinaus will. Er schiebt mir die Flasche über den Tisch und sagt, daß er sterben will, aber nicht weiß, wie er es anstellen soll. Deshalb braucht er mich, für diesen letzten Dienst. Er bringt es nicht mal fertig, den Hund zu töten, sagt er. Auch dafür braucht er mich.
Das ist zuviel, denke ich. Er kann es nicht, aber ich soll es können.
Ich sehe Anna geschäftig durchs Haus gehen, sehe ihr langes Haar, wie sie es abends löst und über die Schulter fallen läßt. Oft lag es auf meinem Kopfkissen, sie schlief auf ihrer Seite, aber ihr Haar lag bei mir, ich hätte heimlich Zöpfe flechten können. Was würde Anna dazu sagen?
Von denen möchte ich mich nicht umbringen lassen! sagt er und zeigt zum Fenster.
Er will mit mir anstoßen, will es besiegeln, aber ich bringe dieses rote Zeug nicht herunter. Wenn ich jetzt mit ihm trinke, ist es versprochen.

Anna würde das niemals zulassen, denke ich.
Die Kühe brüllen von weit her, sie sind über den See gelaufen und stehen im Schilf.
Sie werden mich umbringen, auf ihre grausame Art, sagt er.
Warum sollten sie das tun? frage ich. Sie haben nichts Böses getan, Herr, Sie waren nicht in der Partei, Sie waren immer gegen diesen Hitler.
Danach fragt keiner. Ich bin Deutscher und ein Gutsherr dazu, das reicht für das Schlimmste.
Wenn wir jetzt losfahren, sind wir bei Tagesanbruch in Bischofsburg, sage ich.
Er spricht von der Grube, die tiefer geschaufelt werden muß, weil sonst die Krähen kommen.
Es ist besser, zu schweigen, denke ich. Morgen früh wird er bei Verstand sein. Wenn das Licht aufsteigt, fängt auch das Lebenwollen an.
Danach begräbst du mich neben meiner Frau, sagt er, legst auch den Hund dazu und fährst den Grunowern nach.
Er hat Fieber, denke ich.
Nun gibt er mir die Hand, will es besiegeln wie die Pferdehändler auf dem Sensburger Markt.
Er hat Fieber, die Hand ist naß und heiß.
Herr, es ist gegen die Weltordnung, sage ich.
Ach, die Weltordnung ist aufgehoben! Die Welt geht aus den Fugen, aus Weiß wird Schwarz, aus Gut wird Böse.
Ich blicke zur Bücherwand, zur gesammelten Weisheit der Jahrhunderte. Dort müßte eine Antwort zu finden sein. In einem dieser Bände steht das fünfte Gebot, das mir stets so unwichtig vorgekommen ist, weil es keine Mühe bereitete, es zu befolgen. Mit dem vierten Gebot verbrachte der Pfarrer seine Zeit, auch das siebte wog schwer, aber nun steht das fünfte vor mir in seiner schrecklichen Größe und verschlägt mir die Sprache. Es kommt mir vor, als sei es ein geschundenes Gebot, mißbraucht und mißachtet wie kein anderes.
Er schließt die Augen. Ich soll denken, daß er schläft. Wäre er tot, könnte ich fahren und hätte eine halbe Nacht gewonnen.

Ich habe Angst, zu spät zu kommen. Ich will leben, deshalb habe ich Angst. Ich werfe Scheite ins Feuer. Aus einem Stück Fichtenholz fliegen Funken, Kora verzieht sich zur Tür.
Ich soll denken, daß er schläft. Er will mir Gelegenheit geben, ihn im Schlaf zu töten. Das ist leichter, denkt er. In Wahrheit ist es das schwerste. Ich kann ihn nicht umbringen, weder im Schlafen noch im Wachen, auch wenn er darum bittet.
Wir sitzen uns gegenüber und sprechen nicht mehr. Ich lasse ihn nicht aus den Augen. Jeschka müßte kommen und sich zu uns setzen, das brächte ihn vielleicht auf andere Gedanken. Oder er soll hingehen und sich mit ihr in das Bett der gnädigen Frau legen, das hilft auch. Oder er müßte sich so betrinken, daß er den Verstand verliert, denke ich. Dann könnte ich ihn in die Kutsche tragen und davonfahren. Ich bin ihm böse, zum erstenmal bin ich ihm böse, weil er mich nicht fahren läßt und weil ich Angst habe.
Endlich kriecht das Morgengrauen über die Stalldächer. Kein Donner schreckt uns, kein Wind geht um das Haus, keine Leuchtkugeln schmücken den Himmel. Die Kühe sind verstummt. Sie werden zur Tränke gegangen sein, zum stets offenen Zulauf des Sees, wo Enten und Bleßhühner überwintern.
Wie alt bist du? ist das erste, was er fragt. Solche Fragen stellt er oft. Wie viele Kinder hast du? Wie lange bist du bei mir? Wie lange willst du noch leben?
Wenn der Führer Geburtstag hat, werde ich achtunddreißig, Herr.
Es gibt keinen Führergeburtstag mehr, um Matthäi ist alles vorbei, Matthäi am letzten.
Der Hund schlägt an, aber keiner ist da.
Es wird ein klarer, sonniger Tag werden, dieser 27. Januar. Kaiserwetter. Ach ja, es ist Kaisers Geburtstag.
Schwerfällig geht er zur Tür. Der Hund folgt ihm nach draußen und hebt das Bein am Fliederbusch.
Jeschka hat sich heimlich aus dem Haus geschlichen, ich sehe ihre Spuren im Schnee. Die ist den Befreiern entgegengegangen oder in ein sicheres Versteck.

Da sind auch die Kühe. Sie stehen unter den schneeverhangenen Bäumen im Park, von ihren Leibern steigt Wärme in den Wintermorgen, aus den Mäulern dampft es.
Ich stochere mit dem Eisenhaken in der Asche, finde noch Glut, lege Kienspan nach, knie vor dem Kamin und puste.
Wir brauchen kein Feuer mehr! schreit er.
Er sieht anders aus als gestern. Er ist nüchtern, denke ich, er ist klar bei Verstand, jetzt endlich werden wir fahren.
Ich spanne die Pferde an, sagt er.
So also steht die Welt auf dem Kopf. Der Herr versorgt die Pferde, und was macht der Kutscher?
Für den stehen Schaufel und Hacke vor der Tür. Ich soll tiefer graben. Was immer er will, leben oder sterben, es muß schnell gehen. Ich habe keine Zeit mehr, ich muß nun endlich fahren.
Es rumort mir im Magen. In der Küche trinke ich kaltes Wasser. Kaum ist es unten, fliegt das Zeug, nun rot gefärbt, wieder heraus.
Trockenes Brot könnte helfen. Ich suche es in den Schränken, ich kenne mich aus. Durchs Küchenfenster sehe ich, wie er zum Pferdestall geht. Kora neben ihm, sie weicht nicht von seiner Seite.
An einem solchen Morgen, wenn die Zweige im Rauhreif glitzern, wenn der Atem gefriert und das rote Licht sich ein Spiegelbild in den Fenstern malt, an einem solchen Morgen kann er doch nicht sterben wollen. Wir könnten in den Wald fahren, den Spuren der Füchse folgen, den Holzfällern zusehen, wenn sie ihre Äxte ins gelbe Holz treiben, wenn sie die Sägen singen lassen. Endlich finde ich ein Stück trockenes Brot.
Der 27. Januar war Feiertag. Es war der Tag, an dem der alte Maruhn zu Ehren Seiner Majestät Fische aus dem Beldahnsee holte. Hasen, die Anfang Januar den Jägern vor die Flinte kamen, zierten zu Kaisers Geburtstag die Tafel. Kein 27. Januar ist in Erinnerung geblieben, an dem nicht Seen und Flüsse Eis trugen und Masuren sich weiß schmückte. Es war auch ein Tag, an dem die Sonne schon Kraft zeigte und dem Licht eine halbe Stunde schenkte. Der Morgenstern verblaßte vor dem

einen, dem großen Stern, der jenseits der entlaubten Chausseebäume rot aus dem Schnee aufging, ungefähr an jener Stelle, an der man sich die Hauptkampflinie zu denken hatte. Krähen flogen lautlos von Baum zu Baum, näherten sich dem Dorf, das wie schlafend lag, denn es war Feiertag.
Gegen sieben Uhr bog die Kutsche vom Gutshof, der Schnee dämpfte das Rasseln der Räder, vernehmbar nur das helle Bimmeln einer Glocke. Ach, die Pferde trugen Festgeschirr. Gemächlich ging es den Birkenweg hinauf zur Anhöhe. Danach kehrte die Kutsche um, kam an den Häusern vorbei, deren Fenster blind waren vom Frost, deren Schornsteine den Rauch des Morgenkaffees vergessen hatten. Den Pferden fuhr weißer Dampf aus den Nüstern, sie gingen ruhig, denn es war ein stiller Morgen, der keinen schreckte.
Auf dem Bock saß einer im Gehrock. Schwarze Lackschuhe an den Füßen, Zylinder auf dem Kopf. Ein Hund jagte dem Gefährt voraus. Sonst war niemand auf der Straße. Die Kinder hatten schulfrei, wie früher an Kaisers Geburtstag.
Vor der Chaussee hielt die Kutsche. Es sah aus, als wisse sie nicht, ob sie links nach Sensburg oder rechts nach Ortelsburg einbiegen solle. Während sie hielt, besetzten die Krähen das Dorf, sprangen von Ast zu Ast, gingen auf dem Anger nieder und den Zaunpfählen.
Einer machte sich unter den Bäumen zu schaffen, schlug auf die hartgefrorene Erde ein, daß das Metall kreischte. Er blickte nicht auf, war vertieft in seine Arbeit, aß gelegentlich sauberen Schnee, rieb auch Gesicht und Hände ein. Die Kühe, die unter den Bäumen standen und herüberglotzten, nahm er nicht wahr. Er hatte seine Joppe an einen Ast gehängt, spuckte aus, kratzte sich den Kopf, die Schaufel warf harte Kluten hinter sich. Als sich unweit der Sonne eine Explosion ereignete und wieder eine und noch eine, arbeitete er angestrengt weiter. Weiße Wölkchen platzten über dem See und verflüchtigten sich rasch; doch es wurden immer neue hinaufgeschossen, und endlich hing die junge Sonne hinter einem rauchigen Vorhang.

Die Kutsche wendete und fuhr zurück ins Dorf, jetzt im Trab. Vom fernen Lärm aufgeschreckt, erhob sich der Krähenschwarm, schraubte sich über dem See in jene Höhe, die den platzenden Granaten vorbehalten war, und fiel wie auf ein Kommando in die Ulmen des Parks. Da saßen die schwarzen Tiere, krahten, knackten, flatterten und spektakelten. Als im Park ein Schuß fiel, erhoben sie sich wieder, segelten übers Herrenhaus zu den Dächern der Ställe und Scheunen.
Plötzlich brachen die Kühe aus. Mit erhobenen Schwänzen stürmten sie über den Anger, die prallen Euter schlugen gegen die Schenkel, sie trampelten Gartenzäune nieder, rissen sich am Stacheldraht blutig und schlugen den Weg zur Feldscheune ein.
Ein Kradfahrer kam die Chaussee herauf, wie Kallies in früheren Jahren, als er mit dem SA-Motorrad unterwegs war. Bevor er das Dorf erreichte, ratterte ein Machinengewehr los. Das Motorrad heulte auf, hob ab, wollte in die Luft, fuhr einen Lindenbaum hoch, blieb mit heulendem Motor an der Böschung liegen.
Ohne Flügelschlag glitten die schwarzen Vögel vom Scheunendach über den Hof, setzten sich in die Baumkronen, unter denen die beiden Männer standen und aus einer Flasche tranken. Die Frau Hesekiel wußte, was die immer größer werdenden Krähenschwärme zu bedeuten hatten: Es waren die schwarzen Vögel des Todes. Die Seelen der Verstorbenen segelten vor dem Wind, fielen ins Dorf, um wieder einen zu holen. Weil im Krieg so viele starben, wuchsen die Krähenschwärme ins Unermeßliche.
Aus der Senke dröhnte es. Sie kamen von Süden, von Ortelsburg, und sie wurden immer lauter. So, als arbeiteten auf dem Roggenschlag der Domäne Ribben ein Dutzend Dreschmaschinen.
Im Park fielen Schüsse, die Krähen flogen nicht auf, wiegten sich auf den dünnen Zweigen und fürchteten nichts mehr. Auf dem See schlug eine Granate ein, ließ es klirren wie im März, wenn der Frühling das Eis reißt.

Flugzeuge rasten über den Wald, Kaskaden von Leuchtspurmunition vor sich hertreibend. Die glühenden Geschosse warfen Schneefontänen auf, Irrlichter hüpften über die vereiste Fläche.
Mein Gott, das waren doch keine feindlichen Truppenansammlungen, sondern nur die Grunower Kühe auf der Flucht zur Feldscheune!
Im Park warf einer die Schaufel hinter sich, wusch die Hände im Schnee, kühlte das Gesicht, dachte, während er es tat, an den Herrn Jesus in der Nacht, da er verraten wurde, an den Schächer zur Rechten, an den Vorhang im Tempel, der zerriß, an die Finsternis, die sich über dem Erdball ausbreitete. Als er auf den Kutschbock sprang und nach den Zügeln griff, dachte er an die Frau, die den Kindern jetzt an einem sicheren Ort das Frühstück bereitete, an ihr langes, schwarzes Haar und die flinken Hände, mit denen sie zur Brust hin das Brot schnitt.
Die Kutsche jagte auf das Herrenhaus zu. Fensterglas klirrte. Eine Granate ließ den Anger schwarz werden. Rauch stieg zum Himmel. Im Schutz der Ställe bog sie auf den Weg zur Feldscheune. Im Sommer wäre es ein leichtes gewesen, im wogenden Grün unterzutauchen, in den mannshohen Getreideschlägen und den Laubvorhängen der Bäume, aber jetzt lagen fünfhundert Meter kahle, weiße Ackerfläche zwischen Grunowen und dem Waldrand. Die Feldscheune brannte. Eine schwarze Wand wälzte sich auf das Dorf zu. Die Kutsche rumpelte über die im Herbst gepflügte, nun hart gefrorene Erde. Ein Maschinengewehr hämmerte. Endlich erreichte der Wagen die Rauchwand, jagte an der in Flammen stehenden Feldscheune vorbei, wo die Kühe das Feuer umstanden und aus dem Rauch glotzten. Einige lagen als schwarze Klumpen auf dem Acker, aufgerissen von der Leuchtspurmunition.
Zwei Steinwürfe hinter der Feldscheune begann der Wald. Als er ihn erreicht hatte, ließ er die Pferde in Schritt fallen, fuhr wie einer, der viel Zeit hat. Der Lärm verebbte, bald verschwand auch der Rauch. Die Sonne stand ungetrübt über

den Fichten, erreichte jene Höhe, zu der man in Masuren Kleinmittag läutete.
So feierten sie Kaisers Geburtstag im Jahr '45. Ein Tag, an dem die Feldscheune Feuer fing und die Fenster im Schloß ihr Glas verloren. Die Flucht im Kreise Sensburg wurde erlaubt, aber den Fliehenden blieb nur ein schmaler Streifen zwischen Bischofsburg und Prußhöfen. Kein Zug erreichte den Bahnhof der Kreisstadt, die Briefträger versagten ihren Dienst. Der südöstliche Teil des Kreises fiel in sowjetische Hand, Ribben ging verloren, in Grunowen übernahmen die Krähen die Herrschaft. Klar und frostig begann dieser Tag, um nachmittags in Schneetreiben überzugehen. Weißer Puder bedeckte die Findlinge im Park und die Kadaver der Kühe. Nur der niedergebrannten Scheune vermochte der Schnee nichts anzuhaben, ihre heiße Asche ließ die Flocken schmelzen. So blieb die Grunower Feldscheune als einziger häßlicher Fleck in der malerisch eingeschneiten masurischen Landschaft zurück.

Nun weißt du alles. Nun weißt du, was du wissen wolltest.
Ich lehnte an der Wand, an der die Bücher gestanden hatten, die gesammelte Weisheit der Jahrhunderte, die bei Kriegsende auch umgekommen war.
Nicht alles, sagte ich.
Was jetzt noch übrig ist, kannst du dir aussuchen, hörte ich Malotkas Stimme. Wenn es dir gefällt, einen Vater zu haben, der sich selbst umgebracht hat, nimm es so. Ist dir aber der Gedanke angenehmer, der Kutscher Malotka habe seinen Herrn getötet, kannst du auch das glauben. Mir ist es einerlei, ich habe so oder so schuld daran. Ich hätte ihn in Stricke legen und mit ihm davonfahren sollen. Aber ich hatte Angst, zu spät zu kommen.
Machst du ihm Vorwürfe, weil er dich nicht mit deiner Familie fahren ließ? fragte ich in die Dunkelheit hinein.
Du hättest Grund, mir Vorwürfe zu machen, sagte Malotka.
Die Taschenlampe leuchtete zu den Wänden, die genug erzählt hatten.

Es wäre anders ausgegangen, wenn ich nicht zu guter Letzt den Verstand verloren hätte, sagte Malotka. Als die Panzer von Ribben raufkamen, überfiel mich die Angst.
Vierzig Jahre mußten vergehen, bis er mir leid tat. Ich konnte ihnen nichts vorwerfen, dem Vater nicht und nicht dem alten Mann, der sich hinter mir in der Dunkelheit versteckte.
Mit keinem habe ich darüber geredet, auch mit Ilse und den Kindern nicht, sagte Malotka. Anna wollte ich befragen, aber sie kam mir vorher abhanden.
Als ich dem Eingang zuging, folgte er mir. Plötzlich berührte er meinen Arm.
Nun habe ich es dir erzählt und werde in Ruhe sterben können. Am liebsten in Grunowen, aber nicht so wie er. An einem Abend im Sommer sterben, wenn der Kuckuck ruft und die Vögel die Nacht ansingen. In den Wald gehen, unterwegs müde werden, sich ins Gras setzen, an einen Baum lehnen, um zu verpusten, die Augen schließen und nicht mehr aufwachen. Er war nun ganz in meiner Nähe. Seine Stimme klang beinahe heiter.
Herr, du hast das Recht studiert, wie nennt man das, was damals geschehen ist?
Was soll ich dir darauf antworten, Malotka? Für so etwas gibt es keine Paragraphen.
Am Eingang wurde es dunkel, ein Schatten fiel in die Diele, jemand stand auf der Schwelle. Wenn er jetzt die Tür zuschlägt und abschließt, bleiben wir eingesperrt mit unseren Erinnerungen, müssen das vergangene Leben noch einmal leben.
Ein Gesicht erschien, Augen und Mund weit geöffnet.
Ach, der stumme Fischer! In der Tür blieb er stehen, hob die Hand und winkte. Als wir nähertraten, wich er zurück, bis er im Sonnenlicht stand. Die rechte Hand verbarg er hinter dem Rücken.
Wir sahen den sonderbaren Menschen zum erstenmal aus der Nähe, sein rundes Gesicht, die vorstehenden Backenknochen, die schwarzen, wulstigen Augenbrauen. Der linken Hand

fehlten zwei Finger, aus den Nasenlöchern wucherten Haare, auch aus den tauben Ohren. Nur wenige Zähne im Oberkiefer, aber volles schwarzes Kopfhaar.
Er trat einen Schritt vor, streckte die rechte Hand aus und hielt Malotka ein Buch hin. Dunkelroter Einband, goldgelbe Titelschrift. Sven Hedin: »Entdeckungen und Abenteuer in Tibet«. Zögernd nahm Malotka das Buch aus der schmutzigen Hand, schlug die erste Seite auf und las:

> Der verehrten Gertrude Tolksdorf in geistiger Verbundenheit.
>
> Ihr sehr ergebener Sven Hedin
>
> Im Hauptquartier zu Lötzen, Winter 1915

Das gehört dir, sagte Malotka und reichte das Buch weiter.
Braunes Papier mit stockigen Rändern, ein unansehnlicher Einband, ein Tintenklecks, die Reste einer Wachskerze. Gedruckt in Leipzig. Als sie jung verheiratet und allein war, fuhr sie ins große Hauptquartier, um dem dort weilenden Sven Hedin eine Widmung abzuverlangen. Zweiundsechzig Jahre später kam die Botschaft bei ihrem Sohn an. Ich werde versuchen, Mutters Buch über die Grenze zu bringen.
Der stumme Fischer zeigte zu dem Raum, der die Bibliothek gewesen war. Er gestikulierte heftig, winkte, wollte gehen, blieb stehen, als wir nicht gleich nachkamen, und winkte wieder.
Wir folgten ihm zur Dorfstraße. Dort wartete er. Als wir ihn eingeholt hatten, rannte er weiter zum See.
Es geht sonderbar zu in der Welt, meditierte Malotka. Da lebten in unserem Dorf an die zweihundert Menschen, die alle reden und hören konnten. Keiner von ihnen ist mehr da, der stumme Mensch dagegen hat alles überdauert, er lebt als einziger zu Hause.
Er lief uns voraus, den schmalen Fußweg am Seeufer entlang. Hinter uns das Dorf, einsam wie an Kaisers Geburtstag, aber

nicht weiß, sondern in der Fülle des Sommers. Schilf raschelte, mannshoch stand das Gras, keine Krähen über den Gräbern, keine Rauchsäulen am Waldrand.

Der weiß mehr als wir alle, meinte Malotka. Der weiß, was sich am 27. Januar zugetragen hat, warum das Kutscherhaus abgebrannt ist und die Mühle. Er kennt sich aus in der Geschichte Grunowens, aber er kann es nicht sagen.

Vor dem Staketenzaun wartete der stumme Fischer. Er verneigte sich wie ein Diener, der die Herrschaften einzutreten bittet, doch vor der Haustür bedeutete er uns, stehenzubleiben und zu warten.

Vielleicht hat er masurische Fischsuppe gekocht, bemerkte Malotka. Die hinter dem See verstanden sich auf Fischsuppe, die gelang ihnen zu jeder Jahreszeit.

Er erschien mit einem Arm voller Bücher, warf sie vor uns ins Gras, wie man Brennholz wirft. Oswald Spengler: »Der Untergang des Abendlandes«, in Leder gebunden. Jeremias Gotthelf: »Uli der Knecht«. Immanuel Kant auf lateinisch.

Unsere Bücher! Meine Bücher! Im Schatten dieser Bücher, die überladenen Regale wie ein Steilhang über mir, saß ich auf dem Fußboden und ließ Zinnsoldaten marschieren. Das ist nicht der rechte Platz zum Spielen, meinte Mutter. Wenn die dicken Wälzer runterfallen, erschlagen sie das Kind.

Ach was, da fällt nichts runter, antwortete Vater. Die Bücher stehen fest wie die Wacht am Rhein.

Vater hat nicht alle gelesen, Mutter auch nicht. Ein Menschenleben reicht dafür nicht aus. Aber sie standen wie eine unerschütterliche Macht, eine geistige Mauer. Mit dieser Bücherwand ließ sich alles belegen und erklären. Dorthin griff Vater in der Nacht nach dem 20. Juli, als wir nicht über den Untergang des Abendlandes, sondern nur über den vermeidbaren Untergang Deutschlands sprachen. Plötzlich reißt er einen Band heraus, schlägt eine bestimmte Seite auf und liest:

*Wenn ein Mensch durch die regierende Gewalt zur Zerstörung geleitet wird, dann ist die Rebellion für jedes Mitglied einer solchen Nation nicht nur ein Recht, sondern eine Pflicht.*

Das steht in eurer braunen Bibel! schreit er und wirft mir das Buch hin.
Ich war empört, daß Vater aus des Führers eigenem Werk eine Rechtfertigung herauslesen wollte für jene Untat, die vor ein paar Stunden fünfzig Kilometer nördlich geschehen war.
Ich wußte gar nicht, daß du »Mein Kampf« liest, sagte ich.
Der Teufel liest auch die Bibel, damit er den lieben Gott widerlegen kann! rief er. Wir hätten den Kerl früher lesen sollen, dann wüßten wir, was Deutschland zu erwarten hat.
Der Fischer rannte ins Haus, um mehr Bücher zu holen.
Ein Menschenleben mußte vergehen, bis ich mit meinem Vater ins reine kam, die Jüngeren, die Pfadfinder, werden in hundert Jahren nicht begreifen, was damals vorgegangen ist in unseren Herzen und Köpfen.
Schopenhauer brachte er, Nietzsche, Herder und Felix Dahn. Als die letzten Goten Italiens Berge verließen, weinte Werner Tolksdorf im Kinderzimmer in die Kissen. Auch das kann keiner mehr verstehen. An der Italienfront dachte ich oft an Felix Dahn und die geschlagenen Goten.
Der Fischer machte eine Geste, wir sollten uns bedienen, die Bücher davontragen zum Auto und mitnehmen in das Land, in das sie gehörten. Als wir zögerten, schickte er sich an, neue Bücher zu holen.
Wir blickten durchs Fenster. Auf dem spakigen Fußboden lagen ausgebreitet wie Ziegelsteine die Bücher, die der stumme Mensch, vom Inhalt nichts ahnend, in sein Haus getragen hatte, als Papiervorrat zum Feueranmachen, als Spielzeug, um Büchertürme zu errichten und Bücherschiffchen zu versenken.
Der Fischer brachte einen Drahtkorb, kniete nieder und packte Bücher ein.
Ich streifte meine Armbanduhr ab, wollte sie ihm schenken, aber er schüttelte den Kopf.
Hinter dem See braucht er keine Zeit, sagte Malotka.
Auch die Złotyscheine, die Malotka ihm anbot, wollte er nicht haben. Dagegen gefiel ihm Malotkas blankes Taschen-

messer, mit dem er den Fischen den Bauch aufschlitzen konnte. Behutsam strich er mit dem Finger über die Schneide, versuchte sich an einem Holunderast, warf das Messer gegen die Verschalung des Hauses. Die Spitze fuhr ins Holz, der Schaft zitterte, der stumme Mensch zeigte lachend seine braunen Zähne.
Endlich können wir nach Hause fahren, sagte Malotka und griff den Drahtkorb. Alle Schiffe sind fort, alle Türen geschlossen, die letzten Gedanken gedacht, nichts bleibt mehr zu tun, als diese Bücher nach Hause zu tragen.
Der Fischer nahm sich eines der herumliegenden Bücher und begleitete uns bis zum Kahn unten am Ufer. Er krempelte die Hosenbeine auf, stapfte barfuß ins Wasser, schob den Kahn aus dem Schilf, sprang hinein, stieß sich mit ein paar kräftigen Schlägen ab, dann ließ er sich treiben, winkte nicht, nahm uns nicht mehr wahr. In der grellen Sonne schlug er das Buch auf. Über den Rand hinweg beobachtete er die alten Männer, wie sie dem Auto zustrebten, die Türen öffneten, die Bücher im Kofferraum verstauten, den Drahtkorb an einen Baum hängten und losfuhren.
Als das Auto verschwunden war, legte sich der stumme Fischer zum Schlafen in den Kahn. Die kleine Welt hielt den Atem an, die Krähen schwiegen, nicht einmal Fische sprangen.

Malotka bat darum, den Bogen nach Nordwesten zu fahren, jenen Umweg, den die Gutskutsche genommen hatte, als Ostpreußen eine Insel wurde. Nach Dombrowken, Samlack und Bischofstein, dann Heilsberg, schließlich Braunsberg am Haff. Übers Wasser ging es nicht, weil es im Juli an Eis mangelte. Einen Abstecher zur Nehrung hätte er gern unternommen, um nach Kahlberg zu fahren, das er kannte, die Straße der stummen Begräbnisse.
Die Rückfahrt fand statt am heißesten Tag unserer Reise. In Sensburg wehte noch erfrischende Kühle von den Seen herauf. Der Taxifahrer wollte schon am frühen Morgen Geld tau-

schen. Nein, wir brauchten kein polnisches Geld, wir brauchten überhaupt nichts mehr.
Neue Gäste kamen, Reisebusse aus Deutschland mit alten Menschen.
Werden Sie uns wieder besuchen? fragte die junge Frau an der Rezeption.
Ich zuckte die Schultern.
Na, bestimmt wirst du kommen, rief Malotka, du hast noch ein paar Bücher abzuholen!
Unaufgefordert legte er den Sicherheitsgurt an, sprach die ersten zwanzig Kilometer kein Wort. Die Sonne heizte das Blech auf, Wärme breitete sich im Wagen aus, Malotka wischte ein ums andere Mal mit dem Taschentuch über das Gesicht. Kein Windzug bewegte das Laub der Alleen, die Luft flimmerte über dem grauen Asphaltband, und in diese Hitze hinein, ein gutes Stück hinter Bischofsburg, fing er an, vom Schneetreiben zu erzählen, das am Nachmittag einsetzte und bis zum frühen Abend anhielt. Der Schnee dämpfte die Geräusche, gab dem Krieg einen Anschein von Friedfertigkeit. Unweit Dombrowken mußte er vor der Chaussee warten, die Treckwagen ließen ihn nicht einbiegen. Ach, die Herrschaften mit ihren schmucken Kutschen hatten nun auch keine Vorfahrt mehr!
Der Schmied in Dombrowken beschlug noch Pferde. Malotka versorgte seine Tiere, umwickelte die Hufe mit Lappen wegen der beginnenden Glätte. Auch dachte er, daß die Huflappen den Lärm dämpften. Wer nachts fahren will, muß leise sein. Ja, er fuhr nachts nach Bischofstein, den Grunowern folgend. Weich und dicht lag der Schnee, die Wege unberührt, denn niemand war da, der sie fahren könnte. Er kam durch Dörfer, die er kannte, die ihm aber fremd erschienen, denn sie lagen ohne Licht in der Schneelandschaft. An der Pumpe eines verlassenen Hofplatzes tränkte er die Pferde. Aus der Scheune holte er Heu, ohne zu fragen, denn niemand war da. Im Haus fand er einen Küchenschemel, trug ihn auf den Hof, setzte sich vor die Pferde und sah zu, wie sie fraßen. Hinter sich, in

Bischofsburg oder Sensburg, hörte er es wummern, auch brannten Feuer am Horizont. Noch immer war Sonnabend und Kaisers Geburtstag.
Die Stadt Bischofstein erreichte er, als der Morgen graute. Dort schlief er in einem Stall bei den Pferden bis halb zehn.
Ein Sonntagmorgen, aber der Krieg hielt sich nicht an christliche Feiertage. Er drängte von Osten heran, von Rastenburg und Rößel und schreckte Malotka aus dem Schlaf, als die Glocken Sturm läuteten. Im Trab fuhr er durch Bischofstein auf der Suche nach den Grunowern. Er befragte Passanten, war aber schon so weit entfernt, daß niemand Grunowen kannte. Ein Soldat riet ihm, nach Heilsberg zu fahren, um dort abzuwarten, Heilsberg, so werde glaubhaft versichert, sei uneinnehmbar.
Er fuhr die abseitigen Wege, weil er sich fürchtete vor denen, die an den Kreuzungen standen. Eine Gutskutsche mit zwei schmucken Pferden ließen die gewiß nicht passieren. Sie würden ihm befehlen, abzusteigen. Trotz des verkürzten Beins würden sie Malotka für tauglich halten, dem Endsieg dienlich zu sein. Um Pferde und Kutsche wird man sich kümmern, seien Sie unbesorgt. Einen Zettel wird er erhalten, auf dem die Konfiszierung einer Gutskutsche aus kriegswichtigen Gründen bescheinigt ist. Dafür gibt es später, wenn die Welt wieder in Ordnung kommt, eine Entschädigung. Aber jetzt brauchen sie die Kutsche, um eine Kriegskasse in den Westen zu fahren oder die Gattin eines Kreisleiters.
Um solchen Begegnungen aus dem Wege zu gehen, fuhr er die einsamen Straßen, nahm es in Kauf, allein zu sein, wenn ein Rad bricht, die Kutsche im weichen Schnee steckenbleibt oder ein Pferd ausrutscht.
Am Sonntagabend erreichte er Heilsberg, die Festung, die um jeden Preis gehalten werden sollte. Niemand kannte Grunowen. Niemand hatte die Grunower gesehen. Er fing an, sich vorzustellen, daß sie längst zu Hause seien. Er sah, weit hinter der Front, die Schornsteine rauchen, das Vieh in warmen Ställen stehen, die Kinder mit Rodelschlitten auf dem See

spielen. Gern wäre er umgekehrt, um diesem verführerischen Bild nachzufahren, hätte er nicht einen getroffen, der behauptete, Sensburg sei am 29. Januar gefallen, immerhin die letzte der östlichen Städte Ostpreußens. Der wußte auch, wie es ausgehen wird, wenn einer es unternimmt, mit hochherrschaftlicher Kutsche heimzufahren. Für solche Leute sind ihnen die Kugeln zu schade, die hängen sie an die Bäume.
Wen immer er fragte, sie sagten ihm, daß die meisten Trecks auf dem Weg zum Haff seien. Man müsse, um ins Reich zu kommen, übers Eis fahren, eine ganz neue Attraktion des ostpreußischen Winters.
Am 12. Jahrestag der Machtergreifung hatte dieser Hitler die Stirn, eine Ansprache an sein Volk zu richten, die in Heilsberg noch empfangen werden konnte, im übrigen Ostpreußen aber nur von wenigen gehört wurde, weil den Volksempfängern der Strom ausgegangen war. Ein Schneesturm am letzten Tag des Monats gönnte dem Krieg eine Pause. Der Februar brachte Frühlingsluft aus dem Süden, der Schnee wurde naß und pappig, auf den Straßen stand Wasser. Bischofstein fiel, um Bartenstein wurde gekämpft. Der Kanonendonner holte Malotka ein. Mehlsack, sagte der Wegweiser. Einen Tag brauchte er von Heilsberg bis Mehlsack, überholte Fuhrwerke, die radoben im Graben lagen, aber nicht aus Grunowen stammten, sah Tote in den Bäumen und unter den Bäumen, aber nicht aus Grunowen. Bei Sonnenschein und guter Sicht flogen Flugzeuge die blätterlosen Alleen ab und hinterließen mehr als diesen Lärm, der die Pferde scheu machte.
Zwei verwundete Soldaten mußte er aufnehmen. Einer, der den Arm in der Schlinge trug, bestand darauf, neben Malotka auf dem Bock zu sitzen. Ein zweiter mit weiß umwickeltem Kopf lag hinten in der Kutsche und blickte abwesend in die Februarsonne. Der auf dem Bock erzählte von Stralsund, malte sich, während sie Richtung Braunsberg durch den Schneematsch klapperten, Bilder aus von der Heimkehr nach Vorpommern. Das sei ihm ein ewiger Kindertraum gewesen, mit einer Kutsche wie dieser zu Hause vorzufahren. Vor

Braunsberg, auf der Brücke, unter ihnen die mit Militärwagen und Panzern vollgestopfte Reichsautobahn, verlor Malotka seine Begleiter. Feldgendarmerie holte sie aus der Kutsche. Es sei ein ordentliches Lazarett in der Nähe, dort gehörten sie hin. Der aus Stralsund werde in zwei Wochen so weit hergestellt sein, daß er, wenn schon nicht Ostpreußen, so doch Vorpommern verteidigen könne. Malotka beorderten sie stadteinwärts. Da gebe es eine Sammelstelle für Transportmittel. Kutschen und gesunde Pferde würden dringend gebraucht.
Die Abenddämmerung kam ihm zu Hilfe. Als sie sich über die Stadt am Haff senkte, dachte Malotka, daß er die Grunower ohne Pferde und Kutsche nie finden würde. Also preschte er in den Abend, vorbei an der Sammelstelle, hinein in die Stadt und wieder hinaus, bis er das Heerlager zu Gesicht bekam, das sich auf den Wiesen und Feldern zwischen Stadt und Haff ausgebreitet hatte. Wagen an Wagen standen auf freiem Feld, warteten auf die Nacht, in deren Schutz sie über das Haff wollten. Wie die Kinder Israel warteten sie vor dem Meer. Ein weißes Feld, leicht abschüssig zum Eis hin, vollgestellt mit Wagen, dazwischen kleine Feuer, an denen die Menschen ihre Hände wärmten. Auch dampfte Suppe.
Malotka war zuversichtlich, unter so vielen Wagen, die bis zum düsteren Horizont reichten, wo die Stadt Frauenburg zu vermuten war, auch die Grunower zu finden. Er fuhr die Reihen ab und fragte. Domnauer traf er und Seeburger, Treuburger, die schon zwei Wochen auf den Wagen lebten. Er sah Kinder, die in der abendlichen Dämmerung die Böschung hinunterrodelten. Ein Mann sang über das Schneefeld »Breit aus die Flügel beide...«, tief und inbrünstig. Niemand sah ihn, denn er saß unter der Plane seines Wagens, aber die Stimme erfüllte die Dunkelheit, zog über das Eis zur Nehrung, deren graues Band am Horizont verschwamm.
Endlich kam Bewegung in das Heerlager. Die ersten Wagen fuhren die Böschung hinunter. Großer Gott, die fuhren mit ihren Ackerwagen einfach ins Meer. Sie sahen das Ufer nicht,

zu dem sie aufbrachen, fuhren aber voller Zuversicht, schwangen ihre Peitschen und trieben die Pferde an. Den Kindern Israel öffnete sich das Meer, den Flüchtenden aus Ostpreußen fror es zu einer festen Straße. Laternen hingen an den Wagenrungen, ihr Licht spiegelte sich in der blanken Fläche, auch im Wasser, das das Tauwetter aufs Eis gegeben hatte.

Ein Soldat leuchtete Malotka mit der Taschenlampe ins Gesicht.

Sie stehen hier nur im Wege! schrie er. Entweder Sie fahren rüber, oder Sie warten auf dem Feld!

Im grellen Licht der Taschenlampe sollte er sich entscheiden. Da er sich nicht vorstellen konnte, daß Anna jemals dieses wasserbestandene Eis betreten würde, entschied er sich zu bleiben. Doch in diesem Augenblick sprang der Soldat auf den Kutschbock.

Nun fahr endlich rüber! hörte er seine Stimme. Ein Gewehrkolben schlug gegen das Holz. Malotka spürte den Atem des Mannes.

Also, fahr endlich rüber!

In Gottes Namen, Malotka fuhr über das Haff, fuhr wie der Große Kurfürst mit seinen Soldaten, wie die Königin Luise auf der Flucht vor den Franzosen. Der Mann an seiner Seite, ein Unteroffizier, dem seine Leute abhandengekommen waren – oder war er seinen Leuten davongelaufen? –, schwieg beharrlich. Er schlug den Kragen hoch, vergrub das Gesicht in seinem grauen Militärmantel, beide Hände umklammerten das Gewehr. Die Pferde gingen bis zu den Fesseln im Wasser und warfen mit jedem Schritt kleine Fontänen auf. Neben der ausgesteckten Eisstraße fanden sich dunkle Haufen, die Kadaver toter Tiere. Ein Leiterwagen war geborsten. Eine Deichsel zielte in den Himmel. Der Wind trieb feine Federn über das Haff. Woher kamen die vielen Gänsedaunen? Ein Bombentrichter im Eis. Ein Strauchbesen stand Posten vor dem schwarzen Loch. Der Wind kräuselte das Wasser, eine kleine Brandung schlug gegen die Eiskante. Malotka überholte Fußgänger. Soldaten in kleinen Gruppen gingen eingehakt wie die

Mädchen auf der Promenade am Sensburger Schoßsee. Weit voraus stiegen Leuchtkugeln auf und versanken im Meer. Ja, dort mußte das Meer sein, ein Meer ohne Eis und ohne Balken.
Fünfzehn Kilometer breit war das Haff, das Eis einen halben Meter dick, auf dem Eis fünf Zentimeter Tauwasser. Auf halber Strecke hielten die Wagen vor der Fahrrinne. Eisbrecher hatten einen Weg geschaufelt für die Kriegsschiffe, die von Pillau nach Elbing und zurück wollten. Ein hölzerner Übergang. Nie und nimmer wird Anna über eine solche Brücke gehen, dachte Malotka. Der Unteroffizier reichte ihm die Taschenlampe. Neben dem Holz plätscherte schwarzes Wasser. Schollen drängten gegen die Brücke. Die Hufe der Pferde schlugen in die faserigen Balken, es dröhnte, als die Räder über das Holz rollten.
Hinter der Brücke verlangte der Soldat die Taschenlampe zurück. Malotka blickte sich um. Fuhrwerke stauten sich vor dem hölzernen Übergang, Laternen blinkten, Taschenlampen blitzten auf, Pferde scharrten mit den Hufen. Längst war das Festland in der Schwärze der Nacht untergegangen, nur im Südosten, auf Tolkemit zu, brannte wie so oft in diesen Nächten der Horizont.
Als sich zwischen Eis und Nachthimmel der Streifen der Nehrung abhob, sprang der Soldat vom Wagen. Er vergaß sein Gewehr.
He! schrie Malotka und warf ihm den Karabiner zu.
Wußten Sie schon, daß vorgestern Nacht die »Gustloff« untergegangen ist? sagte er. Ein kleines Geschenk der russischen U-Boote zum Jahrestag der Machtergreifung.
Er verschwand in der Dunkelheit, ging nicht den Weg, den die Wagen fuhren, sondern schlug sich seitwärts zu den Kiefernwäldern am Ufer.
Sandige Erde. Die Pferde hatten Mühe, den glatten Hang hinaufzukommen. Oben standen die Kettenhunde mit ihren Maschinenpistolen.
Haben Sie Soldaten getroffen? fragten sie.

Ja, ein paar hatte er überholt, sie mußten bald kommen. Auf der Straße nach Kahlberg roch er das Meer. Der Wind trug das ferne Rauschen der Brandung herüber. Nie zuvor und niemals danach ist Malotka so vielen Toten begegnet wie auf der Straße zum berühmten Seebad Kahlberg. Im Graben fand er die auf dem Eis Umgekommenen und die, die den rettenden Landstreifen erreicht hatten, um dort zu sterben. Alte Frauen, Kinder und Soldaten, steifgefrorene Säuglinge warteten im Kinderwagen unter Krüppelkiefern auf den Frühling und ein neues Leben.

Von da an ist Malotka nur noch gefahren, am liebsten in der Dunkelheit. Zuerst nach Danzig-Oliva, wo er Anna und den Kindern nahe war, ohne es zu wissen. In Lauenburg – dieses Pommern kannte auch ein Lauenburg wie jenes an der Elbe – fragte er, ob Grunower durchgekommen seien. In Stolp nächtigte er in einer Schule und fragte nach Grunowern. In Schlawe wollten ihn die Flieger von der Straße holen, doch ein Wald rettete ihn. In Köslin verlor Erlkönig ein Hufeisen. Das warf Malotka einen halben Tag zurück, denn finde mal in solchen Zeiten einen Schmied, der durchreisende Pferde beschlägt. Belgard grüßte ihn mit schönstem Wetter, aber in Greifenberg schneite es. Ein Parteimensch, der im Begriff war, seine braune Uniform auszuziehen, gab ihm den guten Rat, rasch über den Fluß zu fahren, denn die Reichsautobahnbrücke werde in Kürze gesprengt. Im Morgengrauen klapperte die Grunower Gutskutsche über die Oder, an Stettin vorbei bis nach Anklam. Da schlief er einen Tag und eine Nacht, fand Jahre später, als er die Landkarte studierte, heraus, daß dieses Anklam nahe Kap Arkona liegt. Es wäre ein leichtes gewesen, mit der Kutsche ans Meer zu fahren, doch es trieb ihn nach Padderow, Demmin, Tessin und Rostock. Er betrank sich in Doberan an den Resten jener Flaschen, die ihm der alte Herr zugesteckt hatte. Er besah sich die schöne Stadt Wismar, bevor er in Grevesmühlen von zwei Polizisten gestellt wurde, die noch an den Endsieg glaubten. Sie wollten Pferde, Wagen und Kutscher beschlagnahmen, begnügten sich

aber nach einigem Zureden mit zwei Rauchwürsten aus den Beständen des Gutes Grunowen. Bad Schwartau gefiel ihm, Lübeck kam ihm übervölkert vor, also lenkte er die Kutsche südwärts, wäre am liebsten bei den Lauenburgischen Seen geblieben, die ihn an die Masurischen Seen erinnerten, aber damals ging das Gerücht um, jene Gegend werde nach dem Endsieg an die Rote Armee fallen, während südlich der Elbe der englische König zu herrschen gedachte.
Malotka fuhr nahe jenem anderen Lauenburg über die Elbe, verlor sich in der spärlich bewohnten Lüneburger Heide, die ihn an die Johannisburger Heide erinnerte, obwohl es ihr an Wasser mangelte.
Jede Reise muß ein Ende haben. Du kannst nicht für alle Zeiten unterwegs sein. Du brauchst einen Platz, die Füße unter den Tisch zu stellen, die Jacke auszuziehen und die Pfeife anzuzünden. Malotkas Reise endete am letzten Tag des Monats Februar, als es Frühling werden wollte.

Vor Frauenburg erhob sich eine Gewitterwand. Wie die meisten ostpreußischen Gewitter kam sie aus der Weichseltiefebene und zog nordostwärts.
Also verlassen wir Ostpreußen mit Blitz und Donner, sagte Malotka ins fahle Licht hinein.
Hinter Elbing begann es zu regnen. Erst tröpfelte es spärlich ins Laub, dann schlug das Wasser wie aus Eimern aufs Autodach. Ich hielt am Straßenrand, schaltete das Licht ein.
Nun wird alles sauber, sagte Malotka.
Der Schmutz der Grunower Patschlöcher, der Staub des Birkenweges, der klebrige Sirup, der von den Linden aufs Auto getropft war, alles spülte davon in den Wasserfluten.
Kurz vor Danzig gab Malotka noch folgende Auskunft: Der Treck der 15 Wagen wurde am 28. Januar zwischen Seeburg und Heilsberg in zwei Teile gerissen. Sechs Wagen blieben nahe Heilsberg im Schneesturm stecken, wurden überrollt und wieder freigekämpft. Neun Wagen erreichten am 31. Januar das Haff. Als Jean die Böschung hinabfuhr, brach das

linke Hinterrad; die Oma Kösling schleuderte es fast vom Wagen. Es fanden sich Uniformierte, die die Pferde beschlagnahmten und Jean dazu, denn er war immer noch Kriegsgefangener. Auch Kalinka nahmen sie, denn sie war immer noch dienstverpflichtet und besaß keine Erlaubnis, nach Paris zu reisen. Anna, die das Meer so fürchtete, ging mit den Kindern zu Fuß über das Haff, holte sich eisige Füße und jenes Leiden, das zu ihrem Tode führte. Gut, daß Mariechen ihren Rodelschlitten mitgenommen hatte, so konnten sie einiges Gepäck über das Eis ziehen. In Danzig wurde ihnen der Schlitten zur Last, denn es mangelte an Schnee. Was aus der Oma Kösling geworden ist, weiß keiner, in Krempe ist sie nicht angekommen. Kein Fuhrwerk aus Grunowen erreichte den Westen, nur die Gutskutsche. Um den 10. Februar sollen drei Wagen an der Oder bei Stettin erschienen sein, aber die Brücke war schon gesprengt. Ein Viertel der Grunower haben es nicht überlebt, die anderen verstreute es in alle Winde.

Nach dem Gewitterregen empfing uns Danzig mit erträglicher Kühle. Wir fuhren den Schildern nach, die zur Fähre Helsinki zeigten. Nein, wir wollten nicht nach Helsinki, aber sie schreiben ungern das deutsche Wort Travemünde an die Straßen, weil es unerwünschte Sehnsüchte weckt.
Das Schiff lag so, als hätte es sich seit unserer Ankunft nicht vom Fleck gerührt.
Haben wir etwas mitgenommen, was denen nicht gefallen könnte? fragte Malotka, als wir vor der Zoll- und Paßabfertigung hielten.
Nur Gedanken und Erinnerungen, aber die können sie nicht beschlagnahmen.
Anders war das mit den Büchern. Ich breitete sie sichtbar auf dem Rücksitz aus. Der Uniformierte nahm einige in die Hand, blätterte darin, fand Randnotizen, die er nicht entziffern konnte.
Es sei verboten, polnische Kulturgüter auszuführen, meinte er.

Es handele sich um meine Reiselektüre, log ich. Außerdem könne man sehen, daß es keine polnischen, sondern deutsche Kulturgüter seien, gedruckt in Leipzig und Berlin.
Er lachte. So einfach sei das nicht. In der großen Bibliothek in Warschau stehen Tausende von Büchern in lateinischer Sprache, in Englisch und Chinesisch, gedruckt in London und Shanghai, trotzdem seien es polnische Kulturgüter.
Für einen, der das Recht studiert hat, kannst du ganz schön lügen, sagte Malotka, als unser Auto langsam in den Bauch des Schiffes rollte.
Unter Deck stand die Hitze aus der Vorgewitterzeit, außerdem stank es nach Benzin und Dieselöl.
Malotka wollte sich hinlegen. Es bedrückte ihn, noch einmal an Kap Arkona vorbeifahren zu müssen.
Ich überredete ihn, mit mir an Deck zu bleiben.
Abschied nehmen, sagte ich.
Na gut, Abschied nehmen, antwortete er. Ich werde dieses Danzig wohl nicht mehr zu Gesicht bekommen.
Hunderte drängten sich hinter einem Drahtzaun, der Port Gdansk vom übrigen Polen abschirmte. Posten patrouillierten an der Innenseite und achteten darauf, daß niemand den Abreisenden etwas zusteckte oder gar selbst über den Zaun kletterte.
Er packte meinen Arm.
Sieh mal, da kommen sie!
Die Pfadfinder radelten in Zweierreihen aus der Stadt ins Hafengebiet, hielten kurz vor der Zollabfertigung und fuhren laut klingelnd ins Schiff.
Hinter uns sang eine Gruppe alter Frauen »Kein schöner Land«.
Das ist wahr, bemerkte Malotka, ein schönes Land haben sie, aber es ist auch ein trauriges Land.
Von jenseits des Zaunes kam singend Antwort, auf Polnisch. Überall ein Winken, Lachen, Rufen über den Zaun und die Soldaten hinweg.
Als die Leinen ins Wasser klatschten, das Schiff zitternd er-

wachte, braunes Wasser schäumte und der Spalt zum Anleger sich weitete, so daß niemand mehr springen konnte, blies einer das Jagdhorn. Er stand am Bug des Schiffes, blies über das aufgewühlte Wasser zur Stadt hin, die ihre Lichter anzündete. Das Denkmal für die Helden der Westerplatte versank hinter Kränen und Masten. Bewaldete Hügel glitten an der westlichen Küste vorüber, über Hela ging die Sonne unter. Im Osten, wo immer noch Gewitterwolken hingen, versanken die ostpreußischen Wälder, um Bernstein zu werden in Millionen von Jahren.

Malotka empfahl sich. Er habe genug Abschied gehabt. Abendessen brauche er nicht. Er werde lange schlafen, vielleicht bis Travemünde.

Er ließ mich allein mit der Dämmerung und den Pfadfindern, deren Ausgelassenheit das Schiff erfüllte.

Hoffentlich wacht er wieder auf, dachte ich, als sich der Himmel verdunkelte und das Wasser seine Farbe verlor. Hoffentlich kommt er bald wieder.

Drüben die ersten Lichter an der Küste, da ist er um sein Leben gefahren, nun liegt er in der Koje und versucht, Schlaf nachzuholen.

Die »Blaumeisen« huschten über das Deck, versammelten sich im Windschatten des wärmenden Schornsteins und rauchten Zigaretten.

Wo ist euer Führer? fragte ich einen.

Alfred sitzt in der Cafeteria und macht die Abrechnung, die Masurenreise war billiger als vor einem Jahr Finnland. Wir haben oft in Apfelgärten übernachtet. Nur dreimal Reifenpanne gehabt, ein verdammt guter Schnitt. Wir sind zweimal bis auf die Haut naß geworden, aber die Sonne hat uns getrocknet. Einer ging mit dem Fahrrad in den masurischen Seen baden. Er bekam auf abschüssiger Strecke die Kurve nicht und raste über die Böschung. Er konnte schwimmen, aber nach dem Fahrrad tauchten sie eine halbe Stunde, was übrigens im Bild festgehalten ist und besichtigt werden kann auf dem Dia-Abend der Pfadfinder im kommenden Herbst:

Bergung eines mit Modder besuhlten Fahrrades aus den masurischen Seen.

Als der Wind auffrischte, ging ich in die Cafeteria. Alfred saß an einem Tisch und schrieb, neben ihm Pfadfinder beim Kartenspiel. Er blickte auf, erkannte mich und grüßte. Wie war es? hörte ich seine milde Stimme.

Er zeigte auf einen Stuhl und forderte mich auf, neben ihm Platz zu nehmen. Ich sah eine abgepauste Karte des südlichen Ostpreußen, die den ganzen Tisch bedeckte. Alfred saß davor wie Hindenburg über dem Schlachtplan von Tannenberg. Mit Rotstift hatte er die Reiseroute eingezeichnet: Gdansk – Marlbork – Frombork – Lidzbark – Kętrzyn – Gizycko – Mikołajki – Olstyn – Morąg – Elbląg – Gdansk.

Kennen Sie die deutschen Namen nicht? fragte ich.

Ich schon, aber den Jungs bedeuten sie nichts, Ihnen geht es vermutlich umgekehrt, sagte Alfred. Sie kennen nur die deutschen Namen, die polnischen gehen Sie nichts an.

Wir schwiegen. Ich dachte an die Geschichte, die Felix Malotka aufgerührt hatte, an Sven Hedins »Entdeckungen und Abenteuer in Tibet«, signiert 1915 für Gertrude Tolksdorf im Lötzener Hauptquartier.

Gestern hat mir ein taubstummer Fischer ein Buch von Sven Hedin geschenkt. Auf der ersten Seite stand eine Widmung für meine 1940 gestorbene Mutter.

Alfred schien das wenig zu beeindrucken. Hedins Bücher stünden in der Hamburger Staatsbibliothek, außerdem sei der Hedin doch wohl ein Faschist gewesen.

Zwei Jungen kamen herein. Sie hatten im Osten ein Leuchtfeuer gesehen und fragten, ob das wohl Kaliningrad sei.

Vielleicht ist es Baltijsk, sagte Alfred und wandte sich an mich. Sie kennen diese Gegend doch. Konnte man beim Verlassen der Danziger Bucht Pillau sehen?

Ich wußte es nicht, denn auch ich verließ zum erstenmal die Danziger Bucht.

Waren Sie während des Krieges nicht in dieser Gegend? fragte einer der Jungen.

Ich bin hier geboren, antwortete ich und zeigte zum Fenster hinaus zu dem östlichen Landstreifen.
Sie wollten wissen, wie mein Geburtsort heißt.
Grunowen, ein Dorf südwestlich von Sensburg.
So hieß es wohl früher, korrigierte mich Alfred.
Richtig, heute steht Gruniewo auf dem Wegweiser, aber wir können es bei Grunowen belassen, denn Gruniewo gibt es ebensowenig wie Grunowen. Das Dorf ist verschwunden, ein paar Häuser stehen, auch das Gut mit seinen Scheunen und Stallungen, aber der Ort ist menschenleer, als wären die Bewohner immer noch auf der Flucht.
Der Blonde kam mit ein paar Flaschen Limonade. Er fragte, ob ich auch trinken wolle.
Das Schiff fuhr gegen westlichen Wind, stampfte schwer über den Gräbern der Ostsee. Rückreisen dauern immer eine Stunde länger.
Einer der Jungen holte seine Laute, setzte sich in eine dunkle Ecke und begann zu zupfen, es klang, als fielen Wassertropfen auf ein dünnes Blech.
Endlich kam Malotka. Er stand in der Tür und sagte, er habe Durst. Von der Bar holte er sich ein Bier, kam mit dem vollen Glas zu uns an den Tisch und fragte die Jungs, ob sie in Ostpreußen Äpfel geklaut hätten.
Sind Sie auch aus Gruniewo? wollte Alfred wissen.
Ich war Kutscher in Grunowen, erwiderte Malotka. Fast zwanzig Jahre fuhr ich den alten Herrn spazieren, dafür hat mich jetzt der junge Herr in seinem Mercedes mitgenommen.
Stephan hat ein Gedicht geschrieben!
Zwei Jungs balgten sich um einen Zettel.
Ich wußte gar nicht, daß du ein Dichter bist, sagte Alfred zu dem Blonden.
Meine Oma stammt aus Treuburg und hängt noch sehr an der alten Heimat, antwortete der Junge. Als sie hörte, daß ich nach Ostpreußen fahre, schenkte sie mir dreihundert Mark für ein neues Fahrrad. Aber ich mußte versprechen, ihr ein Gedicht von zu Hause mitzubringen.

Donnerwetter, du dichtest schon richtig für Geld, lachte Alfred.
Malotka blickte an mir vorbei in die Nacht. Wenn deine Oma aus Marggrabowa kommt, ist es kein Wunder, daß sie so treu ist, sagte er zu dem Jungen.
Nach und nach verließen die Pfadfinder den Raum. Sie hatten noch einen weiten Weg vor sich.
Wir blieben zu dritt an dem Tisch, auf dem die ostpreußische Landkarte in polnischer Sprache lag. Wir redeten Belangloses, über das voraussichtliche Wetter und die kleinen Erlebnisse einer zehntägigen Masurenreise, über die sandigen Wege in der Johannisburger Heide, den Schrecken aller Radfahrer, über Kormorane am Mauersee und Kahnfarten auf der Kruttinna.
Als der graue Streifen Himmel werden wollte, war Malotka wieder draußen. Er ging mit dem Meer, das heißt, er wanderte gegen die Fahrtrichtung, unter sich die hastig davoneilenden Wellen. Oder er ging gegen das Meer, das heißt, er marschierte, den schneidenden Wind im Gesicht, mit dem Schiff westwärts und war schneller als die über dem Deck stehenden Möwen. Am Heck machte er gelegentlich Pause, um sich zu verpusten. Das Meer sah weiß aus wie Ilses Wäsche, verlor sich aber ins Graue und wurde am Horizont sogar schwarz. Ringsum fehlte es an Land. Fischkutter lagen vor der pommerschen Küste, ein Fährschiff kreuzte den Weg.
Die fahren in den Morgen, und wir fahren in den Abend, sagte Malotka zu einem Frachter, der uns entgegenkam.
Gegen neun Uhr wuchs die Insel aus dem Meer. Eine weiße Burgmauer aus Kreidefelsen. Ein Leuchtturm.
Bist du schon mal auf Rügen gewesen? fragte Malotka.
Wie sollte ich? Von der Schule zu den Soldaten, Südrußland, Balkan, Italien, Texas. Nach 1945 wurde die Insel für Deutsche gesperrt. Ein Menschenleben reicht nicht aus, um einmal die schöne Insel Rügen zu besuchen.
Malotka lieh sich von einem, der an Deck stand, ein Fernglas. Nun sah er die Insel zum Greifen nahe, man hätte hinüberschwimmen können zum Leuchtturm von Kap Arkona.

Während er die Küste absuchte, stand ich an Steuerbord und blickte ins graue Wasser. Ich komme nun doch als ein anderer heim. Wie der Felsen aus dem Meer ist das alles plötzlich aufgetaucht, der Streit mit dem Vater und Kraschuba. Gerade zwanzig Jahre alt und nicht einmal mündig nach damaligem Recht, dahinter könnte ich mich verstecken. Aber ich suche keine Verstecke. So war es, ich will nicht ausweichen. Plötzlich ist da eine Zuneigung zu dem Vater, der an Kaisers Geburtstag freiwillig gestorben ist. Er wenigstens hat bei der Kreisleitung angerufen und gebeten, den Dr. Hassenberg mit seiner jüdischen Frau in Ruhe zu Ende leben zu lassen. Ich war nur begeistert.

In Winnermühlen geschah das, womit Malotka fest gerechnet hatte: Kora setzte über den Zaun und bellte das Auto an. Sie hat sich nach mir gebangt, sagte er, streichelte das Fell und ließ es zu, daß das Tier ihn ansprang und seine Hand leckte. Dann ging er zu seiner Frau und nahm sie linkisch in den Arm: Felix Malotka aus der Heimat zurück.
Sie entzog sich ihm, sagte mit mildem Vorwurf, daß sie seit dem frühen Nachmittag auf die Heimkehr warte. Kirschkuchen stehe auf dem Tisch, die Kaffeekanne stecke schon Stunden im Kaffeewärmer.
Herr Tolksdorf muß sich stärken, er hat noch eine weite Reise vor sich, sagte Malotka. Er sollte bei uns schlafen, aber er will nach Hause, alle wollen nach Hause.
Kaum saßen wir am Kaffeetisch, fing die Artillerie an.
Meine Freunde, die Engländer, sind ja auch noch da! rief Malotka und drohte zum Waldrand hinüber.
Die Frau schenkte Kaffee ein, fragte, wie es gewesen sei.
Ach, Ilske, unser Dorf steht noch, aber keiner ist zu Hause.
Ob es in Masuren auch viel geregnet habe? wollte sie wissen. Die trockene Lüneburger Heide habe »Land unter« gemeldet, die Bohnen schimmelten, auf den Rosen liege der graue Mehltau. Heftig zitterten die Scheiben, die Kaffeelöffel klirrten.
Sie schießen schon den ganzen Tag, erklärte die Frau. Heute

morgen, als sie anfingen, gab es ein kleines Unglück, das Bild fiel von der Wand.
Malotka erhob sich und ging in die Schlafstube.
Ich habe die Glasscherben schon weggefegt! rief sie ihm nach.
Als er zurückkehrte, blieb er hinter ihrem Stuhl stehen und berührte flüchtig ihr Haar.
Sonderbar, seit dreißig Jahren schießen die Engländer, aber noch nie ist ein Bild von der Wand gefallen. Kaum bin ich zehn Tage aus dem Haus, fällt mir die Anna runter.
Mariechen wird bald kommen, um den Vater wiederzusehen. Ulla wird abends, wenn es billiger ist, vom Bodensee aus anrufen, um zu hören, wie es ihm ergangen ist in der alten Heimat. Dem Ewald in Kanada wird er einen langen Brief schreiben und berichten über die Forstwirtschaft in Masuren.
Nichts konnte die Frau davon abhalten, ein halbes Fladenblech mit Kirschkuchen einzupacken, denn Stuttgart, so sagte sie, liege doch beinahe so weit weg wie Ostpreußen.
Während sie packte, spazierte ich mit Malotka und dem Hund durch den Garten. Üppig blühten die Georginen, die Pflaumen begannen, sich blau zu färben. Johannisbeeren wären zu ernten, Kartoffeln zu häufeln.
Was haben wir ausgerichtet? fragte Malotka plötzlich. Wir sind von Deutschland nach Ostpreußen gefahren und nicht angekommen. Ostpreußen ist versunken, es lebt nur noch in unseren Köpfen. Zehn Tage unterwegs gewesen und keinen getroffen, aber wenigstens ins reine gekommen mit deinem Vater, du und ich.
Die Frau stand an der Gartenpforte.
Wie schön, daß Sie ihm diese Reise ermöglicht haben, sagte sie bei der Verabschiedung. Nun hat er Ostpreußen gesehen und wird seine Ruhe finden.
Malotka und der Hund brachten mich zum Auto. Der Hund bellte. Englische Haubitzen schossen auf Panzerattrappen. Ilse Malotka winkte. Felix Malotka hob grüßend seine Krücke.

Nach anderthalb Jahren rief Mariechen wieder an. Bei einem Spaziergang sei er müde geworden und habe sich ins Gras gesetzt, sagte sie. Gar nicht weit vom Schießplatz entfernt. Der Hund lief aufgeregt nach Hause. Ilse fand ihn an einem Baum sitzend, nahe dem Schießplatz. Ja, er ist gestorben, während die Kanonen donnerten, wie der alte Herr. Beerdigung wird übermorgen sein. Alle, die seinen 80. Geburtstag feierten, werden kommen, sofern sie noch leben.
In die überregionalen Zeitungen gab ich diese Anzeige:

Am Montag, dem 31. Oktober 1988, endete
das reiche und glückliche Leben des

Felix Malotka

geboren am 19. April 1907 in Grunowen/Ostpreußen,
gestorben in der Lüneburger Heide.

Ein Freund aus der dunklen Hälfte
des 20. Jahrhunderts.

In die Lüneburger Heide bin ich nicht gefahren. Auch nicht nach Ostpreußen, um die alten Bücher zu holen.

Arno Surminski

In **Arno Surminskis** Büchern wird Ostpreußen, das Land der masurischen Seen und dichten Wälder, wieder lebendig. Seine Geschichten erzählen von den «kleinen Leuten», vom Überleben in der Nachkriegszeit, vom mühseligen Neubeginn im Westen, aber auch von Mitgefühl und menschlicher Hilfe. Arno Surminski wurde 1934 in Ostpreußen als Sohn eines Stellmachers geboren. Nachdem seine Eltern deportiert worden waren, blieb er 1945 allein zurück, schlug sich als Kind durch, bis er 1947 von einer Familie in Schleswig-Holstein aufgenommen wurde. Er lernte in einem Rechtsanwaltsbüro, arbeitete zwei Jahre in einem kanadischen Holzfällercamp. Zehn Jahre lang leitete er die Rechtsabteilung einer Versicherung, bis er sich mit dem großen Erfolg seiner Bücher ganz der Schriftstellerei widmen konnte.

**Am dunklen Ende des Regenbogens** *Roman*
(rororo 12605)

**Aus dem Nest gefallen**
*Geschichten aus Kalischken*
(rororo 4246)

**Fremdes Land oder Als die Freiheit noch zu haben war** *Roman*
(rororo 5259)

**Gewitter im Januar**
*Erzählungen*
(rororo 12228)

**Wie Königsberg im Winter**
*Geschichten gegen den Strom*
(rororo 5472)

rororo Unterhaltung

**Jokehnen oder Wie lange fährt man von Ostpreußen nach Deutschland?** *Roman*
(rororo 1985)

**Kudenow oder An fremden Wassern weinen** *Roman*
(rororo 4669)

**Malojawind** *Eine Liebesgeschichte*
(rororo 12620)

**Polninken oder Eine deutsche Liebe**
*Roman*
(rororo 5869)

**Grunowen oder das vergangene Leben** *Roman*
(rororo 12851)

3278/2